BARBARA PIAZZA

Im Gart

GW01418151

Buch

Die achtunddreißigjährige Dr. Julia Bader muss die Enttäuschung ihres Lebens überwinden: Ihr Jugendfreund, mit dem sie seit zwanzig Jahren zusammen ist, hat sie betrogen. Julia – von jeher schüchtern und verträumt – vergräbt sich ganz in ihrer Arbeit als Archivarin auf Burg Staufenfels.

Zur gleichen Zeit fasst der Brückenbauingenieur Stefan Windheim in Ram Ibal, Indien, einen Entschluss, der das Leben der beiden für immer verändern wird.

Als Julia sich, auf Drängen ihrer besten Freundin, bei einer Dating-Seite anmeldet, lernt sie Stefan kennen und für beide ist es Liebe auf den ersten Blick. Sie heiraten nur kurze Zeit später und planen eine romantische Hochzeitsreise nach Indien. Für Julia erfüllt sich der Traum von der großen Liebe und von fernen, exotischen Welten – bis Stefan kurz nach ihrer Ankunft in Indien plötzlich spurlos verschwindet ...

Autorin

Barbara Piazza, geboren 1945 in Eislingen/Fils, ist eine der erfolgreichsten deutschen Drehbuchautorinnen: Sie hat das *Forsthaus Falkenau* und zusammen mit Hans W. Geißendörfer *Die Lindenstraße* entwickelt. Sie hat ebenfalls *Alle meine Töchter* in die Fernsehwelt gesetzt. Barbara Piazza ist verheiratet, hat zwei erwachsene Kinder und lebt mit ihrem Mann in Oberschwaben.

Von der Autorin bereits erschienen:

Die Frauen der Pasqualinis (37361), Die Tränen der Götter (37811)

BARBARA PIAZZA

IM GARTEN DER GÖTTIN

Roman

blanvalet

Besuchen Sie uns auch auf www.facebook.com/blanvalet
und www.twitter.com/BlanvaletVerlag.

Verlagsgruppe Random House FSC® N001967
Das FSC®-zertifizierte Papier *Holmen Book Cream*
für dieses Buch liefert Holmen Paper, Hallstavik, Schweden.

1. Auflage
Deutsche Originalausgabe August 2014 bei Blanvalet,
einem Unternehmen der Verlagsgruppe
Random House GmbH, München.
Copyright © 2014 by Blanvalet Verlag,
in der Verlagsgruppe Random House GmbH, München
Dieses Werk wurde vermittelt durch die Literarische Agentur
Thomas Schlück GmbH, 30827 Garbsen.
Umschlaggestaltung: www.buerosued.de
Umschlagmotiv: Getty Images/Flickr/Lily Currie;
Getty Images/Flickr/Beyondmylens@Harsh/Photography
Redaktion: Gerhard Seidl
ED · Herstellung: sam
Satz: Buch-Werkstatt GmbH, Bad Aibling
Druck und Einband: GGP Media GmbH, Pößneck
Printed in Germany
ISBN: 978-3-442-38162-3

www.blanvalet.de

Meiner Mutter Klara gewidmet.

1

Über Nacht waren die Knospen der Buchen aufgebrochen und zeigten ihre hellgrünen Spitzen. Der Himmel war hoch und von hellem, durchscheinendem Blau.

Ein Duft von Frühling und Erwartung zog durch den Wald. Er strömte in Julias Lunge, und irgendetwas brach dabei auch in ihrem Inneren aus der starren Kapsel, die es bisher umschlossen hatte.

Sie atmete tief ein und fühlte, wie sich zaghaft die Lebensfreude in ihr regte, die sie zwei Jahre lang vermisst hatte.

Sicher, sie hatte existiert und sich guter Gesundheit erfreut. Sie hatte ihre Arbeit so engagiert erledigt wie immer, aber ihre Tage waren abgelaufen wie ein Film: Sie hatte alles gesehen und auch mitbekommen, worum es ging, doch sie selbst war nicht daran beteiligt gewesen.

»Das hat echt was von Autismus«, hatte ihre Freundin Jenny diesen Zustand umschrieben.

Jenny war nichts vorzumachen.

»Es ist unglaublich, was dieser Typ angerichtet hat«, hatte Jenny noch bei ihrem letzten Besuch vor zwei Monaten festgestellt, und sie hatte damit natürlich Jürgen gemeint.

Julia hatte ihn kennengelernt, als sie beide noch Teenager gewesen waren. Seit zwei Tagen nun war sie achtunddreißig, und ihre Liebe zu Jürgen hatte, in verschiedenen Ausformungen, gut zwei Jahrzehnte gedauert.

Danach aber war die Zeit stehen geblieben.

Die letzten beiden Jahre hatte sie nicht wirklich erlebt, allenfalls überstanden. Jetzt aber, an diesem Aprilsonntag, fühlte Julia plötzlich, wie neue Kräfte in ihr erwachten, sie spürte die Wärme der Sonne, den Frühlingswind über ihre Wangen streifen und ihre Haare bewegen. Sie hörte den Ruf einer Amsel und das geheimnisvolle Rascheln im hellbraunen, ausgewaschenen Laub des Vorjahrs.

Überrascht verspürte sie Hunger, was schon sehr lange nicht mehr der Fall gewesen war.

Seit Tante Martas Gardinenpredigt im letzten Sommer und der danach folgenden Kontrolle auf der Waage, bei der sie bemerkt hatte, dass sie mehr als zehn Kilo weniger zeigte als früher, hatte sie sich gezwungen, täglich zumindest eine warme Mahlzeit zu sich zu nehmen. Sie hatte gegessen, weil sie wusste, dass es erforderlich war, aber im Grunde war es ihr egal gewesen, was auf dem Teller gelegen hatte.

Jetzt aber dachte sie an Cannelloni, dick mit Käse überbacken, und es überkam sie eine solche Gier, dass sie die Schritte beschleunigte.

Julia überlegte, ob sie ein Glas Pinot Grigio dazu trinken sollte, das passte zum Frühling, und gleich danach wurde ihr klar, dass ein Wunder geschehen war: Sie war ins Leben zurückgekehrt, die Welt war wieder farbig, und sie hatte Wünsche. Es gab Sonne, Wind, Geräusche, Vogelgesang, sie hatte Appetit auf ihr Lieblingsgericht und war bereit, dafür allein in ein Restaurant zu gehen. Die dicke Glaswand, hinter der sie ihr Leben geführt hatte, war nicht mehr vorhanden.

Zwei Menschen, ein Paar mittleren Alters, kamen ihr entgegen. »Ist es nicht schön, dass jetzt der Frühling kommt?«, fragte die unbekannte Frau.

»Ganz wunderbar«, bestätigte Julia und lächelte.

Dann ging sie eilig weiter. Kurz bevor sie das Ortsschild der kleinen Stadt erreichte, spürte sie die Träne, die in ihren Mundwinkel floss. Sie leckte sie mit der Zungenspitze auf. *Das ist der letzte, bittere Bodensatz dieser verdammten Liebe,* dachte sie und wich einem entgegenkommenden Fahrzeug aus.

Luigi, der neue Padrone der kleinen Taverne, warf der hübschen, blonden Frau mit den schulterlangen Haaren und den hellen, blauen Augen einen bewundernden Blick zu.

Eine von Julias Urgroßmüttern stammte aus Schweden, und die *schwedischen Genprozente,* wie ihr Vater dies immer bezeichnet hatte, dominierten ganz eindeutig ihr Aussehen. Und heute streute die unverhoffte, gute Laune noch Goldflitter drüber.

»Meinen besten Tisch für Sie, Signorina«, sagte Luigi, als ob er begriffen hätte, dass dies ein besonderer Tag war.

Julia sagte ihm das, und noch während sie es aussprach, war sie erstaunt über die wiedergewonnene Fähigkeit, anderen Menschen etwas von ihrer Befindlichkeit mitteilen zu können.

»Ich nix könne schaue in Ihre Herz, aber sehe ich eine schöne junge Frau, und – bin ich eine Italiener. Finde ich, so etwas gehört … *Tribut dargebracht …*«

Er verneigte sich charmant und unterstrich den *Tribut* mit einem Glas Prosecco auf Kosten des Hauses.

Julia nahm einen kleinen Schluck des angenehm prickelnden Getränks, behielt ihn im Mund und ließ ihn ihren Gaumen kitzeln. Es war ein wunderbares Gefühl.

Dann holte sie ihr Handy aus der Umhängetasche und schickte Jenny eine SMS: **»Bin wieder da. Julia.«**

Sie war ganz sicher, dass die Freundin ihre Botschaft richtig verstehen würde. Ein kurzes Piepen, und der prompt eingetroffene Antworttext auf dem Monitor ihres Smartphones zeigte ihr, dass sie richtig vermutet hatte: »Gott sei Dank. War auch Zeit. LG, Jenny«.

Nach dem Essen nahm Julia statt des geteerten Wegs den steilen Trampelpfad zur Burg hinauf. Er endete dort, wo sich ein für die Allgemeinheit zugänglicher Aussichtsbalkon befand.

Sie stellte sich ganz vorn an die Brüstung und schaute auf das Städtchen und den Fluss, die wie eine Spielzeuglandschaft unter ihr lagen. Sie dachte an die düsteren Gedanken, die ihr an dieser Stelle so oft gekommen waren, und daran, wie dicht sie an diesem schrecklichen Abend davor gewesen war, sie zu verwirklichen.

Dann kramte sie aus ihrer Handtasche noch einmal ihren Geldbeutel hervor. Hinter dem Personalausweis versteckt, bewahrte sie das allerletzte Bild von Jürgen auf, das sie behalten hatte. Es war eine Aufnahme, die sie zusammen zeigte, bei der ersten ihrer insgesamt drei Urlaubsreisen nach Griechenland.

Julia machte sich nicht einmal die Mühe, dieses Zeugnis ihres höchsten gemeinsamen Glücks zu zerreißen. Sie öffnete einfach Daumen und Zeigefinger und ließ das Foto im frischen Wind dieses Frühlingstags davonflattern. Es war ihr, als ob alle Schwere der Vergangenheit endgültig damit verschwinden würde.

Obwohl Julia befürchtete, dass sie niemanden jemals

wieder so lieben könnte wie Jürgen, schmerzte diese Erkenntnis nicht, sie war eher befreiend: Nie mehr würde sie es dulden, dass so tiefe, so ausschließliche Gefühle entstanden. Und nie mehr würde sie so leiden müssen, wie sie es die letzten zwei Jahre getan hatte.

Sie drehte sich um und ging zum Eingang des Burgareals.

Benno, der Rhodesische Löwenhund des Verwalters, flitzte auf sie zu, sprang an ihr hoch und leckte mit seiner großen Zunge liebevoll ihre Wange.

Julia wehrte das Tier ab und lachte dabei.

»Heut sind Sie aber gut aufgelegt – und der Benno freut sich darüber«, rief Brigitte Hasler, die Frau des Verwalters, die sie vom Fenster aus beobachtete.

Julia wusste um das einfühlsame Wesen dieser Hunderasse, streichelte das glatte, cognacfarbene Fell des Hundes und schob ihn dann energisch durch die Tür des Verwalterhauses.

»Schönen Abend zusammen«, rief sie, als hinter der Frau jetzt auch Walter Hasler, der Burgverwalter, am Fenster erschien.

»Ich glaube, das wird wieder, mit unserer Frau Doktor«, konstatierte Brigitte Hasler mit einem Schmunzeln.

»Geb es Gott«, brummte Walter Hasler, denn er hatte den Novemberabend nicht vergessen, an dem Julia Bader auf der Felsplatte neben der Balustrade des Aussichtsbalkons gestanden und plötzliche Angst seinen Herzschlag zum Rasen gebracht hatte. Glücklicherweise aber hatte die Archivarin sich plötzlich umgedreht und war, ganz normalen Schritts, zur Burg zurückgekehrt. Manchmal schon hatte er sich gefragt, ob er sich damals geirrt hatte, doch selbst seine Frau, die sonst immer positiv dachte, hatte es nicht für ausgeschlossen gehalten.

»So ein Liebeskummer kann schon Selbstmordgedanken auslösen, und dies vorzugsweise bei den Guten, Feingestrickten, wie unsere Frau Doktor das ist!«, hatte sie gesagt.

Und Walter Hasler dachte, dass man froh sein könne, wenn Sturm und Drang überwunden waren, und dass es sich mit der Liebe wohl so verhalte wie mit dem Fluss unterhalb des Burgbergs: Nach starken Gewittern war er gefährlich und ungebärdig, vor allem dort, wo er sich zwischen Hindernissen verengte. Sonst aber floss er ruhig und gemächlich dahin, erfreute Anwohner, Wanderer, Fotografen und sogar gelegentlich seinetwegen herbeigereiste Kunstmaler.

Ihm schien, dass die junge Historikerin, die seit zwei Jahren oben im Burgturm hauste und an ihren Arbeitstagen das Archiv derer von Staufenfels in Ordnung brachte, die gefährliche Engstelle im Fluss ihres Lebens jetzt überwunden hatte.

2

Es war Mitte Juni, und die hoch stehende Sonne brannte gnadenlos auf den Burgberg.

Julia, die im Städtchen unten auf der Post gewesen war, eilte über den gepflasterten Burghof, öffnete die schwere, eisenbeschlagene Tür des Turms und flüchtete sich in den kühlen Schatten ihres Arbeitsraums. Die dicken Mauern schützten vor zu heftiger Wärme ebenso wie vor Kälte. Was natürlich nicht bedeutete, dass auf die Heizung verzichtet werden konnte, die den großen, quadratischen Raum bei Bedarf angenehm temperierte. Allerdings war Letzteres eine Errungenschaft der Neuzeit, aber mit guter Kleidung ausgerüstet, hatte man es hier sicher auch in den Wintern des Mittelalters aushalten können.

Sie fuhr den Computer hoch und prüfte die angekommenen Mails. Die erste war von Graf Staufenfels, ihrem Arbeitgeber, und betraf die Genehmigung zum Druck der Broschüre, die sie über die Geschichte der Burg geschrieben hatte. Das Schöne daran war, dass Graf Franz Anton nicht mit Komplimenten sparte und sowohl den Text als auch ihre Auswahl der Archivbilder lobte.

Julia freute sich und beschloss, die Datei ohne weiteren Kommentar an den Freiburger Verleger weiterzuleiten. Es konnte nicht schaden, wenn dieser Mann, mit dem sie es in Zukunft noch öfter zu tun haben würde, gleich von Anfang an begriff, dass sie eine *geschätzte* Arbeitskraft der Staufenfels' war.

Die zweite Mail war von Jenny, die wieder einmal in der Welt umhergondelte. Jenny war Reiseleiterin und organisierte exklusive Abenteuerreisen in Kleingruppen. Diesmal aber war sie privat unterwegs. Sie traf sich mit ihrem Freund Richard, einem Mann aus Cairns, den sie vor zwei Jahren über eine Internetplattform kennengelernt hatte.

Richard Butcher war Entomologe und erkundete mit leidenschaftlicher Beharrlichkeit die Insektenwelt des nordaustralischen Regenwalds.

Julia hatte keine Ahnung, was die umtriebige, lebenslustige Jenny bewogen hatte, sich ausgerechnet in einen Insektenforscher zu verlieben, der sich weigerte, sein Arbeitsgebiet auch nur für ein paar Urlaubstage zu verlassen. Tatsache aber war, dass diese ungleichen Partner sich offenbar prächtig verstanden und die Beziehung intakt und stabil war.

»Du kannst doch nicht einfach zu einem Menschen reisen, den du nur über ein paar E-Mails kennst«, hatte sich Julia entsetzt, als Jenny zum ersten Mal nach Cairns geflogen war.

»Und weshalb nicht?«, hatte Jenny geantwortet. »Wir mailen seit gut einem halben Jahr miteinander, und inzwischen weiß ich mehr von Richard, als ich jemals über Mark wusste, mit dem ich zwei Jahre in derselben Firma gearbeitet habe, bevor wir damals zusammengezogen sind. Es kommt meiner Meinung nach nicht so sehr auf den Faktor Zeit an, sondern auf die Bereitschaft, sich dem anderen wirklich zu öffnen«, hatte Jenny befunden, und inzwischen wusste Julia, dass sie recht damit hatte. Immerhin hatten Jürgen und sie … aber … Jürgen war Vergangenheit, und es brachte nichts, wenn sie wieder begann, darin herumzuwühlen.

Sie widmete sich dem Brief, den die achtzehnjährige Constanze von Staufenfels im Sommer 1738, kurz vor ihrer Hochzeit, von ihrem Verlobten erhalten hatte. Es war eine der damals seltenen Liebesheiraten gewesen, und jeder Satz des Briefs war ein Zeugnis der verliebten Ungeduld dieses Bräutigams.

Julia spürte die raue Oberfläche des alten Papiers unter ihren Fingern, und es war, als ob die darauf beschriebene Sehnsucht einen Weg durch ihre Poren finden würde und ihr ganzes Gemüt infiltrierte.

Ich will nicht mehr allein sein, dachte sie, doch sofort widersprach ihr Verstand: *Du bist wirklich dumm. Hast du vergessen, was Jürgen …?*

Zum Teufel mit Jürgen!

Ihr ganzes Leben hatte dieser Kerl dominiert, und sein Betrug hatte alle Hoffnungen begraben, die sie jemals entwickelt hatte. Sie war noch nie so unglücklich gewesen, nicht einmal nach dem Unfalltod ihrer Eltern.

Julia holte sich eine Flasche Wasser und goss ein Glas davon ein, wobei sie sich selbst wieder zur Ordnung rief: Okay, sie hatte schwer unter der Trennung gelitten, doch diese Phase war überwunden: Sie hatte sich entschlossen weiterzuleben, auch ohne Jürgen. Sie sah gut aus, war beruflich erfolgreich und erst achtunddreißig Jahre alt. Ihre biologische Uhr tickte zwar, aber sie war noch nicht abgelaufen. Alles war noch möglich, sogar die Kinder, die sie sich in *Jürgen-Zeiten* gewünscht hatte.

Die Frage war allerdings, ob sie es fertigbringen würde, noch einmal einem Partner Vertrauen zu schenken.

Natürlich wusste sie, dass es auch Männer gab, die treu waren und denen ihre Partnerin alles bedeutete. Papa war ein solcher gewesen, Onkel Erich ebenfalls, und Walter Hasler war ein lebender Beweis dafür.

Die Frage war, wie sie ein solches Exemplar finden sollte. Ihr Job auf diesem einsamen Burgberg, der ihr im Trennungsfrust vor zwei Jahren so ideal erschienen war, erwies sich inzwischen als ausgesprochener Nachteil, denn eine passende Freizeitwelt für eine Frau von achtunddreißig gab es in dem kleinen, verschlafenen Staufenfels nicht. Es gab sie ebenso wenig wie interessante kulturelle oder gesellschaftliche Angebote, bei denen sie Gleichgesinnte hätte kennenlernen können. Sie wusste dies aus verschiedenen Versuchen, zu denen Jenny sie bei ihren Besuchen genötigt hatte.

»Total tote Hose hier«, hatte die Freundin schließlich resigniert. »Jeder, der etwas kann und zu sagen hat, scheint hier weggezogen zu sein!«

Julia wusste, dass dies nicht übertrieben war. Sie konnte die Klagen des Bürgermeisters darüber in beinahe jeder Ausgabe des örtlichen Nachrichtenblatts lesen. Staufenfels war ein Paradebeispiel der Landflucht. In dem verschlafenen Städtchen blieben offenbar nur die Trägen und Alten.

Sie musste also andere Wege beschreiten, um aus ihrer Einsamkeit wieder herauszufinden.

Nachdenklich starrte Julia auf den Monitor ihres Computers. Erst neulich hatte sie in einem Nachrichtenmagazin einen großen Artikel über den »*riesigen Marktplatz namens Internet*« gelesen und davon, dass immer mehr Menschen auch bei der Partnersuche von dieser Möglichkeit Gebrauch machten. Allerdings war auch von den Gefahren dieser virtuellen Bekanntschaften die Rede gewesen.

»Ach was, bei Jenny hat es ja auch geklappt«, sagte Julia schließlich laut und ein wenig trotzig, obwohl niemand da war, der ihr hätte widersprechen können. Ein letztes Mal zögerte sie noch, dann legte sie die Finger auf die Tasten.

Versuchsweise tippte sie das Wort »Partnersuche«, worauf auf dem Monitor so zahlreiche, grellfarbene und blinkende Angebote erschienen, dass sie erschrocken zurückwich.

Bald aber war die Neugier stärker als ihre Skrupel.

Sie las und klickte, klickte und las, und als es, ohne dass sie es bemerkt hätte, tiefe Nacht geworden war, entschloss sie sich zur Aktion: »Einsame Burgfrau, 38, sucht edlen Ritter«, schrieb sie und konnte ein Grinsen dabei nicht unterdrücken. »Du brauchst kein weißes Pferd, aber wenn Du Grips und Humor hast, werde ich Dich von meinem Turm aus besichtigen. Und wenn Du mir gefällst, werde ich mein Rapunzelhaar durchs Fenster werfen und Dich hereinlassen.«

Dann schaltete sie den Computer so schnell aus, als ob jemand in den Raum gekommen wäre, um sie einer verbotenen Tat zu überführen – oder zumindest einer Albernheit, die einer Frau ihres Alters eigentlich nicht mehr zustand. Oder *gerade* jetzt?

Vielleicht meldete sich keiner, doch dann hätte sie es zumindest versucht. Und sie war es sich schuldig, es wenigstens zu *versuchen,* fand Julia, als sie eine Treppe höher in ihrem Bett lag.

3

Es waren zweiundzwanzig mutmaßliche Ritter, die sich gemeldet hatten.

Drei davon schieden wegen grober Geschmacklosigkeiten auf der Stelle aus, ebenso die fünf Edelmänner, die sich, gewollt oder unbeabsichtigt, als Sexisten outeten. Drei weitere waren klare Fälle von Legasthenikern, was bereits eine Verlustquote von fünfzig Prozent ausmachte.

Von der zweiten Hälfte waren vier Herren eindeutig zu alt, drei weitere bezeichneten sich als »m. g.«, was, wie Julia nach einigen Recherchen als »mehrfach gebraucht«

übersetzen konnte. Dies erschien ihr nicht weiter bedenklich, immerhin handelte es sich um Enddreißiger bis Mittvierziger, aber, so mailte die besorgte Jenny, bedeute es in diesem Kontext nicht nur Partnerschaften, sondern *Ehen,* und die verschärfte Variante davon sei »m. g. m. A.«, was »mehrfach gebraucht mit Altlasten« heiße. Dies wiederum sei in aller Regel mit massiven finanziellen Unterhaltsverpflichtungen gleichzusetzen.

Na ja, immerhin sind die ehrlich, dachte Julia und las die verbliebenen vier Antworten.

Eine davon war superflapsig, und vor Julias geistigem Auge erschien auf der Stelle ein pickeliger Siebzehnjähriger, der sein wahres Alter verschleierte. Sie klickte auch diesen in den Orbit und nahm sich die drei nächsten Zuschriften vor.

Eine davon hatte den Charme einer Steuererklärung, also blieben noch zwei.

Die vorletzte, die sie las, war ausgesprochen witzig und ließ gute Bildung erahnen. Die letzte war dezent humorvoll und las sich freundlich und erfrischend. Außerdem hatte sie etwas vorzuweisen, was allen anderen Zuschriften fehlte: ein Foto im Anhang. Es war keine Porträtaufnahme, sondern ein ungezwungener Schnappschuss vor einer üppig blühenden Bougainvillea, und zeigte einen schlanken, dunkelhaarigen, braun gebrannten Mann in Bermudahosen und hellem Hemd, der verhalten in die Kamera lächelte.

Sein Name sei Stefan Windheim, er stamme aus Graz in Österreich, sei Bauingenieur und arbeite seit drei Jahren auf einer Großbaustelle in Indien, entnahm Julia seinem Text.

»In Indien«, stieß sie laut und erfreut aus, denn wenn

es außer einem Leben mit Jürgen jemals einen Traum für sie gegeben hatte, dann war dies eine Reise nach Indien. Als Kind hatte sie ein Buch mit diesem Titel besessen, dem sie vermutlich die Affinität für alles Indische und ihre Begeisterung für dieses Riesenland verdankte.

»Warum, um Gottes willen, reist du dann nicht mal dorthin?«, hatte Jenny sie schon einige Male gefragt.

Julia hatte immer ausweichend geantwortet, aber die wahre Erklärung wäre gewesen, dass sie sich vor Enttäuschungen fürchtete. Denn was immer sie bisher fasziniert hatte, die reale Beschäftigung damit, oder gar ein Augenschein, hatte die Bilder der Fantasie aufgehoben und die Sache entzaubert. Indien aber hatte sie als Sehnsuchtsziel behalten wollen.

Vielleicht war es ein Fehler gewesen.

Vielleicht war dieses Land noch viel grandioser, als ihr Kinderbuch es ihr vermittelt hatte.

Jetzt jedenfalls würde sie bald mehr davon erfahren.

Julia löschte alle anderen Nachrichten und schickte sich an zu antworten.

»Lieber Stefan …«, tippte sie, aber sie unterbrach sich noch einmal, um das Foto zu suchen, das Jenny bei ihrem letzten Besuch von ihr gemacht hatte. Es zeigte sie, wie sie sich weit über die Brüstung des Burgturms beugte, was zur Folge hatte, dass ihre langen blonden Haare ein Stück weit über das Sandsteinmauerwerk nach unten hingen. Sie war nicht sicher gewesen, ob sie – nach ihrer kessen Mail – dieses »Rapunzel-Foto« tatsächlich verwenden sollte, aber der Gedanke, dass es gleich nach Indien fliegen würde, gefiel ihr.

Julia scannte es ein und fügte es der Nachricht bei, die sie an Stefan Windheim schickte. Außerdem unterzeichnete sie die Botschaft mit ihrem vollen Namen, den sie bisher noch nicht genannt hatte.

Dann griff sie wieder nach dem Brief an Constanze von Staufenfels. Sie las ihn mit einem Lächeln – und dieses Mal ohne Neidgefühle.

Die Welt war schön und interessant, in jedem Jahrhundert, in dem man lebte, und es kam nur darauf an, wie man in den Wald hineinrief, wenn man darauf wartete, ein Echo zu hören.

Die erhoffte Antwort kam noch in derselben Nacht, und die Freude im Text klang sympathisch und ungekünstelt. Noch bevor sie sich an ihre Arbeit machte, schrieb Julia ihm einen Morgengruß.

4

Sie hatten sechsundsechzig Mails gewechselt, und Stefan war mit der siebenundsechzigsten seit ungefähr sechs Stunden im Rückstand, als ein pinkfarbener Boxster im Burghof vorfuhr.

»Mein lieber Scholli!«, rief Julia anstelle einer Begrüßung. »Hast du im Lotto gewonnen?«

»So ähnlich. Ich hab von meiner Firma eine Gehaltserhöhung bekommen und beschlossen, das Ding hier zu leasen. Man muss sich seine Träume erfüllen, solange man welche hat!«, erwiderte Jenny fröhlich und kletterte heraus.

Julia schmunzelte und nickte. »Stimmt«, sagte sie, umarmte die Freundin und hörte dabei durch die gekippte, verglaste Schießscharte des Arbeitszimmers das akustische Signal, welches das Eintreffen neuer Mails ankündigte.

Sie schaffte es tatsächlich, erst eine Flasche Prosecco zu öffnen und zwei Gläser zu füllen, bevor sie Jenny an den Computer schleppte, um diese mit der Sensation bekannt zu machen, die sich inzwischen ereignet hatte.

»Das klingt nicht übel«, musste Jenny einräumen, als sie die Lektüre des Schriftwechsels beendet hatte.

»Ja, das finde ich auch«, erwiderte Julia und hörte selbst, wie hoffnungsvoll ihre Stimme dabei klang.

»Obwohl du trotzdem vorsichtig sein solltest«, dämpfte Jenny ihren Enthusiasmus. »Daraus, dass ich mit Richard einen Glücksgriff getan habe, lässt sich nicht ableiten, dass es immer so ist.«

»Das weiß ich auch. Ich bin ja kein Kindchen.«

»Manchmal schon.«

»Selten!«

»Okay, selten, aber ein bisschen mehr als ich neigst du schon zur Romantik – und vor allem zur Gutgläubigkeit.« Jenny schenkte sich noch einmal Prosecco nach, um dann gleich eine Begründung für die unterstellte Blauäugigkeit nachzuliefern: »Vermutlich deshalb, weil du es in der Regel mit *toten* Leuten zu tun hast – und ich mit lebendigen. Und der entscheidende Unterschied liegt darin, dass man die Fehler der Toten vergisst oder verklärt, wenn sie nicht gerade *damit* Geschichte gemacht haben. Was leicht zur Überzeugung führen kann, die Menschen seien mehrheitlich gut.«

Julia musste lächeln, fühlte sich aber doch verpflichtet, die Sache richtigzustellen: »Glaub ja nicht, dass meine … *Toten* … anders waren als wir! Je länger ich es mit den

Vorvorderen zu tun habe, desto mehr komme ich zu der Erkenntnis, dass nur die Zeiten sich ändern. Die Menschen sind immer gleich. Gestern zum Beispiel hab ich mir den Grafen Franz August vorgenommen, das war der Ururgroßvater vom derzeitigen Chef der Familie Staufenfels, und der hat mich sehr lebhaft an meinen vergangenen Jürgen erinnert.«

Jenny musterte die Freundin mit einem aufmerksamen Blick. Dann hob sie das Glas mit dem Rest des Proseccos. »Bravo, Julia! Du bist tatsächlich darüber hinweg. Ich hatte es fast schon aufgegeben, darauf zu hoffen. Aber ich sehe, das Internet hat nicht nur in meinem Leben ein gutes Werk verrichtet, sondern auch in deinem. Darauf lass uns trinken, egal ob er dir bleibt oder nicht, dieser … *indische Prinz*!«

Danach kicherten sie beide, beinahe so unbeschwert wie damals, als sie gemeinsam das Internat in Oberbayern besucht hatten.

Jenny blieb fünf ganze Tage, und alle verliefen so unbeschwert und fröhlich wie die erste Stunde im Turm.

Julia schob die Dokumente der männlichen Staufenfels', die allesamt Franz und dahinter noch irgendwas hießen, beiseite, holte ihre Wanderstiefel heraus und durchstreifte mit Jenny die schattigen Laubwälder der näheren Umgebung. Zusammen bestiegen sie nacheinander die beiden Vorzeigeberge der Region.

»Es ist wie immer, wenn wir zusammen sind«, fand die mollige, schwarz gelockte Jenny ein wenig nostalgisch und lehnte sich gegen die langbeinige, schlanke Freundin. »Schön und harmonisch. Wir haben uns von Anfang an fast ohne Worte verstanden.«

»Was erstaunlich ist. Schließlich sind wir ziemlich verschieden.«

»Du sagst es«, erwiderte Jenny und grinste.

Jenny war von sprudelnder Lebhaftigkeit, spontan bis leichtsinnig, und immer geneigt, sich kopfüber in alles Unbekannte zu stürzen.

Julia dagegen war eher reserviert, auf jeden Fall aber vorsichtig-beobachtend, wenn sie jemanden nicht sehr gut kannte. Ihr Pflichtbewusstsein und ihre Gewissenhaftigkeit waren sowohl angeboren als auch anerzogen und gingen ihr manchmal selbst auf die Nerven. Auf jeden Fall machten diese Eigenschaften ihr Leben nicht leichter. Manchmal wünschte sie sich, so sein zu können wie ihre Freundin.

»Du grübelst zu viel«, rief Jenny neckend. »Lass uns lieber nachsehen, ob dort oben ein knackiger Jägersmann sitzt!« Und trotz Julias Protest kletterte sie schon eine wacklige Leiter hinauf, um vom Hochsitz aus die Waldlichtung zu inspizieren.

»Lieber einmal zu viel nachgedacht, als beide Beine gebrochen«, konstatierte Julia, denn bei einer Kletterei in den Alpen war es genauso gewesen – und Jennys Doppelgips hatte ihnen damals den ganzen Sommer versaut.

Den bitteren Tropfen im Becher der Freundschaft servierte Jenny erst am allerletzten Abend. Sie hatten im Hof gegrillt und tranken danach auf dem Burgfried die gut gekühlte Flasche Wein aus dem Weingut der Staufenfels' in Chile, die Beigabe zu den letzten Weihnachtsgrüßen der gräflichen Familie gewesen war.

»Ich werde im Sommer heiraten und danach mit Richard in Cairns leben«, erklärte Jenny mit einer Stimme, aus der alles herauszuhören war, was sie derzeit bewegte: Freude, hoffnungsvolle Erwartung, ein klein wenig Angst und eine Andeutung des künftigen Heimwehs.

Die Hände der Freundinnen suchten und fanden sich. Sie verschlangen die Finger ineinander, wie sie es immer getan hatten, wenn etwas Großes oder etwas Schreckliches geschehen war: das gemeinsam bestandene Abitur, Jennys Diplom, der Unfalltod von Elise und Albert Bader, der Julia mit zwanzig Jahren zur Vollwaise gemacht hatte, ihr bestandenes Examen und ihre Promotion; Jennys großes Los mit ihrer neuen Stelle, ihre Verlobung mit Richard, schließlich Jürgens Verrat und die nachfolgende Trennung.

»Wir werden immer verbunden bleiben«, versicherte Jenny, und Julia sah die silberne Spur einer Träne auf der Wange der Freundin. »Egal, wo du oder ich uns grade befinden!«

»Klar«, murmelte Julia und versuchte, das blöde Zittern in ihrer Stimme zu überspielen. »In einer globalisierten Welt …«

»Genau. Du musst nur einen Tag im Flieger verbringen, und schon sind wir wieder beisammen!«

Ja. Aber in der Zeit zwischen solchen Reisen sehen wir uns nicht. Und mehr als ein Mal im Jahr wird es nicht möglich sein, dass ich zu dir komme oder du zu mir, sagte sich Julia und hätte schwören können, dass die Freundin dasselbe dachte.

»Egal. Es gibt Telefone und Computer, man kann mailen, telefonieren, skypen, simsen – und glücklicherweise ist das alles ja auch nicht mehr teuer«, zählte Jenny auf und wischte mit dem Handrücken ihre Tränen beiseite.

Julia fiel inzwischen ein, dass es bereits Ende Juni war:

»Und wann genau ist bei dir *Sommer*?«, fragte sie und überlegte ein wenig panisch, dass sich eine baldige Reise nach Australien mit der geplanten Publikation über die Vorfahren der heutigen Staufenfels', die sie – ein wenig flapsig – nur ihre *Fränze* nannte, nicht gut vertragen würde. Sie musste das Manuskript im Spätherbst fertiggestellt haben – und wenn sie schon nach Australien flöge, dann wäre es ungeschickt, nur eine einzige Woche zu bleiben.

»Ich meine im *australischen* Sommer, also, wenn bei uns Winter ist«, erklärte Jenny jedoch.

»Das lässt sich einrichten«, überlegte Julia laut. Bis dahin hätte sie schon die Druckfahnen gelesen – und im Frühling, wenn die Präsentation des Buchs geplant war, würde sie längst wieder zurück sein.

Sie schwiegen, tranken in kleinen Schlucken den Wein und schauten hinauf zum Himmel, wo der Mond als blasse Sichel über den nachtdunklen, bewaldeten Hügeln des Staufenfelser Lands hing.

»Der Sternenhimmel ist wunderbar«, sagte Jenny nach einer Weile, und Julia verkniff sich zu fragen, ob er in Cairns wohl ebenso schön sei. Doch Jenny beantwortete die unausgesprochene Frage: »Es sind andere Sterne dort, aber an die werd ich mich hoffentlich auch gewöhnen.«

Wieder schwiegen sie, dann stellte Jenny fest: »Von Indien aus wär's übrigens näher nach Cairns als von hier.«

Danach mussten sie so sehr lachen, dass Jenny einen Schluckauf bekam, was die Rührung und den Vor-Trennungsschmerz ganz schnell killte.

5

Es war Oktober geworden, und die Umgebung der Burg glühte in Gelb- und in Rottönen.

Alle Lebensläufe der Fränze von Staufenfels waren recherchiert, verifiziert und in eine historische Abfolge gebracht. Es war leichter gegangen, als Julia sich dies vorgestellt hatte, denn die Unterlagen der Familie waren nahezu lückenlos. Allein die Abbildungen der Herren hatten ihr Mühe bereitet und langwierige Korrespondenzen mit Museen und anderen Adelshäusern verlangt. Jetzt aber war alles komplett und wartete auf Graf Franz Anton, der versprochen hatte, bald vom spanischen Hauptsitz der Familie bei Benidorm anzureisen und Korrektur zu lesen, bevor das Werk an den Verlag weitergeschickt werden sollte.

Julia, die sich nun ein paar Urlaubstage gönnen konnte, beschloss, ihre einzige noch lebende Verwandte, Tante Marta, eine Schwester ihrer verstorbenen Mutter, zu besuchen.

Marta Albers lebte von November bis Februar in ihrer Stadtwohnung in München, das restliche Jahr verbrachte sie vorzugsweise in ihrem Haus im Tessin.

Julia fuhr mit dem Zug bis Lugano, wo Tante Marta sie abholte.

»Du siehst fabelhaft aus, Julia. Mir scheint, du hast die Sache mit Jürgen endgültig überwunden«, stellte Tante Marta fest, nachdem sie ihre Nichte umarmt und danach gründlich gemustert hatte.

»Was einen nicht umbringt …«

»Mach keine Späße darüber. Sehr weit weg davon warst du nicht«, fiel ihr Tante Marta ins Wort.

»Nein. Wirklich nicht«, gab Julia zu und rückte dann ihre neue Handtasche ins Blickfeld der Tante, die auf den Trick hereinfiel und sofort ausrief: »Du musst ja Unsummen verdienen bei diesem Grafen, wenn du dir dieses Label leisten kannst!«

Julia verschwieg, dass der Hersteller der Edeltasche ganz in der Nähe von Staufenfels einen Fabrikverkauf betrieb, in dem man Produkte, die kleine Fehler aufwiesen, für einen Bruchteil des üblichen Preises erhielt. Sie schob das edle Stück über die Schulter und behauptete lässig: »Manchmal gönn ich mir eben was!«

»So gefällst du mir wieder. Und den Männern auch, wie ich sehe«, erwiderte ihre Tante, denn sie hatte den Blick eines entgegenkommenden Herren bemerkt, als sie auf ihr Auto zusteuerte.

Auch Julia hatte ihn registriert – und sie stellte erstmals seit langer Zeit wieder fest, wie euphorisierend männliche Bewunderung wirkte. Es war unbestreitbar der Nachteil einer Mailbeziehung, dass dieses Moment nicht herzustellen war. Was sich bald ändern würde, wie sie seit vorgestern wusste.

Julia lehnte sich zurück und beobachtete ihre Tante, die den schweren Wagen versiert durch Lugano lenkte.

Marta Albers war siebenundsechzig. Sie war mittelgroß und hatte gepflegte, kinnlange graue Haare. Sie war elegant, selbstbewusst und modisch gekleidet, und dennoch war sie eine Frau der Spezies, die am Aussterben war: Sie hatte weder einen Beruf erlernt noch hatte sie jemals gearbeitet; sie hatte geheiratet, bevor so etwas eintreten konnte. Ihr Mann Erich war ein höherer Ministerialbeamter in der bayerischen Kultusverwaltung gewesen und vor wenigen Jahren, kurz nach seiner Pensionierung, verstorben. Er stammte aus einer alten Münchner Akademikerfamilie, war der einzige Sohn eines wohlhabenden Apothekers gewesen und hatte seiner Witwe neben seiner Pension auch ein stattliches Vermögen hinterlassen, was dieser ein unbeschwertes, großzügiges Leben ermöglichte. Ihr Sohn Alwin war nach einem Jurastudium in den diplomatischen Dienst eingetreten und derzeit deutscher Botschafter in Botswana.

»Hin und wieder flieg ich dorthin, so alle drei Monate ein paar Tage. Alwin schlägt mir zwar immer wieder vor, dass ich ganz zu ihm kommen soll, aber ich will meine Selbstständigkeit nicht aufgeben – und auf die Dauer mag ich an diesem abgelegenen Platz und dem ungesunden Klima nicht leben.«

Julia hatte keine genaue Vorstellung davon, wie das Klima in Botswana beschaffen war, aber sie kannte Bilder des stolzen Anwesens, in dem ihr Cousin residierte, und war der Auffassung, dass es so schrecklich dort nicht sein könne. Allerdings verstand sie den Wunsch der Tante, selbstständig zu bleiben.

Der Kaffeetisch war bereits gedeckt, als sie ankamen.

Julia wusch sich die Hände und nahm dann dankbar einen Schluck des heißen, wunderbar aromatischen Kaffees.

»Ich lasse ihn immer noch aus Bolivien kommen, direkt von der Farm, die ich damals besucht habe, als Alwin noch in Südamerika war.«

Die weißen, handbemalten Tassen waren aus der Nymphenburger Porzellanmanufaktur und ein Erbstück der Albers-Familie, die weiße Damasttischdecke war mit demselben Muster bestickt, und die Farben der gezüchteten Vergissmeinnicht waren vom gleichen Blau wie das Motiv auf Tassen und Decke.

»Die absolute Perfektion«, sagte Julia bewundernd. »Und der Kuchen ist erstklassig. Du bist einfach eine Frau mit Stil, Tante Marta!«

»Das will ich doch hoffen«, erwiderte Marta Albers mit der ihr eigenen Ironie. »Vorzeigbar auszusehen und ein gutes Haus zu führen ist das Einzige, was ich wirklich beherrsche, und das hab ich mühsam – und unter Zorntränen – von meiner Schwiegermutter gelernt.« Sie schmunzelte ein wenig, als sie gestand, was Julia ohnehin wusste: »Dein verstorbener Onkel hat mich verführt, als ich knapp siebzehn Jahre alt war. Ich konnte gerade noch das Abitur machen, bevor Alwin geboren wurde. Wir waren damals ein großer Skandal in München, aber wir hatten eine ausgesprochen glückliche Ehe. Ich möchte keinen Tag davon missen, und dein Onkel hatte noch Gelegenheit, mir dasselbe zu sagen, bevor er starb. Glaube mir, Julia, so etwas ist so selten wie ein Hauptgewinn in der Lotterie!«

»Ich glaub es dir auf der Stelle«, erwiderte Julia und dachte prompt wieder einmal an Jürgen.

»Was meinen Sohn betrifft, so wird er das leider nie von sich sagen können, so viel ist heute schon klar«, resümierte Tante Marta inzwischen bekümmert. »Neulich hatte ich Gelegenheit, seine zukünftige Frau kennenzulernen, die *vierte,* mit der er's versuchen möchte, und nachdem ich sie besichtigt habe, bin ich fast sicher, dass auch diese Ehe ein Flop werden wird.«

»Oje«, murmelte Julia und versuchte, ihre Erheiterung zu verbergen. Sie hatte keine Ahnung, wie ihr dicklicher

Cousin es anstellte, immer wieder zu einer heiratswilligen Frau zu kommen. Sein Charme konnte es nicht sein, wohl eher sein Stand und sein finanzieller Hintergrund.

»Und was ist mit dir, diesbezüglich?«, fragte Tante Marta in logischer Fortsetzung ihrer Überlegungen. »Du wirst doch nicht allein bleiben wollen, so hübsch wie du bist?!«

»Für *hübsch* gibt's in Staufenfels keinen Markt«, wandte Julia ein.

»Nun denn, dorthin hast du dich selbst manövriert. Ich hab dir gleich davon abgeraten, dich in deiner liebeskummerverursachten ... *Weltflucht* ... auf dieser Burg zu verkriechen, wo Fuchs und Hase sich Gute Nacht sagen.«

Das allerdings war übertrieben und wurde der Bedeutung von Staufenfels nicht gerecht. Immerhin hatte Karl der Große dort schon gewohnt, zwei volle Tage und eine historisch bedeutsame Nacht.

Tante Marta betrachtete ihre Nichte aufmerksam und seufzte dann, bevor sie aussprach, was sie schon lange beschäftigte: »Ich mache mir wirklich Sorgen um dich, Julia. Diese Geschichte mit Jürgen hat nicht nur dein Urvertrauen zerstört, sondern auch dein Selbstbewusstsein niedergedrückt, und Letzteres schon, lange bevor ihr euch getrennt habt.«

»Wie meinst du das?«, versuchte Julia, sich dumm zu stellen.

Doch Tante Marta war nicht zu täuschen. »Das weißt du doch selbst! Dieser narzisstische Kerl hat sich derart breitgemacht, dass man dich jahrelang nur noch in seinem Schatten wahrnehmen konnte. Dabei hast du ganz eindeutig beruflich mehr geleistet als er. Aber du, du hast dich völlig von ihm vereinnahmen lassen und nahezu anbetend zu ihm aufgeschaut!«

»Also bitte, Tante Marta, so war es dann auch wieder nicht!«

»Doch. Genau so!« Tante Marta schnaubte aufgebracht. Sie hatte Jürgen mit Skepsis betrachtet und ihn als aufgeblasenen Ego bezeichnet. Und sie hatte auch gleich eine Erklärung für Julias angebliche *Anbetung:* »Das scheint ja leider das Handicap von Töchtern zu sein, die besonders gute Eltern hatten. Sie verlieren offenbar den Sinn für kritische Betrachtungen, weil sie ihr positives Vaterbild auf *alle* Männer übertragen. So lange jedenfalls, bis die Wirklichkeit sie eines Besseren belehrt.«

Tatsächlich war Albert Bader ein großartiger Vater gewesen, nur weigerte sich Julia, einen Zusammenhang zwischen dem Scheitern ihrer Beziehung mit Jürgen und den guten Eigenschaften ihres Vaters zu sehen. Allerdings hatte es keinen Sinn, Tante Marta widersprechen zu wollen, wenn sie derart in Fahrt geraten war wie im Moment. Die einzige Möglichkeit, das Thema zu wechseln, war es wohl, Tante Martas Aufmerksamkeit auf die Zukunft zu lenken.

Julia hatte zwar nicht vorgehabt, darüber zu sprechen, aber weshalb eigentlich nicht? Ihre Tante mochte nachtragend, ironisch und überaus direkt sein, aber sie war auch intelligent und weltläufig, und mit irgendwem sollte sie vielleicht ja doch darüber reden, denn Jenny war derzeit mit einer Gruppe am Südpol und in einem Funkloch verschwunden.

»Ich hab vor ein paar Monaten eine nette … *Brieffreundschaft* … mit einem österreichischen Ingenieur begonnen, der auf einer Großbaustelle in Indien arbeitet.« Julia schaute über den Rand ihrer Kaffeetasse und beobachtete die Reaktion ihrer Tante. »Letzte Woche hat er geschrieben, dass er zu einem Heimatbesuch nach Graz kommen wird und mich anschließend gerne besuchen möchte. Was sagst du dazu?«

»Überhaupt nichts, solange ich den Mann nicht gesehen habe!«

Julia musste lachen. Das war typisch Tante Marta. Und eigentlich war es auch die einzig richtige Antwort. Es ging ihr ja selbst so: Sie wusste inzwischen zwar viele Details aus dem Leben von Stefan Windheim, aber ein leiblich anwesender Mensch war eben doch etwas anderes als eine Fülle von schriftlichen Informationen, selbst wenn diese ein überaus sympathisches Bild vermittelten. Man würde *sehen*, im Sinne des Wortes.

»Jedenfalls bin ich sehr gespannt auf das Treffen!«

»Ich würde ihn auch gerne kennenlernen, wenn sich das machen lässt«, erklärte Tante Marta, und dass sie dafür den Weg nach Staufenfels nicht scheuen würde, auch wenn es nur eine kurze Begegnung sein könne.

»Du überraschst mich«, sagte Julia erstaunt, denn Tante Marta war überaus konsequent in ihren Ablehnungen und hatte sie deswegen noch nie auf der *weltabgelegenen* Burg besucht.

»Was überrascht dich daran? Du bist das einzige Kind meiner verstorbenen Schwester, und ich bin deine Patin. Es kann mir nicht gleichgültig sein, mit wem du dich befreundest, und wenn ich an die Katastrophe mit Jürgen denke …«

Womit wir wieder beim Thema wären, dachte Julia genervt. *Es verfolgt mich sogar noch hier, in Lugano. Irgendwann muss es doch einmal aufhören!* Dann aber fiel ihr ein, dass *diese Sache mit Jürgen* immerhin zwei Jahrzehnte ihres Lebens angedauert hatte. Es war demnach eine Überforderung zu erwarten, dass ihre Tante sie nach gerade einmal zweieinhalb weiteren Jahren nicht mehr erwähnen sollte.

Julia stand auf und trat an den Rand der Terrasse, von wo aus der unverstellte Blick auf den Luganer See möglich war. Mächtig und spitz ragte der San Salvatore über dem azurblauen Wasser auf. »Was hältst du davon: Wir fahren zum Sonnenuntergang mit der Seilbahn auf den Erlöserberg?«, fragte sie, wohl wissend, dass dieser Gipfel der Lieblingsplatz ihrer Tante war.

»Du hättest dich auch für den diplomatischen Dienst melden sollen, so geschickt wie du bist, wenn du ablenken möchtest«, spöttelte Marta Albers, aber sie stellte rasch das Kaffeegeschirr auf ein Tablett und holte sich eine warme Jacke, denn der Abendwind auf dem San Salvatore war selbst im Sommer oft frisch, und immerhin war es bereits Anfang Oktober.

6

Der erste November war im katholisch geprägten Umland der Burg ein Tag des Totengedenkens und der Friedhofbesuche; *kein idealer Zeitpunkt für ein erstes Rendezvous*, dachte Julia, als sie auf dem zugigen Bahnhofsvorplatz des kleinen Städtchens stand und auf den Regionalzug wartete, der Stefan Windheim nach Staufenfels bringen sollte.

Aber sicher war es zu viel verlangt, sich für diese Begegnung strahlenden Sonnenschein, wolkenlosen Himmel und blühende Bäume zu wünschen. Vermutlich war das nieselige Novemberwetter sogar die ideale Kulisse, wenn man vorhatte, die Realitätstauglichkeit einer virtuellen Beziehung zu prüfen.

Der Zug war, für eine Bummelbahn, erstaunlich elegant. Er tauchte nahezu lautlos aus dem Bodennebel auf und hielt ohne jedes Quietschen. Die Türen öffneten sich elektrisch, und heraus quollen dunkel gekleidete Menschen, die Kränze aus Tannengrün, Buketts aus irischem Moos oder Sträuße aus Winterastern und Chrysanthemen trugen. Sie verschwanden in Richtung Friedhof, und die Bahn setzte sich wieder in Bewegung.

Er hat den Zug versäumt, dachte Julia, und war nicht sicher, ob sie darüber traurig oder erleichtert sein sollte, als sie hinter sich eine angenehm weiche, dunkle Stimme vernahm.

»Entschuldige, aber ich war allein im Abteil und bin auf der falschen Seite ausgestiegen!«

»Das macht doch nichts«, erwiderte Julia reflexartig, während sie sich umdrehte, und setzte dann schnell hinzu: »Hauptsache, du bist da!«

Das war er also.

Mit Sicherheit war es nicht höflich, aber Julia musterte ihn so ausgiebig, als ob sie ihn hinterher malen müsste.

Er war braun gebrannt wie auf dem ersten Foto, hatte kurze, dunkle Locken und sah aus wie der jüngere Bruder von George Clooney. Ganz ohne Zweifel: Er war ein beeindruckender Mann.

Stefan Windheim lächelte. Es war ein ungemein charmantes, nahezu charismatisches Lächeln. Er stellte seinen kleinen schwarzen Koffer ab und betrachtete sie ebenfalls. »Du bist noch hübscher als auf den Bildern«, stellte er fest.

»Und du größer … und irgendwie … *seriöser* … als auf den Fotos!«

»Das liegt vermutlich daran, dass ich hier lange Hosen trage, und nicht kurze, wie in Indien«, mutmaßte er – und dann lachten sie beide.

»Ich hab dir kein Hotelzimmer gebucht. Du kannst in einem der Gästezimmer auf der Burg wohnen. Franz Anton hat es ausdrücklich erlaubt.«

»Und wer ist Franz Anton?«

»Mein Chef. Graf Staufenfels. Nach seiner Familie heißt die Stadt, die Burg und die ganze Umgebung: das Staufenfelser Land. Du wirst gleich mehr davon sehen.«

Sie luden den Koffer in Julias Golf und stiegen dann ein.

Julia fuhr eigens die Straße am Fluss entlang, und wie jeder, der den mäandernden Wasserlauf mit den riesigen Trauerweiden an den Ufern zum ersten Mal sah, war Stefan entzückt.

Zu Recht, fand Julia. Diese Kulisse war sogar im November noch schön.

»In amtlichen Karten heißt das Gewässer ›die Staufe‹, aber hier spricht jeder nur vom ›Fluss‹. So, als ob es keinen anderen gäbe.«

»Na ja, der Ganges ist imposanter, und die Mur darf mir als Grazer auch niemand madig machen, aber … dieser … *Fluss,* der hat schon was sehr Außergewöhnliches. Wie alles übrigens, das ich bisher gesehen habe.«

Es war ganz klar ein Kompliment, und Julia ärgerte sich, dass sie deswegen errötete, was die Röte noch steigerte. Es war wirklich sehr unpassend, immerhin war sie eine Frau von achtunddreißig.

Sie sah die Haslers, die beinahe aus dem Fenster ihrer

Erdgeschosswohnung fielen, als sie anhielt, um das ge-schlossene Burgtor zu öffnen.

Benno machte einen Riesensatz über das Verwalter-ehepaar hinweg, schoss auf Julia zu und leckte ihre Hand. Dann begann er zu kläffen und sprang an der Beifah-rerseite des Autos hoch, als ob er wahnsinnig geworden wäre.

»Das macht er doch sonst nie«, wunderte sich Brigit-te Hasler, als sie aus dem Haus kam, um Benno zu be-ruhigen.

Walter Hasler überholte seine Frau und packte den er-regten Hund am Halsriemen. »Das ist ein klarer Fall von Eifersucht«, stellte er fest und grinste dabei ein wenig. »Er hat eben Instinkt, unser Benno!«

Julia führte Stefan zum Gästeapartment, das im auf-wendig renovierten Hauptgebäude der Burg lag.

»Das ist ja wie im Luxushotel«, staunte ihr Gast.

»Es gibt noch zwei andere Apartments. Die Staufenfels' haben Besitzungen auf der ganzen Welt, und wenn sie hin und wieder herkommen, dann tun sie es meistens im Pulk: Die erwachsenen Kinder schleppen ihre Freunde an, und der Graf und seine Frau bringen manchmal Geschäfts-partner oder befreundete Ehepaare mit. Mit der Ruhe ist es da vorbei. Dann gibt es große Einladungen und Bälle, Poolpartys, Grillfeste, Golf- und Tennisturniere; es ist ja alles vorhanden. Sogar einen eigenen Flugplatz haben wir unten, gleich neben den Tennisfeldern!«

»Nobler Chef, den du da hast!«

»Ich kann nicht klagen. Und wie gesagt, den größten Teil des Jahres hab ich hier wunderbar Ruhe. Es ist ge-nau so, wie ich ganz am Anfang geschrieben habe: Ich bin eine einsame Burgfrau!«

»Im Moment nicht«, sagte er und legte seine Hände auf ihre Schultern.

Julias Herz begann rascher zu klopfen. Sie fühlte, wie sie sich versteifte, als er sie an sich zog.

Er legte seine Wange an ihre, und sie spürte seine ein wenig stechenden Barthaare. Angespannt erwartete sie einen Kuss, doch er drehte nur ein wenig den Kopf und fragte mit ruhiger Stimme: »Warum hast du so *Angst*, Julia?«

»Weil …«, begann sie, aber ihre Stimme wollte ihr nicht gehorchen. Sie blinzelte, um zu verhindern, dass sie auch noch zu weinen begann. Es war wirklich zu dumm!

Stefan Windheim lehnte sich an die Wand und betrachtete sie, ohne sie dabei loszulassen. »Du hattest eine Beziehung … vermutlich sogar eine langjährige, und er hat dich enttäuscht. War es so, Julia?«

Sie fragte nicht, warum er das wusste, denn sie hatte ihm zwar viele Begebenheiten aus ihrem Leben mitgeteilt, von Jürgen aber kein Wort. Sie nickte nur stumm und wartete ab.

»Wenn eine Frau so reagiert wie du eben, dann ist das die naheliegende Erklärung.«

Julia nickte erneut. Irgendwie war sie erleichtert, dass es heraus war. Es war ihr klar gewesen, dass es irgendwann einmal besprochen werden musste, allerdings hatte sie nicht erwartet, dass es gleich in der ersten Stunde passieren würde.

»Ich bin zweiundvierzig, und natürlich hat es auch in meinem Leben Frauen gegeben. Meine letzte Beziehung hat fast zehn Jahre gedauert. Ich wollte heiraten und eine Familie gründen. Ich bin beinahe verrückt geworden, als ich begriffen habe, dass sie mich betrügt.« Er ließ Julia los, drehte sich um und sprach zum Fenster gewandt weiter: »Ich hab Wochen gebraucht, um mich wieder für mein Leben zu interessieren, und zu der Zeit war es nur die Gegenwart, die irgendwie bewältigt werden musste. Eine Zukunft konnte ich mir gar nicht mehr vorstellen. Nach ein paar Monaten hab ich dann die Ausschreibung für den Brückenbau gelesen. Ich hab mich beworben, sie haben mich genommen, und ich bin nach Indien gegangen. Dort bin ich jetzt seit fast drei Jahren, nur langsam hab ich mich doch besonnen, dass ich nicht ewig allein sein möchte. Dass ich irgendwann zurückkommen werde, und dass es dann schön wäre, wenn jemand da wäre, der mich erwartet.«

Julia hatte aufgehört zu blinzeln, während er sprach.

Er wandte sich wieder um, und sie schauten sich erneut an. Diesmal waren es andere Blicke als zuvor auf dem Bahnsteig.

Ein Lächeln stahl sich in Julias Augen und wanderte weiter zu ihren Mundwinkeln. »Was man sich alles *nicht* berichtet, wenn man eine elektronische Fernbeziehung hat«, sagte sie und machte einen Schritt auf ihn zu. Jetzt war sie es, die ihre Hände auf seine Oberarme legte. »Danke. Und herzlich willkommen, Stefan!«

Und danach küsste sie ihn. Ganz behutsam.

Er fasste sie um die Taille und erwiderte den Kuss. Er war sanft und vorsichtig, und eine angenehme Wärme hüllte Julia ein. Gerade als sie erwog, ob sie nicht ein wenig den Mund öffnen sollte, löste er sich von ihr und sagte, mit einem netten ironischen Beiklang in der Stimme: »Wir sollten es nicht gleich übertreiben, denke ich!«

Julia war ein winziges bisschen enttäuscht, aber sie lachte und stimmte ihm zu: »So seh ich das auch.«

Und dabei blieb es an diesem Tag.

Auf jeden Fall war es spannend.

Der Mann sah fabelhaft aus, und er hatte Charme und Manieren.

Tante Marta wäre zufrieden. Die aber konnte nun doch nicht kommen. Sie war in Botswana, um Alwin zu trösten, dessen vierte Ehe diesmal schon vor der Hochzeit gescheitert war.

7

Das Wetter meinte es gut mit ihnen. Am nächsten Tag schien die Sonne, und die Temperaturen stiegen auf im November ungewöhnliche achtzehn Grad.

Sie frühstückten in Julias gemütlicher Turmwohnung und aßen die knackigen Brötchen, die Brigitte Hasler ihnen vom morgendlichen Einkauf im Städtchen mitgebracht hatte.

»Und was machen wir jetzt?«, fragte Stefan schließlich unternehmungslustig.

»Ich dachte, ich zeig dir erst mal die nähere Umgebung, und danach weiten wir die Erkundungen jeden Tag ein bisschen aus. Oder hast du einen besonderen Wunsch?«

»Nur den, dass wir so viel Zeit wie möglich zusammen verbringen«, bekannte er, griff nach ihrer Hand und drückte einen kleinen Kuss auf die Knöchel.

»Bist du immer so charmant?«, erkundigte sich Julia und errötete wieder; eine Reaktion, die sie zu ärgern begann. *Ich bin doch keine siebzehn mehr, verdammt noch mal!*

Stefan sah es und grinste. »Klar«, sagte er und machte eine Unschuldsmiene. »Ich bin Österreicher, und Charme ist uns praktisch angeboren!«

Er scheint tatsächlich Humor zu haben, dachte Julia.

Sie klopfte ihr Frühstücksei auf, wobei ihr einfiel, dass sie nicht ohne Weiteres davon ausgehen konnte, dass er Bewegung per pedes ebenso mochte wie sie. Am besten, sie klärte das rasch. »Macht es dir etwas aus, wenn wir die Stadt zu Fuß besichtigen?«

»Natürlich nicht. Ich sagte doch schon, ich bin Österreicher, und in meiner Heimat wandert jeder, der über zwei gesunde Beine verfügt.«

»Wie beruhigend zu hören. Ich bin nämlich ein ausgesprochener Lauffreak.«

»Ich auch. Das ist übrigens etwas, das mir in Indien wahnsinnig fehlt: Spazierwege oder Wanderpfade wie bei uns, die gibt es dort nicht. Okay, in den Großstädten gibt es natürlich Parks, aber dort, wo ich bin, gehen die Leute höchstens mal ein paar Schritte, um irgendwelche Besorgungen zu machen. Wenn man sich in der Landschaft bewegen möchte, dann muss man zum nächsten Golfplatz fahren, was für mich ein Halbtagstrip ist, und das kann ich mir nur am Sonntag erlauben. An den Arbeitstagen, auf der Baustelle, komm ich allerdings schon auf ein Laufpensum, aber eben zu keinen besonders angenehmen Bedingungen. Es gibt dort jede Menge Krach und Staub – und bei all dem ist es meistens schwülheiß und nirgendwo auch nur ein winziges Fleckchen Schatten.«

»An solche Dinge denkt man natürlich nicht, wenn man sich von hier aus ein exotisches Land wie Indien vorstellt«, erwiderte Julia und begann zu begreifen, dass ihre Fantasie und die indische Realität sich wohl sehr voneinander unterschieden.

Sie besichtigten die historische Altstadt von Staufenfels, das Heimatmuseum und die Kirche, deren Apsis und Turm in jedem Reiseführer als sehenswert aufgeführt waren.

Zur Mittagszeit aßen sie bei Luigi eine Kleinigkeit und stiegen dann wieder zum Burgberg hinauf.

Julia sah dabei zu, wie Stefan in ihrem Wohnzimmer den elektrischen Kamin »American Style« in Betrieb setzte, was vorher noch niemand versucht hatte.

Als die täuschend echt imitierten Holzscheite zu glimmen begannen, was nichts anderes war als eine Wärme spendende, elektrische Illumination, die kaum von einem echten Kaminfeuer zu unterscheiden war, ging sie in die kleine Küchennische und setzte Tee auf.

Ein köstlicher Duft zog kurz darauf durch den Raum. Er stammte nicht nur von den aromatischen Teeblättern, die Tante Marta von derselben Farm bezog wie ihren Kaffee – und Julia großzügig daran teilhaben ließ – , sondern er entströmte auch den unsichtbaren Düsen über dem Kamin und erweckte dadurch die Illusion vom Verbrennen harziger Hölzer.

»Unglaublich«, fand Stefan und betrachtete beeindruckt das amerikanische Feuer. Dann ging er zu dem Regal, auf dem Julia in geflochtenen Körbchen ihre musikalischen Schätze aufbewahrte. »Darf ich?«, fragte er, während er schon den ersten Deckel abhob und die CDs inspizierte. Beim dritten Korb wurde er fündig. Er ging zur Stereoanlage und schob die Kunststoffscheibe in die dafür vorgesehene Öffnung. Wenige Sekunden später hörte Julia die Anfangstöne des ersten Klavierkonzerts von Chopin. Sie richtete sich aus ihrer Couchecke auf und sagte, erstaunt über so viel gemeinsame Vorlieben: »Meine Lieblingsmusik!«

»Ich weiß«, erwiderte Stefan und grinste verschmitzt. »Du hast es mir irgendwann mal geschrieben!«

Immerhin hast du es dir gemerkt, dachte Julia, während Stefan näher kam, sich ans Fußende des Sofas setzte und sympathisch unkompliziert ihre Beine über seine Knie legte. Dann griff er nach der Tasse mit dem Tante-Marta-Tee, trank einen Schluck davon und rief begeistert: »Das ist ein echtes Spitzenprodukt, und von Tee versteh ich nun wirklich etwas!«

»Geschenk von meiner Patentante. Die dich übrigens gerne mal kennenlernen würde«, berichtete Julia und war neugierig, wie er darauf reagieren würde.

Er zog ein Clownsgesicht: »Wenn sie das *möchte* … irgendwann wird es sich bestimmt einrichten lassen.« Dann nahm er noch einen Schluck aus der Tasse und hob flapsig die Schultern: »Abwarten und Tee trinken!«

Julia erwiderte nichts, aber sie dachte, dass Tante Marta seine Antwort gefallen hätte.

Die sanfte Klaviermusik lullte sie angenehm ein, das falsche Kaminfeuer knisterte, und es wurde ihr bewusst, dass sie sich schon sehr lange nicht mehr so wohlgefühlt hatte.

8

Sie nutzten die immer noch schönen Tage, um kleine Fahrten und ausgedehnte Spaziergänge zu machen.

Am Abend saßen sie beim amerikanischen Kaminfeuer. Sie redeten, was ihnen gerade in den Sinn kam, und Stefan erzählte viel von seinem Leben in Indien.

Julia saugte jedes Detail in sich auf und wurde nicht müde, Fragen zu stellen. »Ich liebe dieses Land schon seit meiner Kindheit. Ich glaube, es war der entscheidende Punkt für mich, wirklich in so eine Mailbeziehung einzusteigen, als du mir damals geschrieben hast, dass du dich in Indien befindest. Bitte, erzähl mir so viel wie möglich davon.«

Am vierten Tag hatten sie es aufgegeben, sich gegenseitig zu belauern, um verborgenen Eigenschaften auf die Schliche zu kommen.

Außerdem traten diese ohnehin offen zutage.

Julia sah sich gezwungen einzuräumen, dass Hausarbeit nicht ihre Stärke war. Brigitte Hasler kam an den Vormittagen herüber und putzte nicht nur das Büro, sondern auch die Privatwohnung. Außerdem wusch sie alles ab, was abzuwaschen war, und nahm Julias Schmutzwäsche mit hinüber in ihre Waschküche, um sie Tage später – gebügelt und zusammengelegt – wiederzubringen. »Es ist mir lieber, Frau Hasler zu bezahlen, als all das selbst zu erledigen«, gab Julia zu und war gespannt auf seinen Kommentar.

»Das ist doch vernünftig«, fand Stefan. »Und was mich betrifft: Ich war und bin nicht daran interessiert, mir ein Hausmütterchen anzulachen.«

»Wie beruhigend, das zu erfahren«, erwiderte Julia und schrieb ihm innerlich fünf Pluspunkte gut. Denn Jürgen hatte nicht nur ganz selbstverständlich erwartet, dass sie einkaufte und fürs Essen sorgte, er hatte sich sogar seine Klamotten von ihr mitwaschen lassen, wenn er mal wieder in einer Lieferklemme gewesen war. Jürgen war selbstständiger Grafiker und Designer, und die Art und Weise, wie er seine Tage und Nächte gestaltete, hatte ihr bei ihrem letzten Job beinahe eine Abmahnung wegen mehrmaligen verspäteten Eintreffens am Arbeitsplatz eingetragen.

Im Gegenzug zur Offenbarung ihrer Mängel bemühte Stefan sich nicht mehr, in einen höflichen Konversationston zu wechseln, wenn er mit seinem indischen Vorarbeiter telefonierte. Er schrie dabei derart in den Hörer seines Handys, dass einem unweigerlich das Bild eines größenwahnsinnigen Tyrannen vor die Augen trat.

»Dieser Mann reagiert nicht auf normale Anweisungen«, klärte Stefan sie auf. »Und ein ausgeprägtes Phlegma wie seines ist leider eine sehr verbreitete Untugend in Indien. Ich weiß, das klingt rassistisch und selbstgerecht, aber es ist nun mal so, und ich möchte die Baustelle ungern im selben Zustand antreffen, wie ich sie vor der Abreise verlassen habe!«

Julia nahm diese Auskunft widerspruchslos entgegen. Sie fürchtete sich zu sehr vor weiteren Entzauberungen ihres Sehnsuchtslands, um eine Diskussion über die schlechten Nationaleigenschaften der Inder loszutreten.

Außerdem hatte sie andere Probleme.

Es waren inzwischen sechs Tage vergangen, und nur noch morgen würde er bleiben.

Und die Nacht, die dazwischen lag.

Sie hatten sich häufig geküsst und vorsichtig befummelt; jetzt drängte Stefan auf mehr, das war nicht mehr zu ignorieren – und auch zu verstehen. Sie waren keine Teenager mehr, Erotik gehörte zum Leben von erwachsenen Menschen, und ihre Situation war eine außergewöhnliche: Sie hatten einfach nicht die Möglichkeit wie andere Paare, sich *langsam* anzunähern.

Stefan hatte sich für diesen Nachmittag entschuldigt. »Ich muss noch verschiedene Dinge einkaufen, die ich nach Indien mitnehmen möchte, Toilettenartikel und solchen Kram, und ich möchte dir nicht zumuten, mich dabei zu begleiten. Danach feiern wir dann unseren letzten Abend, okay?«

Julia bestellte also das Abschiedsfestmahl beim angesagten Staufenfelser Chinesen und überzeugte sich, dass die Flasche Champagner, die sie gekauft hatte, gut durchgekühlt war. Dann stellte sie sich unter die Dusche und wusch sich die Haare.

Um sechs abends fuhr Walter Haslers Opel in den Burghof, und Stefan stieg aus. Er kam aber nicht in den Turm, sondern verschwand mit einer dick gefüllten Plastiktüte in der Hand im Hauptgebäude.

Viertel vor sieben klingelte er. »Na, wie war dein freier Nachmittag?«, flachste er und umarmte sie liebevoll.

»Gut«, murmelte Julia an seiner Brust. Sie roch ein angenehm männlich duftendes, neues Aftershave und spürte an seiner Haut, dass auch er unter der Dusche gewesen war.

Sie führte ihn ins Wohnzimmer, wo es ihnen grade noch gelang, ein Gläschen Schampus zu trinken, bevor der chinesische Wirtssohn klingelte und das bestellte Essen lieferte.

Julia bezahlte und trug die Pappkartons in die Küchennische, um die Inhalte auf Porzellantellern anzurichten.

Sie aßen mit Appetit, und der restliche Champagner versetzte sie beide in eine fröhliche, beschwingte Laune.

»Das war köstlich«, sagte Stefan, als auch das Dessert verspeist war, das aus Litschis und Limoneneis bestanden hatte.

»Wunderbar«, stimmte ihm Julia zu. Sie wischte sich den Mund ab und stellte dann die Teller aufeinander, um sie zur Spüle zu tragen.

Stefan fing ihre geschäftigen Hände ein und hielt sie fest. »Lass das doch morgen Frau Hasler machen«, bat er und drückte seine Lippen auf ihren Puls. »Die Zeit läuft uns weg, und ich denke, wir sollten uns deshalb *miteinander* beschäftigen.«

Was er damit meinte, war unmissverständlich. Hätte er stattdessen gesagt: »*Lass es uns endlich tun, Julia*«, es wäre nicht deutlicher gewesen. Er stand auf, trat hinter sie und legte eine warme Hand auf ihren Nacken. Mit dem anderen Arm zog er sie hoch und drehte sie zu sich.

Julia sah die Glut in seinen dunklen Augen und spürte die Hitze seiner Erregung. Er drückte sie an sich und küsste sie, und dieses Mal tat er es nicht sanft, sondern fordernd, und Julia erwiderte seine leidenschaftlichen Zärtlichkeiten.

Doch genau in dem Moment, in dem sie ihren letzten, inneren Widerstand aufgeben wollte, schob sich wie ein übergroßes Dia das Bild Jürgens vor ihr geistiges Auge. Jürgen, wie er auf dieser nackten, rothaarigen Frau gelegen hatte, ebenfalls nackt, in ihrem, Julias Bett.

Es war wie ein kalter, ernüchternder Luftzug. All die Leichtigkeit und Unbeschwertheit des Abends war wie weggeblasen und Julia so steif und vorsichtig wie am ersten Tag seines Besuchs.

»Was ist denn, hab ich etwas falsch gemacht, Julia?«, wollte er wissen und machte Anstalten, sie erneut an sich zu ziehen, doch Julia schob ihn von sich.

»Ich … kann das noch nicht, Stefan. Tut mir leid«, sagte sie hilflos. Sie wusste genau, dass sie sich wie eine Zicke benahm.

Natürlich war er enttäuscht.

Eine ganze Weile lang schwieg er und sah mit ausdruckslosem Gesicht in das amerikanische Feuer, dessen Knistern Julia lauter vorkam als jemals zuvor.

»Das liegt ganz bei dir«, sagte er schließlich. Dann stand er auf und verließ ohne ein weiteres Wort die Wohnung.

Julia sah ihm vom Fenster aus nach, wie er über den Hof ging und im Eingang des Burggebäudes verschwand.

Sie schlief keine Sekunde in dieser Nacht, weshalb sie auch das Taxi hörte, das gegen sechs Uhr am Morgen am Burgtor vorfuhr. Dabei hatte Stefan vorgehabt, noch bis zum Spätnachmittag des Tages zu bleiben.

»Schade, dass Ihr Freund so schnell wieder abreisen musste«, versuchte Brigitte Hasler, nähere Einzelheiten zu erfahren, doch Julia lenkte die Konversation rasch auf den Hund Benno, der an einer Magenschleimhautentzündung erkrankt war. Wenn Tante Marta dabei gewesen wäre, sie hätte einmal mehr ihre diplomatische Ausweichbegabung gelobt.

Dann verkroch sich Julia in die Archive der Staufenfels', und irgendwie ging auch dieser Tag vorüber.

Am Abend schenkte sie sich ein Glas Rotwein ein und setzte sich damit in ihren Lieblingssessel, einem edlen

Stück aus dem schwäbischen Biedermeier. Im Kamin flackerte auch an diesem Tag das amerikanische Feuer, dessen Entfachung er ihr beigebracht hatte.

Julia wartete bis zehn Uhr, ob er sich vor dem Abflug wenigstens telefonisch noch einmal melden würde, doch er tat es nicht.

Ich habe es verpatzt, dachte sie. *Ich habe einen Mann wie diesen, der intelligent, charmant und einfühlsam ist, verprellt und dahinziehen lassen. Offenbar bin ich wirklich zu verkorkst für eine weitere Partnerschaft.*

Julia weinte und bemerkte es erst, als sie den nassen Fleck an ihrer Bluse sah. Sie nahm sich ein zweites Glas Wein und am Ende sogar ein drittes, was bewirkte, dass sie im Sessel einschlief und gegen Morgen mit verdrehten Gliedern und einem Brummschädel erwachte.

9

Beinahe sechs Wochen lang war Jenny ihre einzige Mailpartnerin.

»Dir ist wirklich nicht zu helfen«, schrieb diese, nachdem Julia ihr, ohne ihre eigene Rolle zu verheimlichen, von Stefans Besuch und dessen Ausgang geschrieben hatte.

Und Jenny drückte nur aus, was Julia selbst so empfand.

Gerade als sie beschloss, die Sache als endgültig gescheitert zu betrachten, schickte Stefan eine Mail mit guten Wünschen zum nahen Weihnachtsfest. Die Nachricht war in einem unverbindlichen, höflichen Ton gehalten, aber sie war immerhin ein Zeichen dafür, dass er die schriftliche Entschuldigung akzeptierte, die sie ihm nach seinem jähen Abschied hinterhergeschickt hatte.

Ob die Beziehung noch irgendeine Perspektive hatte, konnte Julia nicht beurteilen. Wenn sie an Stefan dachte, fühlte sie sich bedrückt und schuldbewusst. Es war ihr klar, dass sie mit ihren Mails nicht nur Erwartungen geweckt, sondern diese Hoffnungen bei Stefans Besuch auch geschürt hatte – um schließlich doch zu kneifen.

Die *feine Art* war es jedenfalls nicht gewesen, und ob ein Mann wie er sich danach zu einem zweiten Besuch durchringen konnte, daran hatte Julia erhebliche Zweifel.

Im Nachhinein betrachtet, waren die Tage mit ihm schön, interessant und voller Harmonie gewesen, bis auf das abrupte Ende eben, für das sie selbst verantwortlich war.

Mein Gott, sie war wirklich eine dumme Pute!

Natürlich waren solche Gedanken alles andere als angenehm, und die Aussicht, ihnen während der Feiertage voll ausgesetzt zu sein, ganz ohne die Ablenkung durch ihre Arbeit, stimmte Julia nicht eben fröhlich.

So war sie geradezu euphorisch, als Tante Marta anrief und ihr vorschlug, die Weihnachtstage in München zu verbringen.

»Ich fliege diesmal nicht über die Festtage nach Botswana, ergo ist es doch sicher netter für uns beide, wenn wir zusammen feiern. Komm doch einfach, sobald du wegkannst, Julia. Je mehr Zeit wir füreinander haben, desto besser«, erklärte Tante Marta, und Julia stimmte ihr freudig zu.

»Und jetzt, was ist mit diesem *österreichischen Brief-freund*?«, erkundigte sich Marta Albers gleich am ersten Abend von Julias Münchner Aufenthalt.

»Er war im November ein paar Tage da, und es war sehr nett«, teilte Julia mit und fragte dann unverzüglich nach den Weihnachtsplätzchen, die der ganze Stolz ihrer Tante waren.

Julia stopfte etliche davon in sich hinein, fragte nach den Rezepten und ging dann, bevor es ihr von dem sü-ßen und fettigen Gebäck übel werden konnte, zu Bett, sodass sich keine Gelegenheit mehr ergab, noch einmal über Stefans Besuch zu sprechen.

Es war zwar nur ein Aufschub, so viel war Julia klar, aber irgendwie fühlte sie sich zu erledigt, um Tante Mar-ta bereits am Ankunftsabend von einem weiteren, miss-glückten Akt ihres Liebeslebens zu berichten.

»Du siehst sonderbar aus«, fand Marta Albers, als ihre Nichte am nächsten Morgen – es war der dreiundzwan-zigste Dezember – zum Frühstück erschien.

»Inwiefern?«, wollte Julia wissen, die noch in Pyjama und Morgenmantel steckte.

»Schau dich mal an«, empfahl Tante Marta und holte aus dem Bad ihren Schminkspiegel.

Julia betrachtete die rötlichen Flecken auf ihrem Ge-sicht und stellte dann fest, dass auch Brust und Arme be-fallen waren.

»Eine Allergie ist das nicht«, konstatierte Marta Albers, nachdem sie Julias Stirn befühlt und für zu heiß befun-den hatte. »Da kriegt man meines Wissens kein Fieber!«

»Vielleicht ein Nesselausschlag?«

»Jedenfalls etwas, das wir dem Arzt zeigen sollten, und zwar so bald wie möglich. Morgen, am Heiligabend, erwischen wir keinen, wenn du nicht mit dem Kopf unter dem Arm in einer Klinik erscheinst.«

Damit hatte sie zweifellos recht.

Julia wusch sich auf Tante Martas Rat mit dem Waschlappen – und *nur an den notwendigsten Stellen* –, kleidete sich an und setzte sich dann im Mercedes auf den Beifahrersitz.

»Zum Glück hat mein Hausarzt sich überreden lassen, in seine Praxis zu kommen. Der Notdienst sitzt am anderen Ende der Stadt.«

Julia fühlte sich schwach und benommen, was wohl am Fieber lag.

Der nette, weißhaarige Arzt, ein Mann Anfang siebzig, betrachtete die rätselhaften Rötungen nur kurz und kam überraschend schnell zu einer Diagnose: »Sie haben die Masern, Frau Bader.«

»*Die Masern*???«

»Eindeutig. Haben Sie vielleicht ein Kleinkind, von dem Sie sich das eingefangen haben könnten?«

»Ich bin kinderlos. Und ich kann mich auch nicht erinnern …« Doch dann fiel Julia das putzige Enkelkind der Haslers ein, das vor einigen Tagen mit seinen Eltern einen Besuch bei Oma und Opa gemacht hatte. Sie hatte es auch einmal auf den Arm nehmen dürfen, worauf Benno sie zum ersten Mal angeknurrt hatte.

»Sehen Sie«, sagte der Arzt, der ihre Mimik beobachtet hatte. »Jetzt fällt's Ihnen wieder ein. Die Frage ist nur, ob Sie irgendwann mal geimpft worden sind, aber ich vermute nicht, bei einer derart heftigen Reaktion.«

Vermutlich hatte er recht; Julia konnte sich jedenfalls nicht erinnern – und ihre Eltern konnte sie auch nicht mehr befragen.

»Ich verschreibe Ihnen ein paar Medikamente, allerdings, besonders wirksam ist keines davon, muss ich leider gestehen. Die moderne Medizin ist solchen Viruserkrankungen gegenüber noch immer weitgehend hilflos. Ich empfehle Bettruhe und danach noch eine mindestens vierwöchige Schonung.«

»Aber …«

»Kein Aber. Ich weiß, dass es Kollegen gibt, die andere Auffassungen vertreten und die Sache als harmlos betrachten, was jedoch eine Fehleinschätzung ist, besonders bei erwachsenen Patienten. Masern können im Übrigen sehr schnell andere Krankheiten nach sich ziehen, solche sogar, die lebensbedrohlich sind. Ich empfehle also sehr, bei Ihrer Tante zu bleiben und sich dort zu erholen.«

»Genau so machst du es«, mischte sich Tante Marta energisch ein. »Das Archiv derer von Staufenfels wird das sicher verkraften.«

»Aber ich wollte am zweiten Januar nach Australien fliegen, zu Jennys Hochzeit.«

»Ich kann Sie nicht anbinden, Frau Bader, aber ich rate Ihnen eindringlich davon ab.«

»Es ist die Hochzeit meiner besten Freundin.«

»Ja, eben. Abgesehen davon, dass Sie mit Ihren bis dahin kaum abgeheilten Pusteln wohl gar nicht in ein Flugzeug gelassen würden: Ich nehme auch nicht an, dass es Ihre Absicht ist, dem Brautpaar durch Ihre gesundheitlichen Probleme die Flitterwochen zu verderben.«

»Sei vernünftig, Julia«, mahnte Tante Marta. »Jenny wird das ganz sicher verstehen!«

Julia seufzte, aber sie gab nach, denn trotz der Spritze des netten Arztes fühlte sie sich keineswegs besser, als sie endlich wieder in Tante Martas Gästebett lag.

Ganz Weihnachten verschwand in einem Fiebernebel, und nur das nahezu unerträgliche Jucken der Flecken, die sich inzwischen zu Bläschen ausgewachsen hatten, riss Julia hin und wieder aus ihren Delirien.

»Kind, Kind, dich hat es aber wirklich erwischt«, hörte sie irgendwann Tante Martas besorgte Stimme.

Der freundliche Arzt kam daraufhin sogar ins Haus und gab Julia weitere Injektionen. Sie schwitzte wie noch nie in ihrem Leben, verweigerte jegliche Nahrung und lebte von Mineralwasser und Tee.

Am Silvestertag ließen die Fieberschübe endlich nach, Julias Bewusstsein war wieder klar und ihr Körper über und über bedeckt mit dunklen, schorfigen Pusteln.

10

Dem Internet sei Dank: Jennys Hochzeitsfotos aus dem Rathaus von Sydney und der dortigen Kirche, Bilder des prachtvollen Büfetts im Garten eines Hotels, die Schnappschüsse von fröhlich feiernden Gästen und schließlich die entspannt lachenden Flitterwöchner an einem pulvrigen Sandstrand – all das war in Julias Mail-Account gelandet.

Julia druckte alles aus und zeigte die Bilder Brigitte Hasler, die schon mehrmals danach gefragt hatte.

»So glücklich werden Sie auch bald sein«, versicherte die Frau des Burgverwalters. »Nur sollten Sie wieder ein bisschen Gewicht zulegen. Ich hab mich neulich am Telefon lange mit Ihrer Tante unterhalten …«

»Ja, ja. Das kann ich mir vorstellen«, erwiderte Julia

ungewohnt patzig und rollte mit den Augen. Sie mochte nicht gern an die Lungenentzündung erinnert werden, die sich, wie von Tante Martas Hausarzt befürchtet, nach den Masern eingeschlichen hatte.

Bei der Abschlussuntersuchung hatte der Doktor mit ihr gesprochen wie ein gütiger Vater: »Sie sollten mit sich ins Reine kommen, Julia«, hatte er ihr geraten. »Die meisten Infektionskrankheiten finden das Tor in den Organismus nämlich über eine Schwäche der Psyche.«

»Meine Psyche ist völlig okay«, hatte Julia trotzig erwidert, doch der alte Mediziner hatte nur fein gelächelt und geraten, *ihren Seelenmüll zu entsorgen.*

Und seitdem sie aus München zurückgekehrt war, hörte sie täglich die guten Ratschläge der Haslerin, die eine Art hatte, Dinge so ausdauernd durchzukauen wie eine Kuh mit ihren vier Mägen das Gras. Immerhin lag die Erkrankung jetzt gut sechs Wochen zurück, und Julia fühlte sich inzwischen wieder völlig in Ordnung.

Frau Hasler aber schien noch nicht damit fertig zu sein, ihre Lebensweisheiten ausstreuen zu wollen. Sie staubte beharrlich weiter ab und nahm jeden Gegenstand im Büro dazu von seinem Platz.

Ungeduld stieg in Julia hoch, und sie machte gerade den Mund auf, um Brigitte Hasler darauf hinzuweisen, dass es Abmachung war, zu putzen, wenn das Büro *nicht* benutzt wurde, als es klingelte.

»Wer kann denn das sein, so früh am Morgen?«, wunderte sich die Verwalterfrau, während Julia bereits aufstand, um die Tür zu öffnen.

»Hallo, Julia«, sagte Stefan und lächelte schwach.

»Du???« Julia konnte es kaum fassen, während Brigitte Hasler über ihre Schulter hinweggriff: »Ja, Herr Windheim! Das ist aber eine Überraschung! Wo kommen denn Sie her?«

Er gab Julia ein neutrales Küsschen auf die Wange und begrüßte dann freundlich die Frau des Burgverwalters.

Julia war völlig verwirrt. Seit der Weihnachtsmail hatte sie nichts mehr von ihm gehört – und inzwischen auch jede Hoffnung aufgegeben, dass er sich noch einmal bei ihr melden würde.

Natürlich erwähnte sie solche Gedanken mit keinem Wort.

Erst als sie oben in ihrem Apartment waren, fiel ihr auf, wie ernst und bedrückt Stefan war. Unter seinen Augen lagen dunkle Schatten, und er wirkte wie ein Mensch, der seit Tagen nicht mehr richtig geschlafen hatte. »Hast du … irgendwelche Sorgen?«, fragte sie schließlich.

»So würde ich das nicht ausdrücken«, erwiderte er und lächelte kurz und freudlos. »Meine Mutter ist verstorben. Ich komme direkt aus Graz, von der Beerdigung.«

»Das tut mir leid«, murmelte Julia betroffen.

»Ja, mir auch. Vor allem, weil ich nicht mehr mit ihr sprechen konnte. Unser Verhältnis war ziemlich angespannt, seitdem ich nach Indien gegangen bin. Es gab allerlei Differenzen zwischen uns, die nun nie mehr ausgeräumt werden können.« Seine Stimme klang gequält, als er weitersprach: »Sie hat überraschend einen Schlaganfall bekommen, mit grade mal sechzig Jahren. Sie war damals sehr jung, als sie meinen Bruder – und knapp ein Jahr drauf mich bekommen hat.« Er machte eine gedankenverlorene Pause und bemühte sich um Fassung, bevor er seinen Bericht fortsetzen konnte: »Mein Bruder hat mich angerufen und keinen Zweifel daran gelassen, dass es ihr schlecht ging. Ich bin ins nächste Flugzeug gesprungen, aber es war leider zu spät. Ich hab es nur noch zur Beerdigung geschafft.«

»Wie schrecklich für dich.«

»Ja. Es gab so viel, was ich sie gerne noch gefragt hätte.«

»Das kann ich verstehen«, erwiderte Julia und dachte daran, dass auch sie sich im Streit mit ihren Eltern befunden hatte, damals, als der Unfall passiert war. Wegen Jürgen natürlich. Denn nicht nur Tante Marta, auch ihre Eltern hatten ihn abgelehnt.

»Ich bin gleich nach der Trauerfeier wieder abgereist. Das Verhältnis zu meinem Bruder ist nicht so toll. Aber ... entschuldige, ich will dich nicht mit unseren Familienangelegenheiten belästigen.«

»Das ist doch keine Belästigung«, widersprach Julia und beschloss, sich erst einmal aufs Praktische zu verlegen: »Und jetzt setz dich doch bitte! Möchtest du vielleicht eine Tasse Kaffee?«

»Vielen Dank, das wäre schön.«

Julia schob eine Kapsel in die neue, teure Kaffeemaschine, die Tante Marta ihr zu Weihnachten geschenkt hatte. Sie wartete, bis der dünne, dunkelbraune Strahl die Tasse gefüllt hatte, und warf drei Stück Würfelzucker hinein, bevor sie Stefan das Getränk servierte.

Er nahm einen kleinen Schluck und musste dann lächeln. »Du hast nicht vergessen, dass ich ihn sehr süß und ohne Milch trinke.«

»Ich hab ein sehr gutes Gedächtnis«, sagte Julia, und gleich darauf überzog eine brennende Röte ihr Gesicht. Zum Teufel noch mal, das war genau die Vorgabe, die sie nicht hatte leisten wollen. Vielleicht überhörte er es.

Er tat es nicht. Sein ernster Gesichtsausdruck wurde noch ein wenig melancholischer. Er nickte und sagte, ohne jeden Versuch, die Sache zu beschönigen: »Es tut mir leid, dass das mit uns im November so schiefgelaufen ist. Ich habe viel darüber nachgedacht, das musst du mir glauben, Julia. Ich hab dich mit meinem Drängen überfordert, das war mir schon klar, als ich wieder im Flugzeug saß … aber … ich bin ein Mann mit einem gewissen Stolz, und einer, der sich schwertut, so eine … *Abfuhr* … einfach wegzustecken.«

Julia war angenehm berührt von so viel Offenheit, aber er war noch nicht fertig.

»Es war mir unmöglich, dir so etwas zu schreiben. Ich wollte dir dabei in die Augen sehen, und so schlimm dieser Trauerfall auch ist, er hat mir jetzt wenigstens Gelegenheit dazu verschafft. Ich muss mich bei dir entschuldigen Julia, ich hätte nicht einfach so … *brüsk* … verschwinden dürfen! Und dann … je mehr Zeit vergangen ist, desto klarer ist mir geworden, wie viel du mir bedeutest.« Er stützte die Ellbogen auf den Tisch und vergrub das Gesicht in den Händen.

Julia starrte beklommen auf seine kurz geschorenen dunklen Locken und legte schließlich vorsichtig die Hände auf seine zuckenden Schultern.

Es dauerte eine ganze Weile, bis er wieder aufschaute und mit gepresster Stimme bekannte: »Ich kam mir bei der Beerdigung so ungemein einsam vor, dabei waren unzählig viele Menschen da, die ich seit vielen Jahren kenne. Da hab ich begriffen, dass mir niemand mehr nahesteht … nur du, Julia. Mit dir hab ich mich wirklich verstanden … und dann … dann war ich so blöde …«

Julia hätte später nicht mehr sagen können, wie es geschah.

Tatsache war, dass sie sich plötzlich in einer Umarmung befanden, die ungeachtet des immer noch frühen Vormittags im Bett endete.

Als sie bei ihren Küssen die letzten Spuren der Tränen auf seinen Wangen schmeckte, überflutete sie ein warmes, beinahe mütterliches Gefühl. Sie nahm ihn in sich auf und spürte, wie seine Trauer sich in Leidenschaft auflöste. Und als sich Jürgens Bild erneut zwischen sie drängen wollte, schob sie es energisch beiseite.

Gegen elf duschten sie und nahmen ein zweites, kräftiges Frühstück zu sich. Sie waren noch nicht fertig, als Frau Hasler anklopfte und den Kopf zur Tür hereinstreckte.

»Soll ich das Apartment drüben herrichten, Frau Doktor?«, fragte sie.

»Nein, danke. Das ist nicht notwendig«, erwiderte Julia rasch.

»So ist es richtig. Junge Liebe will doch beisammen sein«, frohlockte die Frau des Verwalters, und Julia fragte sich, weshalb ihr die nette, harmlose Frau in letzter Zeit so aufdringlich vorkam. Aber vermutlich waren ihre Nerven während ihrer Krankheit ebenfalls dünner geworden.

»Ich bring auch gerne was mit, wenn ich nachher zum Einkaufen fahre«, bot Brigitte Hasler inzwischen eilfertig an.

»Danke, aber ich denke, wir gehen heute Abend in die Stadt hinunter zum Essen.«

»Ja, dann …«

»Bis morgen, Frau Hasler.«

»Und wenn ich was tun kann …«

»Vielen Dank, aber … im Moment fällt mir wirklich nichts ein.«

Erst dann wich sie endlich, und Stefan ging mit ihr hinunter, um seine Sachen aus dem Auto zu holen.

Julia räumte das Geschirr zusammen und überlegte dabei, welche Termine sie verschieben musste, wenn Stefan noch einige Tage hierbleiben würde. Die Sitzung beim Zahnarzt, die am nächsten Tag stattfinden sollte, auf jeden Fall, und den Besuch im Staatsarchiv Stuttgart wohl ebenso.

Letzteres war dann aber doch nicht notwendig, denn wie sich herausstellte, musste er bereits am Abend des folgenden Tages wieder zurückfliegen.

»Ich werde dich wahnsinnig vermissen«, beteuerte er, als sie sich zum Abschied umarmten. »Aber im Juli komme ich wieder, da hab ich meinen regulären Urlaub. Und bis dahin werden wir telefonieren, skypen und mailen und bleiben so miteinander verbunden.«

Julias Antwort ging in einem letzten, eher flüchtigen Kuss unter.

Kaum war sein Mietauto verschwunden, erstürmte eine große Gruppe alemannischer Hexen den Burghof, was seit Jahrhunderten ihr verbrieftes Vorrecht war, denn es war der *gompige Doschtig,* der Donnerstag vor Faschingsdienstag.

Die Hexengestalten, die geschnitzte, grauenvoll bemalte Masken trugen, waren von Fackelträgern begleitet. In deren flackerndem Licht, das den trüben Februartag hell erleuchtete, führten sie, von gellenden Schreien begleitet, ihre grotesken Tänze auf.

Sie taten es so lange, bis Walter Hasler es angemessen erschien, seiner Verpflichtung nachzukommen. Er trat zwischen die Narren und reichte ihnen im Auftrag von Graf Franz Anton in einem eigens dafür angefertigten, reich verzierten Narrenkasten ein Trinkgeld, das sie vergnügt kreischend in Empfang nahmen. Danach stürzten sie wieder vom Burgberg in die Stadt zurück, um die Gabe, ihrem Namen entsprechend, in Getränke umzuwandeln.

Julia, die die Hexenvisiten in den vergangenen Jahren stets als hirnrissige Aktionen betrachtet und sich danach kopfschüttelnd wieder an ihre Arbeit begeben hatte, schmunzelte diesmal erheitert über das aufgekratzte Völkchen.

Brigitte Hasler sah es und beschloss auf der Stelle, die *arme Kleine*, die jetzt wieder normal zu werden schien, in die Gepflogenheiten der Region einzuführen. »Heut Abend ist unten im Ratssaal die Weiberfasnet. Da sollten Sie unbedingt mal hingehen, Frau Doktor. Schon weil Sie Historikerin sind, da muss man doch Bescheid wissen über die Gebräuche der Gegend, in der man lebt.«

Julia wollte einwenden, dass die *Gebräuche* mehr die Angelegenheiten der Volkskundler seien, doch Brigitte Hasler ließ keinen Widerspruch zu: »Es sind nur Frauen dabei, in jedem Alter, und als einziger Mann der Herr Pfarrer. Und wer was ist, spielt überhaupt keine Rolle, da sitzen Alt und Jung, Studierte, Angestellte, Arbeiterinnen und Hausfrauen, alle durcheinandergemischt. Es geht nur um den Spaß, und dass man wieder mal kräftig lachen kann. Und das kann man dort, glauben Sie mir! Es gibt jedes Jahr ein anderes Programm, aber bis jetzt war es noch immer sehr lustig.«

Warum eigentlich nicht?, dachte Julia. *Mal wieder kräftig lachen, das kann mir bestimmt nicht schaden.*

»Ein bissle fasnetsmäßig aufputzen müssen Sie sich allerdings schon«, fand Brigitte Hasler, als Julia in Jeans und Pullover bei ihr erschien. »Aber, das haben wir gleich.«

Und tatsächlich, ehe Julia sichs richtig versah, hatte sie ein schwarzes Barett auf dem Kopf, an dem sich ein riesiges Büschel aus verschiedenen Vogelfedern befand.

Walter Hasler steuerte die Weste seines Konfirmationsanzugs bei, die Julia perfekt passte, und holte aus dem Waffensaal einen mit schweren Messingnieten beschlagenen Gürtel mit integrierter Schwertscheide.

»Das Schwert lassen wir aber lieber dort, wo es ist«, erklärte der vorsichtige Burgverwalter. »Denn wenn im Lauf des Abends auch dort die Hexen aufkreuzen, weiß man nie, was denen so einfällt.«

»Und was stell ich jetzt dar?«, fragte Julia amüsiert, als sie sich im dreiteiligen Schlafzimmerspiegel der Haslers betrachtete.

»Sie gehen als Graf Franz Julia«, schlug Brigitte Hasler vor, und danach lachten sie alle drei schon einmal auf Vorschuss, denn Walter Hasler hatte zum Einstand des Weiberabends – und zum Schutz gegen die Februarkälte – bereits zwei Runden seines selbst gebrannten Obstlers ausgegeben.

Danach spazierten die beiden Damen den Burgberg hinunter, dieses Mal allerdings die breite, vom Schnee geräumte Fahrstraße.

Bei ihrem Eintreffen im Rathaus brodelten bereits die Luft und die Stimmung, und Julia konnte sich rasch davon überzeugen, dass es in Staufenfels offenbar doch eine ganze Anzahl jüngerer, pfiffiger und vergnügter Leute gab – in diesem Fall ausnahmslos Frauen. Es schien, dass sie bei ihren Erkundungen mit Jenny vorzeitig aufgegeben hatte.

Das Programm war unterhaltsam und keineswegs bieder oder gar doof.

Julia wurde von der allgemeinen Fröhlichkeit mitgerissen und lachte über die Späße und Sketche von ganzem Herzen.

»Und jetzet, Graf Franz Julia?«, rief Brigitte Hasler, als sie schließlich zusammen mit den *Fasnetweibern* unter Musikbegleitung in einer langen Abschiedspolonaise durch die Gassen von Staufenfels zogen, wo man sie aus den Fenstern mit Süßigkeiten bewarf. »Jetzet? Ist das nicht wunderbar?«

»Absolut!«, schrie Julia zurück und wich gerade noch einem Bonbonregen aus, der vom zweiten Stock eines Fachwerkhauses herunterprasselte.

»Das ist unsere fünfte Jahreszeit«, stieß die Frau des Verwalters keuchend aus, trat einen Schritt aus der Reihe und schaufelte die Bonbons in die Tasche ihrer dicken Wolljacke. »Und es ist höchste Zeit, dass du die endlich mal kennenlernst, Mädele!«

Als Julia gegen halb vier Uhr am Morgen in ihrem Bett lag, in dem es immer noch ein bisschen nach Stefan roch, lachte sie noch einmal, laut und ganz für sich allein. *Es hat tatsächlich den Anschein,* dachte sie vergnügt, während das ganze Zimmer ein wenig schwankte, *dass das wahre Leben dich endlich wieder eingeholt hat … Mädele.*

11

Nach dem Osterfest, das in diesem Jahr erst Mitte April stattfand, kam der Frühling mit Macht.

Julia wurde neununddreißig.

Brigitte Hasler sang beim Putzen: »Winter ade, scheiden tut weh, aber dein Scheiden macht, dass mir das Herze lacht …«, und Julia schüttelte bei diesen Gesängen schmunzelnd den Kopf.

Es ging ihr kaum mehr etwas auf die Nerven, noch nicht einmal, dass die Frau des Verwalters eines Morgens, während Julia mit dem Landesbibliothekar sprach, ins Büro stürzte und rief: »Machen Sie schnell, *schnell,* Frau Doktor! Sie müssen Ihren Geldbeutel schütteln!«

Julia winkte mit dem Telefonhörer, aus dem eine eifrige männliche Stimme zu hören war, worauf die Haslerin Julias offen stehende Handtasche schnappte, mit einem entschlossenen Griff die Geldbörse herausfischte, damit ans Fenster rannte und das Lederbehältnis mit hoch erhobenem Arm mehrmals in der Luft hin und her bewegte.

»Was war denn das?«, erkundigte sich Julia, jetzt doch ein wenig indigniert, als sie ihr Telefonat beendet hatte.

»Ja, der Kuckuck«, tönte die Frau des Verwalters, als ob das eine Erklärung wäre. Erst als sie bemerkte, dass Julia noch immer nicht verstand, bequemte sie sich, die Sache zu erklären: »Wenn der Kuckuck schreit, muss man den Beutel schütteln, dann geht das Geld niemals aus!«

»Wollen wir's hoffen, Frau Hasler. Sonst versuchen wir's nächstes Jahr eben noch einmal.«

Doch Brigitte Hasler war bereits ein Thema weiter.

»Das ist sicher der Schatz«, vermutete sie, als sie beide das akustische Signal hörten, das neue elektronische Nachrichten ankündigte.

Julia lächelte, aber sie widersprach: »Bestimmt nicht. Der *Schatz* hat heute früh schon gerufen, noch vor dem Kuckuck. Und jetzt entschuldigen Sie bitte, aber ich sollte mit unserem Franz Anton sprechen.«

Brigitte Hasler trollte sich, und Julia wählte die spanische Nummer ihres Arbeitgebers, der sie per Mail darum gebeten hatte.

Als sie das Gespräch beendet hatte, machte sie sich an die Recherchen für die neue Publikation, die sie mit dem Grafen verabredet hatte. Das Büchlein sollte sich den Damen des Hauses Staufenfels widmen.

Dazwischen aber las sie noch einmal Stefans Morgenbotschaft, der er ein Foto aus dem, wie er schrieb, *immergrünen und blühenden Garten* seines gemieteten Bungalows beigefügt hatte.

Dann brachte sie die Fotokopien der Archivakten, die sie für das Manuskript benötigte, in eine chronologische Reihenfolge und ertappte sich dabei, dass sie ebenfalls sang.

Dass mir das Herze lacht.

Es lachte zweifellos, ihr Herze. Fragte sich nur, worüber am meisten: über den explodierenden Frühling, den Kuckuck oder doch mehr deswegen, weil Stefan ihr heute seinen Ankunftstag mitgeteilt hatte. Es war der zehnte Juli, und er würde drei ganze Wochen bleiben.

Heute war bereits der siebenundzwanzigste April, und gegen Mittag kam eine Mail mit Annex von Jenny aus Cairns.

Die Nachricht war rätselhaft, und der Anhang zeigte

ein körniges Bild, das Julia zuerst für den Einschlagskrater eines Meteoriten hielt.

Sie las den Text noch einmal und danach begriff sie, was es mit dem Meteoriten auf sich hatte: Jenny war schwanger …

12

Der zehnte Juli war kühl, und es regnete ergiebig.

»Was ist denn hier los?«, fragte Stefan, dessen Hemd auf dem kurzen Weg vom Auto zum Turm völlig durchnässt war.

»Das ist der erste Regen seit Wochen«, versicherte Julia ein wenig atemlos, als er sie aus der Willkommensumarmung entließ. »Die Bauern hier in der Gegend haben ihn händeringend erwartet.«

»Auch egal«, befand Stefan und knöpfte das nasse Hemd auf. »Ich denke, wir wissen uns auch im Haus zu unterhalten.«

Erst aber verzehrten sie den Brunch, den Julia vorbereitet hatte.

»Ah … das ist ein fantastischer Kaffee! Bei uns schmeckt er ausgesprochen scheußlich, ich nehme an, das liegt am indischen Wasser.«

»Erzähl mir lieber was Nettes von Indien. Du weißt doch, wie sehr ich das Land liebe.«

»Das kann einem nur passieren, wenn man weit genug weg ist. Denn immer dann, wenn man genau hinsieht, findet man Unverständliches und Unerträgliches.«

»Das ist aber eine harte Beurteilung.«

»Mag sein, aber es ist eben meine. Vielleicht liegt es auch an der Verweildauer. Ich muss gestehen, mir hängt mein Leben dort inzwischen ziemlich zum Hals heraus. Allein diese wahnsinnig vielen Menschen. Sogar auf dem Land ist die Überbevölkerung spürbar. Manchmal hat man den Eindruck, man findet nicht mehr genügend Luft zum Atmen. Und dann diese Lebenshaltung nach dem Motto: ›*Es ist halt so und nicht zu ändern.*‹ Weißt du zum Beispiel, dass junge Frauen noch immer so was wie *verkauft* werden? Die Familie einer Braut bezahlt Dowry, das ist so eine Art Mitgift, ohne die in den meisten Fällen keine Ehe geschlossen wird, obwohl es ein Gesetz von 1961 gibt, das genau dies verbietet. Und das ständig sichtbare Elend, das es immer noch gibt, obwohl die Regierung bemüht ist, die Bettelei zumindest dort einzudämmen, wo Touristen auftauchen könnten. Dann die selbst durch Städte unbehelligt marschierenden heiligen Kühe, die straflos den Verkehr lahmlegen dürfen. Das Kastenwesen, das immer noch vorherrscht. Nicht offiziell, aber eben doch.«

Julia nickte. »Ich hab davon gelesen. Die Brahmanen, Kschatrija, Waischja und Schudra, aus denen mehr als dreitausend weitere Kasten entstanden.«

»Dann weißt du erheblich mehr davon als ich. Meine Arbeitstage sind so anstrengend, dass ich keine Lust mehr habe, mich mit den sozialen oder politischen Problemen des Landes zu befassen, sofern es nicht die sind, mit denen ich ohnehin beruflich zu tun habe. Ich bin am Abend einfach nur fertig, und am Wochenende, das an unserer Baustelle nur aus einem Tag besteht, such ich Erholung und Entspannung. Außerdem könnte ich irgendwelche kulturellen Veranstaltungen ohnehin nur besuchen, wenn ich dorthin fahre, wo so etwas in der Art überhaupt angeboten wird, und das sind mehr als hundert Kilometer.«

Ein wenig bedrückt hatte Julia seinem Ausbruch gelauscht. Alles, was Stefan sagte, klang erschöpft und demotiviert.

»Wie lange geht dein Vertrag denn noch?«, fragte sie deshalb.

»Noch knapp drei Jahre. Aber … vielleicht lässt sich ja … nur, das sind ungelegte Eier, Julia. Darüber möchte ich noch nicht sprechen.«

Am Nachmittag schnappten sie sich zwei Regenschirme und brachen zu einem Spaziergang auf.

Julia klingelte bei den Haslers und bot ihnen an, Benno mitzunehmen, damit dieser zu seinem täglichen Auslauf kam, was sie in den letzten Monaten regelmäßig gemacht hatte. Walter Hasler hatte es mit den Knien, und seine Frau lehnte es ab, den Hund auszuführen. »Ich hab Bewegung genug, bis ich hier alles geputzt habe«, erklärte sie stoisch, wenn solche Diskussionen aufkamen.

Doch Bennos Abneigung gegen Stefan flammte sogleich wieder auf. Das sonst so gutmütige Tier führte sich auf wie Zerberus vor dem Höllentor.

»Der spürt, dass es zwischen Ihnen eine ganz besondere Beziehung gibt, und das passt ihm ganz offensichtlich nicht«, brachte Brigitte Hasler die Sache auf den Punkt.

Und Walter Hasler versicherte eilfertig, dass er Benno während Stefans Aufenthalt auch tagsüber in den Zwinger sperren werde. »Damit Sie sich nicht bedroht fühlen müssen, Herr Windheim.«

Stefan lächelte schräg. »In der Nähe meiner Baustelle

in Indien gibt es noch Tiger, weshalb man Schusswaffen trägt, wenn man sich ins Gelände begibt. Ich hätte nicht gedacht, dass es hier ähnlich gefährlich sein könnte.«

»Tiere haben eben auch Gefühle. Und was unseren Benno betrifft, für den sind Sie ein lästiger Konkurrent.«

»Es ist ja schön, dass dich gleich mehrere lieben«, scherzte Stefan und legte den Arm um Julia, was seinem *Konkurrenten* den Schaum auf die Lefzen trieb.

»Komm, lass uns gehen, damit der arme Benno nicht noch mehr leiden muss«, sagte Julia mitleidig, und Werner Hasler brachte das Tier zu seinem Zwinger, wo er dem Paar hinterherheulte.

Sie beendeten den langen Spaziergang bei Luigi, wo sie dessen viel gepriesene Muscheln mit Kräutern verspeisten, und stiegen dann wieder zum Burgberg hinauf.

Julia erinnerte sich an das vergangene Jahr, als sie – etwa um diese Zeit – mit Jenny die Sterne betrachtet hatte, und sie erzählte Stefan davon.

Der schüttelte die Nässe vom Regenschirm und stellte mit einem Blick auf den wolkenverhangenen Himmel fest: »Da wäre es heute wohl äußerst ungemütlich. Lass uns lieber ins Bett gehen.«

Und das taten sie auch.

Diesmal drohte kein rascher Abschied, und Julia hatte Gelegenheit festzustellen, dass Stefan ein überaus einfallsreicher Liebhaber war, der über sehr viel mehr Erfahrung zu verfügen schien als sie selbst.

Sie hatten nie darüber gesprochen, aber sicher hatte er schon mit mehreren Frauen geschlafen, während es in ihrem erotischen Leben nur Jürgen gegeben hatte. Manchmal kam sie sich deswegen in den folgenden Tagen und Nächten, in denen es unentwegt weiterregnete, unsicher, prüde und unflexibel vor, und sie fragte sich insgeheim, ob Stefan dies spürte.

Die blöden Gefühle, dachte Julia eines Nachts bedrückt, als sie nicht einschlafen konnte. *Kaum lässt man sie zu, beginnen sie schon wieder, einen zu quälen …*

Just an dem Morgen, an dem der erste Sonnenschein nach zehn Regentagen ins Zimmer fiel, rief der Freiburger Verleger an und bat um einen Gesprächstermin. »Wir haben Lizenzfragen zu besprechen, und das sind keine Telefonthemen. Sie sollten nach Freiburg kommen, Frau Doktor Bader, und dies möglichst rasch. Es gibt einen Interessenten aus dem angelsächsischen Sprachraum.«

»Das ist ja wirklich erstaunlich«, fand Julia.

»Ist es nicht. Erstens ist der derzeitige Graf in Amerika ein bekannter Unternehmer, und zweitens rechnet unser potenzieller Lizenzkäufer sich auch auf dem britischen Markt gute Chancen aus, nachdem der jüngere Sohn von Franz Anton mit einer der Enkelinnen der Queen liiert ist.«

Julia wollte den Verleger gerade bitten, den Termin auf einen Zeitpunkt nach Stefans Abreise zu legen, als sie sich noch einmal anders besann: Der Graf wäre mit Sicherheit verstimmt, wenn dadurch die Chance eines Auslandsverkaufs verpasst würde. *Wir können ja zusammen dorthin fahren, und Stefan kann sich Freiburg ansehen, während ich an den Lizenzverhandlungen teilnehme,* überlegte sie und einigte sich mit dem Verleger auf einen Termin am nächsten Vormittag.

Doch Stefan widersprach, als sie ihm den gemeinsamen Trip vorschlug. »Ich würde lieber hierbleiben, Julia. Ich könnte meine Mails lesen und beantworten und in der Stadt unten ein paar Einkäufe tätigen – Gebrauchskram, den ich in Indien nicht bekomme. Und am Abend bist du ja schon wieder da.«

Schade, dachte Julia, die insgeheim erwogen hatte, aus dem Tagesausflug ein verlängertes Wochenende zu machen.

»Du musst das verstehen, Liebes«, appellierte er an ihr Verständnis, als er ihre Enttäuschung sah. »Auf Ausflüge bin ich wirklich nicht scharf. Ich hab genügend Tumult in meinem Leben und demnächst darf ich ja auch schon wieder nach Indien zurückfliegen.«

Julia sah ein, dass dies ein nachvollziehbarer Standpunkt war, aber sie bedauerte dennoch, dass er sie alleine ziehen ließ.

Als sie am frühen Freitagmorgen nach einem kleinen Frühstück reisefertig ans Bett trat, schlief er noch tief und fest. Er sah dabei aus wie ein großes, glückliches Baby: zufrieden und völlig entspannt.

Julia lächelte. *Na gut*, dachte sie friedfertig. *Schlaf dich aus und erhole dich gut, bevor du wieder zurück in deine indische Tretmühle musst …*

13

Stefan wartete ab, bis die neugierige Putzfrau den Turm wieder verlassen hatte, dann begann er, sich umzusehen.

Er mochte es, wenn er die Frauen, mit denen er ein Verhältnis hatte, auch aus Blickwinkeln kennenlernte, die sie ihm freiwillig nicht gewährt hätten.

Obwohl er im Grunde bereits beschlossen hatte, keine

weiteren Bemühungen mehr in diese Historikerin zu investieren, wich er von seinen Gepflogenheiten nicht ab.

Julias berufliche Abwesenheit verschaffte ihm ausreichend Zeit und Ruhe für seine Recherchen, die er in anderen Fällen oft hastig und stets von Entdeckung bedroht hatte durchführen müssen.

Er ging systematisch vor, wie immer.

Julias Ordentlichkeit und die korrekte Ablage aller Dokumente erleichterten ihm die Nachforschungen erheblich.

Frau Doktor Bader bezog ein stattliches Gehalt, mehr als erwartet, und hatte einige – wenn auch nicht bedeutende – Ersparnisse. Ihr Familienstand war ledig, so, wie sie es ihm berichtet hatte; es gab keine Kinder und auch keine Eltern oder andere Familienangehörige, die sie unterstützte.

Da er gelernt hatte, wo er ansetzen musste, und die Unterlagen über Julias Privatleben überschaubar waren, war er bald durch. Und seine Analyse war ebenso schnell beendet: Es war genau so, wie er es bereits bei seinem ersten Besuch vermutet hatte: Julia Bader war gut für zwei, maximal drei Besuche. Sie konnte ihm, wie andere auch, bei seinen Heimaturlauben Unterkunft und Verpflegung bieten, ein bisschen Sex dazu, aber sie war nicht das, wonach er *suchte*.

Geduld, Alter, Geduld, mahnte er sich selbst. Es bestand kein Grund, nervös zu werden. Noch sah er blendend aus und war in ausreichendem Maße viril, um selbst wenig ansehnlichen Partnerinnen leidenschaftliches Begehren vorgaukeln zu können. Was im aktuellen Fall gar nicht erforderlich war, denn die kleine Frau Doktor war überaus attraktiv und hatte eine beachtliche erotische

Faszination; eine Ausstrahlung, die ihr offenbar nicht bewusst war, was die Sache noch pikanter machte. Julia mochte intelligent, belesen und tüchtig sein, in Liebesangelegenheiten aber war sie für ihr Alter erstaunlich naiv und auf eine sympathische Art und Weise sogar ein wenig verklemmt.

Stefan lächelte, als er daran dachte.

Er hatte sich tatsächlich ein bisschen in sie verliebt, aber das würde sich wieder geben. Allerdings hatte er durchaus die Absicht, die lustvolle Seite der Episode während der restlichen Urlaubstage noch auszukosten, bevor er sie, spätestens nach seiner Rückkehr, endgültig abhaken würde.

Er machte Kaffee und nahm sich danach das Büro vor, obwohl er schon jetzt wusste, dass dies kaum etwas bringen würde. Julia Bader war nicht die Frau, die Privatpapiere zwischen ihre beruflichen Akten mischte. Doch interessant war es allemal. Stefan las ein wenig in dem Buch über die Grafen Staufenfels, das sie geschrieben hatte, und konnte nicht umhin, erneut ihren sachlichen und dennoch lebhaften Erzählstil zu bewundern, der ihm schon bei den Mailnachrichten aufgefallen war.

Dann ging er wieder nach oben, holte seinen Laptop aus der Aktentasche und machte sich daran, seine Mails zu checken, was dringend erforderlich war. Einige seiner Damen hatten sich bereits über die lange *Sendepause* beschwert, aber er hatte in Julias Anwesenheit nicht gewagt, ihnen zu antworten. Jetzt konnte er dies in aller Ruhe erledigen.

Er brauchte gute zwei Stunden dazu.

Gegen fünf klingelte das Telefon.

»Hallo, ich bin's«, sagte Julia. Sie klang rührend mädchenhaft und ein wenig atemlos. »Wir hatten eine Mammutsitzung, und leider muss ich noch über Nacht bleiben. Der Abschluss war gut, und der Verleger möchte gern, dass wir heute Abend noch mit dem Amerikaner zum Essen gehen.«

»Dann mach das, mein Schatz. Ich werde mich hier schon unterhalten, du musst dir wirklich keine Gedanken machen.«

»Ich fahre morgen dann gleich nach dem Frühstück zurück.«

»Lass dir Zeit. Es ist mir lieber, du fährst vorsichtig und kommst wieder gut an«, erwiderte Stefan mit genau dem Stimmklang, der, wie er schon oft erprobt hatte, die Sehnsucht seiner Partnerinnen am meisten anheizte. »Ich freu mich auf dich!«

»Ich freue mich auch«, antwortete Julia, und er sah vor seinem geistigen Auge ihr Lächeln, das zwischen Erwartung und Schuldbewusstsein changierte.

»Bis morgen, mein Liebes. Und pass auf dich auf!«

Er legte auf und bestellte dann nach kurzem Nachdenken eine Pizza bei Luigi, bei dem sie schon mehrmals gegessen hatten. Dazu trank er einen Rotwein aus Julias Beständen, der sich als ausgezeichnet erwies und, wie er bei einem prüfenden Blick auf das Etikett feststellte, aus dem Tessin stammte.

Als die Flasche leer war, ging er zu Bett, obwohl es erst kurz vor zehn war. Ein Mann mit seiner Lebensart brauchte ausreichend Schlaf.

Am nächsten Morgen, als er die Tür öffnete, um zu einem kleinen Spaziergang aufzubrechen, prallte er beinahe mit der Frau des Verwalters zusammen, die einen Stapel Post in der Hand hielt.

»Gut, dass ich Sie treffe«, sagte Brigitte Hasler, die offensichtlich in Eile war. »Der Postbote kam gerade, als ich zu meinem Mann ins Auto steigen wollte. Wenn Sie so nett wären und die Post für den Grafen und die Frau Doktor mitnehmen könnten. Legen Sie das Zeug einfach im Büro auf den Schreibtisch.«

»Gern«, erwiderte Stefan, woraufhin Frau Hasler nickte und zu dem Caravan ging, in dem ihr Ehemann hinter dem Steuer zu sehen war.

Stefan ging zurück und tat, was die Frau des Verwalters von ihm verlangt hatte. Gerade wollte er sich wieder abwenden, als er sich noch einmal besann und auch die aktuelle Post einer Sichtung unterzog.

Das meiste davon war für die gräfliche Familie. An Julia Bader waren nur zwei Briefe adressiert sowie ein großer, zartblauer Umschlag und einige Reklamesendungen.

Stefan nahm sein Feuerzeug und öffnete ohne Mühe die beiden Briefe. Es handelte sich um die Rechnung eines Zahnarztes für die Überkronung eines Backenzahns sowie die Aufforderung einer Autowerkstatt, die an den fälligen Kundendienst erinnerte.

Der große Umschlag widersetzte sich seinen Bemühungen. Beinahe hätte Stefan aufgegeben, doch dann meldete sich sein Schnüffler-Ehrgeiz. Er ging nach oben, um verschiedene Putzmittel aus dem Küchenschrank zu holen, die – in einer Tasse im richtigen Verhältnis gemischt – ein probates Mittel ergaben, mit der sich auch diese Postsendung so öffnen ließ, dass es hinterher nicht zu bemerken war.

Als er die Botschaft überflogen hatte, gratulierte er

sich dazu, nicht der Bequemlichkeit halber aufgegeben zu haben.

Das Schreiben der New Yorker Anwaltskanzlei war in englischer Sprache verfasst, und Stefan las es mehrere Male durch.

Dann schob er alle Papiere vorsichtig in den zartblauen Umschlag zurück und verstaute ihn in der schwarzen Kunststofftasche, in der er seinen Laptop beförderte.

Bald danach stieg er den steilen Pfad ins Städtchen Staufenfels hinab, wo er in einer Blumenhandlung eine seltene Orchideenrispe kaufte, die er in eine Cellophanschachtel verpacken ließ.

14

Während der ganzen Fahrt von Freiburg nach Staufenfels überlegte sich Julia, ob Stefan vielleicht doch verärgert war, weil sie den beruflichen Termin nicht seines Besuchs wegen verschoben hatte. Er hatte zwar heute Morgen, bei ihrem kurzen Telefonat nach dem Frühstück, nicht den Anschein erweckt, aber irgendetwas in seiner Stimme war anders gewesen. Etwas, das sie noch nicht an ihm kannte. Sie fürchtete den Gedanken an eine Verstimmung oder gar einen Streit, gerade jetzt, wo sie sich so gut angenähert hatten.

Doch ihre Bedenken erwiesen sich als überflüssig.

Er strahlte geradezu vor guter Laune und wirbelte sie übermütig im Kreis herum, kaum dass sie das Zimmer betreten hatte.

»Was ist denn passiert?«, fragte Julia schließlich und lachte.

»Ich hab ein Wahnsinnsangebot bekommen. Von meiner Firma, das heißt, vom amerikanischen Mutterkonzern.«

»Was denn für ein Angebot?«

»Die Disponentenstelle in Chicago. Das ist der begehrteste Managerposten auf der zweiten Ebene. Mit der Option, irgendwann in den nächsten Jahren in die Topetage aufzusteigen. Das ist etwas, zu dem kein Mensch Nein sagen kann, der alle Tassen im Schrank hat.«

Julia betrachtete ihn mit einem Lächeln. Stefan wirkte, als ob er unter Drogen stünde. Nun ja, ein derartiges Angebot war wohl auch so etwas Ähnliches. »Dann sag doch ganz einfach Ja«, schlug sie vor.

»Das werd ich auch tun, sofern sie mich wirklich nehmen. Denn mit Sicherheit gibt es noch Mitbewerber, sonst hätten sie ja nicht …« Er unterbrach sich und lächelte unschlüssig.

»Was hätten sie nicht?«, nahm Julia seinen Satz wieder auf.

»Na ja. Die Sache ist die: Ich muss morgen nach Amerika fliegen und mich beim Alten persönlich vorstellen. An ihm vorbei kommt niemand in eine Führungsposition.«

Julia fühlte die Enttäuschung wie schwer verdauliches Essen in ihrem Magen. »Das ist natürlich schade für uns, aber so etwas hat eindeutig Vorrang«, sagte sie schließlich.

Er legte den Arm um sie und drückte sie an sich. »Das ist lieb, dass du so reagierst, Julia. Ich werde aber nur kurz weg sein, vermutlich drei, vier Tage. Hinterher komm ich natürlich wieder hierher zurück. Von meinem Urlaub ist ja noch nicht mal die Hälfte vorbei.« Er umarmte sie und küsste sie zärtlich. »Weißt du was?«, fragte er dann mit rauer Stimme. »Als du weg warst, hab ich erst bemerkt, *wie sehr* ich dich vermisse. Ich liebe dich, Julia, ich lieb dich so sehr wie noch nie jemanden zuvor!«

Da er nicht sicher war, ob sie bereits in derselben Weise antworten würde, ließ er es gar nicht erst so weit kommen. Er küsste sie so leidenschaftlich, dass sie alle Worte vergaß und Wachs in seinen erfahrenen Händen wurde.

Er gab sich die größte Mühe und bescherte ihr mit Sicherheit die aufregendste Nacht ihres Lebens, was ein Leichtes für ihn war, denn der einzige Liebhaber, den sie vor ihm gehabt hatte, konnte unmöglich in seiner Liga gespielt haben, wie er an ihren Reaktionen deutlich erkannte.

Am Morgen frühstückten sie so zärtlich miteinander, wie es ihren nächtlichen Aktionen entsprach, danach bestand sie darauf, ihn zum Frankfurter Flughafen zu fahren. Dort allerdings wimmelte er sie ab: »Ich hasse sentimentale Szenen auf Bahnhöfen und Flughäfen«, behauptete er, worauf ihr Abschied auf dem Flughafenparkplatz stattfand.

Was auch erforderlich war.

Denn er flog nicht siebzehn Uhr fünfzehn mit Lufthansa nach Chicago, sondern sechzehn Uhr dreißig mit United Airlines nach New York.

Dort würde er die Angelegenheit erledigen, die erledigt werden musste. Danach würde er eine, vielleicht zwei Nächte im Big Apple verbringen, um nach verrichteter Tat wieder zurück nach Frankfurt zu fliegen.

Er hatte noch einmal gründlich über alles nachgedacht, und er fand nicht den geringsten Fehler in seinen Plänen.

15

In New York angekommen, nahm sich Stefan ein Zimmer in einem der großen Businesshotels in der Nähe des Flughafens.

Dann fuhr er mit dem Taxi zu der auf dem Umschlag angegebenen Adresse des Anwaltsbüros Bernsberg, Stanley and Brown.

Das Gebäude lag in Manhattan. Es hatte eine elegante, spiegelverglaste Fassade und war etwa zwanzig Stockwerke hoch.

Stefan studierte die links neben der Eingangstür angebrachten Firmenschilder. Das Anwaltsbüro war in der neunzehnten Etage. Im achtzehnten Stockwerk befand sich ein Steuerberater sowie die Praxis eines Zahnarztes. Stefan notierte sich den Namen des Letzteren und schlenderte dann weiter in einen nahe gelegenen Coffeeshop.

Dort trank er gegen seinen Jetlag einen doppelten Espresso und suchte nebenbei im dicken New Yorker Telefonbuch die Telefonnummer, die er benötigte.

Er nahm sein Handy und rief in der Praxis des Zahnarztes an.

Der freundlichen Dame, die sich meldete, jammerte er etwas von starken, akuten Zahnschmerzen vor, die ihn befallen hätten, und brachte sie schließlich dazu, ihm einen Expresstermin am späten Nachmittag einzuräumen. Er bedankte sich überaus höflich und machte sich dann auf die Suche nach einem Blumengeschäft. Später, beim Rückflug, würde er feststellen, dass es die größte Anstrengung während des gesamten Unternehmens gewesen war, zwischen all den Banken, Praxen und Kanzleien ein solches Geschäft zu finden.

Er machte einen weiteren Spaziergang und kaufte schließlich einen stattlichen Blumenstrauß in genau der richtigen Größe und Zusammensetzung: eindrucksvoll, aber nicht übertrieben, eine optische Augenweide, aber keine Blumen, mit denen man Gefühle ausdrücken würde.

Kurz vor dem vereinbarten Termin betrat er den Eingangsbereich des Geschäftshauses, wo ein aufmerksamer, uniformierter Doorman seiner Pflicht nachkam.

Stefan trat an den Tresen und erklärte wahrheitsgemäß, einen Termin in der Zahnarztpraxis im achtzehnten Stockwerk zu haben.

Der Doormann griff zum Telefon und vergewisserte sich beim Empfang der Zahnarztpraxis, dann nickte er und deutete zu den Aufzügen.

Stefan fuhr lediglich bis zum siebzehnten Stockwerk. Schnell hatte er das grüne Fluchtsymbol an der Tür zum Treppenhaus erkannt. Im fensterlosen Schlauch der Nottreppe stieg er zwei Etagen nach oben. Nach einem kurzen, prüfenden Blick betrat er den großen, dielenartigen Raum vor den Aufzügen, von dem aus links eine Mahagonitür in die Räume der Anwaltskanzlei führte, was am vornehm in Messing gehaltenen Geschäftsschild erkennbar war. Auf der gegenüberliegenden Seite grenzte eine Milchglaswand die Praxis eines Gynäkologen vom Flurbereich ab.

Vor den Aufzügen befanden sich erfreulicherweise drei lederne Wartesessel und ein kleiner Glastisch, auf dem verschiedene Zeitschriften und Magazine auslagen.

Stefan legte seinen Blumenstrauß, den die nette Verkäuferin auf seinen Wunsch in Cellophan verpackt hatte, auf die Glasplatte und nahm sich eines der Magazine.

Verschiedentlich kamen – meist schwangere – Damen aus der Arztpraxis; das Anwaltsbüro verließen während Stefans Wartezeit zwei Herren in Businessanzügen und eine ältere Dame, deren Chanelkostüm und ihr dezenter, aber vermutlich kostbarer Schmuck klarmachten, dass es sich um keine Angestellte handelte.

Stefan spürte die flüchtigen Blicke der Besucher, aber niemand widmete ihm mehr Aufmerksamkeit. Es war so, wie er es erwartet hatte: Ein gut gekleideter, gut aussehender Mann mit einem Blumenstrauß erregte keinerlei negatives Interesse.

Es dauerte etwa eine Viertelstunde, bis das eintrat, worauf er gewartet hatte: Das Personal der Anwaltskanzlei verließ das Büro.

Stefan musterte die Truppe, die leicht erkennbar war: Zuerst kamen zwei junge Damen, die modisch, aber nicht teuer gekleidet waren. Eine davon bestach ganz besonders durch gutes Aussehen, was ihr offensichtlich auch bewusst war. Die Empfangsdame und eine Schreibkraft, vermutete Stefan.

Sie schnatterten gut gelaunt und unternehmungslustig, bevor sie im Aufzug verschwanden.

Wenige Minuten danach folgte eine dritte Dame, etwas älter, überaus konservativ gekleidet, in Begleitung eines kleinen, weißhaarigen Mittsiebzigers, der einen tadellos sitzenden Anzug trug. Es handelte sich, wie Stefan aus der kurzen Unterhaltung vor dem Aufzug mitbekam, um Dr. Bernsberg, wohl der Senior der Sozietät und ebenjener Jurist, der das Schreiben an Julia Bader unterzeichnet hatte, sowie die Kanzleivorsteherin.

Kurz nach ihnen folgte eine weitere Dame. Sie war ungefähr Mitte vierzig und wirkte nicht ganz so attraktiv und auch nicht so lebensfroh wie ihre beiden Kolleginnen. Sie machte einen ernsthaften, fast melancholischen Eindruck. Stefan wusste auf der Stelle, dass sie die Richtige für sein Anliegen war. Er erhob sich, nahm seinen Blumenstrauß und stellte sich neben die Frau an die Aufzugstür.

Er legte dabei sein Gesicht in kummervolle Falten und schaute auf den Blumenstrauß, den er in der Hand hielt.

Im Foyer verließ er, im Windschatten der Anwaltsgehilfin gewissermaßen, das Gebäude.

Als er ihr auf dem Gehweg folgte – vermutlich war sie auf dem Weg zur U-Bahn – kam doch Nervosität in ihm auf, obwohl er im Vortragen falscher Geschichten ja hinreichend Erfahrung hatte. Er sagte sich deshalb noch einmal eindringlich, dass überhaupt nichts verloren wäre, wenn die Frau ihn abwies; dass er dann immer noch die Möglichkeit hatte, den Brief der Anwälte an Julia einfach in ein neutrales Kuvert und danach in einen New Yorker Briefkasten zu stecken. Allerdings wehrte sich die Vorsicht des versierten Betrügers in ihm gegen ein solches Vorgehen, das vielleicht irgendwann doch einen Zweifel aufkommen lassen könnte. Es war besser, die Masche, die er sich ausgedacht hatte, wenigstens zu versuchen. Er nahm sich aber vor, die Sache sportlich zu sehen, als Test seines Charmes und seiner Überredungskünste; das würde die Anspannung dämpfen und den Erfolgsdruck von ihm nehmen. Die einfache Lösung mit dem neutralen Kuvert blieb ihm bei einem Fehlschlag immer noch als Alternative.

»Entschuldigen Sie«, sagte er, während er auf gleiche Gehhöhe aufholte. »Irre ich mich, oder sind Sie bei Bernsberg, Stanley and Brown beschäftigt?«

Die Frau drehte den Kopf und schenkte ihm einen erstaunten Blick, bevor sie antwortete: »Sie irren sich nicht, aber darf ich Sie fragen, weshalb Sie das interessiert?«

Genau darauf hatte Stefan gehofft. Er lächelte das bedrückteste Lächeln, das er zustande brachte, und gestand, im Ton höchster Verlegenheit: »Das ist eine längere und für mich leider auch peinliche Geschichte. Dürfte ich Sie vielleicht zu einer Tasse Kaffee einladen?« Er deutete auf den Coffeeshop, der in Sichtweite lag. Als er ihr skeptisches Zögern sah, setzte er noch etwas nach: »Es geht um einen … Minimalgefallen. Eigentlich wollte ich Ihre Kollegin am Empfang darum bitten, aber als ich die Dame dann vor mir sah … so … entschuldigen Sie, oberflächlich und selbstgefällig, da hat mich der Mut verlassen … trotz meiner …« Er lächelte mit netter Selbstironie und hob den Blumenstrauß etwas an, während er seinen Satz beendete: »… Überzeugungshilfe.«

Ein kleines Lächeln zuckte über das Gesicht der Frau, und Stefan lobte sich innerlich für seine richtige psychologische Einschätzung. Offenbar hatte er mit seiner Beschreibung der Empfangskollegin genau ins Schwarze getroffen.

Er öffnete die Tür des Coffeeshops und steuerte einen Tisch an, während die Anwaltsgehilfin ihm, immer noch zögernd, folgte. Drinnen erkundigte er sich nach den Wünschen der Frau, die schließlich einen Cappuccino bestellte.

Stefan holte und bezahlte an der Theke zwei Tassen dieses Getränks und balancierte sie dann an den Tisch, auf dem er seinen Blumenstrauß abgelegt hatte. Danach legte er ihr die Story dar, die er sich ausgedacht hatte: »Die Sache ist so: Vorgestern bekam meine Frau ein Schreiben von Ihrer Kanzlei.« Er öffnete seine Mappe und zeigte der Anwaltsgehilfin den hellblauen Umschlag, den er inzwischen zugeklebt und danach mit dem Zeigefinger am Falz so aufgerissen hatte, dass beide Teile des Kuverts wilde Zacken aufwiesen. Selbstverständlich achtete er darauf, dass die Frau den Umschlag nur von der Rückseite sehen konnte, während er bekümmert fortfuhr: »Ich muss vorausschicken, dass meine Frau und ich gerade eine ziemliche Ehekrise hinter uns haben. Wir haben uns dann ...«, er gab sich erneut bedrückt, »... auch mit Rücksicht auf unsere Kinder, geeinigt, die ganze Sache zu vergessen und noch einmal ganz von vorn zu beginnen, obwohl ich ihr unterstellt habe, dass sie mich mit einem Kollegen ... aber, sie hat das bestritten, und am Ende kam ich wirklich zu der Überzeugung, dass ich mich geirrt haben musste. Jedenfalls, als der Brief von Ihrer Kanzlei kam ...« Er stockte, rührte gedankenverloren in seinem Kaffee und schwieg, in der Hoffnung, dass sie begriffen hatte – was auch der Fall war.

»Sie dachten, sie hat Sie belogen und ist zum Anwalt gegangen, um sich vorsorglich über ihre Situation im Fall einer Scheidung zu informieren«, nahm sie seine Geschichte auf.

»Genau«, sagte Stefan und holte endlich zum Wesentlichen aus. »Aber ich hab mich getäuscht. Der Brief betraf eine Pachtgeschichte meines hochbetagten Schwiegervaters, für dessen Angelegenheiten meine Frau eine Vollmacht besitzt. Und jetzt steh ich da, als Mann, der kein Vertrauen mehr aufbringen kann und das Briefgeheimnis missachtet ... was beides tatsächlich ja auch der Fall war.« Er seufzte tief und gab seiner Stimme einen möglichst reuigen Klang. »Ich hab mich verwünscht, als ich kapiert habe, dass ich schon wieder falschlag, aber vertuschen lässt sich der Fehler ja leider nicht. Dachte ich … bis mir einfiel, wenn ich es schaffen könnte, einen neuen Umschlag zu besorgen, die Unterlagen darin wieder einzutüten und neu auf den Postweg zu bringen, dann wäre ich das Problem wieder los, das mein unglückseliges Temperament mir beschert hat. Weil … ich bin sicher, meine Frau würde mir neue Misstrauensanfälle und die chronische Eifersucht, wie sie das wohl bezeichnen würde, nicht mehr verzeihen, dafür ist schon zu viel Porzellan zerschlagen worden.« Er schüttelte beinahe verzweifelt den Kopf: »Und jetzt soll wegen einer solchen Dummheit doch alles in die Brüche gehen.« Anschließend starrte er lange in seine noch immer volle Kaffeetasse, in der der Milchschaum langsam zusammenfiel. Als er bereits damit begann, das Unternehmen als gescheitert zu betrachten, hörte er ihre Stimme.

»Ich hab es leider selbst erfahren müssen, wie schmerzhaft eine Scheidung ist und wie vor allem die Kinder darunter leiden.«

Stefan schaute hoch und sah ein verständnisvolles Glitzern hinter ihren Brillengläsern sowie ein kurzes, bitteres Lächeln, das über ihr Gesicht huschte. Die Frau hatte sich entschieden.

»An so etwas soll Ihre Ehe nicht scheitern. Wenn Sie morgen zur Lunchzeit, so gegen eins, wieder hier sein können, werde ich Ihnen einen neuen Umschlag mitbringen.«

»Das würden Sie wirklich für mich tun?«, fragte Stefan und sah sie so dankbar an, dass sie verlegen wurde.

»Nur wenn Sie mir versprechen, nie zu irgendjemanden ein Wort darüber zu verlieren.«

Das ist völlig in meinem Interesse, dachte Stefan, aber er sagte euphorisch: »Das ist doch ganz selbstverständlich. Großes Ehrenwort! Und bitte, nehmen Sie diesen Blumenstrauß an. Es ist mir wirklich ein Anliegen.«

Nachdem dies geregelt war, machte er sich auf die Suche nach einem Kaufhaus. In der Schreibwarenabteilung kaufte er ein neutrales Kuvert in der gleichen Größe wie der hellblaue Umschlag des Anwaltsbüros. In einem Diner nahm er eine kleine Abendmahlzeit zu sich und besuchte dann, einem raschen Entschluss folgend, eine Broadway-Show und trank, nachdem er mit dem Taxi zurückgefahren war, noch zwei Whiskys an der Hotelbar.

Sein Schlaf war, Jetlag hin oder her, ganz tadellos.

Am Morgen erwachte er erfrischt und machte sich nach einem ausführlichen Frühstück wieder auf den Weg in die Stadt.

Kurz nach eins erschien die Anwaltsgehilfin und reichte ihm, nach einem raschen Blick in die Runde, eine Plastiktüte, in der sich eines der hellblauen, großen Anwaltskuverts befand. Sie huschte so schnell wieder davon, dass Stefan mit einem seiner ganz speziellen, schmelzenden Blicke zu nicht mehr kam als einem: »Danke, ganz herzlichen Dank!«

Anschließend trank er seinen Kaffee genüsslich aus und suchte dann nach einer Poststation, in der er dieselben Marken bekam wie die, die sich auf dem alten Kuvert befanden – wobei er die antiquierte Anwaltskanzlei pries, die sich noch keiner Frankiermaschine bediente.

Als er in seinem Hotel die Businesslounge aufsuchte,

half eine dort angestellte, freundliche junge Dame ihm dabei, den neuen Umschlag mit Julias Adresse so zu beschriften wie auf dem anderen Umschlag. Auf Stefans Bitte machten sie zuvor einen Versuch auf dem neutralen Kuvert, was die junge Dame für eine überflüssige Maßnahme hielt, denn die gedruckte Anschrift saß genau dort, wo sie sich befinden sollte.

Stefan neigte zwar nicht im Allgemeinen, doch aber in Dingen, die er für wichtig hielt, zur Akribie, weshalb er sich auf der Hauptpost über die Laufzeiten von Briefen nach Deutschland eingehend erkundigte.

Der große, hellblaue Umschlag, den er schließlich in einen New Yorker Vorort-Briefkasten steckte, der nur ein Mal in der Woche geleert wurde, war absolut identisch mit dem, den er unmittelbar danach in kleine Stückchen zerriss und in den nächsten Abfallkorb warf, denn er musste bestrebt sein, auch die kleinste Verdachtsquelle auszuschließen.

Damit hatten sich die Reise nach New York, seine kleine Inszenierung und die beiden Hotelübernachtungen ohne Frage gelohnt. Die Unkosten dafür waren zwar erheblich, doch was hatte das für eine Bedeutung, wenn er sich den damit erzielten Effekt vorstellte.

Den Rückflug genoss Stefan in heiterer Gelassenheit, und er widerstand dem auffordernden Blick der hübschen Stewardess, die ihm während der Nacht ein Glas Wasser brachte und dabei durchblicken ließ, dass sie für ihren zweitägigen Frankfurt-Aufenthalt noch keine konkreten Pläne hatte …

16

Schon vom Fenster ihres Büros aus sah sie, dass sein Zeige- und Mittelfinger ein V-Zeichen bildete, als er zu ihr hochsah und ihr strahlend zulächelte.

Julia machte den Computer aus, der von all der Beanspruchung während der Zeit von Stefans Abwesenheit nahezu durchgeglüht war, denn die Lizenzgeschichte hatte einen regen Schriftwechsel mit dem Grafen nach sich gezogen. Sie ließ alle Unterlagen auf dem Schreibtisch liegen und eilte hinaus, um den Rückkehrer zu begrüßen.

»Ich hab dich so wahnsinnig vermisst«, sagte er – und diesmal kam der erhoffte Respons.

»Ich dich auch«, erwiderte Julia und fing lachend seine vorwitzigen Hände ein, denn sie hatte die neugierigen Blicke von Brigitte Hasler bemerkt, die herausgekommen war, angeblich um den Vorhof des Verwalterhauses zu kehren.

»Komm schnell rein, bevor sie dich interviewt«, flüsterte Julia.

»Nichts lieber als das. Und dann so schnell wie möglich eine Dusche und zwei Tassen Kaffee gegen den Jetlag. Hinterher erzähl ich dir alles.«

»Du hast also die Stelle?«, fragte Julia gespannt, als er – in ihren Bademantel gehüllt – den starken Kaffee trank, den sie inzwischen bereitet hatte. Es war eine eher rhetorische Frage, doch zu ihrer Überraschung war die Antwort kein Ja, sondern ein Jein.

Julia war ein wenig frappiert. Immerhin hatte er mit seinem V-Zeichen doch einen *Sieg* signalisiert …

»Es gibt eine Bedingung bei diesen Job«, klärte Stefan sie auf.

»Was denn für eine Bedingung?«

Er nahm einen weiteren Schluck Kaffee und hatte offenbar Mühe, die richtigen Worte zu finden: »Der Alte ist ein sehr religiöser Mensch. Stark engagiert in so einer speziellen amerikanischen Kirche. *Sekte,* würde man das in Europa wohl nennen.«

»Und er will, dass du da beitrittst?«, fragte Julia erstaunt.

»Nein. Das will er nicht. Aber Schlüsselpositionen vergibt er grundsätzlich nur an verheiratete Leute.«

»Das ist doch … das kann er doch nicht machen …«, stammelte Julia und begann zu verstehen.

»Natürlich kann er das. Er würde es natürlich anders begründen, da findet sich immer ein Modus, aber genau *das* ist der springende Punkt, hat mir der bisherige Stelleninhaber mitgeteilt, und das ist einer, der es gut mit mir meint. Der übrigens in ein paar Jahren ganz an der Spitze stehen wird, wenn der Alte das Ruder abgibt, und Kinder hat er ja keine.«

Julia sagte eine ganze Weile lang gar nichts, dann hob sie den Kopf und ging die Sache so direkt an, als ob sie Tante Marta wäre: »Wenn ich dich richtig verstehe … also, soll das ein Heiratsantrag sein, Stefan?«

Er sah ihr in die Augen und war jetzt ganz ernst. »Ja, das soll es, Julia. Ich liebe dich. Ich hätte dich das ohnehin demnächst gefragt – und jetzt eben ein bisschen früher: Willst du meine Frau werden?«

In Julias Kopf purzelten die Gedanken durcheinander wie die Stückchen eines Riesenpuzzles, wenn es versehentlich vom Tisch gestreift wird. Und eines dieser Teile wurde plötzlich ganz groß vor ihrem geistigen Auge. Jürgen war darauf zu sehen, und er sagte mit seinem üblichen Sarkasmus: »Du brauchst für alles und jedes eine Gebrauchsanweisung, Julia, und eine möglichst langfristige Vorankündigung. Du bist einfach nicht fähig zu spontanen Entscheidungen.«

Stefan legte seine Hand an ihr Kinn, hob es an und sah ihr in die Augen. Die seinen waren sehr dunkel und sahen aus wie flüssige Schokolade: verheißungsvoll, und Süßes versprechend.

Julia zögerte ein letztes Mal, dann aber sprang sie zum ersten Mal in ihrem Leben über den eigenen Schatten und flüsterte: »Ja.« Das heißt, sie *dachte,* sie hätte geflüstert. Als das Wort jedoch ihren Mund verlassen hatte, erschien es ihr nicht nur ungemein laut, sondern es klang auch sonderbar trotzig.

Stefan schien dieser Unterton nicht aufgefallen zu sein, denn er lachte erleichtert und glücklich, zog sie an sich, und diesmal versuchte sie nicht, seine frechen Hände wieder einzufangen.

17

Als sie am Abend in Luigis Restaurant saßen, nahm Stefan das Thema noch einmal auf: »Wenn es dir nichts ausmacht, Julia, und du dich nicht ... *bedrängt* ... fühlst, dann sollten wir vernünftigerweise die Sache mit der Hochzeit bald angehen.«

»Und was meinst du mit *bald*?«

Stefan holte ein wenig aus für seine Antwort: »Du hast mir doch geschrieben, dass du, nachdem das Buch über die Fränze jetzt auf dem Markt ist, eine Abhandlung über die *Damen* von Staufenfels schreiben sollst.«

»Ja, das ist richtig.«

»Ich nehme aber an, dass dies kein Projekt ist, das in ein paar Wochen erledigt ist, oder?«

»Nein. Natürlich nicht. So etwas dauert mindestens ein Jahr, eher länger.«

»Ja eben. Zeit also, die du ohnehin nicht mehr hast, wenn wir demnächst heiraten werden. Dann wäre das jetzt doch der ideale Zeitpunkt, um deine Stelle zu kündigen und jemand anderem die Chance zu lassen.«

So weit hatte sie noch nicht vorausgedacht, immerhin war sie erst seit etwa sechs Stunden im Brautstand. Und eigentlich …

Aber da sprach er schon weiter: »Ich habe, wie ich das vorhatte, mit meiner Firma gesprochen, und die haben mir erklärt, dass sie mir, der Vorstellungsunterbrechung wegen, den Urlaub verlängern.«

»Und was willst du mir damit sagen?«, fragte Julia, obwohl sie die Antwort im Grunde schon kannte.

»Wir könnten *hier* heiraten und die Flitterwochen in Indien verbringen. Ich könnte anschließend meine Zelte dort abbrechen, und du hättest Gelegenheit, endlich das Land kennenzulernen, welches dir offenbar so viel bedeutet. Und hinterher fliegst du zurück und bereitest von Deutschland aus, in aller Ruhe und ohne Arbeitsverpflichtungen, die Umsiedlung nach Amerika vor!«

»Aber …«

»Ich weiß, was du sagen möchtest. Dass das alles sehr plötzlich kommt. Aber wir wollen es doch ohnehin, Julia, und mir wäre wirklich sehr geholfen, wenn ich dem Alten das so mitteilen könnte, bevor ein ›Nur-in-Aussichtstellen‹ unserer Heirat ihn irritiert und er sich womöglich doch noch für einen anderen entscheidet.« Seine Stimme wurde drängend, ohne die Zärtlichkeit zu verlieren: »Könntest du dir vorstellen, dass wir uns so verhalten, Julia?«

Julia schaute auf die Tischplatte und dachte nach.

Sie sah Jenny als strahlende Braut und ihr gelöstes, glückliches Lächeln am Strand, und sie sah das Foto mit dem vermeintlichen *Meteoriten,* der im Herbst auf die Welt kommen würde.

Und gleich danach fielen ihr alle Vorhaltungen ein, die sich mit ihrer angeblichen Unfähigkeit befassten, Entscheidungen – oder gar *rasche* Entscheidungen – zu treffen: Ihre Eltern waren der Auffassung gewesen, ihr Geschichtsstudium sei von ihrem Gymnasiallehrer beschlossen worden; Jenny hatte behauptet, dass sie selbst an der Entfremdung und schließlich an Jürgens Betrug mit schuldig gewesen sei, weil sie sich nicht hatte entschließen können, mit dem Partner nach Stuttgart zu ziehen, und stattdessen auf eine Wochenendbeziehung gesetzt habe.

Tante Marta wiederum hatte ihr vorgeworfen, dass sie es längst geahnt habe, dass Jürgen etwas mit dieser Ärztin angefangen hatte. Sie habe nur deshalb keine Aussprache verlangt, um sich an einer Entscheidung vorbeizumogeln.

Und womöglich würde sie sich bald selbst vorhalten müssen, Stefan verloren zu haben, weil sie nicht in der Lage gewesen war, rechtzeitig den Umständen Rechnung zu tragen.

Julia schaute wieder hoch und sagte mit fester Stimme:

»Es ist okay, Stefan. Wir machen es so, wie es dir nützt und du es vorgeschlagen hast.«

Er stand auf, kam um den Tisch herum und nahm sie in die Arme. »Ich werde dafür sorgen, dass du das niemals bedauern wirst, Julia«, versicherte er mit rauer Stimme. »Und ich bin glücklich, eine Frau wie dich zu bekommen.«

Das war er, ganz ohne Zweifel, das war er wirklich.

18

Die Sache mit der Kündigung war eine Angelegenheit von einem Telefonat und einer Mail.

»Ich bedaure es ganz außerordentlich, eine so tüchtige Mitarbeiterin wie Sie zu verlieren, Julia. Aber Ihr persönliches Glück steht selbstverständlich über allen anderen Interessen. Ich gratuliere Ihnen von Herzen, auch im Namen meiner Familie.«

»Vielen Dank, Graf.«

»Ich werde unseren Justiziar anweisen, Ihnen zeitnah einen Auflösungsvertrag zu schicken, in dem alle noch anstehenden Fragen geregelt werden, zum Beispiel Ihre Urheberrechte an den beiden Publikationen.«

Der Vertrag erreichte Julia bereits drei Tage später, und es erwies sich, dass der Graf ein unüblich wohlwollender Arbeitgeber war.

»Ich bin froh, dass alles so gut gelaufen ist«, bekannte Julia erleichtert. »Es war für mich ein sehr guter Arbeitsplatz, und ich wäre nicht gern im Unfrieden weggegangen.«

Denn natürlich war ihr klar, dass Graf Franz Anton – nach dem Erfolg mit der Broschüre, vor allem aber dem Buch über die Fränze, der sich inzwischen abzeichnete – damit gerechnet hatte, dass sie auch die *Damen* von Staufenfels zu einem Goodseller machen würde.

»Noblesse oblige«, kommentierte Stefan anerkennend den Auflösungsvertrag, nachdem er ihn aufmerksam durchgelesen hatte. »Dann können wir jetzt ja unbeschwert handeln. Möchtest du denn auch in der Kirche heiraten?«

Julia dachte kurz darüber nach, dann schüttelte sie den Kopf. »Ich bin zwar evangelisch getauft worden, und meine Eltern haben, zumindest an hohen Feiertagen, die Gottesdienste besucht. In der Kindheit und meiner Teenagerzeit habe ich sie noch begleitet, in den Jahren nach ihrem Tod hab ich aber den Bezug zur Religion ziemlich verloren. Ich für mich brauche das nicht, eine kirchliche Trauung. Und wie steht das mit dir?«

»Bei mir verhält es sich ähnlich«, erklärte Stefan. »Ich bin katholisch, und meine Mutter hat darauf bestanden, dass ich am Sonntag zur Kirche ging, solange ich zu Hause gewohnt habe. In diesem Punkt war nicht mit ihr zu verhandeln. Ich glaube, es hätte zum Bruch geführt, wenn ich mich dagegen gesträubt hätte, und damals gab es ja auch so etwas wie einen Sozialzwang. Ich hab mich dem sogar noch während der Studienzeit gefügt, danach allerdings nicht mehr.« Er hob nonchalant die Schultern, bevor er fortfuhr: »Vielleicht wäre ich ja ein praktizierender Katholik geblieben, wenn meine Mutter den Druck nicht so übertrieben hätte. Inzwischen kommen Kirchgänge in meinem Leben überhaupt nicht mehr vor, und wie ich mich in dieser Frage stellen werde, wenn wir

Kinder haben, das überleg ich mir dann, wenn es akut wird.«

»Dann sind wir uns ja einig.«

Stefan lächelte und zog sie an sich. »Wir sind uns in den meisten Dingen einig, und das ist keine Erkenntnis, die neu für mich ist. Man erfährt viel mehr voneinander, wenn man schriftlich kommuniziert, als wenn man durch die persönliche Anwesenheit und den Eindruck *aller* Sinne stark abgelenkt ist.«

»Da ist etwas dran«, stimmte Julia ihm zu und rieb ihre Nase an seiner nach Aftershave duftenden Wange. Dann aber fiel ihr etwas Wichtiges ein, das sie noch nicht besprochen hatten: »Wen müssen wir denn einladen? Von meiner Seite … also … ich hab an Familie nur noch eine Tante.«

»Und ich meinen Bruder. Den aber möchte ich nicht mit dabeihaben. Wir haben uns … entfremdet, und das ist noch sehr milde ausgedrückt.«

»Ja, dann … die Haslers, die erwarten das sicher, und irgendwie fühl ich mich da auch verpflichtet!« *Vor allem wegen des schlimmen Novemberabends,* dachte Julia, aber als Argument führte sie dies natürlich nicht auf. Das gehörte in ein früheres Leben. Und sie spürte tiefe Befriedigung über ihre neue Entschlusskraft. Von wegen Entscheidungsschwäche!

19

Das Rathaus von Staufenfels war, wie immer wieder betont wurde, eine *Perle des Barock*. Es zierte und dominierte den ovalen Marktplatz des kleinen Städtchens.

Sie hatten Julias Golf genommen und um diese morgendliche Tageszeit sogar einen Parkplatz direkt vor dem Amt gefunden.

Der Standesbeamte war ein etwa vierzigjähriger, sportlich-flotter Mann, der keineswegs indigniert wirkte, als sie ihm die Dringlichkeit der Sache schilderten. »Das ist überhaupt kein Problem. Eine Aufgebotsfrist ist nach der heutigen Gesetzeslage nicht mehr zwingend erforderlich«, teilte er ihnen mit. »Wenn aus einem nachvollziehbaren Grund eine rasche Eheschließung geboten erscheint, kann weitgehend bis ganz darauf verzichtet werden. In Ihrem Fall allerdings, da Sie Ausländer sind, Herr Windheim, hätte ich doch gerne zwei Arbeitstage Zeit, um die Personenstandsangaben bei den österreichischen Kollegen zu prüfen. Könnten wir uns darauf verständigen?«

»Das wäre ganz großartig«, erwiderte Stefan.

»Gut, dann … Dienstag um elf … oder ist Ihnen das, organisatorisch betrachtet, doch etwas zu kurzfristig?«

»Keineswegs – oder siehst du das anders, Julia?«

Julia schüttelte wortlos den Kopf. Tante Marta würde aus allen Wolken fallen. Immerhin war heute bereits Donnerstag, aber bitte, die Frau hatte immer behauptet, flexibel zu sein, und in Botswana war sie derzeit nicht, wie Julia wusste.

»Bliebe die Frage der Trauzeugen – aber auch die wäre

zu lösen, falls Not am Mann sein sollte. Die Leiterin unseres Hauptamts … wie auch der stellvertretende Bürgermeister …«

»Das wird nicht notwendig sein. Meine Tante schafft es bestimmt, rechtzeitig hier zu sein. Und wenn nicht, dann machen das sicher gerne die Haslers.«

»Dann bitte ich Sie, dieses Formular auszufüllen … und zusätzlich bräuchte ich noch Ihre Pässe … wobei bei Ihnen auch ein Personalausweis ausreichen würde, wenn Sie den Pass nicht dabeihaben, Frau Doktor Bader!«

So lief das also, wenn man amtlich ein Brautpaar wurde. Nichts, was einem Herzklopfen verursachte.

»Ich brauche noch etwas zum Anziehen«, fiel Julia ein, nachdem sie das Rathaus wieder verlassen hatten. Masern und Lungenentzündung hatten sie drei weitere Kilos gekostet, ihre Hosen waren zu weit, und mit den wenigen Kleidern, die sie besaß, verhielt es sich ebenso.

»Okay. Ich muss mich auch passend einkleiden. Dann lass uns das gleich erledigen«, schlug Stefan vor.

Julia hatte noch nie mit einem Mann zusammen Kleidung gekauft, aber ihr Bräutigam schien diesbezüglich keine Probleme zu haben. Er setzte sich auf den Beifahrersitz im Golf, holte sein iPad aus der Aktentasche und rief sämtliche Anschriften von Braut- und Abendmodegeschäften in Staufenfels und der näheren Umgebung auf.

Sie fuhren schließlich nach Klingenstein, wo sich laut Stefans iPad ein »Hochzeitsmarkt Binder« befand.

Es handelte sich dabei, wie sie bald sahen, um eine riesige Halle, in der alles zu erwerben war, was *für Ihren schönsten Tag unbedingt erforderlich ist*«.

Stefan zog sie geschäftig zur Herrenabteilung, die sich

gleich hinter der Eingangsglastür befand. »Ich nehme einen dreiteiligen, dunkelgrauen Anzug, den kann ich dann auch bei den gesellschaftlichen Verpflichtungen tragen, die der neue Job mit sich bringt«, befand er und hatte blitzschnell seine Auswahl getroffen, Hemd und Krawatte inklusive. »Und jetzt zu dir, Julia!«

Sie gingen weiter ins Innere der riesigen Halle und waren bald im wahren Zentrum des Geschäfts angelangt. Tausende von Brautkleidern, die dort auf Käuferinnen warteten, erzeugten die Illusion einer schneebedeckten Insel.

»Unglaublich«, murmelte Julia. Sie hatte so etwas noch nie gesehen und verspürte angesichts des Angebots eine Art Kauflähmung.

Ihr Bräutigam hingegen blätterte interessiert die ausladenden, weißen Kleider durch, sogar in der richtigen Größe, wie Julia erstaunt feststellte.

Er verharrte schließlich bei einer Kreation aus eierschalfarbener Spitze. Die Robe war, im Gegensatz zu den meisten anderen Modellen, sehr schmal geschnitten und hochgeschlossen.

Julia sah das Preisschild, das vom Bügel baumelte, und schüttelte den Kopf: »Das ist doch verrückt, Stefan! So viel Geld ausgeben, nur für einen einzigen Tag, und mehr als fünf Personen werden wir dabei nicht sein!«

»Das ist doch völlig gleichgültig. Es ist unsere Hochzeit, und ich will, dass du umwerfend aussiehst. Sodass auch unsere Kinder und Enkel noch Freude daran haben werden, wenn sie die Bilder anschauen.«

Welche Frau konnte da widersprechen?!

Ergo zwängte sich Julia in das Teil, das an ihr klebte wie eine zweite Haut, und betrachtete sich dann in einem der beiden riesigen, beweglichen Spiegel, die im Vorraum der Kabine standen.

Was sie sah, war erstaunlich.

»Das ist wirklich das ideale Kleid für dich«, rief Stefan begeistert und rollte den zweiten Spiegel in eine Position, in der seine Braut sich auch von hinten betrachten konnte.

Julia war beeindruckt und erleichtert zugleich. Beeindruckt, weil sie plötzlich aussah wie eine Prinzessin, erleichtert, weil sie die Pfunde nicht am Busen, sondern nur um die Hüften verloren hatte.

Während Julia sich in seltener Koketterie vor dem Spiegel drehte, hatte Stefan bereits eine Kopfbedeckung für sie gefunden. Sie war klitzeklein und bestand nur aus Perlen und Schnüren, aber es war geradezu das Tüpfelchen aufs i.

»Perfekt«, fand er befriedigt. »Absolut spitze!«

Sie kauften noch zwei Paar Schuhe; klassische schwarze für ihn und italienische Goldriemchensandalen für Julia, dazu ein goldenes Minitäschchen.

Zum Schluss zückte Stefan seine ebenfalls goldene Kreditkarte, wischte alle emanzipatorischen Einwände seiner Braut mit einer großzügig-herrischen Geste beiseite und bezahlte die stattliche Rechnung.

Du musst klotzen, nicht kleckern, hatte er sich gesagt, und wenn es all deine Ersparnisse kostet. *Jetzt, jetzt musst du sie beeindrucken!*

Als Julia mitten in der Nacht erwachte, sagte sie sich, dass sie alles geträumt haben musste. Dann aber sah sie die braun gebrannte, nackte Schulter, die aus der Bettdecke ragte, und gleich danach, gegenüber, an der Schrankwand hängend, das eierschalfarbene Kleid.

Es war alles wahr und real.

Sie hatte nicht nur einen Freund, sie hatte einen Bräutigam, und sie würde ihn am kommenden Dienstag heiraten. Die Zeiten, in denen sie geglaubt hatte, niemals mehr zu einer Beziehung fähig zu sein, waren endgültig vorüber.

Sie weinte ein bisschen und hätte nicht sagen können, worüber, hätte sie jemand gefragt.

Aber es fragte niemand, und so schlief sie nach einiger Zeit wieder ein. Erstaunlicherweise träumte sie vom Hund Benno, der sich neben sie auf das Sofa gekuschelt hatte, seinen cognacfarbenen Kopf hob, sie mit den schönen, bernsteinfarbenen Augen musterte und mit menschlicher Stimme laut und vernehmbar sagte: »Ich habe mich wahnsinnig in dich verliebt, Julia, mit Haut und Haaren, vom ersten Moment an, in dem ich dich gesehen habe.«

20

Der Sommer in diesem Jahr erwies sich als grün angestrichener Winter. Am Samstagabend war es so kühl, dass Stefan den amerikanischen Kamin in Betrieb setzen musste.

»Schade, dass Jenny nicht kommen kann«, sagte Julia und hatte Mühe, nicht in kindische Tränen auszubrechen.

»Ihr werdet noch viel Gelegenheit haben, euch zu sehen und aussprechen zu können«, tröstete sie Stefan.

Julia lag in einem bequemen Hausanzug auf dem Fellteppich und versuchte, anhand einer Weltkarte zu ergründen, wie viel Land und Wasser sich zwischen Chicago und Cairns befand, als es klingelte.

»Das wird mal wieder Frau Hasler sein, mit einem Sonntagskuchen oder dergleichen«, argwöhnte Julia und krabbelte unwillig hoch.

»Dann sag ihr doch, sie soll kurz hereinkommen. Sie meint es doch nur gut«, beschwichtigte Stefan.

Julia schlüpfte in ihre Pantoffeln und stieg nach unten, um die Haustür zu öffnen.

Es war diesmal allerdings nicht Brigitte Hasler, es war Jürgen.

»Ich hab Stunden im Internet surfen müssen, um dich zu finden«, sagte er anstelle einer Begrüßung, und es klang ausgesprochen vorwurfsvoll.

»Und wozu so viel Mühe?«, fragte Julia kühl.

»Na hör mal. Immerhin waren wir zwanzig Jahre zusammen. Da kann es mir doch nicht gleichgültig sein, wie es dir geht!«

Julia hätte beinahe gelacht, aber sie beherrschte sich im letzten Moment. Sie kannte ihn. Ein Lachen würde er sofort als Zeichen dafür deuten, dass sie ihm verziehen hatte.

»Willst du mich nicht hereinbitten?«, erkundigte er sich so selbstverständlich, als ob es Verrat und Trennung niemals gegeben hätte.

Wie komm ich dazu? Du hast sie wohl nicht alle?, wollte Julia gerade sagen, als ihr etwas Besseres einfiel.

»Ja bitte, gern«, erwiderte sie so einladend, dass er eigentlich hätte misstrauisch werden müssen; immerhin kannte er sie ebenfalls. »Komm doch nach oben! Unten ist nur das Büro.«

Sie stieg vor ihm die Treppe hoch und öffnete die Wohnungstür.

Stefan hatte inzwischen eine Flasche Rotwein entkorkt und füllte eben zwei bauchige Gläser.

Julia ging ein paar Schritte in den Raum, damit Jürgen Gelegenheit hatte, die Idylle umfassend zu besichtigen.

Auf dem Couchtisch brannten einige Kerzen, das amerikanische Feuer flackerte und tauchte die Kaminumgebung in ein malerisch weiches Licht, und die verborgenen Düsen verströmten harzige Düfte. Auf dem Sofa lag das dicke Plaid aus schottischer Wolle, und aus der Stereoanlage erklang Mozarts Hornkonzert.

»Darf ich dir Stefan Windheim vorstellen?«, sagte Julia freundlich, und dann, zu Stefan gewandt: »Das ist Jürgen Weber, du weißt schon, der Mann, mit dem ich früher einmal zusammen war.«

Stefan stellte die Flasche ab und musterte den athletischen, schwarz gekleideten, auf Künstler gestylten blonden Typen, der ihnen da ins Haus geschneit war, ohne jede Sympathie. Dann drehte er sich zu seiner Braut und erkundigte sich befremdet: »Hast du ihn zur Hochzeit eingeladen, Julia?«

Julia hätte ihn dafür am liebsten umarmt, sowohl für die Frage als auch für das Befremden. Eine Welle großer Genugtuung stieg in ihr auf, als sie Jürgens total verblüfftes Gesicht sah. »Nein, natürlich nicht. Er kam ganz zufällig vorbei, oder …« Sie brachte es tatsächlich fertig, eine mäßig interessierte Unschuldsmiene zu machen, und tat, als ob ihr das erst jetzt eingefallen sei: »… hast du ein spezielles Anliegen?«

Jürgen starrte sie an, als ob er den Verstand verloren hätte, und besann sich erst mit Verzögerung auf ihre Frage: »Nein. Ich … wollte nur … aber … das hat sich ja ganz offensichtlich erledigt.«

»Was immer du damit meinst, es ist sicher zutreffend. Wie geht es Birgit?«

»Gut, nehm ich an.« Er zögerte kurz und fügte dann, ein wenig widerstrebend, hinzu: »Sie ist in Ostafrika, schon seit einiger Zeit … für *Ärzte ohne Grenzen*!«

»Sicher eine sehr interessante Aufgabe«, ließ sich Stefan vernehmen und trat dicht an Julias Seite.

»Setz dich doch, Jürgen. Warte, ich hol dir ein Glas!«

»Lass mich das machen, Liebes!«

Stefan ging zum Geschirrschrank und klappte die Tür auf. Er war schneller zurück, als Jürgen die Fassung wiedererlangt hatte. Er goss etwas Wein in das neue Glas, wobei er so anpreisend sagte, als ob es sich um eine Weinverkostung handle: »Das ist ein Zierfandel aus meiner österreichischen Heimat, ein ganz erlesener Spitzenjahrgang. Ich kenne den Winzer persönlich.«

»Ja dann … auf Ihr Wohl. Und auf dein Glück, Julia. Auf Ihres natürlich auch«, fiel Jürgen gerade noch ein.

Stefan lächelte spöttisch; er war schließlich nicht doof.

»Und auf deines, Jürgen«, sagte Julia, und es klang so herzlich, wie sie sich's wünschte.

Jürgen, der sich jetzt doch setzte, nahm einen kleinen Schluck, nickte anerkennend und fragte dann genau das, was Julia erhofft hatte: »Wann soll die Hochzeit denn stattfinden?«

»Am kommenden Dienstag«, erwiderte Stefan, bevor es Julia tun konnte.

»Ah ja«, murmelte Jürgen und nahm gedankenverloren einen weiteren, größeren Schluck. Das Glas war schon beinahe leer. »Dann kann ich ja gleich gratulieren.«

»Bitte erst hinterher!« Auch diesmal war Stefan schneller als Julia. »Bei uns in Österreich ist man in solchen Dingen sehr abergläubisch.«

»Also … ich nehme an, es gibt noch viel zu besprechen, kurz vor so wichtigen Ereignissen«, sagte Jürgen, der trotz des schnellen Weinkonsums blasser war als bei der Ankunft. »Ich war ohnehin nur auf der Durchreise … und … da dachte ich, schau doch mal nach, was Julia macht!«

»Was jetzt ja geklärt wäre«, stellte Julia fest, und es war so unüberhörbar das Signal zum Aufbruch, dass es selbst Jürgen verstand.

Im Hinausgehen musste er an der offen stehenden Tür ins Schlafzimmer vorbei, wo an der Schrankwand noch immer das eierschalfarbene Hochzeitskleid hing. Einen Herzschlag lang blieb er stehen und schaute es an.

Julia begleitete ihn bis ins Treppenhaus und knipste noch zuvorkommend das Flurlicht an. »Ich denke, du findest alleine hinaus«, sagte sie dann und dachte, dass das Leben schön und gerecht war.

Diesen Abend jedenfalls würde sie niemals vergessen.

Triumph, dachte Stefan genüsslich. *Totaler Punktsieg für mich. Dieser Kerl kann nicht gegen mich antreten. In keiner Beziehung!*

21

Am Hochzeitstag schien zwar die Sonne, doch die Temperaturen erreichten nur knappe fünfzehn Grad.

»Ich muss sagen, du überraschst mich«, sagte Tante Marta, als Julia aus dem Schlafzimmer kam.

Es war ein alter Spaß zwischen ihnen gewesen: Julia hatte stets behauptet, sie werde, falls sie einmal heirate, einen Hosenanzug tragen – und zwar einen knallroten. Als Protest gegen alle Zuckerbäckerbräute in Weiß, was Eierschale durchaus mit einschloss. Weil diese idiotische Unschuldsdemonstration in aller Regel gelogen und schon aus diesem Grunde nicht angebracht sei.

»Sieht sie nicht wunderschön aus?«, fragte Stefan und reichte seiner Braut ein Bukett aus weißen Orchideen.

»Absolut«, befand Tante Marta und musterte dann den Bräutigam, den sie vor einer halben Stunde kennengelernt hatte. »Sie übrigens auch!«

»Danke schön, Tante Marta«, erwiderte Stefan charmant, und machte eine formvollendete Verbeugung. »Das heißt, ich darf doch Tante Marta sagen?«, erkundigte er sich und hob die Hände zu einer Pilatusgeste, bevor er hinzufügte: »Ich kann mich im Übrigen, selbst wenn ich es wollte, auch gar nicht anders ausdrücken. Irgendwie hat Julia es versäumt, mir Ihren Familiennamen zu nennen!«

»Mein Name ist Albers, wie Hans, der mit der Reeperbahn nachts um halb eins«, erwiderte Tante Marta, für Julias Geschmack ein wenig zu ironisch. »Aber da du in einer halben Stunde mein Neffe sein wirst, *Stefan* … werden wir uns am besten gleich sprachlich darauf einstellen.«

Tante Marta trug ein Ensemble in Saphirblau mit passendem Hut, und dazu ihr Saphircollier mit Brillanten. Sie sah aus wie die Queen und gab sich auch ähnlich majestätisch, fand Julia. Vermutlich war sie inzwischen hochzeitsallergisch, was angesichts der vielen Eheschließungen ihres Sohnes auch nachvollziehbar war.

»Wir sollten gehen«, mahnte Julia, um allem weiteren vorehelichen Small Talk zu entkommen.

Im Hof erwarteten sie Walter und Brigitte Hasler in ihren besten Gewändern.

»Sie sehen aus wie eine Märchenfee«, rief Brigitte Hasler begeistert, als Julia auf sie zukam.

So fühl ich mich auch, dachte Julia. *Irgendwie irreal.*

Tante Marta musste es gespürt haben, denn sie drückte kurz den Arm ihrer Nichte, lächelte jetzt sehr liebevoll und sagte halblaut: »Das geht allen Bräuten so, glaub es mir, Julia!«

Walter Hasler hatte inzwischen die Tür des schön geschmückten Mercedes der Tante geöffnet, und Stefan half Julia, sich auf die Rückbank zu setzen, denn das Eierschalfarbene ließ, wie sich jetzt herausstellte, große Schritte nicht zu. Dann setzte er sich neben seine Braut.

Walter Hasler chauffierte, während seine Frau und Tante Marta im Haslerschen Caravan hinterherfuhren.

Vor dem Rathaus erwartete sie eine Überraschung.

Als sie dort vorfuhren, landete mitten auf dem Marktplatz ein schicker, froschgrüner Hubschrauber, dem Graf Franz Anton und seine Gattin Irene entstiegen.

»Sie werden doch nicht denken, dass wir Sie ohne unseren Beistand in die Ehe entlassen«, scherzte der Graf gut gelaunt, und plötzlich war Julia froh, einen fabelhaft aussehenden Bräutigam sowie eine queengleiche Tante vorweisen zu können. Vor allem aber, vom knallroten Hosenanzug Abstand genommen zu haben, denn ihre *kleine Hochzeit* geriet durch die Teilnahme des Grafenpaars plötzlich zu einem Staufenfelser Großereignis: Aus der Geschäftsstelle der Regionalzeitung stürzte, noch ehe die Rotorblätter des Hubschraubers vollends still standen, ein

Lokalreporter, und aus den Gassen und Häusern strömten die ersten Neugierigen in Richtung Marktplatz.

Stefan stieg und Julia trippelte die Treppe zur Rathaustür hinauf.

»Geht es?«, raunte Stefan besorgt und schob stützend seine Hand unter ihren Arm.

»Gerade so«, flüsterte Julia.

»Ich würde dich ja tragen, aber soweit ich weiß, ist das erst *nach* der Trauung erlaubt«, meinte der Bräutigam leise, und dann waren sie auch schon oben.

Der Bürgermeister eilte mit umgelegter goldener Amtskette herbei. Er begrüßte den Grafen und seine Frau, danach erst das Brautpaar, was protokollarisch falsch war, wohl aber seiner persönlichen Rangordnung entsprach.

Der Standesbeamte öffnete die Tür und geleitete sie dann in den kleinen Barocksaal, der als Trauungsraum diente.

Sie nahmen auf den zum Ambiente passenden, vergoldeten Stühlen Platz, und der Beamte waltete seines Amtes.

Er tat es zu Julias Erleichterung so sachlich, wie sie ihn auch bei der ersten Begegnung erlebt hatten, was Sentiment und Tränen erst gar nicht aufkommen ließ, noch nicht einmal bei Brigitte Hasler.

Julia war Historikerin und hatte schon aus diesem Grund eine Abneigung gegen Bindestrich-Namen, die Familienstammbäume unangenehm ausladend machten. Sie hatte sich demnach für die traditionelle Variante entschieden: *Doktor Julia Windheim geborene Bader.*

Es schrieb sich ganz gut.

Auch Stefan unterzeichnete die Urkunde, danach der

Standesbeamte und die beiden Trauzeugen; Tante Marta und Franz Anton, Graf von Staufenfels, der lautstark verkündet hatte, dass ihm dies ein Anliegen sei.

»Sie dürfen die Braut jetzt küssen«, erklärte danach der Standesbeamte mit einem Lächeln.

Stefan ließ sich nicht lange bitten, während der Graf ein wenig spöttisch bemerkte: »Es ist doch immer wieder erstaunlich, wie Gepflogenheiten aus der amerikanischen Subkultur unsere eigenen Rituale vertreiben. Früher sagte man nach einer Trauung, man wünsche dem Brautpaar Gottes Segen und zahlreiche Nachkommen, aber das scheint ja nicht mehr modern zu sein. Da ich mit meinen fünfundsiebzig aber aus Überzeugung unmodern bin, erlaube ich mir, Ihnen das trotzdem zu wünschen. Von ganzem Herzen!«

»Da schließ ich mich an«, sagte Gräfin Irene, eine sehr schlanke, schwarzhaarige Sechzigerin, die mit dem dänischen Königshaus verwandt war, und drückte Julia an ihre seidenberüschte Brust.

»Alles Glück der Welt für dich, mein Kind«, wünschte Tante Marta und fügte mit leicht bebender Stimme hinzu: »Ich denke heute ganz besonders an deine Eltern.«

Nun gab es doch noch Tränen, die Julias Make-up zerstörten und Stefans Taschentuch fleckig machten.

Als sie aus der Rathaustür traten, hatte sich der Marktplatz beinahe gefüllt.

Die Bürgerwehr, die in traditionelle Kostüme gekleidet war, schoss Salut, und die Stadtkapelle spielte einen klangvollen Marsch.

Stefan und Julia tauschten verblüffte Blicke.

Graf Franz Anton schmunzelte und erklärte gönnerhaft: »Das Schießen vertreibt die bösen Geister – und die Musik fördert die Freude. So haben alle Staufenfels' geheiratet … und so soll es auch bei Ihnen sein. Seien Sie noch einmal bedankt, Julia, im Namen all unserer Fränze!«

»Amen«, sagte Tante Marta so sarkastisch, dass Julia dachte, die arme Frau sei wirklich schwer hochzeitsgeschädigt.

Dann ging es in den Ratskeller, wo die Hochzeitstafel nochmals erweitert wurde, denn der Graf hatte nicht nur sich selbst und seine Frau eingeladen, sondern auch den Bürgermeister, den Bürgerwehrkommandanten und den Dirigenten der Stadtkapelle. Dem konnte und wollte natürlich niemand widersprechen, zumal der Herr der Burg Staufenfels keinen Zweifel daran ließ, dass er für die Kosten der Eheschließung *der besten Mitarbeiterin, die er je hatte,* voll und ganz aufkommen würde.

So ist es recht. Das schont meine Reisekasse, denn ich habe eine schöne und vor allem schweineteure Hochzeitsreise gebucht, dachte Stefan, hob lächelnd sein Glas und prostete seiner neu angetrauten Ehefrau zu.

22

Die Hochzeitsnacht verbrachten sie im Flugzeug.

»In Delhi findet derzeit eine Computermesse statt«, hatte Stefan nach Recherchen im Internet festgestellt. »Ich konnte in dem angegebenen Zeitfenster nur noch zwei Plätze am Abend unseres Hochzeitstags kriegen, und das in der Holzklasse. Business ist vollkommen ausgebucht.«

»Mir macht das nichts«, hatte Julia beteuert. »Ich bin noch nie Business geflogen.«

»Ja, eben deswegen. Immerhin ist es unsere Hochzeitsreise. Aber wie gesagt, es ist nichts zu machen. Noch nicht mal Firstclass wäre etwas frei gewesen.«

So saßen sie nun im hinteren Flugzeugteil in einer Dreierreihe, zusammen mit einem korpulenten Amerikaner, der den Gangplatz belegte.

»Ich kann es noch immer nicht fassen«, sagte Julia, als Stefan zwei Piccolos bestellt hatte und sie mit Plastikbechern anstießen.

»Dass du jetzt verheiratet bist?«

»Ja. Und dass ich nach Indien reise. Wirklich und wahrhaftig nach Indien. Ich bin ja so was von gespannt!«

»Dann hoffe ich, du wirst nicht enttäuscht.«

Julia trank ein Schlückchen und nahm sich vor, genau hinzusehen, auch wenn die Bilder ihrer kindlichen Fantasie damit endgültig zerstört würden.

Dann kam das Essen, und sie tranken jeder ein Fläschchen Rotwein dazu. Das Reisgericht schmeckte wie Styropor, aber der Rotwein war erstklassig. Julia wurde so müde davon, dass sie nicht einmal mehr mitbekam, wie abgeräumt wurde. Sie verschlief den Film und wachte mitten in der Nacht auf, als die Kabine bereits abgedunkelt war und außer ihr alle vor sich hin dösten.

Vorsichtig kletterte sie über ihren Ehemann hinweg, dann über den schnarchenden Amerikaner, was eine sportliche Herausforderung war, und suchte die Toilette auf. Erfreulicherweise gab es in dem kleinen, engen Kabuff sogar ein Fenster, was ihre klaustrophobischen Gefühle etwas abmilderte. Als sie die Hände wusch, sah sie eine orangerot wirkende Mondscheibe am Himmel, die von einem riesigen, weißblauen Hof umgeben war.

Unerklärlicherweise stieg plötzlich ein heftiges Angstgefühl in ihr auf, und sie tappte rasch zurück zu ihrer Sitzreihe.

Als sie wieder in ihre Fensternische geklettert war, zog sie die Wolldecke über sich und drückte das Gesicht in das kleine Kissen, das die Stewardess ihr gegeben hatte. Sie versuchte weiterzuschlafen, doch es wollte und wollte ihr nicht gelingen.

Im dämmrigen Zwielicht musterte sie den schmalen goldenen Ring an ihrer rechten Hand und machte sich klar, dass lediglich sechs Tage vergangen waren, seitdem sie ihr erstes Ja gesagt hatte. Vor fünfzehn Stunden hatte sie dieses wiederholt, und es war amtlich beglaubigt worden.

Es war die Wirklichkeit, ihr Leben und ihre Zukunft.

Julia beschloss, etwas daraus zu machen, etwas, auf das ihre Enkelkinder einmal ebenso stolz sein konnten wie auf das Bild, das ihre Großeltern im dunkelgrauen Dreiteiler und im eierschalfarbenen Spitzenkleid zeigte.

23

Seit ihrer Kindheit hatte sich Julia gewünscht, einmal in dieses Land reisen zu dürfen.

Jetzt war es so weit.

Der erste Eindruck von Indien war eine geschlossene, himmelhohe Wand aus drückender, schwülheißer Luft, die einem den Atem nahm und den Körper augenblicklich mit einem Schweißfilm überzog.

Am Morgen, unmittelbar nachdem sie den Fuß auf das Rollfeld gesetzt hatte, stellte Julia ihr Handgepäck ab und knöpfte die Bluse auf, unter der sie ein ärmelloses Top trug.

»Lass lieber was Langärmeliges an«, riet ihr Mann. »Wenn wir in der Einreisehalle warten müssen, wirst du es brauchen. Dort herrschen Kühlhaustemperaturen!«

Stefan sollte recht behalten.

Es fröstelte Julia, als sie endlich an der Reihe waren und ihre Pässe abgestempelt bekamen.

Sie zogen weiter, durch endlos scheinende Flure mit und ohne Beförderungsbänder. In der Gepäckausgabehalle wuselten Menschen aller Hautschattierungen und in den verschiedensten Gewandungen durcheinander, als ob ein riesiges Volksfest stattfände. Zwischen den gedeckten Anzugfarben der Businessmänner blitzten immer wieder farbenprächtige, glitzernd bestickte Saris, dazwischen waren traditionell gekleidete Inder oder safrangelb und orangerot gewandete Mönche mit kahl geschorenen Köpfen zu sehen, und – wie überall auf den Flughäfen der Welt – unzählige, in Jeans und Shirts steckende Touristen, die mehr oder weniger ausladende Rucksäcke trugen.

Nach längerem Warten an einem der Gepäckbänder kamen endlich ihre Koffer. Sie rollten damit an den Zollkontrollen vorbei in die Flughafenhalle.

Dort bot sich ein ähnliches Bild. Gesprächsfetzen hallten im Raum, Gepäckstücke und Kofferwagen wurden durch die Menge gezwängt, Babys weinten, Kinder plärrten, Ansagen in verschiedenen Sprachen drangen aus den Lautsprechern. Taxifahrer, Chauffeure von Mietlimousinen und Gepäckträger versuchten, dies alles mit Rufen zu übertönen, um Kunden zu angeln.

Julia hatte noch nie so viele Menschen in einem einzigen Raum erlebt.

Stefan hatte ihre Hand gefasst und schrie: »Wenn wir uns verlieren sollten, wir wohnen im *Raja Plaza*, hast du verstanden?«

»Ja!«, gab Julia zurück und bekam im letzten Moment ihren Trolley wieder zu fassen, den eine Gruppe einheitlich gekleideter Sportler einfach zur Seite gefegt hatte.

Endlich waren sie draußen, aber die frische Luft, nach der sie sich so sehr gesehnt hatte, war alles andere als frisch. Der Smog hing über Delhi wie ein schwerer grauer Schleier, den eine mattrote Sonne vergeblich zu durchdringen versuchte.

»Ich hab einen Wagen reserviert«, teilte ihr Stefan mit und hielt Ausschau nach dem ebenfalls bestellten Fahrer.

»Mr. Windheim?«, hörten sie plötzlich eine Männerstimme irgendwo in der Menge, denn auch hier waren unzählige Menschen.

»Hello?! Here we are!«, rief Stefan und hob den rechten Arm.

Ein dicker, dunkelhaariger Mann schob sich auf sie zu, schnappte Julias Trolley und lief damit so rasch voraus, dass sie kaum folgen konnten.

Das Parkhaus war modern und weitläufig, sodass sie völlig außer Puste waren, als sie endlich den Stellplatz der gebuchten Limousine erreichten.

Das Gepäck wurde verladen, und danach kurvten sie nach unten zur Straße in Richtung Stadt.

»Es sind etwa zwanzig Kilometer bis zum Hotel«, verkündete Stefan, warnte aber sofort: »Mach dir aber keine falschen Vorstellungen, Julia. Wir werden dafür gute zwei Stunden benötigen.«

Und genau so war es dann auch.

Umgeben von unzähligen anderen Fahrzeugen ruckelte ihr Wagen in Richtung City. Dann schien der Stau sich plötzlich aufgelöst zu haben. Ihr Chauffeur gab Gas, und alle anderen Fahrer taten dasselbe. Die Kolonne schoss, Hecks und Kühler dicht aneinander, mit irrer Geschwindigkeit vorwärts. Julia hielt den Haltegriff umklammert wie ein Schiffbrüchiger die letzte Planke, und begann darum zu beten, dass sie die Fahrt überleben würden.

Kurz danach trat wieder Stagnation ein. Der Grund dafür war eine Kuh, die sich die linke Seite der stark befahrenen Straße als Ruheplatz ausgesucht hatte. Die Autokolonne umrundete sie zentimeterweise, bevor sie weiter in Richtung Innenstadt fahren konnte.

Das einzig Gute war, dass das Gefährt, in dem sie saßen, eine Klimaanlage hatte, die zumindest ein bisschen funktionierte.

An einer riesigen Verkehrskreuzung waren sie schließlich derart von Fahrzeugen eingekesselt, dass ein Öffnen der Türen nicht mehr möglich gewesen wäre.

»Bleib ganz ruhig, Liebes. Das ist hier der ganz normale, tägliche Wahnsinn«, versuchte Stefan, sie zu beruhigen, als er die Schweißperlen sah, die seiner Frau auf die Stirn traten.

»Wie tröstlich!«, murmelte Julia und fächelte sich mit einem Prospekt, den ein Fahrgast wohl auf der Rückbank vergessen hatte, Luft zu. Sie wollte gar nicht daran denken, dass sie hier hilflos eingesperrt waren.

Seit dem Unfalltod ihrer Eltern hatte sie immer wieder mit scheußlichen Anfällen von Engeangst zu tun. Ihr Herz raste, und die Hände eines Riesen schienen ihren Hals ganz langsam zusammenzudrücken. Sie spürte, dass sie demnächst ersticken würde. Kurz bevor es eintrat, löste sich der Verkehrsknoten jedoch auf wundersame Weise wieder auf, und sie fuhren weiter.

Julia lehnte sich in das Polster zurück und wartete, bis sich ihr Herzschlag wieder normalisierte.

Irgendwann würde sie etwas gegen diese klaustrophobischen Anfälle unternehmen, nahm sie sich vor.

Dann waren sie endlich am Hotel.

Sie checkten ein und fuhren mit dem Lift ins achtzehnte Stockwerk, wo sich ihr Zimmer befand.

24

Nach einer ausgedehnten Dusche und einem Frühstück machten sie auf Julias Wunsch einen Erkundungstrip, obwohl Stefan dafür plädierte, sich erst einmal in der gut beschatteten Poolregion des Hotels aufzuhalten. »Es wird von Stunde zu Stunde heißer und schwüler, Liebes. Du solltest dir Zeit lassen, und dich nach dem langen Flug erst einmal akklimatisieren!«

»Bitte, Stefan: Ich bin ja nicht nach Indien gekommen, um auf Pool-Leben zu machen. Wir sind nur zwei Tage in Delhi. Ich werde schon nicht gleich einen Hitzekoller bekommen.«

»Wie du möchtest. Ich bin diese Temperaturen gewöhnt, für mich ist das kein Problem.«

Also bestellte er beim Concierge eine Rikscha, die vor dem Hoteleingang auf sie wartete.

»Ehrlich gesagt, wäre mir ein Auto lieber«, meinte Julia befangen, als sie den dürren Mann sah, der das Antriebsfahrrad betätigen sollte.

»Du musst keine Skrupel kriegen, weil er uns *fährt*, Julia. Du müsstest sie nur dann haben, wenn wir ihn wegschicken würden. Das Rikschafahren ist sein einziger Verdienst, und er hat sicher eine große Familie zu ernähren.«

»Schon, aber ...«

»Außerdem haben die Dinger alle Gas-Zusatzmotoren. Gut für die Fahrer, schlecht für die Umwelt!«

»Na gut«, erklärte Julia nach kurzem Zögern und kletterte auf die von einem Strohgeflecht überdachte Sitzbank des Fahrradanhängers.

Stefan schwang sich neben sie, und während die Rikscha sich in Bewegung setzte, appellierte er an ihre Einsicht: »Du und ich, wir können die Verhältnisse hier nicht verändern, Julia. Am besten, du machst dir das ein für alle Mal klar. Wenn du dich ständig daran reibst, verdirbst du dir und uns beiden sehr schnell den Spaß an der Reise, und das ist dann aber auch das Einzige, was dabei herauskommt. Glaub mir, ich hab dieses Stadium längst hinter mir. Man darf hier nur das zur Kenntnis nehmen, was nicht belastet, das ist die eiserne Regel für einen Aufenthalt in Indien.«

Obwohl Julia sich genau dies seit Antritt der Reise immer wieder selbst gesagt hatte, ärgerte sie sich ein wenig über seinen belehrenden Ton, aber sie zwang sich, dies zu verbergen. Sie waren gestern Nachmittag in den Zug gestiegen, Stunden danach in den Flieger und hatten eine anstrengende Nacht hinter sich. Außerdem hatten sie

Frankfurt bei kühlen mitteleuropäischen Sommertemperaturen verlassen; hier aber herrschte eine brütende Hitze. Kein Wunder also, dass sie unter Stimmungsschwankungen litt, und dafür konnte Stefan nun wirklich nichts.

Als der Rikschafahrer eine Abkürzung durch ein paar Gassen nahm, in denen die Luft stand wie Blei und es nach Fäulnis und Elend roch, erkannte sie in Haus- und Hofeingängen ausgemergelte Gestalten, die aussahen wie abgelegte, zerlumpte Kleidung. Einige machten kraftlose, bettelnde Gesten, andere rührten sich überhaupt nicht – oder nicht *mehr.*

Stefan schien sie nicht wahrzunehmen. Er erzählte lebhaft von einer Siegessäule namens Qutb Minar, in deren Umgebung man sehr gut das Treiben frei lebender Papageien beobachten könne.

An einer Haltestelle stiegen sie in die Metro um. »Sie ist die modernste in Indien«, sagte Stefan so stolz, als ob er sie selbst konstruiert und gebaut hätte.

Als sie die stark von Touristen frequentierten Stadtteile erreichten, verschwanden die bedrückenden Bilder der Armut, und Delhi zeigte sein schönes, anmutiges Gesicht.

Sie bummelten durch die Altstadt mit ihren tausend Farben, Gerüchen, Läden und Straßenständen, an denen es alles zu kaufen gab, was das Herz begehrte.

»Warte Julia, der Händler hier hat besonders schönen Jadeschmuck. Ich hab früher schon mal bei ihm gekauft«, erinnerte sich Stefan und zog sie an einen der Stände.

Julia bewunderte das reichhaltige Angebot. Es gab gesägte und polierte Steinscheiben mit islamischen Symbolen ebenso wie die verschiedensten Abbildungen Buddhas oder der Hindugötter aus massiver Jade. Die Fassungen waren meist aus schwerem, handgeschmiedetem Silber.

Stefan hatte sich über den Tisch gebeugt und wählte schließlich ein Jadeherz. »Als gutes Omen für unsere Ehe. Die Inder behaupten, dass Jade Glück bringt«, sagte er, zog Julia an sich und küsste sie leidenschaftlich, was den Verkäufer lautstark zetern ließ, denn er hatte dabei das Schmuckstück in der Hand behalten.

Stefan lachte und sagte einen beruhigenden Satz in einer Sprache, die Julia nicht verstand.

Der Verkäufer griff sich mit einer Geste des Erkennens an den Kopf und stieß dann in rascher Folge eine Fülle von Worten aus, die er mit ausladenden Gesten begleitete.

Danach begannen sie, ausgiebig zu feilschen.

Endlich hatten die Herren sich geeinigt. Der Verkäufer reinigte das Schmuckstück mittels einer Flüssigkeit aus einer kleinen Sprayflasche, danach steckte Stefan ihm die bereits abgezählten Scheine zu. Jetzt erst reichte der Händler ihm das Schmuckstück, das er auf beide Hände gelegt hatte und darbot wie eine Opfergabe.

Stefan grinste amüsiert. »So sind sie alle«, versicherte er. »Großes Theater gehört zum Verkauf. Aber der hier ist wenigstens ehrlich, was man leider nicht von allen Händlern behaupten kann. Die Verkaufsmoral in Indien ist nicht mehr die, die sie mal war. Es gibt jede Menge Halunken, die drehen den Touristen für ein beträchtliches Geld und ohne mit der Wimper zu zucken ein Stück farbiges Glas als Schnäppchen-Rubin an. Und liefern schamlos eine gefälschte Expertise dazu. Der neueste Trick soll sein, dass sie jemanden bitten, ihre Ware an einen speziellen Juwelier in der Heimat mitzunehmen, der sie dann für die Gefälligkeit großzügig entschädigen werde. Sache ist nur, die Ware muss hier bezahlt werden, der angebliche Geschäftspartner in Europa hat keine Ahnung von der Sache, und das Zeug stellt sich als wertloser Krempel heraus.«

»Es ist aber auch ziemlich dumm, auf solche Deals einzugehen.«

»Sicher. Aber du machst dir keine Vorstellung davon, wie überzeugend die Typen hier reden können. Und Leute, die gerne so en passant ein schnelles und lukratives Geschäft machen wollen, die sterben nie aus!«

Sie besichtigten das Fort Lal Qila, das sogenannte Rote Fort, ein UNESCO-Weltkulturerbe, und danach die von Stefan bereits erwähnte Siegessäule des Muhammed-e-Ghur.

Tatsächlich sahen sie auch die farbenprächtigen Papageien, die sich aufführten, als ob das Areal allein ihnen gehöre.

Eines der Tiere beobachtete, wie Julia ihre Umhängetasche öffnete, um ein Taschentuch herauszuholen. Der zitronengelb-purpurrote Papagei flog daraufhin auf ihre Schulter und schlug die Krallen in den Stoff ihrer Bluse.

»Wow! Das gibt ein Superfoto«, rief Stefan und zückte seine Kamera. »Du musst *lächeln,* Julia!«

Julia aber stand still und starr wie Lots Weib in der Bibel – und nach Lächeln war ihr ganz und gar nicht. »Jag das Tier weg, irgendwie!«, schrie sie panisch, denn der Papagei hatte inzwischen eine Strähne ihrer Haare gepackt und zerrte daran. »Bitte, Stefan. Ich mag das nicht. Ich hab Angst, ehrlich!«

Stefan bückte sich, hob ein paar Steinchen auf und warf sie weit von sich. Und es trat ein, was er bezweckt hatte: Der Papagei flog hinterher. »Darauf, dass jemand in die Tasche greift, warten die nur«, klärte Stefan sie auf und zog sie dann rasch in eines der wartenden Taxis. »Die blöden Touristen füttern die Tiere nämlich, obwohl das verboten ist. Wenn der Vogel jetzt allerdings merkt, dass ich geblufft habe, kommt er zurück und wird aggressiv. Mit den Affen in den Parks verhält es sich genauso. Wir müssen uns Nüsse oder Kekse besorgen. Wenn wir ihnen davon etwas geben, dann lassen sie uns anschließend in Ruhe.«

Und wir sind genauso blöde Touristen wie die anderen, dachte Julia ein wenig aufsässig, aber sie sagte nur: »Ich glaube, für heute hab ich genug.«

»Dann lass uns im Hotel in den Pool springen und ein paar Runden schwimmen. Du wirst sehen, wie gut dir das tut.«

Julia nickte. Sie streifte ihre Bluse von der Schulter und schob den Träger des Tops beiseite. Die Krallen des Papageis hatten Druckstellen hinterlassen. Sie bluteten nicht, sondern waren dunkelblau wie eine Tätowierung und sahen aus wie eine Botschaft in einer unbekannten Schrift.

Julia starrte darauf und wieder befiel sie, wie schon in der Nacht im Flugzeug, eine unerklärliche Angst.

Dann aber spürte sie etwas Kühles an ihrem Brustbein und fühlte, wie Stefan die Silberkette des Jadeherzens einhakte. Er küsste zärtlich ihren Nacken und umspielte mit der Zunge ihre Wirbel, einen nach dem anderen, bis zu der Stelle, an der sich ihr BH-Verschluss befand.

Trotz der maximal eingestellten Klimaanlage des Taxis wurde Julia warm und sie duldete seine streichelnde Hand, die erst ihr Knie liebkoste und dann aufwärtswanderte, so lange, bis sie im Rückspiegel das Grinsen des Fahrers bemerkte. Rasch hielt sie Stefans Hand fest. »Wir haben es nicht nötig, im Auto zu fummeln«, sagte sie laut und in der Gewissheit, dass der Fahrer sie nicht verstand. Und endlich kam die fröhliche Urlaubslaune auf, die sie bisher vermisst hatte. »Wir sind ein Ehepaar, wir haben ein superbequemes Hotelbett – und im Übrigen ein Leben lang Zeit!«

»So ist es«, erwiderte Stefan und grinste beinahe so breit wie der Fahrer. »Aber *ein bisschen was auf den Weg* braucht der hungrige Wanderer schon auch!«

Und dann küsste er sie lange und als *hungriger Wanderer*.

Julia stöhnte leise, was den Fahrer erneut erheiterte, aber diesmal sah sie es nicht.

Als sie im Hotel angekommen waren, checkte Stefan sein Handy und sah, dass sein Vorarbeiter in einer einzigen Stunde ganze sieben Mal versucht hatte, ihn zu erreichen.

Als Julia sich im Pool ergötzte, setzte er sich in einen Liegestuhl und rief die Nummer des Vorarbeiters auf.

Was er zu hören bekam, war alles andere als erfreulich.

Er zwang sich zu einem Lächeln, winkte Julia zu und überlegte dann fieberhaft, wie er aus diesem Mist wieder herauskommen sollte.

25

Für die weitere Fahrt nahmen sie einen Mietwagen.

»Wir fahren erst einmal zügig durch bis Udaipur, wo ich uns in einem wunderschönen Hotel eingebucht habe. Du wirst staunen, Julia. Es handelt sich um einen ehemaligen

Raja-Palast. Es ist sündteuer, eine echte Millionärsabsteige, aber eben Märchen pur, genau das Richtige für einen Hochzeitsurlaub!«

»Aber wenn wir zügig durchfahren, dann versäumen wir ja all die interessanten Städte, die auf der Strecke liegen: Agra, Jaipur, Osian und was es sonst noch so gibt!«

»Stimmt, aber leider hat meine Firma angerufen. Die wollen nun doch, dass ich auf der Baustelle vorbeischaue, und zwar so schnell wie möglich. Reg dich nicht auf, bitte! Ich bleibe nur zwei, maximal drei Tage dort, dann bin ich wieder zurück!«

»Und was mache ich inzwischen, ganz allein auf der Hochzeitsreise?«, fragte Julia und bemühte sich, ihre Enttäuschung nicht allzu sehr durchklingen zu lassen.

»Du genießt zum Beispiel das berühmte Hotel-Spa. Die Massagen dort sind ein Traum! Du spielst Golf oder Tennis und bewunderst den Garten, der wirklich eine Paradieslandschaft ist. Glaub mir, Julia, du wirst gar nicht alle Möglichkeiten ausprobieren können, so schnell bin ich wieder bei dir. Danach bleiben wir noch ein paar Tage, und die Rückfahrt, die machen wir ganz geruhsam und schauen uns alles an, was dich interessiert.«

»Versprochen?«

»Versprochen, mein Liebes!«

Die zügige Hinfahrt war heiß, staubig und anstrengend. Und *zügig* war eine ausgesprochene Untertreibung. Stefan schien sich den landesüblichen Fahrstil angewöhnt zu haben, denn wo immer die Straßenverhältnisse es hergaben, fuhr er mit Höchsttempo.

Pausen machten sie nur für die notwendige Essensaufnahme und deren Entsorgung.

Julia hatte ein paar Mal versucht, Einspruch gegen diese Art und Weise der Fortbewegung zu erheben, aber schließlich hatte sie es aufgegeben. Offenbar war der Mann, den sie geheiratet hatte, ein überaus loyaler Mitarbeiter, der *zügig* folgte, wenn seine Firma ihn rief.

Unwillkürlich drängte sich wieder einmal der Vergleich mit Jürgen auf. Jürgen hätte sich niemals auf die Schnelle irgendwohin beordern lassen. Er war selbstständig geworden, weil er selbstbestimmt leben wollte, was jeden Fremdwillen ausschloss, allerdings auch den einer Partnerin. Wenn Jürgen Lust gehabt hatte zu arbeiten, dann hatte er dies getan, und zwar exzessiv. Wenn er sich aber Urlaub zubilligte, dann reiste er auf die Weise, die seinem Wesen entsprach, das nur Extreme, nicht aber Normalität kannte. Er reihte ein Event an das andere wie Perlen auf eine Kette: jeden Tag eine andere Sensation. Julia hatte daran teilgenommen, ja, das hatte sie. Viele Jahre lang waren ihre sogenannten Urlaube manische Sightseeing-Rallyes gewesen, an deren Ende sie erholungsbedürftiger gewesen war als zuvor. Sie hatte einer solchen Reise wegen beinahe ihre Promotion verpatzt.

Wenn also Stefans zügige Pflichterfüllung nur ein Intermezzo war und danach *geruhsam*es Reisen auf sie zukam, bei dem sie Tempo und Ziele mitbestimmen konnte, dann war dies ein wahrer Gewinn. Ein solcher, dem sie gerne zwei, maximal drei Tage Honeymoon opfern und eine staubige und rasche Anreise in Kauf nehmen wollte.

»Woran denkst du, Liebes?«, fragte er in diesem Moment.

»An uns«, sagte Julia, und das entsprach ja auch beinahe den Tatsachen.

26

»Das ist Rajasthan, wie ich es mir vorgestellt habe«, rief Julia begeistert, als sie den Palast sah, der sich im Silbergrau des Stausees spiegelte, der ihn umgab.

»Ich hab es dir ja versprochen: Märchen pur, ein Lieblingsplatz des internationalen Jetsets. Hier steigen nur Millionäre ab …« Er sah Julias Gesicht und setzte rasch hinzu: »Und Hochzeitsreisende natürlich. Und glaube mir, Julia, innen ist es genauso schön, wie es von außen wirkt.«

Sie wurden von einer weiß-goldenen Barkasse abgeholt.

Der uniformierte Boy brachte ihren Mietwagen in eine Garage, während sein Kollege ihr Gepäck auf das kleine Schiff verlud.

Sie fuhren über das dunkle Wasser, auf dem weiße und pinkfarbene Seerosen schwammen. Ein schwarzer und ein weißer Schwan zogen Kreise, und hin und wieder begegneten sie sich und berührten sich mit den Schnäbeln, als ob sie sich küssten.

»Bitte, kneif mich doch mal«, bat Julia, als sie die pompöse Halle betraten. Diese Szenerie war nicht nur die Erfüllung ihrer kindlichen Träume, es war weit besser: Es war die Realität.

»Wir haben natürlich die Hochzeitssuite für Sie reserviert«, erklärte der Rezeptionist, der aussah, wie der Raja persönlich.

»Vielen Dank, sehr aufmerksam«, erwiderte Stefan mit der freundlichen Lässigkeit des Weitgereisten, während Julia sich einfach nur freute.

»Was sagst du nun?«, fragte ihr Ehemann, als der turbantragende Hoteldiener ihnen zuvorkommend die Tür öffnete.

»Nichts. Es verschlägt mir die Sprache«, bekannte Julia und setzte sich vorsichtig auf das ausladende Bett, das mit einer seidenen Tagesdecke überzogen war, deren in Pastelltönen schimmernde Farben und Muster sich an den Vorhängen wiederholten. Durch die kunstvoll geschnitzten Fensterläden fiel ein mattgoldenes Licht, das alle Gegenstände im Raum kostbar und geheimnisvoll erscheinen ließ.

In großen Vasen waren geschmackvoll Blumen arrangiert. Verschiedene davon hatte Julia noch nie gesehen, und auf der polierten Steinplatte eines niedrigen Tischs in der Sitzecke des großen Raums stand eine Platte mit exotischen Früchten und allerlei Konfekt. In einem silbernen Kühler steckte eine Flasche Champagner, mit besten Wünschen des Hotelmanagements zu ihrer Eheschließung.

»Dagegen schmiert selbst der beste Salon auf Burg Staufenfels ab, oder?«, frotzelte Stefan.

»Das ist überhaupt kein Vergleich. Ich habe noch nie etwas gesehen, das dagegen antreten könnte.«

»Dann ist mir die Überraschung ja gelungen.«

»Allerdings. Ich bin überwältigt.«

»Und jetzt, schlag ich vor, holen wir unsere Hochzeitsnacht nach.«

»Jetzt, auf der Stelle?«

»Genau!«

»Es ist aber Nachmittag …«

»Dem Glücklichen schlägt keine Stunde«, befand Stefan und begab sich in das palastgemäße Badezimmer, das ganz mit schwarzem und weißem Marmor verkleidet war und vergoldete Armaturen aufwies. Das Bad war größer als Julias gesamtes Apartment auf der Burg.

Stefan drehte am goldenen Wasserhahn und schüttete den Inhalt eines bereitstehenden Fläschchens in die riesige Wanne, in der eine Großfamilie Platz gefunden hätte, worauf sich ein edel duftender Schaum entwickelte. Dann machte er eine Verbeugung und sagte mit devoter Stimme: »Der gehorsame Diener ist Hoheit gerne beim Auskleiden behilflich.«

Sie badeten ausführlich, machten den späten Nachmittag zur Nacht und blieben wach, bis die Sonne aufging. Erst dann fielen sie in einen leichten Schlaf.

Als Julia gegen elf Uhr erwachte, fand sie das Bett neben sich leer, dafür aber einen Zettel mit vielen gemalten Herzen, auf dem ihr Stefan mitteilte, dass er bereits um neun Uhr das Hotel verlassen habe, um zu seiner Baustelle zu fahren.

»Ich liebe dich sehr und bin so bald wie möglich zurück«, hatte er geschrieben.

Julia ließ sich in die weichen Kissen fallen und war sich noch nicht darüber im Klaren, wie sie sich fühlen sollte: glücklich wegen der märchenhaften Umgebung, oder traurig wegen des abrupten Abschieds. Sie entschied sich für das, was sie unmittelbar nach dem Aufstehen spürte: zerschlagen von zu viel Liebesaktivität.

Liebe kann ganz schön anstrengend sein.

Diese Empfindungen hatte Jürgen ihr nie beschert.

Als sie noch darüber nachdachte, ob sie dies auf der Bonus- oder Malusseite ihres Lebens vermerken sollte, kam nach kurzem Klopfen einer der turbantragenden Diener herein, verneigte sich in gebührendem Abstand und wies einladend auf die silbernen Platten und Kannen, die sich auf einem Rollwagen befanden. Er zeigte beim Lächeln strahlend weiße Zähne, verneigte sich erneut und verschwand danach wieder.

Julia tappte in den Salon und guckte unter die silbernen Hauben. Was sie sah, war sehr appetitlich. Unvermittelt verspürte sie einen Bärenhunger. Sie rollte den Wagen zum Esstisch und vertilgte alles, was die Platten, Schüsseln und Kannen hergaben.

Danach legte sie sich erneut – wenn auch diesmal alleine – in die riesige Badewanne, atmete den Duft des Schaums ein, der nach Zimt, Vanille und einer Spur Sandelholz roch. Sie drehte, dehnte und wendete sich im wohltuend heißen Wasser, tauchte dann unter bis zum Kinn und beschloss, glücklich zu sein, und zwar *nur* glücklich.

Nach einer guten halben Stunde fühlte sie sich munter genug, die Wanne wieder zu verlassen. Sie trocknete sich mit dem flauschigen Badetuch ab und krabbelte noch einmal ins Bett. Auf dem Nachttisch fand sie ein dickes, ledergebundenes Buch, in dem alle Spa-Wohltaten aufgelistet waren, die das Palasthotel aufbieten konnte.

Preise für diese Leistungen waren nicht angegeben, doch das war Julia gleichgültig. Schließlich hatte sie nicht vor, so viele Hochzeitsreisen zu machen wie Vetter Alwin. Und wie sagte doch Tante Marta: »Man kann die schnöde Normalität nur ertragen, wenn man die Ausnahmen davon kultiviert.«

Eine Hochzeitsreise war zweifellos eine Ausnahme von der Normalität, also griff Julia nach dem Telefonhörer und vereinbarte eine der von Stefan als *traumhaft* angepriesenen Massagen, die bereits eine halbe Stunde später stattfinden konnte.

Sie brauchte sich dazu nicht einmal die Mühe des An-
ziehens zu machen, denn die freundliche, gut Englisch
sprechende Spa-Dame forderte sie auf, gleich im Bademantel zu kommen.

Zuvor aber trank Julia den letzten Schluck Champagner, der sich noch in der Flasche im Kühler befand, und
sagte sich dabei, dass sie mit den ersten Tagen ihrer Ehe
durchaus zufrieden sein konnte, auch wenn sie derzeit
eine Solo-Hochzeitsreisende war.

27

»Ist es so angenehm für Sie?«, erkundigte sich die Spa-
Dame, deren Name Aruna war, was auf Hindi *die Morgenröte* bedeutete, wie sie erklärte.

»Mein Name ist Julia. Er geht auf einen Enkel der Göttin Venus zurück«, parierte Julia, und rief danach ohne
Übergang: »O ja, das ist ganz wunderbar. Genau das ist
mein Schwachpunkt, bearbeiten Sie den ruhig noch ein
Weilchen!«

Es handelte sich um eine Stelle unterhalb des linken
Schulterblatts, die immer wieder schmerzte, und Julia
wusste auch, woher dieser Schmerz rührte: von der verdrehten, halb schrägen Haltung, die sie bei der Arbeit an
den Fränzen von Staufenfels eingenommen hatte. Um
gleichzeitig den Computer bedienen zu können, ohne das
auf dem Schreibtisch ausgebreitete Recherchenmaterial
aus den Augen zu verlieren.

»Wir sollten diese Behandlung vertiefen. Mit heißen Edelsteinen zum Beispiel. Das ist sehr Erfolg versprechend bei derartigen Leiden«, schlug die indische Morgenröte vor. »Wie lange sind Sie denn noch hier im Hotel?«

»Etwa acht Tage.«

»Dann beginnen wir am besten gleich morgen damit. Soll ich schon einen Termin für Sie notieren?«

»Ich denke darüber nach und melde mich dann«, erwiderte Julia vorsichtig und beschloss, nun doch nach den Spa-Preisen zu fragen, denn womöglich wären ja die erwärmten Edelsteine gleich mit zu bezahlen, was dann doch beträchtlich ins Geld gehen könnte. Den nach Aussage ihres Ehemanns hier vorzugsweise vorkommenden Millionären mochte das nichts ausmachen, ihr allerdings schon. Sie war nicht gerade Not leidend, aber mehr als eine halb bezahlte Dreizimmer-Eigentumswohnung hatten ihr die Eltern nicht hinterlassen, und die Versicherungssumme, die die Unfallversicherung ausgeschüttet hatte, war durch ihr Studium und ihre Promotion nahezu aufgebraucht worden, obwohl sie zwischendurch immer wieder gejobbt hatte.

Bei diesen Überlegungen fiel Julia ein, dass Stefan und sie überhaupt noch nicht dazu gekommen waren, sich über Vermögensfragen zu unterhalten, so sehr hatte das Erringen der künftigen Stelle in Chicago mit der von Stefan genannten, beeindruckenden Vergütung im Fokus ihrer Überlegungen gestanden.

Dass sie ihren eigenen Beruf in Amerika nicht würde ausüben können, war Julia allerdings von Anfang an klar gewesen. Da sie aber vorhatten, schon der tickenden biologischen Uhr wegen, so bald wie möglich Kinder zu bekommen, hatte sie dies nicht gestört. Und bis der zukünftige Nachwuchs dem Babyalter entwachsen sein würde und sie wieder an eine Berufstätigkeit denken konnte, wären sie vermutlich bereits in Wien, wo sich der europäische Hauptsitz von Stefans Firma befand.

»Auf diesen Job hab ich es mittelfristig abgesehen«, hatte Stefan sie aufgeklärt. »Denn wenn der Alte in Chicago im Ruhestand ist, werden die Niederlassungen in Europa und in Asien in die Selbstständigkeit entlassen werden, das ist jetzt schon beschlossene Sache. Was für uns bedeutet, dass wir dann dauerhaft in Wien bleiben könnten. Die Jahre in Chicago sind also nichts anderes als ein Intermezzo, bis der Alte sich zurückzieht, was absehbar ist, schließlich ist der Mann bereits über siebzig.«

»Bitte, setzen Sie sich jetzt vorsichtig auf, Miss Julia, und strecken Sie sich dann auf dieser Steinbank aus. Keine Sorge, sie ist angenehm warm. Auf den Bauch bitte. Den Kopf legen Sie auf Ihre Hände und drehen ihn leicht zur Seite. Ja, so ist es gut. Sie werden jetzt etwas ruhen, während ich im Nebenraum eine spezielle, persönliche Ölmischung für Sie herstelle. Ich leg Ihnen so lange eine Entspannungsmusik auf. Lassen Sie sich ganz einfach fallen und öffnen Sie sich Ihren Gedanken.«

Julia befolgte die Anweisungen, und bald stellte sich ein angenehmes, wohltuendes Gefühl ein sowie das Empfinden, ohne jede Verpflichtung zu sein.

Du bist die geborene Pflichterfüllerin, und perfekt sein zu wollen, ist deine negative Haupteigenschaft, hatte Jürgen immer behauptet. Ein paar Mal hatte sie sich erkühnt zu widersprechen, doch Jürgen war ein Meister des Wortschwalls. Niemand widersprach ihm und siegte damit. Und vermutlich hatte er sogar recht gehabt. Jedenfalls war ihr Hang zur Perfektion immer öfter seinem *kreati-*

ven *Schlendrian* im Wege gestanden, was zu vielen Auseinandersetzungen geführt hatte.

»Es wird jetzt ein wenig klebrig«, warnte Aruna und kippte den Inhalt eines mit Öl gefüllten Messingeimers erst über Julias Nacken und danach über Schultern und Rücken. Der Geruch des Öls war aufregend und süß, doch es war auch eine herbe, bittere Duftnote darin enthalten.

Genau wie bei der Liebe. Jedenfalls bei der Liebe zu Jürgen.

Warum eigentlich liege ich hier in Indien, während meiner Hochzeitsreise, in einem superexklusiven Spa-Tempel, und reflektiere meine Beziehung mit Jürgen?, dachte Julia zornig, und die schöne Morgenröte rief im gleichen Moment: »Bitte, entspannen Sie sich. Bleiben Sie locker, alles wird gut. Alles, was Sie noch belastet, fließt mit dem Öl in die Wanne!«

Na, hoffentlich, dachte Julia in seltenem Sarkasmus und blickte dem Öl nach, das über ihre Flanken hinweg auf den Steintisch rann und durch eingefräste Rinnen ins Irgendwo verschwand.

Aruna strich alle restlichen Öltropfen sorgfältig ab und legte dann ihre Handflächen auf Julias Schultern. Obwohl es sich wirklich nur um die Hände der schönen Morgenröte handelte, wurden die Stellen so heiß, dass Julia Schweißtropfen auf die Stirn traten.

Als es beinahe nicht mehr auszuhalten war, forderte Aruna sie auf: »Und jetzt drehen Sie sich bitte um, Miss Julia!«

Dann begann sie, ein weißes Vlies mit einer Essenz zu tränken, mit der sie Julia vom Haaransatz bis zu den Zehen abtupfte. Es war sehr angenehm und belebend.

Als Julia wieder in ihrem flauschigen weißen Bademantel steckte, den Rechnungsrevers unterschrieb und danach aufschaute, entdeckte sie in den honigfarbenen Augen der Inderin ein schelmisches Glänzen. Sie sah jetzt auch, dass Aruna älter war, als ihre zierliche Gestalt es im ersten Moment vermittelt hatte. Gleichzeitig befiel Julia das Gefühl, dass diese Frau nach den zweieinhalb Stunden, in denen sie ihren Körper kennengelernt und behandelt hatte, mehr über sie wusste, als sie jemals irgendjemandem über sich mitgeteilt hatte, Jenny mit eingeschlossen. Diese Erkenntnis trieb Julia die Schamröte ins Gesicht.

Aruna aber schüttelte den Kopf und lächelte nachsichtig. Dann legte sie die Hände vor der Brust zusammen, verneigte sich und sagte ernst: »Glauben Sie mir, Miss Julia, alles wird gut!«

28

Die Luft über der Baustelle bestand aus einer Wolke von gelblichem Staub, der sich auf alle Poren legte und schon nach kurzer Zeit des Aufenthalts die Stimme kratzig werden ließ. Die Geräusche der riesigen Baumaschinen waren meilenweit zu vernehmen, dennoch konnte Stefan Windheim ausgezeichnet verstehen, was sein Vorarbeiter ihm mitteilte. Der Zorn jagte jede Menge Adrenalin durch seine Adern, und es war nicht der Höllenlärm, der ihn veranlasste zu brüllen: »Aber, ich sag dir doch, Jagdish, ich hab das Geld nicht!«

»Du hast das Doppelte wie ich bei diesem Deal einge-strichen. Du *musst* es haben!«

»Ich hatte jede Menge Ausgaben! Allein die Heim-reisen, alle drei Monate!«

»Ja, ja. Und Sarala. Und all die anderen Weiber, die du dir in Europa hältst«, sagte Jagdish ironisch. »Das kostet natürlich. Aber es ist mir gleichgültig, wie du es machst, Stefan. Ich brauche das Geld für Lalitas Dowry, oder sie kann den Mann nicht heiraten, der sich um sie bewor-ben hat. Die Familien haben monatelang verhandelt, doch der Vater des Bräutigams ist hart. Wenn ich nicht zahlen kann, besorgt er Mohan eine andere Braut, und Lalita wird unglücklich sein und weiter an unseren Reis-schüsseln hängen.«

Stefan ballte seine Rechte zur Faust. Was interessierte ihn das Liebesleben einer der zahlreichen Töchter seines Vorarbeiters! Der Mann hatte an dem Handel, bei dem sie einen Teil des Baumaterials für die Brücke illegal ver-scherbelt hatten, gut verdient. Alles war wunderbar ge-laufen, und das seit mehr als zwei Jahren. Und jetzt ver-suchte dieser Kerl nachzukassieren. Da hatte er sich aber geschnitten! Die Verkäufe hatte Jagdish ganz alleine ge-tätigt, er selbst hatte sie nur geduldet, im passenden Mo-ment weggesehen und dafür kassiert. In bar. Niemand konnte ihn mit den Diebstählen in Verbindung bringen, und wenn Jagdish so idiotisch sein sollte, die Sache nach Chicago zu berichten, würde er den Stiefel ganz schnell umdrehen: Jagdish war ein Vorarbeiter, der das Vertrau-en seines Baustellenleiters missbraucht und in die eigene Tasche gewirtschaftet hatte. So etwas gab es immer mal wieder, und er konnte darauf vertrauen, dass sein Boss in Chicago ihm, dem Ingenieur Windheim, mehr glauben würde als einem indischen Arbeiter. Denn natürlich würden sie daraufhin jemanden schicken, um die Bücher und Bestände zu prüfen, und natürlich würden sie, wenn sie erst einmal gezielt suchten, entdecken, dass unverhältnismäßig viel Material »verbaut« worden war.

Jagdish hatte aufmerksam das Mienenspiel seines Bauleiters verfolgt. Er grinste abfällig. »Du musst mich für sehr dumm halten, Stefan. Natürlich habe ich dafür gesorgt, dass unsere Gespräche und … *Vereinbarungen* … aufgezeichnet wurden. Das ist heutzutage kinderleicht. Und ein vorsichtiger Mann baut vor. Man weiß nie, wann man so eine … *kleine Erinnerung* … gebrauchen kann!« Er griff in die Tasche seiner Arbeitshose, holte sein Handy hervor und betrachtete es mit einem kleinen, vielsagenden Lächeln.

Stefan machte einen Schritt auf ihn zu und riss ihm das Gerät aus der Hand.

Jagdish machte keinen Versuch, es wieder zurückzuholen, er grinste nur noch ein wenig breiter und sagte beinahe heiter: »*Hier* ist es natürlich nicht drauf. Ich bin doch nicht verrückt!«

Stefan presste wütend die Lippen zusammen und hob den Arm, um das Handy wegzuwerfen, aber Jagdish war flink und hatte so etwas wohl erwartet. Er fing das Gerät geschickt in der Luft und steckte es wieder in seine Hosentasche zurück.

»Du musst mir Zeit lassen«, sagte Stefan schließlich mürrisch, nachdem er seine Überlegungen beendet hatte und sein Realitätssinn ihm sagte, dass er fahrlässig gewesen war und jetzt dafür bezahlen musste.

»In Ordnung. Aber du bleibst so lange hier, bis ich das Geld habe.«

»Das ist unmöglich. Ich bin … ich habe Termine, die ich nicht versäumen kann.«

»Das ist dein Problem«, erklärte Jagdish gelassen. »Du bist ja sehr gut darin, irgendwelche Storys zu erfinden, wie ich oft schon beobachten konnte. Wir jedenfalls werden dich jetzt in deine Wohnung begleiten, wo jede Menge Kommunikationsgeräte stehen, und du wirst sie erst dann wieder verlassen, wenn ich das Geld habe. Und zwar genau den Betrag, den ich dir genannt habe!«

Jagdish hob nonchalant die Schultern und setzte dann zwei Finger an die Lippen, um einen hohen, schrillen Pfiff auszustoßen. Auf dieses Signal hin traten seine vier Söhne aus dem Dschungel, der die Baustelle umgab. Sie waren alle zwischen zwanzig und dreißig und muskulös von der schweren, körperlichen Arbeit, die sie leisten mussten.

Wortlos deutete Jagdish auf den Baustellenbus. Und wortlos folgte Stefan der Aufforderung. Er wusste, wann er verloren hatte.

Zwei der Männer stiegen in den Bus, ein dritter winkte Stefan, ihnen zu folgen.

Als alle saßen, startete Jagdish den Motor und fuhr Stefan zu dem Bungalow, in dem er wohnte.

»Ich werde dir hier Gesellschaft leisten«, verkündete der Vorarbeiter freundlich, als sie den Wohnraum betraten. »Ich hätte es nämlich nicht gerne, wenn die hiesige Polizei mit dieser Sache belästigt würde. Und glaube nicht, dass du abhauen könntest. Meine Söhne sind *gute* Söhne und Brüder, und es sind *vier*. Zwei davon können schlafen, solange die anderen aufpassen, dass niemand das Haus verlässt.«

Stefan sparte sich jede Erwiderung. Jagdish war entschlossen – und er würde sich auch nicht vertrösten lassen.

Es blieb ihm nichts anderes übrig, als einen Bittbrief an seinen Bruder in Graz zu schreiben, denn seine Restmittel reichten nach den Aufwendungen für die teure Hochzeitsreise nicht aus, um die Forderungen des Mannes zu erfüllen.

Das ist die Ironie des Lebens, dachte er und lächelte bitter. Da hatte er nun endlich gefunden, wonach er schon sein ganzes Leben lang gesucht hatte: eine goldene Gans. Eine, zu der er sich ins Nest setzen konnte; ein Nest, in dem schon jede Menge goldene Eier lagen. Und die womöglich noch für weitere Goldeier gut war. Eine Frau, die die Anstrengungen seiner Erwerbsarbeit ein für alle Mal von ihm nehmen und ihm gestatten würde, das Leben zu führen, nach dem er sich sehnte: Luxus, finanzielle Unabhängigkeit und gesellschaftliche Anerkennung.

Nun hatte er seine goldene Gans geheiratet – und saß wegen anderer Leute Hochzeit in der Bredouille.

Denn, offen gestanden, hatte er schwere Bedenken, ob sein eigener Bruder ihm das notwendige Geld überweisen würde – und Julia konnte er auf keinen Fall darum bitten, sonst wäre alle Mühe vergeblich gewesen.

»Streng dich an, Boss«, hörte er an diesem Punkt seiner Überlegungen die Stimme seines Vorarbeiters. »Ich liebe Lalita wirklich sehr und ich würde es bedauern, wenn dir … *etwas zustoßen* … sollte …

Stefan sah Jagdish in die Augen – und jetzt erst begriff er, dass es sich nicht nur um eine Erpressung handelte, sondern dass auch sein Leben bedroht war.

29

Zwei Mal hatte Julia bereits die Wohltaten der heißen Edelsteine erfahren. Die Behandlung war teuer, aber bezahlbar.

Sie hatte den wahrhaft paradiesischen Park erkundet, mehrmals täglich den Pool benutzt und an einem Golf-Schnupperkurs teilgenommen. Bekanntschaften hatte sie keine geschlossen. Es waren nahezu ausschließlich Paare in dem Luxushotel. Manchmal hatte sie das Gefühl, beobachtet zu werden, und vermutlich stimmte das auch. Schließlich war sie eine junge, hübsche Frau.

»Aus den drei Tagen müssen leider mehr werden«, hatte ihr Stefan gestern telefonisch mitgeteilt. Er hatte so genervt geklungen, dass Julia auf jeden Einspruch verzichtete. Die Arbeitswelt war nicht immer einfach, das wusste auch sie.

Am Morgen des vierten Tags ihrer Anwesenheit hatte Aruna sie darauf hingewiesen, dass heute ein religiöser Feiertag sei, der in der umliegenden Region besonders begangen würde. »Das Hotel bietet einen Bustransfer in den Jaghai-Tempel an. Er ist sehr schön und das Ereignis eine große spirituelle Erfahrung, Miss Julia. Sie sollten es auf gar keinen Fall versäumen.«

»Und was ist daran so Besonderes?«

Aruna lächelte und sprach mit ihr wie eine Mutter zu ihrem unkundigen Kind: »Die Göttin Jaghai ist den Menschen, die sie in ihrem Tempel besuchen, sehr zugeneigt. Sie kann ihre Gedanken erkennen und in ihren Seelen lesen. Sie kann sogar, und dies nur an diesem heutigen Feiertag, die *große Harmonie* herstellen.«

»Was denn für eine Harmonie?«

»Die Übereinstimmung der Absichten Gottes und des jeweiligen menschlichen Handelns.«

»Und das bei jedem, der anwesend ist?«, fragte Julia nach und versuchte, ihre Belustigung über so viel kindliches Denken zu unterdrücken.

Die Morgenröte sah sie dennoch, aber sie war nicht verstimmt. Sie schüttelte nur nachsichtig den Kopf und präzisierte dann ihre Aussage: »Nur bei solchen Menschen, die dieser Gnade auch würdig sind.«

»Ah ja. Verstehe«, erwiderte Julia und bemühte sich weiterhin, den notwendigen Ernst aufzubringen, um Aruna, die offenbar sehr gläubig war, nicht zu kränken.

»Nein. Sie verstehen es nicht«, sagte Aruna und klang nun ihrerseits belustigt. »Aber das ist auch nicht erforderlich. Die Gnade ist ein Geschenk, das die Göttin nach Belieben verteilt. Sie werden nur *dann* in der Lage sein zu begreifen, wenn Sie eine Beschenkte sind. Es ist wie bei einer Lotterie, Miss Julia: Alle haben die Möglichkeit, aber am Ende sind es sehr wenige, die vom Glück geküsst werden.«

»*Vom Glück geküsst*, ist eine nette Umschreibung«, fand Julia und beschloss, den ganzen Unsinn rasch zu vergessen.

»Ich werde Sie persönlich anmelden«, erklärte die Morgenröte so energisch, als ob sie Julias Gedanken erraten hätte. »Es kostet nichts und es wird Sie wirklich sehr bereichern, glauben Sie mir!«

Julia entschied sich, die Sache so zu behandeln, wie sie es früher manchmal gehalten hatte: Sie zählte die Schritte, die sie zurücklegen musste, bis sie vor der Tür ihrer Hochzeitssuite angelangt war. Bei einer geraden

Zahl würde sie mitfahren, bei einer ungeraden im Hotel bleiben.

Der Weg war ziemlich lang, und sie bemühte sich, die Schritte gleich groß zu halten, was die Bedingung war, die dieses Orakel verlangte.

An der schwellenlosen Tür der Suite hatte sie genau siebenundachtzig Schritte gemacht.

Als sie die Tür öffnete, sah sie, dass ein Beauftragter der Morgenröte schneller gewesen war. Auf dem Esstisch lag unübersehbar ein Notizzettel, auf dem zu lesen war: *»Bootsabfahrt für den Ausflug zum Jaghai-Tempel um achtzehn Uhr am Haupteingang. Wir fühlen uns sehr geehrt von Ihrer Teilnahme. Das Hotelmanagement.«*

30

In dem großen, klimatisierten Bus befand sich etwa ein Dutzend Menschen, was eine blamabel niedrige Anzahl war, wenn man sich vergegenwärtigte, dass das Palasthotel einschließlich der Nebengebäude über gut fünfzig Zimmer und Suiten verfügte.

Die Fahrt dauerte länger als erwartet.

Julia hatte ganz hinten auf der Rückbank Platz genommen und döste, eingelullt vom Schaukeln des Busses, bald ein.

Als sie wieder erwachte, sah sie, dass es draußen dunkel geworden war, und anhand der abschließenden Sätze des einheimischen Führers, der den Ausflug begleitete, begriff sie, dass sie alle Erläuterungen über

Sinn und Herkunft der religiösen Zeremonie verschlafen hatte.

Bald danach stoppte der Bus auf einem Parkplatz, der bereits von zahlreichen anderen Bussen älterer Bauart, größeren und kleineren Lastwagen, Motorrädern, Fahrrädern und Rikschas belegt war.

Ein orangerot gekleideter Mönch sprang vor den Hotelbus, gestikulierte und leitete dann den Fahrer in eine vom Parkplatz wegführende Straße, die sich als Zufahrt zu einem weiteren, durch eine Schranke verschlossenen Parkgelände erwies. Dort befanden sich nur wenige Fahrzeuge, die allesamt einen sehr guten und gepflegten Eindruck machten. Der Fahrer zahlte den Wächtern einen Obolus, worauf diese die Schranke öffneten.

Die Gäste des Luxushotels brauchten sich auch nicht in die Massen der Gläubigen einzureihen, die zum Haupteingang des Tempels strömten. Sie wurden von einem kahlköpfigen, ebenfalls orangerot gekleideten Mönch zu einer Seitenpforte geführt und danach zu einem – durch etliche Stufen erhöhten – Podest, von dem aus eine gute Sicht auf das Geschehen im Tempel gewährleistet war.

»Bitte, setzen Sie sich«, forderte der Mönch sie nun auf.

»Und wohin, bitte?«, wollte eine korpulente Russin wissen. Sie hatte sich während ihres Aufenthalts mit indischen Saris eingekleidet und sah darin aus wie eine fahnenumwehte Walze.

»Auf den Fußboden natürlich«, antwortete ein großer, knochiger Mann mit rötlich braunem Haarschopf, der Julia bereits beim Einsteigen in den Bus aufgefallen war. Er war unbestimmbarer Nationalität und musste etwa in ihrem Alter sein. Jetzt klappte er seine langen Glieder zusammen wie einen Taschenschirm und hockte sich dann ohne Mühe auf den Steinboden, während das seidene Fass sich mit hörbarem Schnaufen erst auf die Knie begab, zur Seite rollte und drehte, um dann stöhnend in eine Sitzposition zu kommen. »Wenn ich das geahnt hätte, wäre ich im Hotel geblieben«, murrte sie ungnädig.

Julia, die sich neben den Rothaarigen gesetzt hatte, konnte ein belustigtes Grinsen nicht unterdrücken, und dem Mann ging es genauso.

»Man sollte sich eben ein wenig kundig machen, in was man sich begibt«, sagte er in gepflegtem Englisch.

»Sind Sie Brite?«, fragte Julia neugierig.

»Gott bewahre. Ich bin Ire, aber in Amerika aufgewachsen.«

»Ausgewandert?«

Der Mann grinste breit. »Meine Vorfahren. So ungefähr vor vierhundert Jahren. Aber: Ire bleibt Ire, egal wo er lebt.«

»Ah ja«, murmelte Julia und besah ihn genauer. Nicht nur, dass dieser Mann selbst noch im Sitzen alle anderen um einen Kopf überragte – nachgerade alles an diesem Menschen war zu lang geraten: die beachtliche Nase über seinem breiten, schmallippigen Mund, ebenso die sehnigen Arme und Hände, die aus dem Baumwollhemd ragten. Und die auf den Boden aufgestellten Beine reichten bis an sein Kinn. Er erinnerte Julia lebhaft an eine Reklamefigur aus ihrer Kindheit, die auf hohen Stelzen gehend für eine Schuhcreme namens »Nigrin« geworben hatte.

»Sie sind mir seit Tagen schon aufgefallen«, bekannte er und bot ihr gleichzeitig ein noch versiegeltes Fläschchen Wasser an, das er aus seinem abgeschabten Lederrucksack zauberte.

Julia zögerte zuzugreifen, aber der Mann sagte mit einer großzügigen Geste: »Ich hab noch drei weitere Flaschen dabei.«

»Dann, herzlichen Dank«, erwiderte Julia, drehte den Verschluss auf und nahm ein paar durstige Züge, während der Lange sich interessiert erkundigte: »Reisen Sie ganz alleine?«

»Nein. Ich … *erwarte noch jemanden* …« Kaum hatte sie es ausgesprochen, begann sie sich zu ärgern. Warum sagte sie nicht einfach: Ich bin auf Hochzeitsreise, und demnächst wird mein Mann wieder hier sein?

Weil das diesen Menschen nichts angeht, beantwortete sie sich sofort ihre eigene Frage, während der Lange fortfuhr, sie zu befragen.

»Aber – Sie sind Deutsche, *Süddeutsche,* oder irre ich mich da?«

»Sie irren sich nicht. Ich bin allerdings erstaunt, dass amerikanische Iren ein so feines Gehör für deutsche Akzente haben.«

Sein breiter Mund verzog sich zu einem amüsierten Feixen. »Ich bin dort zur Schule gegangen. Salem. Schon mal etwas davon gehört?«

»Ja, sicher«, erwiderte Julia. Dumm konnte er jedenfalls nicht sein, denn sie war gebürtige Freiburgerin und wusste natürlich, dass Salem ein Eliteinternat war. Ein teures Eliteinternat, um präzise zu sein.

Er schien zu ahnen, was sie dachte, denn er grinste erneut und erklärte dann flapsig: »In meiner Familie gibt's eine eiserne Regel: Der Anlauf ins Leben wird finanziert, *springen* muss man dann aus eigener Kraft!«

»Aha. Und wohin sind Sie *gesprungen*?«, erkundigte sich Julia, wider Willen erheitert.

»Tja. Die Frage des Standpunkts. Das ist genau das, was mich derzeit am meisten beschäftigt«, erwiderte er, und danach beendete ein gewaltiger Gong diese kurze Unterhaltung.

Das elektrische Licht erlosch, das den riesigen Raum bisher spärlich erhellt hatte. Gleich danach flammten an der Tempelwand befestigte Fackeln auf, die die Tempelhalle in ein weiches rötliches Licht tauchten.

Vom Haupteingang her traten die Mönche ein. Auf einem geschnitzten, reich mit Blumen verzierten Tragegestell trugen sie die Skulptur der Göttin Jaghai. Es war eine nicht enden wollende Prozession, die einem orangefarbenen, sanft dahingleitenden Fluss glich. Schließlich vereinigten sich die Mönche zu einem orangefarbenen See in der Mitte des Tempels. Auf ein Zeichen des Obermönchs hin stellten sie das Gestell mit der Göttin auf einen hohen Sockel und nahmen dann ebenfalls auf dem Boden Platz, worauf das Konzert eines unsichtbaren Orchesters einsetzte.

Es gab dabei Instrumente, deren Klang Julia noch nie gehört hatte. Sie versuchte zu orten, woher die ungewöhnlichen Töne kamen, doch dies war unmöglich. Die Musik war überall: vor, über und unter ihr; von allen Seiten drang sie in ihre Ohren, ihr Gemüt, vermutlich sogar in ihre Seele, die, wenn man Aruna glauben wollte, die kleine Göttin auf dem Sockel dort vorn mühelos *lesen* konnte.

Erst nach geraumer Zeit wurde Julia klar, dass über all den Klängen ein Summen lag, mit dem die Mönche begonnen hatten und das von den meisten der Anwesenden aufgenommen worden war. Erstaunt bemerkte sie, dass auch sie mitsummte und sich dabei in sanften Bewegungen vor- und zurückneigte.

Die Zeit schien flüssig zu werden, und Bilder stiegen aus ihrer Erinnerung auf. Julia sah verschiedene Szenen aus ihrem Leben: ihre Mutter, die die Arme ausbreitete, um sie zu begrüßen, als sie vom Kindergarten nach Hause kam; ihren Vater, der auf dem alten, abgeschabten Ledersofa in der Freiburger Wohnung saß und seine Pfeife stopfte; Jenny, die im Nachthemd auf dem oberen Teil im Stockbett ihres gemeinsamen Internatszimmers hockte. Und sie sah Jürgen, wie sie ihn zum ersten Mal wahrgenommen hatte: im Schwimmbad, als er, braun gebrannt, flachsblond und strahlend zu ihr herübersah, bevor er den Kopfsprung vom Drei-Meter-Brett machte. Und schließlich sah sie Stefan in seinem dreiteiligen Anzug, wie er nach dem Füller des Standesbeamten griff und seinen Namen unter die Heiratsurkunde setzte.

In einem Moment, der einem kurzen Erwachen glich, sah sie die dicke Russin, summend und mit geschlossenen Augen; der irische Amerikaner neben ihr hatte dagegen die Augen weit aufgerissen. Er schaute ins Leere und wirkte im Dämmerlicht des Tempels wie ein Fuchs, der eben die Witterung seiner Jäger aufgenommen hat.

Julia blickte nach vorn, zu der kleinen Göttin auf dem Podest, und plötzlich glaubte sie, eine zarte, aber intensive Berührung ihres eigenen Mundes zu spüren, die eine große, noch nie verspürte Zuversicht in ihr auslöste.

Sie schreckte zusammen, als die Musik laut und dröhnend wurde und danach abrupt endete, worauf die einheimischen Besucher sich sofort erhoben.

Julia versuchte dies ebenfalls, doch ihre Beine waren eingeschlafen. Die dicke Russin, der es wohl ebenso erging, kniete mit schmerzverzerrten Gesichtszügen neben der Säule.

Nur der Lange hatte bereits sicheren Stand gewonnen und empfahl, einige Male aufzustampfen, was ihm geholfen habe. »Schon sehr fremdartig, diese Zeremonie. Aber … irgendwie … *angenehm*«, fand er und fasste Julia an der Hand, was sich als nützlich erwies, denn plötzlich wollten alle Anwesenden gleichzeitig den Tempel verlassen, was eine Woge aus Menschenleibern auslöste, und im Schummerlicht der wenigen Glühlampen war die Seitenpforte nicht mehr zu sehen. Julia erwartete nichts anderes als eine klaustrophobische Panikattacke, die jetzt eintreten musste, doch erstaunlicherweise blieb sie – erstmals seit dem Unfall der Eltern – davon verschont.

»Warten wir noch eine Weile«, schlug der hagere Mann vor. »Und besser, wir begeben uns ins Auge des Taifuns, bevor wir hier erdrückt oder zertrampelt werden.«

Energisch zog er Julia in die Mitte der Halle, in die Nähe des Sockels, auf dem die kleine Göttin stand und unbewegt vor sich hin lächelte, während Tausende ihrer Besucher aus dem Tempel ins Freie drängten. Wie der amerikanische Ire vorausgesehen hatte, war dort jede Menge Platz, nur noch die Trägermönche saßen um die Göttin gereiht.

Julia bückte sich nach einer zarten, blutroten Rose, die aus der Girlande der Göttin gefallen war, schaute unsicher zu den Mönchen hinüber und fragte den Langen: »Meinen Sie, ich darf sie zur Erinnerung mitnehmen?«

Der ehemalige Salem-Schüler nahm Julia wortlos die Blume aus der Hand und steckte sie in die Brusttasche seines Hemds, wo sie vollkommen verschwand. Dann blickte er prüfend um sich, ergriff erneut ihre Hand und führte sie zu dem jetzt erkennbaren Seiteneingang, durch den sie hereingekommen waren.

Er brachte sie bis zum Bus und machte dann kehrt, um zusammen mit dem ortskundigen Ausflugsbegleiter die russische Dame zu suchen, die noch verschollen war.

Während der Rückfahrt zum Hotel setzte sich der Lange Julia gegenüber auf den Gangplatz. »Sorry, ich hab versäumt, mich vorzustellen. Mein Name ist Andrew. Andrew Miller.«

»Ich heiße Julia Windheim«, erwiderte sie und hörte dem Klang ihres neuen Namens hinterher, der immer noch ungewohnt war.

»Wollen wir noch etwas zusammen trinken?«, fragte Mr. Miller, als das Boot sie vor dem Eingang des Palasthotels abgesetzt hatte.

Julia verspürte großen Durst, und auch Hunger hatte sich während der Rückfahrt eingestellt. »Gern«, sagte sie deshalb, denn langsam ging ihr die Einsamkeit in den hallenartigen Gemächern der Hochzeitssuite, in der sie bisher die meisten Mahlzeiten eingenommen hatte, ein wenig auf die Nerven.

Andrew Miller führte sie zielstrebig auf eine seitliche Terrasse, von der aus man die dunklen Bäume des Gartens sehen konnte. »Hier bin ich meistens am Abend«, sagte er und rückte ihr einen der gepolsterten Sessel zurecht. »Fast alle Gäste drängen ja nach vorn, zur Hauptterrasse.«

»Ja. Man sitzt dort sehr hübsch und sieht auf den See, ich hab es ausprobiert.«

»Das mag sein. Aber mir ist es zu lebhaft. Ich mag es gerne, wenn ich allein bin und nachdenken kann.«

»Dann hätten Sie mich aber nicht einladen dürfen«, fand Julia und lachte ein wenig.

»Das ist etwas anderes. Vor allem, nachdem wir jetzt ja irgendwie … *miteinander verbunden* … sind.«

»Ah ja? Und wodurch?«

»Ich bitte Sie, das hat man uns im Bus doch ausführlich berichtet: Das Gemeinschaftserlebnis im Tempel schafft spezielle Beziehungen zwischen den Anwesenden und hilft, unsere Zukunft zu gestalten. Haben Sie denn nicht mitbekommen, was der Reiseführer erklärt hat?«

»Ich hab es leider verschlafen«, gestand Julia. Sofort stand ihre neue Schwester im Geiste, die dicke Russin, vor ihrem inneren Auge, und sie konnte ein Feixen nicht unterdrücken.

Der Lange sah es und erriet, woran sie dachte: »Die Dame aus Russland ist mindestens ebenso nett wie korpulent. Sie war so erleichtert, als wir sie endlich gefunden hatten, dass sie uns um den Hals fiel und abküsste.«

Reflexartig fiel Julia der Kuss ein, den sie glaubte gespürt zu haben, und sie fragte sich, ob dies eine durch Aruna inspirierte Einbildung oder doch etwas Reales gewesen war, aber sie schob diese absurden Gedanken rasch wieder beiseite und sagte stattdessen spöttelnd: »Dann hat meine Spa-Dame ja recht behalten, jedenfalls was Sie betrifft, Mr. Miller. Es gab nämlich bei dieser Veranstaltung die Möglichkeit, wenn auch nur für wenige, vom *Glück geküsst* zu werden. Und Sie waren dabei, wie mir scheint!«

Erstaunlicherweise lachte Andrew Miller nicht über diesen Scherz, er lächelte nicht einmal. Er sah nachdenklich auf die Tischplatte, bedankte sich dann höflich bei dem Boy, der ihnen die bestellten Gin Tonics gebracht hatte, und hob, nachdem dieser wieder verschwunden war, sein Glas: »Also dann, auf die Küsse der Göttin! Sollen sie das Glück bringen, das sie versprechen!« Er lächelte erst jetzt und fügte hinzu: »Ich bin übrigens auch ein Patient von Aruna!«

»Verstehe …«, sagte Julia automatisch, aber er fiel ihr sogleich ins Wort, um die gemeinsame Morgenröte zu zitieren: »Man versteht es nur dann, wenn man zu den Beschenkten gehört.«

»Sind Sie denn einer davon?«

Er lächelte versonnen und konterte mit der Gegenfrage: »Und Sie?«

Sie betrachteten sich interessiert, doch bevor Julia antworten konnte, kam der Boy wieder zurück und trug einen Benachrichtigungszettel der Rezeption in der Hand. »Ihr Mann hat mehrmals versucht, Sie zu erreichen, Miss Windheim. Er bittet dringend um Rückruf.«

»Ich hab mein Handy im Zimmer liegen lassen«, besann sich Julia, und es war ihr dabei selbst nicht klar, ob diese Erklärung mehr an den Boy oder an den amerikanischen Iren gerichtet war.

»Ich hoffe, es sind nur angenehme Nachrichten«, wünschte Letzterer höflich, und es war ihm nicht anzusehen, ob ihn die Tatsache enttäuschte, dass sie einen Ehemann besaß.

»Vielen Dank für den Drink«, sagte Julia und erhob sich.

Er stand ebenfalls auf. »Es war mir ein Vergnügen, Frau Windheim«, erwiderte er, und diesen Satz sagte er, obwohl sie sich bisher ausschließlich auf Englisch unterhalten hatten, in akzentfreiem Deutsch.

31

»Es tut mir unendlich leid, Julia, aber ich konnte ihn unmöglich um einen anderen Termin bitten. Mr. Backett ist der Oberboss, und wenn er sich die Mühe macht, mich *persönlich* einzuweisen, so ist das schon beinahe ein zusätzlicher Karrieresprung.«

Julia bemühte sich, ihre Enttäuschung nicht allzu sehr durchklingen zu lassen. »Ich versteh es ja, Stefan, aber irgendwie hab ich mir unsere Hochzeitsreise anders vorgestellt.«

»Ich auch, das darfst du mir glauben. Aber bitte, denk daran, was du selbst gesagt hast: Wir haben noch ein ganzes Leben vor uns. Eine Hochzeitsreise lässt sich nachholen, eine versäumte Chance dagegen nie!«

»Und wie soll ich mich jetzt verhalten?«

»Das Klügste wäre, du bittest den Concierge, deinen Flug umzubuchen, fährst nach Delhi und fliegst zurück. Wenn wir dann beide wieder in Deutschland sind, können wir zusammen die nächsten Schritte für die Umsiedlung nach Amerika einleiten. Sei mir nicht böse, Liebes! Ich wäre jetzt so gerne bei dir.«

Julia gab die tapfere Ehefrau und wünschte ihm viel Glück bei den Einweisungen in Chicago, doch als er aufgelegt hatte, konnte sie die Tränen nicht mehr zurückhalten. Was für eine sonderbare Hochzeitsreise!

Sie erwog, Jenny anzurufen oder wenigstens per Mail ihren Frust mit der Freundin zu teilen, dann aber wurde ihr bewusst, wie unsolidarisch so etwas wäre. Jenny war nicht mehr die Nummer eins in ihrem Leben, an diese

Stelle war Stefan getreten, und seine berufliche Zukunft sollte, nein *musste* den ersten Stellenwert für sie haben. Und eigentlich hatte er recht. Es würden sich Gelegenheiten ergeben, die Hochzeitsreise nachzuholen, seine Position in Chicago aber wäre von Anfang an negativ belastet, wenn er dem Ruf des Firmenchefs nicht ohne Wenn und Aber folgte. Sie sah es ja ein, schließlich war sie kein tumbes Frauchen, das nicht zwischen wichtig und nachrangig unterscheiden konnte.

Dennoch fand sie in dieser Nacht keinen Schlaf.

Gegen drei Uhr stand sie auf. Sie öffnete die geschnitzten Fensterläden weit, setzte sich in den Polstersessel und schaute hinab auf die stille Wasserfläche des Sees, in der sich der Mond spiegelte. Am hellen Himmel trieben fedrige Nachtwolken, und in ihrem Kopf hörte sie wieder die Musik und das Summen aus dem Jaghai-Tempel, doch es stellte sich nicht die dort erlebte Leichtigkeit ein.

Um halb fünf ging sie zurück zu ihrem riesigen Bett und fiel in unruhige Kurzträume, aus denen sie immer wieder aufschreckte.

Um sieben gab sie es auf. Sie stellte sich unter die Dusche, kleidete sich an und ging dann zur Rezeption, um den Concierge zu bitten, ihren vorgezogenen Rückflug zu regeln.

Danach suchte sie, zum ersten Mal nach den fünf Nächten, die sie im Hotel verbracht hatte, den Speisesaal auf, um das Frühstück dort einzunehmen.

Sie pickte gerade an ihrem Rührei, als sie eine inzwischen bekannte Stimme vernahm.

»Darf ich mich zu Ihnen setzen, Frau Windheim?« Mr. Miller schien Freude daran zu haben, die deutsche Sprache wiederzuentdecken.

»Ja, bitte«, sagte Julia und zwang sich zu einem höflichen Lächeln.

Der Mann hatte offenbar feste Essensgewohnheiten, denn kaum hatte er sich gesetzt, kam der Kellner und brachte ihm unaufgefordert Kaffee, Toast und Orangenmarmelade.

»Entschuldigen Sie, aber ich habe erfahren, dass Sie vorzeitig abreisen werden.«

Julia sah ihn erstaunt an, was ihn dazu brachte, seinen Kenntnisstand zu erklären: »Ich wollte den Concierge bitten, etwas für mich zu erledigen, und während ich warten musste, hörte ich sein Telefonat mit Ihrer Fluggesellschaft.«

»Mein Mann hat leider unaufschiebbare berufliche Verpflichtungen, und ganz allein macht es hier nicht so großen Spaß«, erwiderte Julia und bemühte sich, so gelassen wie möglich zu erscheinen. Das fehlte ihr gerade noch, als sitzen gelassene Ehefrau bedauert zu werden. Es war taktlos von ihm, diese Situation zum Frühstücksthema zu wählen.

Er schien ihre Gedanken zu spüren, denn er versuchte jetzt, rasch zu erläutern, worum es ihm ging: »Ich habe dabei auch mitbekommen, dass Sie mit einem Mietwagen hierhergekommen sind.«

»So ist es«, erwiderte Julia und bemühte sich nun nicht mehr, ihr Missvergnügen über seine Einmischung zu verbergen. »Ich nehme nicht an, dass dies verboten ist.«

»Nein. Natürlich nicht. Ich hab mir nur überlegt, entschuldigen Sie, ob Sie … *erfahren* … genug sind, die lange Strecke allein zurückzufahren. Der Betrieb auf den Straßen ist mörderisch, und ich vermute mal, Sie sind den Linksverkehr eher nicht gewöhnt … Oder irre ich mich da?«

»Sie irren sich nicht. Allerdings frage ich mich, weshalb Sie das alles beschäftigt.«

»Sorry, es sind selbstverständlich Ihre Angelegenheiten, die Sie ganz nach Ihrem Gutdünken regeln können. Ich dachte nur ... ich muss ebenfalls nach Delhi, und wenn Sie mir Ihr Vertrauen schenken könnten, dann würde ich mich gern um den Job als Fahrer bewerben.«

Er sagte dies so freundlich und liebenswürdig, dass Julias Empörung über seine Einmischung so rasch in sich zusammenfiel, wie sie aufgeflammt war.

»Ich weiß natürlich, dass ich ... trotz aller *Tempel-Verschwisterung* ... ein Fremder für Sie bin, aber Sie dürfen sich gern beim Generalmanager über mich erkundigen ... oder beim Concierge ... oder bei unserer schönen Aruna. Ich mache seit Jahren Urlaub in diesem Hotel. Ich dachte mir, unsere Interessen lassen sich leicht unter einen Hut bringen, und Ihre Sicherheit wäre damit besser gewährleistet.«

»Das ist sehr fürsorglich, Herr Miller, aber ich denke, ich schaffe es ganz gut alleine.«

»Wie Sie wünschen, Frau Windheim. Es war nur ein wohlgemeintes Angebot.«

Er trank seinen Kaffee aus, erhob sich und machte eine höfliche kleine Verbeugung. »Jedenfalls war es sehr angenehm, Sie kennengelernt zu haben.«

»Danke, das hab ich auch so empfunden«, erwiderte Julia und spürte einen Moment lang das Bedürfnis, seine Offerte doch anzunehmen. Vermutlich wäre es wirklich sicherer, angenehmer und unterhaltsamer, gemeinsam zu reisen, doch es war eindeutig unpassend. Tante Marta jedenfalls wäre entschieden dagegen, und Tante Marta war für Julia stets ein innerer Maßstab, wenn es um Fragen der Etikette ging.

Sie sah ihm hinterher, wie er lang, steif, und mit den Armen rudernd, als ob es Paddel wären, den Speisesaal durchquerte. Irgendwie fühlte sie Bedauern, dass er ihr Leben verließ, und während sie das Rührei jetzt doch verspeiste, dachte sie darüber nach, ob es tatsächlich möglich sein könnte, dass die Zeremonie im Tempel eine gewisse Verbundenheit zwischen den dort Anwesenden erzeugt hatte.

Als dann die russische Matrone hereinwalzte, an ihrem Tisch stehen blieb und ihr lächelnd einen ganz besonders schönen Urlaubstag wünschte, hielt Julia es nicht mehr für ganz unwahrscheinlich, dass *besondere spirituelle Erlebnisse* auch in der Lage waren, besondere zwischenmenschliche Effekte zu erzeugen.

32

Gegen elf Uhr an diesem Tag beglich Julia mit ihrer Kreditkarte die im Hotel in Anspruch genommenen Extras, die mit den überzähligen Verbleibtagen verrechnet wurden, die Stefan bereits im Voraus bezahlt hatte. Zur Sicherheit erbat sie sich vom Concierge noch eine Straßenkarte mit englischen Ortsbezeichnungen, obwohl es im Mietwagen ein Navigationssystem gab. Dann suchte sie ein letztes Mal das Spa auf, um sich von der schönen Aruna zu verabschieden.

»Miss Aruna hat heute frei«, teilte ihr eine Kollegin der

Morgenröte mit. »Sie kam aber vorhin kurz vorbei, denn sie hat erfahren, dass Sie abreisen werden, und bat mich, Ihnen ein kleines Geschenk zu überreichen.«

»Vielen Dank, und bitte grüßen Sie sie herzlich von mir. Vielleicht werde ich irgendwann noch mal hierher zurückkommen.«

»Aruna sagte mir, dass dies geschehen wird«, versicherte die Spa-Dame, legte die Hände aneinander und verneigte sich höflich.

Als das Gepäck abgeholt war und Julia noch einen Moment in der Hochzeitssuite zurückblieb, machte sie das geflochtene Kästchen auf, in dem sich Arunas Präsent befand. Sie fand einen hauchdünnen, purpurroten Sari darin, der über und über mit stilisierten goldenen Lotosblüten bestickt war.

Julia war gerührt. Dieses Geschenk war keine maschinengefertigte Dutzendware; der Sari war aus edlem Material und handgearbeitet. Es war eine echte Geste der Zuneigung, und genau diese machte es Julia leichter, den Ort ihres weitgehend einsamen Honeymoons doch noch in guter Erinnerung zu behalten. Zudem hatte niemand sie ihre sonderbare Rolle als Einzelbewohnerin der Hochzeitssuite spüren lassen: Bis zuletzt war sie mit derselben Freundlichkeit behandelt worden wie bei der Ankunft in Gesellschaft ihres Mannes.

Und genau so respektvoll war auch ihr Abschied.

Der Generalmanager persönlich begleitete sie bis zum Boot, das sie ans Festland bringen sollte. Er verneigte sich tief und auch er überreichte ihr ein Erinnerungsgeschenk.

Während der Überfahrt löste Julia die Schleife der Verpackung und sah, dass es sich bei der Gabe um eine geschnitzte, hübsch bemalte Figur der Göttin Jaghai handelte.

Der Miet-Landrover, mit dem sie hergefahren waren, stand aufgetankt bereit, und der Boy machte Julia darauf aufmerksam, dass sich im hinteren Wagenteil nicht nur ihr Gepäck, sondern auch Snacks und gekühlte Erfrischungsgetränke befanden.

Sie dankte, gab ihm ein großzügiges Trinkgeld und lief dann prompt zur falschen Wagentür. Rasch machte sie kehrt, umrundete den Wagen, und setzte sich an ungewohnter Stelle hinter das Steuer.

Sie startete, löste die Bremse und gab Gas. Mit mäßigem Tempo fuhr sie so weit, bis sie sicher sein konnte, dass der Boy sich wieder entfernt hatte. Anschließend wendete sie und fuhr ein Stück zurück in Richtung See, wobei ihr innerer Sensor unaufhörlich die falsche Fahrseite reklamierte.

Sie übte das Linksabbiegen, das einfach war, und versuchte sich dann im Abbiegen nach rechts. Danach fuhr sie in eine kleine Ausbuchtung der Straße, drückte den Knopf für die Universalschließanlage, schloss die Augen und imaginierte ihr Verhalten in den verschiedensten Verkehrssituationen. Als sie einigermaßen sicher war, die vor ihr liegende Aufgabe bewältigen zu können, startete sie erneut und fuhr in maßvollem Tempo in Richtung Norden. Vor ihr lagen etwa eintausendeinhundert Fahrkilometer, doch ihr Rückflug nach Deutschland war erst in einer Woche gebucht; so hatte sie die Umbuchung erbeten. Mithin hatte sie reichlich Zeit – und sie war auch gewillt, sich diese zu nehmen. Es gab auf der Strecke noch viel zu sehen, und was ihre Umsiedlung nach Amerika betraf, so spielte eine Woche mehr oder weniger keine

ausschlaggebende Rolle. Stefan würde, wie er ihr mitgeteilt hatte, frühestens in drei Wochen wieder aus Amerika zurückkehren.

Nach erstaunlich kurzer Zeit hatte sie sich auf die sei-
tenverkehrte Situation eingestellt. Sie fuhr entspannt
durch die karge Landschaft der Wüste Thar und genoss
das komfortable Fahrzeug, dessen Luxusausstattung ihr
als Beifahrerin gar nicht bewusst geworden war.

Die Landschaft wurde hügeliger und interessanter, allerdings auch der Verkehr stärker und fordernder.

Kaum hatte sie ein Verkehrsschild passiert, das anzeigte, dass es bis Ranakpur noch einhundertzehn Kilometer
waren, sah sie am Straßenrand eine hoch aufragende Gestalt, die mit langen, sich überkreuzenden Armen durch
die Luft wedelte. Neben dem schlaksigen Mann standen
ein Koffer und eine Reisetasche.

»Das darf doch nicht wahr sein!«, rief Julia ungläubig,
als sie stehen geblieben und ausgestiegen war. »Mr. Miller! Was machen Sie denn hier so allein?«

»Es ist nun mal so«, sagte der Lange fatalistisch. »Ich
hab offenbar die Montagsausgabe eines Taxis erwischt.
Vor zehn Minuten hat man es abschleppen müssen.«

»Und weshalb sind Sie nicht mitgefahren?«

»Ich möchte in die andere Richtung«, erklärte Mr. Miller und grinste unverfroren.

Es war die einzige Straße, die von Udaipur nach Ranakpur führte, und seine Absicht war unverkennbar.

Julia fand sein Vorgehen dreist, dennoch zögerte sie,
ihn auf der staubigen Straße einfach stehen zu lassen. Immerhin war er bei der Fahrt zum Tempel freundlich und
hilfsbereit gewesen – und bis Ranakpur konnte sie ihn
schließlich mitnehmen. Leichtsinn musste sie sich dabei

nicht vorwerfen. Sie hatte sich nämlich beim Generalmanager wie auch beim Concierge tatsächlich nach ihm erkundigt. Nicht weil sie erwartet hatte, dass er zu solchen Tricks greifen würde, sondern aus reiner Neugierde. Er war ein im Hotel bekannter Geschäftsmann, der seit Jahren regelmäßig seine Ferien dort verbrachte und, wie der Concierge ihr berichtet hatte, ein Unternehmen in Bangalore besaß. Ein Mädchenhändler jedenfalls schien er nicht zu sein.

»Und Sie denken, ich bin das Taxi, das Sie mitnehmen soll?«, fragte Julia süffisant, um ihm klarzumachen, dass sie nicht begriffsstutzig war.

»So hab ich mir das vorgestellt«, bestätigte er, ohne Bemühen, der Sache mehr Glaubwürdigkeit zu verleihen. Blitzschnell verstaute er sein Gepäck in Julias Landrover. »Sie haben doch sicher nichts dagegen, wenn ich das Steuer übernehme?«, fragte er, aber es war ganz klar, dass er keinen Widerspruch von ihr erwartete.

Julia zögerte einen winzigen Moment, doch ihr neu gewonnenes Selbstwertgefühl als Linksfahrerin siegte. Sie brauchte keinen Mann, der sie chauffierte. Sie konnte das selbst. »Es ist *mein* Wagen, und deshalb werde ich ihn fahren«, erklärte sie kühl und stieg ein.

Andrew Miller schien einen Moment lang verblüfft, dann aber zog er eine kleine Grimasse und trottete wortlos zur anderen Fahrzeugseite. Er setzte sich auf den Beifahrersitz und legte den Gurt an.

Julia fuhr los. Sie spürte nahezu greifbar seine angespannte Aufmerksamkeit, aber er versagte sich jeden besserwisserischen Ratschlag. Nach etwa zwanzig Minuten, die sie schweigend verbrachten – Julia, weil der Verkehr plötzlich beinahe so dicht geworden war wie in

Delhi, Andrew Miller, weil er zu lauernder Untätigkeit verdammt war –, lehnte er sich zurück und sagte mit ehrlicher Anerkennung in der Stimme: »Sie machen das sehr gut, Julia.«

»Danke«, erwiderte Julia belustigt. »Hatten Sie etwas anderes erwartet?«

»Natürlich. Weshalb, denken Sie, hänge ich mich erst verbal derart aus dem Fenster, dass Sie annehmen mussten, es wäre eine besonders dümmliche Art der Anmache, und danach stelle ich mich an die Straße, auf der Sie mit an Sicherheit grenzender Wahrscheinlichkeit daherkommen würden, und türke eine Panne. Ich war in Sorge um Sie, und zwar in *beträchtlicher* Sorge.«

Julia nahm diese erstaunliche Botschaft ohne ein Wort der Erwiderung zur Kenntnis. Als sie aber die kleine Stadt, die sie eben durchquerten, hinter sich hatten, fuhr sie an den Straßenrand, bremste ab und drehte den Zündschlüssel um, bevor sie sich zu ihm wandte: »Und warum, bitte, machen Sie sich all die Mühe und so viele Gedanken um mich?«

Er starrte sie an, und in seinen Augen stand nichts anderes als blankes Unverständnis über sich selbst. »Ich weiß es nicht«, gab er schließlich zu. »Ich weiß es wirklich nicht. Es ist wie ein Zwang, dem ich mich nicht entziehen kann. Es ist mir klar, dass es sonderbar klingt, aber ich hab das Gefühl, ich bin irgendwie … *verantwortlich* für Sie.«

Es war einfach wahnwitzig, aber es klang so verlegen und hilflos, dass Julia keinen Zweifel daran hatte, dass er glaubte, was er da sagte.

Sie schauten sich erneut an, und ihre Ratlosigkeit, wie mit dieser absurden Situation umzugehen sei, lag so offen zutage, dass Julia plötzlich zu lachen begann.

Er stimmte ein, und sie lachten, bis ihnen die Tränen über die Wangen liefen und Julia die Rippen zu schmerzen begannen.

»Okay, Mr. Miller. Bis Ranakpur nehme ich Sie mit. Danach müssen Sie mir aber schon gestatten, dass ich die … *Verantwortung* … für mich wieder selbst übernehme.«

»Alles klar«, murmelte ihr Beifahrer. Er vermied es, sie anzusehen, und machte sich am Radio zu schaffen.

Am späten Nachmittag erreichten sie Ranakpur, wo sie in einem Heritage-Hotel, das Andrew kannte, angenehme Zimmer beziehen konnten.

»Was ist das übrigens für eine Firma, die Sie in Bangalore betreiben?«, erkundigte sich Julia beim Abendessen.

»Ah ja. Die Dame hat sich kundig gemacht«, konstatierte er belustigt. Seine Verlegenheit hatte sich eindeutig verflüchtigt.

»Denken Sie, ich lasse jemanden in mein Auto steigen, von dem ich *überhaupt nichts* weiß?«

Er stoppte die Gabel auf dem halben Weg zu seinem Mund und fragte, jetzt sehr interessiert: »Und was haben Sie sonst noch herausgefunden?«

»Nichts. Ich hab ganz einfach zur Kenntnis genommen, was mir der Generalmanager und der Concierge von Ihnen erzählt haben.«

»Sie sind aber rasch zufriedenzustellen.«

»Es reicht mir vollkommen aus, selbst für eine Personenbeförderung von hundert Kilometern, die nicht eingeplant war.«

Er grinste ein wenig und fragte dann unverblümt: »Weshalb sind Sie eigentlich allein unterwegs, wenn diese Reise doch Ihre Hochzeitsreise sein sollte?«

Julia übernahm seine vorherige Formulierung, ohne direkt zu antworten: »Und was haben Sie sonst noch herausgefunden?«

»Nichts von Belang. Deshalb frag ich Sie ja.«

»Ich wüsste nicht, was Sie das anginge, aber, da es Sie offensichtlich so ungemein beschäftigt: Mein Mann hat sich innerhalb seines Konzerns um eine neue Stelle beworben und hat inzwischen auch eine Zusage erhalten, weshalb er sich zuerst zu seinem alten und gleich danach zu seinem neuen Arbeitsplatz aufmachen musste. Ist das eine ausreichende Begründung für Sie?«

Ihre Ironie war unüberhörbar, aber er schien sie gar nicht wahrzunehmen. Stattdessen nickte er und erkundigte sich dann so beharrlich, als ob er einen Fragenkatalog abzuarbeiten habe: »Und wie heißt dieser Konzern?«

Julia hob die Augenbrauen und verzog genervt die Mundwinkel. »Also, ehrlich gesagt, ich finde Ihr Informationsbedürfnis höchst ungewöhnlich.«

»Entschuldigen Sie, das ist eine … *berufliche Unart*, die ich mir im Privatleben vielleicht abgewöhnen sollte.«

»Was heißt berufliche Unart? Sind Sie Polizist oder so was in der Art?«

»Nein. Ich bin …« Er suchte nach dem passenden Ausdruck. »Headhunter«, sagte er schließlich. »Wie sagt man dazu auf Deutsch?«

»Auch Headhunter«, klärte ihn Julia auf und betrachtete ihn mit ganz neuem Interesse. »Sie sind übrigens der erste dieses Berufs, dem ich begegne.«

»Das glaube ich gern. Es ist auch ein … *eher diskretes* … Gewerbe«, räumte Andrew Miller ein und nahm sich noch etwas von dem köstlichen Curry. »Oder vielmehr einseitig diskret. Ich versuche natürlich, so viel wie

möglich von den Leuten zu erfahren, hinter denen ich …
herjage.«

»Und wie verhält sich das mit uns beiden? Bin ich etwa auch Ihr Wild?«

Er lachte laut auf. »Nein. Sachbuchautorinnen kommen in meinem Beuteschema nicht vor.«

Julia war ehrlich verblüfft. »Und woher wissen Sie, dass ich das bin?«

Er griff nach einem Tablet-PC, den er – wie sich jetzt zeigte – in seiner Jackentasche beförderte, und tippte ein paar Mal darauf. Dann schob er das Gerät über den Tisch.

Julia sah ihr eigenes Bild, darunter einen Kurzlebenslauf sowie die Auflistung ihrer beiden bisherigen Publikationen mit einer gedrängten Inhaltsangabe.

»So macht es heutzutage doch jeder, wenn er neue Menschen kennenlernt. Das Befragen von Hotelmanagern und Concierges ist ganz und gar eine Masche von gestern.« Seine Augen funkelten vor Vergnügen.

»Vielen Dank für die Belehrung«, erwiderte Julia und wusste nicht, ob sie verärgert oder belustigt sein sollte. »Irgendwie scheine ich in meiner Waldeinsamkeit den Anschluss an den Lauf der Welt verloren zu haben!«

»Immerhin, hübsche Gegend. Burg Staufenfels kenne ich noch aus meiner Zeit in Salem«, teilte er mit und tippte, bevor Julia irgendetwas darauf erwidern konnte, auf einen Link, worauf ihre volle Adresse, Telefon und Faxanschluss des Büros erschienen, samt einem Landkartenauszug mit Anfahrtsskizze. »Sie mögen ja vielleicht ein bisschen weltfremd sein, Julia, aber Ihr Verleger ist völlig up to date.«

»Hoch lebe die Telekommunikation«, sagte Julia ironisch, doch dann fiel ihr ein, dass sie genau dieser ihren

Ehemann verdankte, und sie verkniff sich weitere spitze Bemerkungen.

Sie nippte an ihrem Glas Weißwein und begann dabei zu überlegen, ob es denkbar war, dass sie zwar nicht beruflich, aber in ihrer Eigenschaft als *Ehefrau* interessant für ihn war. Sie mochte zwar etwas weltfremd sein, wie er das bezeichnet hatte, aber selbst sie wusste, dass Ehefrauen sich hin und wieder als peinliche Anhängsel von neuen Mitarbeitern erwiesen, was bei leitenden Positionen leicht Probleme schaffen konnte. Und ein Mann wie Stefans neuer Chef war vielleicht bestrebt, ein solches Risiko vor der endgültigen Vertragsunterzeichnung zu minimieren. Ein kleiner Check durch einen Fachmann war da mit Sicherheit nützlich, denn Menschenkenntnis musste schließlich die erste Qualifikation eines Headhunters sein.

Sie beschloss, den Stier bei den Hörnern zu packen, und fragte mit einem provozierenden Lächeln: »Wie viel bezahlt Ihnen Mr. Backett denn für Ihre Recherche über den Verlauf meiner Hochzeitsreise ohne Ehemann?«

Er schaute sie so verblüfft an, dass er entweder ein ausgezeichneter Schauspieler oder wirklich erstaunt war. »Wer ist Mr. Backett – und weshalb sollte er mir Geld geben?«

»Die Frage sollten Sie mir beantworten.«

»Hören Sie Julia, ich hab mich vielleicht ein bisschen exotisch benommen ...«

»Das kann man so sagen«, stimmte ihm Julia zu.

»... aber ich versichere Ihnen, es gibt niemanden, der mich auf Sie ... *angesetzt* ... hätte. Ich hab Sie am Swimmingpool und ein paar Mal im Hotelareal gesehen und für eine sehr interessante Frau gehalten, das ist schließlich nichts Böses. Und ich hab mich darüber gefreut, als ich Sie im Bus getroffen habe. Zugegeben, ich habe darauf gehofft, dass sich im Rahmen des Tempelbesuchs eine Annäherung ergibt, das räum ich gern ein, und ich hab es bedauert, als ich am Abend auf der Terrasse erfahren musste, dass Sie verheiratet sind. Jedenfalls … für mich schien die Angelegenheit abgehakt. So lange, bis ich von Ihrer vorzeitigen Abreise erfahren habe. Und was danach war, das haben wir ja schon besprochen.«

»Stimmt. Nur fällt es mir jetzt noch schwerer, daran zu glauben. Ich bitte Sie, welcher Mensch hat plötzlich das Gefühl, *Verantwortung* für eine wildfremde Person übernehmen zu müssen?! Das ist doch nichts als ein alberner Vorwand, der irgendwie pfiffig und einfallsreich klingt, nur wenn dieser Jemand dann anfängt, im Leben anderer herumzuforschen, dann hört der Spaß eindeutig auf. Niemand kann mir einreden, dass es keinen Grund für ein derartiges Verhalten gibt.«

»Das hab ich auch nicht behauptet.«

»Also bitte, dann würde ich diesen Grund gerne erfahren!«

»Darüber möchte ich nicht sprechen.«

»Na, Sie sind gut. Aber wie auch immer, das ist mir jetzt wirklich zu blöde!«

Julia war sauer. Diese verrückte Geschichte ging ihr jetzt eindeutig zu weit. Sie öffnete ihre Handtasche und kramte so viele Scheine heraus, dass sie annahm, sie würden für ihre Zeche ausreichend sein. Dann stand sie auf, verließ das Lokal und stapfte über den Plattenweg ins Hotel.

Kurz vor ihrer Zimmertür hatte er sie eingeholt.

Er blieb neben ihr stehen, als sie den Schlüssel ins Schloss steckte. Sein Gesicht war tiefernst, und er brachte es nicht fertig, ihr in die Augen zu sehen. »Entschuldigen Sie, Julia«, sagte er leise. »Und glauben Sie mir: Es steckt wirklich nichts dahinter. Es war nur ein … ganz *persönliches Interesse*.«

»Selbst wenn es so sein sollte«, erwiderte Julia aufgebracht, »war Ihr Verhalten ganz einfach … *anmaßend*!«

Er nickte resigniert. »Ich habe mich ziemlich idiotisch benommen. So dumm wie noch niemals zuvor.«

»Allerdings!«, zischte Julia und stieß die Zimmertür auf. Als sie sich umdrehte, stand er immer noch da.

»Ich möchte auf gar keinen Fall, dass wir uns so trennen«, sagte er kläglich.

Danach ging das Licht im Flur aus, und es wurde stockfinster. Vermutlich war es genau diese Dunkelheit, die ihm half, mit der Wahrheit herauszurücken: »Du hast nach einem Grund für mein Verhalten gesucht und dabei den naheliegenden übersehen. Ich habe mich wahnsinnig in dich verliebt, Julia, mit Haut und Haaren, vom ersten Moment an, in dem ich dich gesehen habe.«

Prompt fiel Julia der Traum ein, in dem der Hund Benno ihr mit denselben Worten genau dasselbe Geständnis gemacht hatte. *Na klar*, dachte sie. *Der Hund als Prophet. Es gibt nichts, was es nicht gibt.*

Als sie nach dem Lichtschalter im Zimmer tastete, stieß sie auf seinen Arm.

Danach geschah alles unglaublich langsam.

Sie starrten sich im Dämmerschein des Mondes an, der jetzt durchs Flurfenster schien. Er machte einen Schritt auf sie zu und legte, als stumme Frage, behutsam die Hände auf ihre Schultern. Sie sah zu ihm hoch und sah, wie seine Lippen sich den ihren näherten, doch sie wich nicht zurück.

Es war ein unendlich langer Kuss, aber er erzeugte keine Wärme in ihr, sondern ein beschwingtes, belebendes Gefühl, wie es all der Champagner nicht zuwege gebracht hatte, den sie in den letzten Wochen getrunken hatte.

Sie brauchten kein Licht, kein Stimulans und kaum Worte. Alles war unkompliziert und einfach. Jede Vergangenheit, selbst die Gegenwart, schien aufgehoben zu sein. Sie waren außerhalb der Zeit, in einem Land, in dem es nur sie beide gab.

Ihre Vereinigung war weit entfernt von jeder erotischen Technik und jeglichem Selbstzweifel, sie war so selbstverständlich und unreflektiert wie der Atem, und als er in ihr kam, spürte Julia ein umfassendes, noch nie erlebtes, unbeschreibliches Glück und schwebende Leichtigkeit.

33

Als sie am Morgen die Augen aufschlug, war Andrew verschwunden. Er hatte auch keine Nachricht für sie hinterlassen.

Julia war weder traurig, noch spürte sie Reue. Sie hatte den Eindruck, sich in einer Gefühlsnarkose zu befinden und noch weit entfernt vom Aufwachen zu sein.

Sie frühstückte nicht, sondern fuhr weiter, unmittelbar nachdem sie sich geduscht und angekleidet hatte.

Unterwegs, beim Lunch in einem kleinen Lokal am Fuße der Aravallis-Gebirgskette, nahm sie ihre Notizen zur Hand, die sie für die Rückreise angefertigt hatte.

Sie würde weder Osian sehen, noch Jodhpur, die blaue Stadt.

Nicht Jaipur und den Palast der Winde, und auch nicht Agra.

Julia deckte sich mit ausreichend Vorräten ein und fuhr dann *zügig* die restlichen tausend Kilometer, nur hin und wieder behindert von Verkehrsstaus und wild umherstreifenden heiligen Kühen.

Sie machte lediglich kleine Pausen für die Nahrungsaufnahme und andere menschliche Bedürfnisse und war so, auf dieselbe Weise wie bei der Hinfahrt, irgendwann in Delhi, wo sie ihren Mietwagen zurückgab.

Danach buchte sie ihren Flug erneut um und konnte in einer Maschine der Lufthansa unterkommen, die bereits drei Stunden später starten sollte.

Während des Wartens las sie die fünf SMS, die ihr Ehemann inzwischen geschickt hatte, und teilte ihm danach auf demselben Weg ihre Flugdaten mit.

Ihr Gang-Sitzplatz befand sich in der ersten Reihe hinter der Toilette, was den Nachteil hatte, dass die ganze Nacht über immer wieder Passagiere an ihr vorbeidrängelten, sie dabei am Arm stupsten oder über ihr Bein stolperten.

Julia war dies egal.

Sie schaute mit aufgerissen Augen in die Dunkelheit. Es war genau so, wie Menschen es berichteten, die angeschossen worden waren: Der Schock überlagerte erst einmal alles. Schmerzen, Gefühle und Reflexionen kamen mit beträchtlicher Verspätung.

Nur jetzt waren sie da.

Was eigentlich war mit ihr passiert?

Sie war seit genau zehn Tagen glücklich verheiratet, wenn man von der verpatzten Hochzeitsreise einmal absah, und sie war so ziemlich das Gegenteil von leichtfertig; immerhin hatte es in ihren neununddreißig Lebensjahren bisher nicht mehr als zwei Männer gegeben. Was also hatte sie dazu gebracht, sich so zu verhalten, wie es geschehen war?

Hatte sie sich auch in Andrew verliebt?

Obwohl niemand es sehen konnte, schüttelte Julia entschieden den Kopf. Das war undenkbar. Sie hatte noch nie zu den Frauen gehört, die zu spontanen Verliebtheiten neigten. Liebe war für sie ein Prozess, der sich bei Jürgen über Jahre hinweg entwickelt hatte, und bei Stefan waren es immerhin Monate gewesen.

Ein *Coup de foudre,* ein Blitzschlag der Liebe, von dem andere berichtet hatten, war ihr stets unglaubwürdig, sogar albern erschienen. Etwas, das man sich hinterher einredete, um für das Zuvor eine Entschuldigung zu finden, falls man eine solche benötigte.

Leidenschaft also? Oder ein sexuelles Vakuum? Ausgerechnet sie, die sie die Jahre zwischen Jürgen und Stefan ohne solche Spontanaktionen bewältigt hatte, sollte … *wegen fünf einsamen Nächten …?* Es war einfach absurd.

Doch, egal.

Was immer sie dazu gebracht haben mochte, sie musste diese Sache in sich verschließen und sie vergessen, ein für alle Mal.

Ihr Ehemann würde so etwas niemals verzeihen, vermutlich überhaupt kein Mann auf der Welt, dessen war sich Julia sicher. Sie konnte sich nicht einmal vorstellen, Jenny davon zu erzählen, obwohl die Freundin vielleicht noch am ehesten Verständnis aufbringen würde. Oder gerade *nicht,* wenn sie an Jennys Lächeln und die erkennbare Harmonie auf dem Honeymoon-Strandfoto dachte.

Beruhige dich, redete sich Julia zu. Vermutlich ist Andrew ja auch verheiratet, oder er lebt in einer festen Beziehung. Jedenfalls deutete sein wortloser Abschied auf so etwas hin.

Es war nur eine Episode, sagte sich Julia mantramäßig, eine ungeheuerliche zwar, und eine, die sie selbst nie verstehen würde, auch dann nicht, wenn sie sich noch weitere Stunden, Tage, Monate oder gar Jahre den Kopf darüber zerbrechen würde.

Nur eines war klar: Es war eine Sache, die nichts mit ihrem realen Leben und ihrer Zukunft zu tun hatte. Sie musste dazu übergehen, diese Nacht zu betrachten wie einen Traum.

Als endlich der Morgen graute, war Julia davon überzeugt, dass dies zu schaffen sein müsste.

34

Die Luft im Zimmer war so dick, dass man sie hätte in Scheiben schneiden können.

In der Nacht zuvor war, wie schon so oft, die Klimaanlage ausgefallen, doch Jagdish hatte Stefan verwehrt, den Mechaniker zu rufen, der dies wieder in Ordnung bringen konnte. »Man kann sehr gut auch ohne Aircondition auskommen«, hatte der Vorarbeiter befunden, denn er wusste natürlich, dass Stefan die Anwesenheit eines Dritten dazu benutzen würde, um sich aus dem Staub zu machen. Andererseits: Einem Reparateur den Eindruck zu vermitteln, dass man den allseits bekannten Leiter der

Brückenbaustelle hier gegen seinen Willen festhielt, wäre fatal gewesen. Der Mechaniker hätte unweigerlich die Polizei verständigt, und daran war Jagdish nun wirklich nicht gelegen, denn glaubten die Behördenvertreter Stefan Windheim, würden er und seine Söhne ins Gefängnis wandern. Fassten die Polizisten aber, was eher zu vermuten war, den richtigen Verdacht, müsste er einen großen Teil des zu erwartenden Geldes mit ihnen teilen, denn natürlich waren die Ordnungshüter hier genauso korrupt wie anderswo im Lande.

»Was denkst du, wie lange dein Bruder brauchen wird, um das Geld zu überweisen?«, fragte der Vorarbeiter und legte provozierend seine nackten Füße auf den Couchtisch des Chefs.

Stefan sah es. Am liebsten hätte er sich auf Jagdish gestürzt und dem falschen, überheblichen Kerl die Fresse poliert. Er explodierte ohnehin beinahe wegen all der Gefühle, die sich in den vergangenen Tagen – inzwischen waren es bereits sechs – in ihm angesammelt hatten: Wut auf Jagdish und seine verdammte Sippe, aber auch Zorn auf sich selbst. Warum, zum Teufel, war er nicht vorsichtiger gewesen? Er hatte den Vorarbeiter unterschätzt, vor allem deswegen, weil er wusste, dass dieser weder lesen noch schreiben konnte. Allerdings hatte sein Sohn Rahul eine katholische Missionsschule besucht und war dort ein guter Schüler gewesen; jedenfalls ausreichend gebildet, um einen Brief nach Chicago schreiben zu können, wie Jagdish genüsslich mitgeteilt hatte.

Ohnmächtige Wut verspürte Stefan auch auf seinen Bruder. Der nämlich hatte noch nicht geruht, sich auf seine bittende Mail zu äußern, dabei hatte Stefan sich überaus heftig bemüht, Günther von der Notwendigkeit der

Geldgabe zu überzeugen. Sogar ihre verstorbene Mutter hatte er ins Feld geführt, neben schriftlichen Schwüren, dass er die Summe innerhalb weniger Wochen mit gutem Zins zurückzahlen werde.

Ein akustisches Signal seines Laptops riss Stefan aus den Gedanken. Vermutlich war es Julia, aber es konnte sich natürlich auch um die erhoffte Botschaft aus Graz handeln.

Er stand auf, ging zu dem Gerät und las die eingegangene Nachricht. Sie war tatsächlich von Julia, die ihm berichtete, dass sie gut in Frankfurt gelandet war.

Er sah Jagdishs fragenden Blick und schüttelte den Kopf.

Eben wollte er das Programm wieder schließen, als er bemerkte, dass sein Bruder sich bereits während der Nacht gemeldet hatte.

Stefan überflog den Text und fühlte eine ungemeine Erleichterung. Es war, als ob er eine Injektion bekommen hätte, die alle Bedrückungen beseitigte.

Günther war kleinkariert und ein Spießer, aber er hatte sich, über all ihre Streitigkeiten hinweg, offenbar doch einen Rest von Brüderlichkeit bewahrt. Ohne auf die von Stefan beschriebene *Geiselhaft* einzugehen, teilte er mit, dass er den geforderten Betrag mithilfe seiner Bank auf das gewünschte indische Konto Stefans überwiesen habe, obwohl er an eine Rückerstattung des Geldes nicht glaube. Einzig und allein der Mutter wegen habe er dies getan, obwohl der Bruder dieser zu ihren Lebzeiten nichts als Kummer und Sorgen bereitet habe.

Stefan lächelte maliziös, als er diesen Part der Mitteilung las. *Eifersucht*, dachte er. *Eifersucht, die sogar noch über den Tod hinaus eine Rolle spielte.* Denn natürlich wusste der Bruder genau, dass immer Stefan, der Jüngste, der Lieblingssohn der Mutter gewesen war, auch wenn das mit dem Kummer und den Sorgen wohl stimmte.

»Du solltest vielleicht deinem Bruder noch einmal schreiben«, empfahl der Vorarbeiter, dessen Geduld sich dem Ende zuneigte.

»Reg dich nicht auf, Jagdish«, erwiderte Stefan mit der Überheblichkeit, die vor der Internierung sein üblicher Umgangston gewesen war. »Es ist alles in Ordnung. Das Geld ist bereits da.«

Dann aber holte er die schriftliche Erklärung, die er zu seiner Absicherung verfasst hatte. Sie war überaus geschickt formuliert und würde Jagdish und seiner Sippe das Kreuz brechen, wenn sie versuchten, ihre Erpressung zu wiederholen. »Du setzt zuerst deine Unterschrift unter dieses Papier, deinen Namen kannst du ja schreiben. Und dann will ich das Handy mit den Gesprächsaufzeichnungen.«

»Zuerst muss Rahul das lesen!«

»Dann ruf ihn herein. Ich habe keine Lust, noch länger deine stinkende Gegenwart in meiner Wohnung zu ertragen.«

Jagdish sah ihn abwägend an, aber er verzichtete schließlich darauf, diesen arroganten Menschen zu züchtigen, wie er es verdient hätte. Nur das Geld für die Dowry zählte jetzt, und Stefan Windheim war der Schlüssel dafür. Denn er musste den Betrag von seinem Konto abheben und ihm danach die Geldscheine übergeben, so war es vereinbart.

Stefan ging an seinen Barschrank und holte eine Flasche Whisky heraus. Er hatte sich vorgenommen, erst dann wieder einen Drink zu nehmen, wenn die Sache ausgestanden war – und das war jetzt der Fall.

Er trank das lauwarme, aber belebende Getränk in kleinen Schlucken, während er Rahul zusah, der das in Englisch verfasste Schriftstück aufmerksam durchlas.

Wie erwartet konnte der halbwüchsige Kerl zwar lesen, aber die in juristische Klauseln verpackten Feinheiten begriff er natürlich nicht.

Großzügig lieh Stefan dem Vorarbeiter seinen vergoldeten Füller, mit dem Jagdish sein raffiniert formuliertes Geständnis unterschrieb.

Dann steckte Stefan das Schreibgerät wieder in seine Brusttasche, denn er würde es auf der Bank noch einmal brauchen.

»Okay. Dann lass es uns zu Ende bringen«, sagte er, doch er verließ die Wohnung nicht, ehe er den Vorarbeiter dazu gebracht hatte, die Glasplatte seines Tisches zu reinigen.

Jagdish betrachtete dies durchaus so, wie es gemeint war: als Geste der Erniedrigung. Aber er wusste, dass er nur über Stefan an das Geld gelangen konnte, das Lalita brauchte, um glücklich zu werden und etliche Stufen höher auf der gesellschaftlichen Leiter zu klettern – und dafür hätte er noch ganz andere Dinge getan.

35

»Frau Doktor, Sie sind schon zurück!? Ist etwas passiert?«, rief Brigitte Hasler aus dem Fenster, als der Taxifahrer Julias Gepäck aus dem Kofferraum wuchtete.

»Nein, nein«, blockte Julia ab und versuchte, Frau

Haslers Neugierde zu entkommen, was natürlich misslang.

In Windeseile war die Verwalterfrau bei ihr und schnappte sich Julias Reisetasche. Der Hund Benno war ihr gefolgt. Er sprang an Julia hoch und war außer sich vor Begeisterung.

»Hör auf, Benno«, rief Julia und wehrte die Stimme in ihrem Kopf ab, die ihr zuflüsterte: »*Ich habe mich wahnsinnig in dich verliebt, Julia, mit Haut und Haaren, vom ersten Moment an, an dem ich dich gesehen habe.*«

Während sie ihren schweren Koffer in den Turm schleppte, prasselten die Fragen von Brigitte Hasler auf sie ein wie ein Hagelschauer: »Und wo ist der Gatte?«

»In Chicago.«

»Aber, Sie wollten doch drei Wochen in *Indien* bleiben?!«

»Mein Mann hat sich um eine andere Stelle beworben. Wir werden nach Amerika umsiedeln, Frau Hasler.«

Vom eigentlichen Grund ihrer eiligen Verheiratung hatte sie weder den Haslers noch Graf Franz Anton erzählt. Das war ihre ganz persönliche Angelegenheit und ging weder das Verwalterpaar noch ihren ehemaligen Arbeitgeber etwas an.

Stefan und sie waren übereingekommen, vorerst nur Julias Stellung, nicht aber die Wohnung zu kündigen, und der Graf war ohne weitere Rückfragen darauf eingegangen. »Das ist überhaupt kein Problem«, hatte er Julia versichert. »Selbst wenn ich Ihre Stelle unverzüglich neu besetzen würde, was gar nicht möglich sein wird, könnte die Kollegin oder der Kollege vorerst in einem der Apartments im Hauptgebäude wohnen. Nein, nein, Julia. Machen Sie sich darüber keine Gedanken. Unser Haus ist

Ihnen sehr verpflichtet, und so ein Entgegenkommen ist das Geringste, was ich für Sie tun kann.«

Julia war erleichtert gewesen, als sie Stefan das Ergebnis ihrer Unterredung mit dem Grafen mitgeteilt hatte. »Schließlich brauche ich eine Basis, von der aus ich die ganzen Formalitäten regeln kann.«

»Richtig«, hatte Stefan ihr zugestimmt. »Und das meiste davon wird leider an dir hängen bleiben. Ich werde damit beschäftigt sein, meinen beruflichen Angelegenheiten nachzurennen.«

»Mein Gott, erst nach Indien und jetzt nach Chicago!«, lamentierte die Frau des Verwalters inzwischen und schüttelte verständnislos den Kopf. »Sie werden ja wirklich zur Weltenbummlerin, Julia, und das, nachdem Sie hier jahrelang kaum aus Ihrem Türmchen herauszulocken waren. Tja, ich sag es ja immer: Die Liebe ist *die* Macht, die am meisten bewegt auf der Welt!«

»So ist es, Frau Hasler«, sagte Julia gottergeben, denn Widerspruch, das wusste sie aus Erfahrung, brachte die Verwalterfrau zu immer weiteren Reden und Erklärungen. »Nur jetzt muss ich ganz schnell unter die Dusche – und hinterher ein paar Stunden ins Bett. Ich hab im Flieger kein Auge zumachen können.«

Dafür hatte Brigitte Hasler volles Verständnis, auch wenn sie doch noch ein bisschen schwatzte. »Die Post habe ich Ihnen unten im Büro auf den Schreibtisch gelegt. Ganz schöne Menge, aber da sind natürlich viele Gratulationsschreiben dabei, und auch Zeitungen. Sie müssen sich unbedingt die von dem Tag nach Ihrer Hochzeit ansehen. Im *Staufenfelser Kurier* ist ein Bild von Ihnen beiden, zusammen mit dem Grafenpaar und Ihrer Tante. Bin übrigens immer wieder gefragt worden, ob das auch eine adelige Dame sei, weil … ich mein, den Eindruck hat sie ja gemacht, mit ihrem Schmuck und dem tollen Ensemble.«

»Ich werd es Tante Marta ausrichten, dass sie die Staufenfelser beeindruckt hat«, versicherte Julia und öffnete die Badezimmertür, wo sie demonstrativ ein Badetuch aus dem Schrank holte.

Endlich trat die Hasler den Rückzug an.

Julia warf ihre Kleider über den Wannenrand, trat in die Duschkabine, drehte den Wasserhahn auf und wusch sich gründlich den Reisestaub von Körper und Haaren. Sie schaute hinter dem Schaumberg her, der langsam durch den Ablauf verschwand, und hoffte, dass ihre Erinnerungen an die Nacht mit Andrew Miller sie demnächst genauso problemlos verlassen würden.

Dann trocknete sie sich ab, schlüpfte in einen Pyjama und legte sich ins Bett, wo sie sich zusammenrollte wie ein Embryo und tatsächlich in kürzester Zeit einschlafen konnte. Die lange Fahrt und die durchwachte Nacht im Flugzeug forderten ihren Tribut.

Irgendwann, sie hatte jedes Zeitgefühl verloren, hörte sie den Klingelton ihres Handys, das sie neben sich auf den Nachttisch gelegt hatte. Verschlafen tastete sie danach.

Es war Stefan, und er klang schon wieder so, als ob er unter Drogen stünde: überwach, lebensfreudig, beinahe euphorisch. »Hallo, mein Schatz. Ich dachte, inzwischen musst du den Jetlag überwunden haben.«

»Na, ja. So ganz nicht. Ich hab noch geschlafen, aber langsam komme ich zu mir.«

Julia setzte sich auf und stopfte sich das Kopfkissen hinter den Rücken.

»Ich bin noch in meinem Hotel«, berichtete ihr Ehemann. »Im *Hilton*. Ich wohne dort im zweiundzwanzigsten Stockwerk, und wenn ich aus dem Fenster sehe, schaue ich direkt auf die Magnificent Mile. Das ist die Prachtstraße von Chicago, ein Teil der Michigan Avenue. Ich sag dir, Julia, es ist absolut fantastisch! Du wirst es lieben, hier zu leben.«

»Wollen wir's hoffen«, erwiderte Julia und bemühte sich redlich, seine Begeisterung zu teilen.

»Jetzt aber zu dir? Wir geht es dir, Liebes?«

»Danke, ganz gut. Die Umbuchung war überhaupt kein Problem. Du solltest mir übrigens die To-do-Liste schicken, von der du gesprochen hast, mit der Aufstellung, an welche Ämter ich mich wenden muss.«

»Alles klar. Ich schick sie dir per Mail.«

»Und wie war die Begegnung mit Mr. Backett?«

»Gut. Das ist ein hochinteressanter Typ, aber eben ein wenig old-fashioned, genau so, wie mein neuer Vorgesetzter Deshman mir das geschildert hat. Ich hab dem Alten übrigens ein paar von unseren Hochzeitsfotos gezeigt … Er findet, dass du sehr *lovely* bist …«

»Tja, vielen Dank. Konntest du denn auch die Wohnungsfrage anschneiden?«

»Bei Deshman, ja. Aber es gibt keine Betriebswohnungen oder etwas in der Art. Wir müssen uns auf dem freien Markt umsehen. Ich schlag dir vor, du erledigst erst mal das mit den Behörden, weil, das kann dauern, und wenn alles auf dem Weg ist, fliegst du hierher, und wir schauen uns zusammen Wohnungen an.«

»Musst du denn nicht mehr zurück nach Indien?«

»Doch, doch, natürlich. Aber, das hat keine Eile, sie haben bereits einen Vertreter für mich auf die Baustelle geschickt.«

»Die machen aber Nägel mit Köpfen, und das ganz schnell.«

»So läuft das eben in Unternehmen wie unserem. Ich wollte nur, du wärst schon bei mir, mein Schatz. Ich vermisse dich sehr.«

»Ich vermisse dich auch«, erklärte Julia hastig, und ein böses Stimmchen in ihr fragte unverzüglich, ob dies tatsächlich so war.

Ja, verdammt noch mal, dachte Julia. *Natürlich vermisse ich ihn.* Sie war nur noch ein bisschen müde, und die Erinnerung an Andrew auch noch nicht völlig in einem fiktiven Abfluss verschwunden, wie sie an ihren Reaktionen feststellen konnte.

»Ich liebe dich, Julia«, sagte Stefan in diesem Moment mit seiner warmen, sonoren Stimme.

Julia sah ihn vor sich, wie sie ihn zum ersten Mal auf dem Bahnsteig in Staufenfels gesehen hatte: einen sehr gut aussehenden, interessanten Mann mit Charme, Witz und Charisma. Jetzt war er ihr Ehemann, sie liebten sich – und nur das zählte. »Ich liebe dich auch, Stefan«, antwortete sie deshalb mit fester Stimme und wünschte ihm viel Spaß bei der Sightseeingtour durch Chicago, die er für den Morgen geplant hatte.

Danach sprang sie aus dem Bett, denn hier in Staufenfels war es nicht früher Vormittag, sondern zwei Uhr am Nachmittag – und sie hatte noch nicht einmal begonnen, ihre Post durchzusehen, vom Auspacken ihres Gepäcks ganz zu schweigen.

36

Wenn man von seiner Unvorsichtigkeit mit Jagdish einmal absah, hatte er sich überaus clever verhalten, aber gut, jeder Mensch machte mal einen Fehler. Dieser jedenfalls war glimpflich für ihn ausgegangen, und er war gewillt, ihn so schnell wie möglich zu vergessen. Die Geldübergabe lag Tage hinter ihm, und der Firma hatte er mitgeteilt, dass er aus persönlichen Gründen um eine vorzeitige Entlassung aus seinem Vertrag bitte.

Sein Plan war es nun, in aller Ruhe abzuwarten, bis sie ihn ordentlich freistellten, denn das würden sie tun, davon war er überzeugt. Kluge Arbeitgeber wussten, wie schädlich ein demotivierter, gezwungenermaßen arbeitender Bauleiter sein konnte. Stefan hatte es schon früher an anderen Baustellen mitbekommen, wie in solchen Fällen verfahren wurde: *Reisende soll man nicht aufhalten,* lautete die Devise. Und interessierte Bewerber gab es sicher genug. Die Stelle war ordentlich bezahlt und bot angenehme Extras und Freiheiten.

Er genehmigte sich, obwohl die Sonne noch nicht untergegangen war, einen Whisky und schmiedete dabei erste, überaus erfreuliche Zukunftspläne.

Die Welt war schön und wunderbar, wenn man genügend Grips hatte, sich einen Lebensplan auszudenken – und das Durchhaltevermögen, bis dieser Plan sich verwirklichen ließ.

37

Zwischen einer Fachzeitschrift für Historiker und einem dicken Umschlag von Tante Marta, der eine Unzahl von Hochzeitsfotos enthielt, fand Julia ein großes zartblaues Kuvert, dessen Absender eine Anwaltskanzlei in New York war.

Sie wunderte sich darüber und wollte den Umschlag eben aufschlitzen, als ein Auto in den Burghof einfuhr.

Sie legte den Brief zurück auf den restlichen Stapel Post und trat ans Fenster, um zu sehen, wer sie besuchen kam.

Sie brauchte keinen zweiten Blick, um es zu erkennen.

Der athletisch gebaute Mann mit den strohblonden Haaren trug ein grasgrünes T-Shirt, ausgeleierte Jeans und Birkenstockschuhe, was dafür sprach, dass er sich in einer seiner seltenen Freizeitphasen befand.

Er öffnete die Heckklappe des Wagens, zerrte eine Plastikwanne heraus und stakste damit in Richtung des Verwalterhauses.

Julia ging zur Eingangstür, öffnete sie und rief: »Jürgen?«

Er drehte sich um und starrte sie entgeistert an. »Ich denke, du bist auf Hochzeitsreise?!«

»Ich bin schon wieder zurück«, sagte Julia und kam näher. Sie sah, dass sich in der Wanne hauptsächlich Bücher befanden, und ein Blick auf die oben liegenden Exemplare machte ihr klar, dass es sich um Lehrbücher aus ihrer Studienzeit handelte. »Was willst du denn damit?«, fragte sie, obwohl es auf der Hand lag.

»Zurückgeben, was sonst«, erklärte er prompt.

»Wieso denn das? Die waren seit Jahren bei dir, und ich hab sie auch nicht vermisst, sonst hätte ich's dich wissen lassen.«

»Wie auch immer«, sagte er kühl. »Du bist jetzt verheiratet, und das Zeug gehört dir. Ich hab neulich mit Frau Hasler telefoniert, und die hat mir versichert, du bist noch mindestens zwei Wochen weg. Ergo hab ich mit der Frau einen Termin ausgemacht und danach alles zusammengesucht, was noch von dir da war, um es hier abzuliefern.«

Julia begann sich zu ärgern. Sie konnte sich lebhaft vorstellen, wie die Hasler ihn ausgefragt hatte.

»Du siehst, ich bin da. Du kannst die Sachen gleich bei mir drüben im Turm abladen«, sagte sie.

Jürgen zog eine Grimasse und erwiderte dann in einem Ton, der seine nachhaltige Kränkung klarmachte: »Vielen Dank, aber ich hab kein Bedürfnis, noch ein weiteres Mal von deinem Ehemann brüskiert zu werden.«

»Mein Mann ist in Amerika, und im Übrigen kann von Brüskieren keine Rede sein. Ich war schließlich dabei und habe gehört, was er gesagt hat.«

Jürgen ersparte sich eine Antwort auf diese Feststellung und bückte sich nach der Plastikwanne.

»Stell das Zeug in mein Büro, das erspart dir die Treppe«, schlug Julia vor und öffnete ihm die Tür.

»Das ist nicht alles. Es sind noch ein Karton und eine Tasche im Auto«, stieß er mühsam aus und fügte, nachdem er die Wanne auf dem Teppichboden abgestellt hatte, mit einem Achselzucken hinzu: »Dein Auszug war damals ja ziemlich hastig.«

Nun war es Julia, die vorzog, nichts darauf zu erwidern. Denn natürlich hatte er recht.

Szenen ihrer allerletzten Auseinandersetzung stiegen

aus den finsteren Tiefen hervor, in die sie sie verdrängt hatte. Sie sah sich selbst, tobend und schreiend, als sie ihn mit der nackten Schlampe erwischt hatte. Sie hatte Vokabeln geschrien, von denen sie nicht einmal gewusst hatte, dass sie sie kannte. Beschämt erinnerte sich Julia, wie sie auf Jürgen losgegangen war und mit ihren Fäusten auf seine Brust getrommelt hatte.

Sie war außer Rand und Band gewesen, hatte sich die Ohren zugehalten, als er sich in Erklärungen versuchen wollte, und als er ins Schlafzimmer zurückgegangen war, um seine schluchzende Gespielin zu beruhigen, hatte sie ihre Handtasche geschnappt und die gemeinsame Wohnung verlassen.

Später hatte sie Jenny gebeten, einen Termin mit ihm auszumachen, an dem er zuverlässig abwesend war, und zusammen mit der Freundin hatte sie an diesem Tag ihre Sachen aus der Wohnung geholt. Klar, dass sie in der Befürchtung, ihn doch noch einmal sehen zu müssen, die Sichtung von Mein und Dein nicht allzu gründlich vorgenommen hatte. Und die Briefe, die er ihr geschickt hatte, hatte sie allesamt ungeöffnet in den Mülleimer geworfen.

Das Zusammentreffen vor ihrer Hochzeit war das erste gewesen, seitdem sie sich getrennt hatten. Und sie hatte gehofft, dass es auch das letzte sein würde.

Jürgen hatte inzwischen auch den Karton und die Tasche geholt. Er stellte sie neben die Wanne, richtete sich wieder auf und schaute sie unschlüssig an.

»Ist noch irgendwas?«, erkundigte sich Julia und hörte selbst, wie schnippisch es klang.

In seinem Gesicht spiegelten sich widersprüchliche Empfindungen. »Wir waren fast zwanzig Jahre zusammen, Julia. Das ist eine sehr lange Zeit. Als ich vor zwei Wochen hierherkam, habe ich eigentlich gehofft …« Er lehnte sich an die Bürowand und ließ den letzten Teil des Satzes in der Luft hängen.

»Was hast du gehofft?«

»Dass wir Frieden miteinander schließen würden.«

Julias Gesicht wurde ausdruckslos, und sie sah bewusst an ihm vorbei.

Doch anders als früher, wo er immer den leichtesten Weg gesucht hatte und jeder unangenehmen Situation ausgewichen war, gab er diesmal nicht auf. »Es kann doch nicht sein, dass dir dieser Lebensabschnitt überhaupt nichts bedeutet. Dass du einfach duldest, dass dieser … *Klaff* … zwischen uns bleibt. Es müsste jetzt doch möglich sein, dass wir uns versöhnen. Bitte, Julia. Ich bitte dich um Verzeihung, ganz ehrlich!«

Ihre Antwort kam so schnell wie die Kugel aus einer Pistole: »Ich verzeihe dir nie!«, schrie Julia, und ihre Stimme kippte über dabei. Danach verstummte sie wieder. Sie warf ihm einen raschen Blick zu und sah, dass er deprimiert und unendlich müde aussah. Konnte es sein, dass er *litt*, noch jetzt, nach zweieinhalb Jahren?

»Das tut mir leid«, murmelte er mit einer Stimme, die tatsächlich nach unterdrückten Tränen klang. Dann aber riss er sich zusammen und bemühte sich um einen Rest von Würde. »Entschuldige, dass ich dich belästigt habe«, sagte er steif. »Und ich wünsche dir aufrichtig, du machst nie einen Fehler, den du so bedauern musst wie ich den meinen.«

Wenn er ihr eine Ohrfeige gegeben hätte, es wäre nicht schlimmer gewesen.

Unvermittelt wurde Julia klar, dass sie sich, vor wenigen Tagen erst, keinen Deut besser benommen hatte als er; genau betrachtet sogar wesentlich schlimmer. Auch sie hatte einen Betrug begangen. Sie hatte jede Berechtigung verloren, ihm Vorwürfe zu machen.

Erst jetzt sah sie seine hängenden Schultern, die scharfen Linien von der Nase abwärts zum Kinn, die Falten auf seiner Stirn und um die Augen, die ihr am Abend seines Besuchs vor ihrer Hochzeit nicht aufgefallen waren. Außerdem schien er Gewicht verloren zu haben. »Wo wohnst du denn jetzt?«, fragte sie, nur um etwas zu sagen und die Schwere des Schweigens zu brechen.

»Wieder in Karlsruhe. Ich hab unsere alte Wohnung nie aufgegeben.«

Und warum nicht, hätte ihn Julia gerne gefragt, aber ihr Stolz hielt sie davon ab. Immerhin, es hätte doch nahe gelegen, zu der Ärztin nach Stuttgart zu ziehen, wo sich ja auch sein Büro befand.

»Ich hab bald nach unserer Trennung mein Geschäft wieder nach Karlsruhe verlegt«, sagte er, als ob er ihre Gedanken erahnt hätte.

Du hättest es früher tun sollen. Dann wäre unsere Beziehung vermutlich nicht kaputtgegangen, dachte Julia, und ein Anflug der Wut von damals kam wieder auf, während Jürgen schon weitersprach: »Ich hab mir damals auch einen Partner geholt um … na ja, um es etwas leichter zu haben.«

Er lächelte, aber es war ein bitteres Lächeln, das ganz der Nachricht entsprach, die er jetzt preisgab: »Leider hat dieser vermeintliche Kumpel mich über den Tisch gezogen, und zwar sehr clever. Er hat mir jede Menge Verbindlichkeiten hinterlassen und sich mit einem großen Teil meines Kundenstamms selbstständig gemacht.«

»Das tut mir leid«, sagte Julia, und es war nicht einmal gelogen.

»Ja, mir auch. Es ist nur leider nicht mehr zu ändern. Wobei wir wieder am Anfang unserer Unterhaltung wären. Ich wünsch dir alles Gute, Julia, und ich hoffe, du hast den Richtigen gefunden.«

Er löste sich von der Wand, machte einen Schritt, verzog das Gesicht plötzlich zu einer grotesken Grimasse, verdrehte die Augen und kippte um. Es ging so schnell, dass er bereits am Boden lag, als Julia begriff, was passiert war.

Sie starrte einen Moment auf den bewusstlosen Mann, der einmal die Inkarnation all ihrer Träume und Wünsche gewesen war, dann rannte sie zu ihm und beugte sich über ihn. »Jürgen«, rief sie. »Was ist denn mit dir?« Sie fasste ihn an der Schulter und schüttelte ihn vorsichtig.

Doch er zeigte keinerlei Reaktion.

Sie tätschelte seine Wange, doch auch darauf reagierte er nicht. *Wasser,* dachte Julia panisch, rannte zur Küchennische und hielt ein Küchenhandtuch unter den Wasserstrahl. Sie wrang es aus, eilte zurück und legte die kalte Kompresse auf Jürgens Stirn, auf der sich inzwischen kleine Schweißperlen gebildet hatten.

Er war sehr blass, lag still und starr und atmete sonderbar schnappend.

Mein Gott, er wird doch nicht einen Herzinfarkt oder so was bekommen haben, nicht ausgerechnet hier, bei mir. Was mach ich denn jetzt?

Doch ihre Reflexe überlagerten schnell die emotionale Erschütterung. Sie griff nach dem Telefon und wählte den Notruf. »Ich brauch ganz dringend einen Arzt. Mein … Bekannter … ist ohnmächtig geworden … Nein, ich hab keine Erklärung dafür … Mein Name ist Julia Windheim, und ich wohne auf Burg Staufenfels. Der Sanka soll einfach durchfahren bis zum Turm, ich werde sicherstellen, dass vorn das Tor offen ist.« Dann legte sie auf, um unmittelbar danach erneut abzuheben. Diesmal wählte sie die Kurznummer des Hausanschlusses.

Brigitte Hasler nahm schon nach dem zweiten Klingelton ab.

»Frau Hasler, falls nicht offen ist, schließen Sie doch bitte das Tor auf. Es wird gleich der Notarzt kommen.«

»Der Notarzt? Was ist denn passiert?«

Ich hätte das Tor besser selbst kontrolliert, dachte Julia, während sie der Frau des Verwalters den Sachverhalt erklärte.

Noch vor dem Notarzt, einem geschäftig wirkenden jungen Mann von etwa dreißig Jahren, betrat Brigitte Hasler so selbstverständlich Julias Wohnung, dass man annehmen konnte, sie wäre hier in erster Linie gefragt. »Warum haben Sie ihn denn nicht in eine stabile Seitenlage gebracht?«, fragte sie mit vorwurfsvollem Unterton.

Der Notarzt kümmerte sich nicht um die Hasler'schen Anmerkungen. Er machte eine ungeduldige Geste, mit der er beide Damen in den Hintergrund verwies, und bückte sich zum Patienten. Routiniert fühlte er den Puls, maß den Blutdruck und klappte schließlich seinen Notfallkoffer auf, dem er weiteres ärztliches Gerät entnahm.

Brigitte Hasler, die vor Neugierde kaum zu halten war, machte einen Schritt nach vorn, doch Julia fasste sie am Ärmel und zog sie energisch wieder zurück.

Der Arzt war inzwischen zu einer Diagnose gelangt. Während er eine Ampulle köpfte und deren Inhalt in eine Spritze zog, sagte er lakonisch: »Hypoglykämie. Im Volksmund *Zuckerschock*. Der häufigste Notfall unter den diabetischen Akutkomplikationen. Ich spritz ihm jetzt Glucose, intravenös, und dann werden wir ihn zur Beobachtung mit in die Klinik nehmen, vermutlich muss er neu eingestellt werden. Wie lange ist der Diabetes denn schon vorhanden?«

»Keine Ahnung«, murmelte Julia betroffen, besann sich dann aber rasch und fügte erklärend hinzu: »Wir haben seit Jahren keine Verbindung mehr zueinander.«

»Na ja, ganz stimmt das nicht«, mischte sich an dieser Stelle Brigitte Hasler ein. »Vor Ihrer Hochzeit war er doch auch schon mal hier. Ich hab ihm ja selbst gesagt, dass Sie im Turm oben wohnen.«

»Bitte, Frau Hasler, halten Sie sich da heraus. Und seine Zuckerkrankheit war wirklich kein Thema bei diesem Besuch. Ich hatte keine Ahnung davon und hätte es, ehrlich gesagt, auch für ausgeschlossen gehalten. Er war … ich meine, er ist gar nicht der Typ für so etwas.«

»Tja. Der Mensch ist oftmals innen nicht das, was er äußerlich scheint«, philosophierte der Arzt mit einem flüchtigen Lächeln. »Ich vermute zwar, dass er bald wieder zu sich kommen wird, aber es wäre vielleicht doch nützlich, wenn Sie hinterherfahren würden, Frau Windheim, schon wegen der Personalien, der Versicherungsverhältnisse und der Adresse von Angehörigen.«

»Aber …«, versuchte Julia einzuwenden, doch dann besann sie sich anders. Diese Bitte war ein Gefallen, den sie jedem erweisen würde, und immerhin waren sie zwanzig Jahre zusammen gewesen.

Während die beiden Rettungssanitäter den Patienten auf eine Trage hoben und hinausbeförderten, nahm Julia Jürgens Autoschlüssel und ging nach unten, um in seinem

Wagen nachzusehen, ob er irgendwelche Unterlagen mit sich führte, die nützlich sein konnten.

Die Gewohnheiten der Menschen verändern sich offenbar nicht, dachte sie, als sie Jürgens abgeschabte Schlaufen-Handtasche fand, in der er schon früher alles Wesentliche verstaut hatte: Geldbeutel, Schlüssel und seine Brieftasche.

In Letzterer fand sie nicht nur seine Bank- und Kreditkarten, sondern auch die Gesundheitskarte und einen Diabetikerausweis, dem sie entnahm, dass die Zuckerkrankheit erstmals vor zweieinhalb Jahren aufgetreten war.

Unmittelbar nach unserer Trennung, dachte sie bedrückt, und während der Fahrt in die Klinik musste sie sich ihre eigenen Depressionen und Selbstmordgedanken in Erinnerung rufen, um nicht unnötige Schuldgefühle aufkommen zu lassen.

Mit einiger Mühe fand sie schließlich einen Parkplatz auf dem Krankenhausareal.

Anschließend meldete sie sich bei der Notaufnahme.

»Sind Sie die Bezugsperson von Herrn Jürgen Weber?«, erkundigte sich der Pfleger, der hinter einer Infotheke saß.

Julia nickte, bevor sie nachdenken konnte.

»Sie müssen noch warten, bis der Patient auf Station verlegt wird«, teilte der Mann mit. »Aber Sie können in der Zwischenzeit schon mal zur Verwaltung gehen und die Formalitäten erledigen.«

Julia nickte wortlos und überlegte sich auf dem Weg durch die verschlungenen Gänge der großen Klinik, wie sie dazu kam, als *Bezugsperson* von Jürgen zu agieren.

Dass dies nicht nur absurd, sondern auch peinlich war, kam ihr erst zu Bewusstsein, als sie die Vorsprache bei der Krankenhausverwaltung hinter sich hatte und Jürgen im Krankenzimmer besuchte, in das man ihn inzwischen gebracht hatte.

Er hatte wieder eine normale Gesichtsfarbe und schlief tief und fest.

»Er war nach dem Anfall sehr erschöpft«, berichtete der Stationsarzt, der gleich nach Julia das Zimmer betreten hatte. »So ein diabetischer Schock ist ein enormer Stress für den Organismus. War das der erste Anfall oder gab es schon mehrere?«

»Ich weiß es nicht. Ich hatte schon Ihrem Kollegen gesagt, dass Jürgen nur zu einem kurzen Besuch bei mir war. Ich bin im Übrigen nicht mit ihm verwandt, und auch sonst gibt es keine … spezielle Verbindung.«

»Ah ja«, sagte der Arzt und runzelte etwas die Stirn. »Kennen Sie denn irgendwelche Angehörigen des Patienten? Wir bräuchten Kontaktadressen in unseren Papieren, falls es doch noch zu Komplikationen kommen sollte.«

»Seine Eltern leben auf Mallorca, seitdem sein Vater in Rente ist, aber seine Schwester Hanna Weber wohnt in Konstanz. Vor zwei Jahren war sie jedenfalls noch dort. Schellingstraße 38.«

»Also dafür, dass es keine *spezielle Verbindung* zwischen Ihnen gibt, sind Sie gut unterrichtet«, bemerkte der Arzt mit einer Spur Süffisanz.

»Die Verbindung gab es früher mal«, erklärte Julia und ärgerte sich unmittelbar darauf über dieses überflüssige Bekenntnis.

Der Arzt deutete ihren Gesichtsausdruck richtig und machte eine begütigende Handbewegung. »Es liegt mir fern, Ihre persönlichen Verhältnisse zu erkunden. Ich stelle lediglich die in solchen Fällen üblichen Fragen.«

»Alles klar«, murmelte Julia.

Der Arzt notierte sich Hannas Anschrift und entfernte sich dann.

Ein wenig ratlos schaute Julia auf den schlafenden Jürgen, doch dann sagte sie sich, dass sie alles getan hatte, was notwendig gewesen war, und verließ ebenfalls das Krankenzimmer.

Sie fuhr nach Hause, und es gelang ihr, unbehelligt von Brigitte Hasler in ihr Türmchen zu kommen.

Dort setzte sie sich an ihren Schreibtisch und dachte nach.

Okay, das Krankenhaus würde bei eventuellen Komplikationen versuchen, Jürgens Schwester zu erreichen. Die Frage aber war, ob *sie selbst* eine Verpflichtung hatte, Kontakt mit Hanna in Konstanz aufzunehmen, um sie vom Zusammenbruch ihres Bruders zu unterrichten, oder gar die Webers in Artà anrufen musste?

Nein, *verpflichtet* war sie dazu nicht, fand Julia schließlich.

Es ist eine Frage des Anstands, hätte Tante Marta die Sache beurteilt, und Tante Marta war ein verlässlicher Maßstab. Es war feige zu kneifen. Seufzend suchte und fand Julia in ihrem Adressbuch die Nummer von Jürgens Schwester.

Es läutete, doch niemand nahm ab.

Vielleicht ist sie ja umgezogen oder hat auch geheiratet und trägt einen anderen Namen, überlegte Julia. Sie zählte die Telefonsignale und beschloss, nach dem achten wieder aufzulegen.

Kurz nach dem siebten Klingeln meldete sich jedoch eine bekannte weibliche Stimme: »Weber!?«

»Hier ist Julia, Julia Bader.« Im letzten Moment hatte sie sich entschlossen, ihren alten Namen zu nennen, schon um alle Erörterungen über ihre Heirat von vornherein zu vermeiden.

»Julia! Das ist ja eine Überraschung!«, rief Hanna, und in ihrer Stimme lag so viel Freude, dass Julia sich zu schämen begann.

»Das ist aber lieb von dir, dass du dich meldest. Wir haben uns ja immer gut verstanden, und ich hab es bedauert, dass du dich so zurückgezogen hast, nur weil mein Bruder ... aber ... Jürgen ist ganz einfach ein Kamel. Das, was er hätte festhalten sollen, hat er sich entgehen lassen, nur um sich an so einem oberflächlichen *Röhrchen* das Gemüt zu verstauchen.«

Gegen ihren Willen musste Julia lächeln.

Der Begriff *Röhrchen* war eine Art Codewort in ihrer damaligen Clique gewesen. Es umschrieb jemanden, der nach außen stark aufgebläht, innen jedoch ziemlich hohl war.

Julia hatte Dr. Birgit Schwarz, die Ärztin, die ihr Jürgen ausgespannt hatte, von Anfang an als *Röhrchen* bezeichnet. Dass auch Jürgens Schwester dies so gesehen hatte, überraschte sie jetzt doch und verschlug ihr fürs Erste die Sprache.

Hanna überspielte dies elegant: »Du brauchst gar nichts darauf zu sagen, Julia. Es ist so. Und war ganz schnell auch glasklar, damals, als Jürgen den Zusammenbruch hatte und es sich herausgestellt hat, dass er zuckerkrank ist. Da hat sie ihn nämlich verlassen, die schöne Birgit. Weil er eine schlechte gesundheitliche Prognose hätte, hat sie erklärt, und sie will mal Kinder, an die sie so etwas nicht gerne vererben möchte. Stell dir mal das vor! Ich war echt stolz darauf, dass ich die Frau vom ersten Moment an nicht mochte, und glücklich darüber, dass sie uns als Familienmitglied erspart geblieben ist, während alle sehr traurig waren, dass das mit dir und Jürgen auseinanderging. Wir mochten dich ausgesprochen gern, Julia, meine Eltern, ich, und alle unsere Freunde auch. Ich wollte dir das damals so gerne sagen, und ich bin froh darüber, dass ich wenigstens jetzt noch Gelegenheit dazu habe.«

Endlich musste sie Luft holen, und Julia sah eine Chance, ihre Botschaft zu überbringen: »Das ist lieb, dass du das sagst, Hanna, aber leider gibt es einen sehr konkreten Anlass, weshalb ich mich bei dir melde. Jürgen hatte heute Vormittag einen … *Zuckerschock* …« Unwillkürlich übernahm sie das Vokabular des Notarztes. »Und er liegt jetzt im Krankenhaus St. Maria, das ist im Landkreis Staufenfels.«

»Du meine Güte! Wo ist es denn passiert? Doch hoffentlich nicht im Auto?«

»Nein, er war hier, bei mir, und wollte mir einige Dinge zurückbringen, die noch in unsrer ehemaligen Karlsruher Wohnung waren.«

»Ah ja. Verstehe.«

»Hanna, wärst du bitte so lieb und würdest eure Eltern verständigen?«

»Natürlich. Ist wohl auch besser, wenn ich das mache, sonst denken sie womöglich, ihr wärt wieder zusammen, und das ist ohnehin genau das, was sie sich immer noch wünschen.«

Das wäre jetzt der passende Moment gewesen, um ihre Heirat zu erwähnen, aber Julia unterließ es. Sie hatte nicht mehr die Kraft, das Gespräch weiter fortzusetzen. Hannas unerwartete Sympathieerklärungen hatten sie ziemlich mitgenommen.

Sie stützte die Ellbogen auf den Schreibtisch und vergrub den Kopf in den Händen. Und jetzt erst, nach fast zweieinhalb Jahren, wurde ihr klar, wie falsch ihre damalige Sichtweise gewesen war: Sie hatte nicht *Jürgens wegen* ihren Freundes- und Bekanntenkreis verloren, sie selbst war es gewesen, die sich daraus entfernt hatte.

Weil sie verletzt gewesen war. Aus Stolz – und aus Scham.

Sie hatte die Arbeitsstelle auf Burg Staufenfels angenommen, niemandem ihre Adresse mitgeteilt und sich in ihre Enttäuschung eingeschlossen wie eine Gefangene, die sich freiwillig in den Kerker begibt. Dass jemand – oder gar viele – dies bedauern und sie vermissen könnten, daran hatte sie keinen Gedanken verschwendet.

Nur Jenny hatte sie noch zugelassen, Jenny, die mit der damaligen Clique nichts zu tun gehabt hatte. Jenny als Mail- und Telefonpartnerin, und während der seltenen Phasen persönlicher Anwesenheit, die das unruhige Berufsleben der Freundin gestattet hatte.

Julia spürte ihre Tränen erst dann, als sie auf die noch ungeöffnete Post fielen. Sie schob den Stapel beiseite und weinte bitterlich. Sie weinte um all die netten Menschen, die sie vor zweieinhalb Jahren aus eigener Schuld verloren hatte. Die sie auch nicht wiederfinden und zurückerobern konnte, denn in weniger als sechs Wochen würde sie, wenn sich die Schätzungen ihres Ehemanns als richtig erwiesen, bereits in Chicago wohnen, und in späteren Jahren vermutlich in Wien.

38

Julia schrieb den letzten Satz ihrer Rückkehr-Mail an Jenny und las den Text danach noch einmal durch.

Bedrückt wurde ihr dabei klar, dass sie das erste Mal in der langen Zeit ihrer Freundschaft Jenny gegenüber unehrlich war. Gut, es waren nicht gerade Lügen, die sie ihr servierte, die Wahrheit war es allerdings auch nicht. Ihre E-Mail war zu einem Meisterstück an Übertreibungen einerseits und Unterlassungen andererseits geraten. Allerdings sah Julia keine Chance, dies zu korrigieren, ohne mit den wirklichen Geschehnissen herauszurücken, die Jenny mit Sicherheit zu bohrenden Fragen oder entsetzten Standpauken veranlasst hätten.

So enthielt ihre Berichterstattung nichts davon, dass die Hochzeitsreise nur acht Tage gedauert hatte und vorzeitig beendet worden war, und ein Herr namens Andrew Miller oder die damit verbundenen Ereignisse wurden ebenfalls nicht erwähnt.

Dafür hatte Julia viel von ihren Eindrücken in Delhi berichtet, von der interessanten Fahrt nach Udaipur, von der schönen Aruna und einem eindrucksvollen Besuch im Tempel der Göttin Jaghai. Von der pompösen Hochzeitssuite im Luxushotel und darüber, dass sie nun eine erprobte Linksfahrerin war.

Julia seufzte, aber sie sah keine Alternative, denn sie wollte weder ihren Mann vorführen noch ein gefährliches Geheimnis teilen, auch nicht mit Jenny.

Sie fügte als Anhang ein paar Fotos bei; solche von der Hochzeit und zwei von ihren Delhi-Ausflügen, danach drückte sie entschlossen auf »Senden« und schickte die E-Mail auf den Weg ins australische Cairns.

Dann beschloss sie, sich endlich der immer noch ungeöffneten Post zuzuwenden.

Sie trennte die Spreu vom Weizen und legte Rechnungen und Zeitungen auf gesonderte Stapel. Dabei fiel ihr wieder der Brief der New Yorker Anwaltskanzlei in die Hand, den sie über Jürgens *Anfall* völlig vergessen hatte.

Sie griff zum Brieföffner und schlitzte das Schreiben auf.

Der Text war in Englisch verfasst, was Julia zwang, ihn langsam und gründlich zu lesen. Ihr Englisch war zwar in Ordnung, doch die juristisch verschlungenen Formulierungen des Schreibens nötigten sie schließlich, das Wörterbuch zu holen, um auszuschließen, dass sie den unglaublichen Inhalt des Schreibens missverstand.

Als sie sicher war, dass sie gewiss nicht irrte, sackte sie in ihren Schreibtischsessel zurück. Erst nach einer Weile las Julia das Schreiben ein weiteres Mal durch, ebenso die beigefügten Blätter.

So fand sie die Frau des Verwalters vor. »Ich nehme den Korb mit Ihrer Reisewäsche noch nicht mit hinüber«, rief diese noch im Flur durch die offen stehende Tür. Dann trat sie ins Zimmer, um ihr Verhalten zu begründen, blieb aber sofort stehen und fragte bestürzt: »Was ist denn mit Ihnen, Frau Doktor? Sie sind ja so blass, als ob Sie einen Geist gesehen hätten?!«

»So etwas Ähnliches, Frau Hasler«, erwiderte Julia und stemmte sich hoch, um aus dem Schrank den Cognac zu holen, ohne Rücksicht darauf, wie Brigitte Hasler dies bewerten würde.

Julia groß eine kräftige Portion aus der Flasche in ein Glas, das sie gleich darauf vollkommen leertrank.

Brigitte Hasler hatte sie wortlos beobachtet, danach aber deutete sie auf das Anwaltsschreiben, das auf dem Schreibtisch lag, und erklärte entschieden: »Ich hab meinem Mann ja gleich gesagt, dass damit etwas nicht stimmt!«

»Wie meinen Sie das?«, fragte Julia irritiert. Es konnte doch nicht sein, dass die Hasler ... Aber nein, das war undenkbar. Das Postgeheimnis hatte sie bisher noch immer beachtet, auch wenn sie Briefsendungen, die an die Bewohnerin des Burgturms adressiert waren, vor der Auslieferung einer Sichtung unterzog. Denn es gab für die gräfliche Familie, das Verwalterehepaar und sie selbst nur einen einzigen großen Briefkasten, der am Burgeingang neben dem Tor angebracht war.

»Na ja. Weil der Brief *zwei Mal* angekommen ist!«

»Entschuldigung, Frau Hasler, aber ich verstehe Sie immer noch nicht?!«

»Ich werde es Ihnen erklären, Frau Doktor. Also, ich bin der Meinung, dieser Brief ist bereits eine gute Woche vor Ihrer Hochzeit hier eingetroffen. Ich hab mir nämlich die amerikanischen Briefmarken angesehen, weil ... mein Bruder ist doch Sammler, und der Graf hat es erlaubt, dass ich die Kuverts, die an ihn adressiert sind, aus dem Papierabfall nehmen und die Marken ausschneiden darf, wenn interessante draufgeklebt sind. Und da dachte ich, ich frag Sie, ob Sie mir die auf dem Umschlag vielleicht auch geben könnten, aber über all der Aufregung mit Ihrer Hochzeit hab ich es dann wieder vergessen.«

Julia spürte die Wärme, die der Cognac in ihrem Magen erzeugte, und fühlte, wie sich ihr Kreislauf langsam erholte. Das Geplapper der Verwalterfrau rauschte an ihr vorüber wie ein Regen, den man in einem Auto erlebt: Sie wurde nicht einmal davon gestreift, geschweige denn, dass das Gesagte wirklich ihr Bewusstsein erreichte.

Die Nachricht aus Amerika war so ungeheuerlich, dass alles andere dagegen vorübergehend bedeutungslos wurde.

Doch Brigitte Hasler war noch nicht am Ende ihrer Tirade. »Jedenfalls, kurz nachdem Sie auf Hochzeitsreise waren, da kam der Brief *noch einmal.* Mein Mann behauptet zwar, das sei ein anderer gewesen, aber ich bin ziemlich sicher, es war derselbe. Sie wissen ja, ich hab ein gutes optisches Gedächtnis, das hat sich schon oft erwiesen. Oder ...«, so ganz sicher schien sie trotz aller Beteuerungen doch nicht zu sein, »... gibt es vielleicht zwei *ähnliche* Briefe? Ich meine, in dem Fall könnten Sie mir ja die Marken von beiden überlassen, Frau Doktor, oder hätten Sie da was dagegen?«

Julia hatte jetzt genug von diesem absurden Lamento. Was kümmerten sie die Briefmarkengelüste des Bruders von Frau Hasler? Tatsache war, dass der Brief aus Amerika auf ihrer Schreibtischplatte lag, und das Wesentliche war die Sensation, die er enthielt.

Julia besann sich auf die bewährte Methode, Brigitte Hasler nie direkt zu widersprechen, und sagte mit der gebotenen, wenn auch geheuchelten Ernsthaftigkeit: »Ich werde es nachprüfen, Frau Hasler, und Ihnen dann Bescheid geben.«

Der Trick zeigte auch dieses Mal seine Wirkung, denn die Verwalterfrau nickte befriedigt und trollte sich.

Julia wartete am Fenster, bis Brigitte Hasler nicht mehr zu sehen war, und drückte dann nicht nur die Eingangstür zu, sondern schloss zwei Mal ab, wie sie es sonst nur am Abend tat.

Sie hatte ein Telefonat vor sich, bei dem sie absolut keine Zuhörer brauchen konnte, griff nach ihrem Smartphone und rief die Handynummer ihres Ehemanns auf. Der würde staunen!

Leider meldete sich nur seine Mailbox.

Julia versuchte es zehn Minuten später noch einmal, doch auch da konnte sie Stefan nicht direkt erreichen, sodass sie ihm schließlich eine Nachricht hinterlassen musste: »Hier ist Julia. Bitte, Stefan, ruf mich doch so bald wie möglich zurück!«

Danach las sie das Schreiben aus New York noch einmal, langsam und mit sattem Genuss. Und gleich hinterher ging sie, die hochprozentigen Alkohol so gut wie nie zu sich nahm, noch einmal zum Besucherschrank und holte die Cognacflasche ein zweites Mal heraus.

Dann griff sie wieder zum Handy, um noch einmal zu versuchen, ihren Mann in Chicago zu erreichen. Doch auch diesmal kam sie nur bis zur Mailbox.

Sie behielt das Telefon in der Hand und wählte die Nummer ihrer Tante in Lugano. Sie hatte das Gefühl, es einfach nicht länger aushalten zu können, nur allein von dieser sensationellen Neuigkeit zu wissen.

Zum Glück war Tante Marta zu Hause und meldete sich unverzüglich.

»Ich bin so froh, dass ich dich erreiche, Tante Marta!«

Tante Marta schien sofort zu spüren, dass es sich um keinen normalen Anruf handelte, denn sie fragte besorgt: »Ist etwas passiert, Julia?«

»Ja. Nur, diesmal ist es nichts Schlimmes«, erwiderte Julia, und brach unvermittelt in Tränen aus.

39

Stefan meldete sich auch in den nächsten Stunden nicht, und als Julia es am Abend noch einmal versuchen wollte, fiel ihr gerade noch rechtzeitig ein, dass es in Chicago jetzt mitten in der Nacht sein musste.

Noch einmal las sie den Brief aus New York, in dem die Rechtsanwälte Bernsberg, Stanley and Brown ihr mitteilten, dass ihre Kanzlei nach dem Testament des verstorbenen Daniel Bader, geboren am 1.2.1915 in Mannheim, als Testamentsvollstrecker bestellt worden war. Nach einem notariell verfassten und beglaubigten Testament vom 4. Januar 2012, das dem Brief als Anlage beigefügt war, hatte der Erblasser seiner einzigen Blutsverwandten, seiner Großnichte Julia Bader, sein gesamtes Vermögen vermacht.

Als weitere Anlage war eine aktuelle Vermögensaufstellung beigefügt. Dieser war zu entnehmen, dass Julia einen Wert von vierundvierzig Millionen amerikanischer Dollar geerbt hatte, der sich aus vier Millionen Dollar sofort verfügbaren Kapitals in verschiedenen Währungen, zehn Millionen Dollar kurz- und mittelfristig angelegter Gelder, diversen Immobilien, Aktien und verschiedenen Kunstwerken zusammensetzte, wobei es für Letztere eine beigefügte Aufstellung mit der Bewertung eines vereidigten Schätzers gab.

Vermutlich hatte niemand, der eine solche Nachricht erhielt, die Größe, ruhig und gelassen bleiben.

Julias Gedanken schossen noch immer wild durcheinander, sie ließ einen Teller fallen und legte ihr Handy aus Versehen auf dem Fenstersims der Toilette ab, wo sie es erst nach längerem Suchen wieder fand.

Mitten in ihren fahrigen Aktionen erinnerte sie sich an den Ratschlag ihres verehrten Geschichtslehrers am Gymnasium, in verwirrenden Situationen einfach die üblichen Verhaltensweisen zu praktizieren; das beruhige und normalisiere den Menschen am schnellsten.

So setzte sie sich um acht vor den Fernsehapparat, um die Tagesschau anzusehen, und wollte sich nach der Wetterprognose eben einen Spielfilm aussuchen, als es an der Eingangstür klingelte.

»Ich hab mir gedacht, ich kann dich nach einem solchen Tag einfach nicht allein lassen«, sagte Tante Marta anstelle einer Begrüßung. »Auch ein freudiger Schock ist ein Schock!«

Julia fiel ihr um den Hals. »Du bist die Allerbeste. Und nimmst meinetwegen einen so weiten Weg auf dich!«

»Nun sag nur noch *in deinem Alter,* und wir sind geschiedene Leute!« Tante Marta schnaubte empört.

Julia nahm ihr die schwere Reisetasche ab und ging voraus in die Wohnung. »Ich bin nur leider küchenmäßig gar nicht auf dem Laufenden. Aber ich kann gern meinen Chinesen anrufen, oder Luigi, wenn du was Italienisches essen möchtest.«

»Ich verlass mich da lieber auf meine eigene Organisation«, erklärte Tante Marta, die selten Fehleinschätzungen erlag, und holte aus ihrer Tasche einen wunderbar duftenden Tessiner Schinken, Käse, Brot, Tomaten, Oliven und eine Flasche Champagner, die in einer kühlenden Plastikumhüllung steckte. »Man muss die Feste feiern, wie sie fallen«, sagte sie dabei, »und mit *denen,* die gerade vorhanden sind.«

Julia hörte die leichte Rüge auf ihren nicht anwesenden Ehemann heraus und beeilte sich, die Tante endlich aufzuklären: »Stefan ist, einer neuen Stelle wegen, in Chicago und muss dort auch noch einige Zeit bleiben, um eingewiesen zu werden. Das war übrigens auch der Grund, weshalb unsere Hochzeitsreise kürzer ausgefallen ist, als wir es geplant hatten.«

»Ah ja«, sagte Tante Marta, aber es klang noch immer ein wenig kritisch, was Julia dazu brachte, ihrem Mann weitere verbale Schützenhilfe zu leisten: »Schau, Tante Marta: Dein Mann war Beamter. Da hat man geregelte Arbeitszeiten, sogar heute noch … nur, in der freien Wirtschaft ist das anders. Die Führungskräfte dort führen quasi ein berufliches Stand-by-Leben.«

»Das mag ja sein, Julia. Immerhin find ich es dann noch verwunderlicher, dass du ihn bisher nicht erreichen konntest.«

Julia biss sich auf die Lippen. Sie hatte schon bei der Hochzeit bemerkt, dass Tante Marta nicht zu den Fans ihres Mannes zählte, was umso verwunderlicher war, als Stefan mit seinem Charme die anwesenden Damen allesamt für sich eingenommen hatte: Brigitte Hasler an vorderster Stelle, aber auch die Chefin des Ratskellers, sämtliche ihrer Bedienungen, ja sogar Gräfin Irene, die sonst ausgesprochen zurückhaltend war.

Ihre Tante hatte inzwischen die Champagnerflasche geöffnet und goss den Inhalt in die edlen Gläser, die sie ebenfalls mitgebracht hatte. »Ich gratuliere dir, Julia, von ganzem Herzen, zu diesem unerwarteten Reichtum. Und bitte, mach dir bewusst, dass Geld nicht nur Möglichkeiten schafft und ein Sorgenkiller ist, sondern auch eine Verpflichtung, eine Last, und manchmal sogar zum Verhängnis werden kann!« Marta Albers war ganz ernst geworden bei ihrer kleinen Rede, und zum ersten Mal bekam Julia eine Ahnung davon, dass etwas Wahres daran sein mochte.

»Ich werd mich bemühen, das nicht zu vergessen, Tante Marta«, erwiderte sie deshalb ebenso ernst.

Marta Albers drückte der Nichte einen Kuss auf die Wange und kehrte dann zu ihrer ironischen Heiterkeit zurück. »Und jetzt lass uns auf den alten Daniel trinken, dem ich so viel Familiensinn gar nicht zugetraut hätte!«

»Kanntest du ihn?«, fragte Julia überrascht.

»Natürlich. Er ist zwar ein Verwandter deines Vaters, aber unsere Familien waren schon in meiner Vorgeneration freundschaftlich verbunden. Daniel war einer der Skatpartner meines Vaters, und, soweit ich mich erinnern kann, hat er ihn und deinen Großvater so oft es ging gründlich betrogen. Betrogen hat er übrigens auch seinen damaligen Arbeitgeber, was wohl der Grund für seine Auswanderung war.«

»Wie interessant!«

»Na ja. Damals hat man es wohl eher als Skandal betrachtet. Es ging angeblich darum, dass er sich selbst ziemlich eigenwillig Verkaufsprämien gewährt hatte, so genau weiß ich es nicht mehr, ich war damals erst vierzehn. Vielleicht war es auch mehr eine unpräzise Absprache mit dem Firmenchef, dem Daniel wohl zu tüchtig und bestimmend geworden war, das jedenfalls hat mein Vater behauptet. Und dass der alte Blomberg, so hieß der Besitzer dieser Firma, Daniel durch die bewusst gestreute Diffamierung loswerden wollte. Aber wie auch immer: Der arme Danny, so nannte man ihn, musste, nachdem er sich nach Krieg und Gefangenschaft hochgearbeitet hatte, noch mal ganz von vorn beginnen, und er hat es vorgezogen, das nicht in Deutschland zu tun.«

»Und wie alt war er damals?«

»Vierundvierzig. Ich weiß es noch ganz genau, weil er immer rumgetönt hat, dass die Doppelvier seine Schicksalszahl sei. An einem vierten Vierten musste er einrücken, an einem vierten Vierten kam er in russische Gefangenschaft, und an einem vierten Vierten verließ er Deutschland. Mit vierundvierzig Jahren. Das wurde in unserem damaligen Kreis viel besprochen, darum kann ich mich noch heute gut dran erinnern.«

»Was diese *Schicksalszahl* betrifft, so kann ich noch beisteuern, dass er das richtige Feeling hatte. Er ist nämlich auch an einem vierten Vierten verstorben, im April dieses Jahres, wie ich dem Brief heute entnommen habe. Außerdem habe ich, du wirst es nicht glauben, vierundvierzig Millionen Dollar von ihm geerbt.«

»Es gibt schon allerlei Sonderbares und Unerklärliches, im menschlichen Leben«, sinnierte Tante Marta und nahm noch einen Schluck aus ihrem Champagnerglas.

Um ein Haar hätte ihr Julia jetzt vom Kuss der Göttin Jaghai erzählt, und erst dabei fiel ihr ein, dass das Glück, das dieser Kuss ihr versprach, sie heute ganz zweifelsohne erreicht hatte.

»Ich finde übrigens, du solltest deinem Mann die Sache mit der Erbschaft nicht am Telefon erzählen, Julia«, sagte Tante Marta in die nachdenkliche Stille hinein, die entstanden war. »Eine Neuigkeit dieser Größenordnung sollte persönlich übermittelt werden ... Oder bist du da anderer Ansicht?«

»Nein«, murmelte Julia. Plötzlich spürte sie, dass Tante Marta, wie immer, die richtige Einschätzung hatte. Und was zum Teufel sollte sie daran hindern, so bald wie möglich in ein Flugzeug zu steigen, um genau das zu erledigen? Sie war eine reiche, sogar eine schwerreiche Frau und musste nicht wie bisher ihr Konto prüfen, bevor sie sich irgendwelche Flugreisen gönnte. Sie konnte es sich leisten, ihrem Ehemann die Nachricht persönlich zu überbringen, und seine Freude darüber zusammen mit ihm zu erleben.

Außerdem, fiel ihr ein, konnte sie danach gleich weiter nach New York fliegen, denn die Anwälte hatten sie aufgefordert, sich bei ihnen zu melden.

»Du hast recht, Tante Marta«, sagte Julia laut. »Genau das werde ich machen. Und zwar so schnell wie möglich.«

»Tu das, mein Kind. Ich werde so lange hierbleiben, deine Wohnung hüten und darauf warten, bis du zurückkommst.«

Das war erstaunlich, aber irgendwie erleichterte es Julia ungemein. Es war fast wieder wie früher, als sie noch Eltern gehabt hatte: Man konnte zurückkehren, und jemand war da, der einen erwartete. Dieses Gefühl hatte sie schon lange nicht mehr gehabt.

Tante Marta schenkte noch etwas Champagner in die Gläser, lehnte sich dann im Sessel zurück und betrachtete aufmerksam das Bild im *Staufenfelser Kurier,* das das Brautpaar zusammen mit den Trauzeugen zeigte. »Dein Mann sieht sehr gut aus und ist außerordentlich galant«, sagte sie dann, und dabei fiel Julia auf, dass dies der erste positive Kommentar der Tante zu ihrem Ehemann war.

40

Stefan meldete sich am nächsten Morgen bereits um halb acht.

Julia war froh darüber, sich noch in der Nacht Gedanken gemacht zu haben, wie sie sich ihm gegenüber verhalten sollte.

Ihr Eintreffen in Chicago anzukündigen, war unklug: Sicher würde er sofort nachfragen, weshalb sie, entgegen ihrer Absprache, bereits jetzt kommen wolle. Sie wäre gezwungen, einen Grund dafür zu benennen, und trotz allen Nachdenkens wollte ihr kein glaubhafter einfallen.

Sagte sie aber, es würde sich um eine Überraschung handeln, so würde er nachhaken, Details wissen wollen und sich vielleicht sogar Sorgen machen, wenn sie ihm ausweichend antwortete. Und was wohl, wenn sie sich ihr gewohntes Leben, ohne diese Erbschaft, vorstellte, wäre wichtig genug, eine spontane Reise nach Amerika zu rechtfertigen? Nichts, absolut nichts.

Nur, wenn sie ihm den wahren Grund nannte, konnte sie ebenso gut zu Hause bleiben. Inzwischen aber war ihr klar, dass Tante Marta absolut recht hatte: Solche sensationellen Mitteilungen, die das gesamte Leben veränderten, machte man nicht übers Telefon oder schriftlich.

Es war zwingend, dass sie es persönlich erledigte.

Sie teilte Stefan deswegen nur mit, dass Tante Marta sie überraschend besuchen gekommen war und sie in den nächsten beiden Tagen unterwegs sein werde. Und ganz beiläufig erkundigte sie sich: »Wohnst du denn während der Einführungsinstruktionen weiter im *Hilton*?«

»Ja. Es ist zwar sündteuer, aber das kann mir egal sein, die Firma bezahlt es mir ja; übrigens samt all meiner Nebenkosten. Du musst dir deshalb keine Gedanken machen, Julia!«

Beinahe hätte Julia laut aufgelacht. Das war nun wirklich nicht das Problem, oder *nicht mehr*.

Die Frage war, ob Stefan dieser Posten in Chicago wirklich ein Anliegen war. Oder, präzise, auch dann noch, wenn er Kenntnis von ihren neuen Lebensumständen hatte.

Sie konnten es sich jetzt leisten, dort zu leben, wo es ihnen gefiel, und das zu tun, was ihnen Freude und Befriedigung verschaffte. Und genau das würde sie ihm sagen. Vielleicht gab es ja Wünsche und Träume, die zu erfüllen er sich bisher versagt hatte, und womöglich war der Job in Chicago zwar eine Chance, aber kein Wunsch oder gar *Traum*.

Was aber war ihre eigene Zukunftsvorstellung, nachdem es plötzlich keine finanziellen Einschränkungen mehr gab?

Sie hatte die ganze vergangene Nacht darüber gegrübelt, dann aber begriffen, dass auch im Falle eines *freudigen* Schocks Zeit notwendig war, bis sich die richtigen Gedanken einstellen würden.

So nahm Julia nach dem ausgiebigen Frühstück, das Tante Marta bereitet hatte, den Hörer zur Hand und meldete sich, wie erbeten, bei der New Yorker Anwaltskanzlei, um ihr persönliches Eintreffen zu avisieren.

»Ich werde zuvor aber noch meinen Ehemann besuchen, der sich derzeit in Chicago befindet, und von dort aus einen Termin mit Ihnen vereinbaren.«

Das Gespräch dauerte alles in allem eine gute Stunde, denn der für sie zuständige Rechtsanwalt der Kanzlei, ein Herr namens Samuel Bernsberg, hatte eine ganze Reihe von Fragen. Er war außerordentlich freundlich und liebenswürdig.

»Wenn Sie erlauben, dann werde ich das in die Hand nehmen und die Dinge, die Ihre Reise in die USA betreffen, gerne für Sie regeln, Frau Doktor Windheim«, bot er ihr an.

Als Julia am folgenden Morgen in Frankfurt eintraf und sich, wie mit Herrn Bernsberg vereinbart, am Lufthansaschalter meldete, überreichte der Angestellte ihr einen Umschlag, dessen Erhalt sie mit ihrer Unterschrift quittierte. Er enthielt eine Flugkarte erster Klasse nach Chicago, eine goldene Amex-Kreditkarte sowie fünftausend amerikanische Dollar in gemischten Scheinen.

Eine Hostess führte sie in die VIP-Lounge, wo man ihr Getränke aller Art und feine Snacks offerierte.

Sie hatte einen wundervollen Flug, und der nette Steward las ihr jeden Wunsch von den Augen ab.

Beschwingt verließ Julia in Chicago das Flugzeug und stieg in die Limousine, die der aufmerksame Anwalt für sie vorbestellt hatte.

Während des Flugs hatte sie beschlossen, dass sie ein schönes, großes Doppelzimmer, wenn möglich sogar eine kleine Suite buchen würde, denn die Firma hatte Stefan sicher nur ein Einzelzimmer bestellt.

An der Rezeption nahm sie ihre Zimmerkarte in Empfang und wollte sich erst einmal frisch machen, bevor sie ihn überraschen würde.

Erst als sie unter der Dusche stand, bemerkte sie, dass sie irgendwo auf der Reise das Jadeherz verloren hatte, das Stefan ihr auf dem Markt in Delhi geschenkt hatte.

Sie trocknete sich ab und überlegte, während sie sich die Haare föhnte, dass dieser Verlust ein empfindlicher war. Sie würde Stefan bitten, ihr ein anderes Schmuckstück zu schenken. Eines, das für ihr *neues* Leben stehen sollte.

Dann kleidete sie sich wieder an und machte sich daran, ihren Ehemann aufzusuchen.

41

»Es tut mir leid, Madam, aber Mr. Stefan Windheim befindet sich nicht in unserem Haus.«

»Aber, das ist unmöglich«, widersprach Julia irritiert. »Bitte, sehen Sie noch einmal nach.«

Der Mann an der Rezeption schien sich nichts davon zu versprechen, wie Julia seinem Gesichtsausdruck entnahm, aber er machte sich dennoch die Mühe. »Leider komme ich zu keinem anderen Ergebnis, Madam! Ein Herr dieses Namens hat überhaupt noch nie bei uns gewohnt.«

»Daran ist deutlich zu sehen, dass hier ein Fehler vorliegen muss«, bemängelte Julia. »Mein Mann ist bereits vor etwa drei Wochen hier abgestiegen.«

Der Rezeptionist war ein Mann mit Erfahrung. Er versagte sich deshalb weitere Erwiderungen und beschränkte sich auf eine bedauernde Handbewegung.

Julia sah genau, was er dachte, und die Röte schoss ihr ins Gesicht.

»Vielen Dank für Ihre Bemühungen«, sagte sie deswegen mit der Arroganz der Verlegenheit.

»Bitte sehr. Gern geschehen!«

Julia drehte sich um, machte ein paar Schritte, blieb dann stehen und blickte unschlüssig durch die Halle. Vielleicht hatte sie Stefan falsch verstanden, oder er war in einem anderen *Hilton* abgestiegen. In München, wo sie selbst einmal in einem Haus dieser Hotelkette gewohnt hatte, gab es, wenn sie sich richtig erinnerte, mindestens zwei davon. Genau, das musste es sein! Sie erwog, noch einmal umzukehren und den Mann erneut zu fragen – vermutlich waren die Hotels der Gruppe ja innerbetrieblich vernetzt –, aber dann genierte sie sich doch und beschloss, anders vorzugehen.

Sie verließ die Lobby und trat vor den Eingang, wo der Hotelportier sie zu einem der wartenden Taxis begleitete.

»To the Backett House«, sagte sie, als sie im Fond Platz genommen hatte, und suchte in ihrem Notizbuch nach der genauen Anschrift, doch der Taxifahrer grinste und winkte ab: »Everybody knows Backett House!«

Sie fuhren eine knappe halbe Stunde, doch schon lange zuvor sah Julia das leuchtend blaue Emblem des internationalen Baukonzerns, das über dem Hochhaus schwebte.

Sie zahlte, stieg aus und betrat das imposante Gebäude, in dem ihr Ehemann jetzt eine wichtige Position bekleidete.

Auch die jungen Damen am Empfangstresen, der sich inmitten des riesigen, mit polierten Granitplatten belegten Eingangsbereichs befand, waren ins typische *Backett-Blau* gekleidet.

»Can I help you?«, erkundigte sich eine hübsche junge Frau mit professioneller Freundlichkeit.

»I want to speak my husband, Mr. Stefan Windheim«, erwiderte Julia.

»One moment, please«, bat die junge Dame und bearbeitete nun ihre Computertastatur.

»Could you spell the name, please?«

»W-i-n-d-h-e-i-m, first name Stefan.«

»I am very sorry, Madam, but Mr. Windheim doesn't work here. He is an engineer in our agency in Ram Ibal, India.«

Julia verzog genervt die Mundwinkel. Es hatte wohl wenig Sinn, mit dieser Frau weiter zu verhandeln, ganz abgesehen davon, dass die Computer in dem gelackten Verwaltungsgebäude ganz offensichtlich nicht auf Vordermann waren.

»Can I speak to your Generalmanager, please?«, erkundigte sie sich stattdessen.

Die blau kostümierte Schöne warf ihr einen kurzen, abwägenden Blick zu und griff danach zum Telefon, um sie im Vorzimmer eines Mr. Swan anzumelden. Danach heftete sie Julia einen Besucher-Stick ans Jackett, verwies sie zu den Aufzügen und erklärte ihr, dass sie »on the fourth floor« abgeholt werden würde.

Wie ihr geheißen, drückte Julia auf den entsprechenden Aufzugsknopf und überlegte dabei, dass auch dies eine falsche Anlaufstelle sein würde. Sie hatte zwar kaum Erfahrungen in der freien Wirtschaft, aber sie ging davon aus, dass der Generalmanager des Bauriesen wohl eher in den oberen Geschossen des Hauses residierte.

Der erste Blick auf den Flur, der von einem abgeschabten Laminatboden bedeckt war, sagte ihr, dass sie mit dieser Vermutung richtiglag. Und der *Generalmanager* stellte sich demnach auch als ein Personalsachbearbeiter heraus, der für in Asien tätige Mitarbeiter zuständig war.

Der einzige Vorteil dieses Missverständnisses war, dass

Mr. Swan, ein etwas schmieriger Typ, sehr gut deutsch sprach und dies damit erklärte, bis vor wenigen Jahren in Dortmund gearbeitet zu haben. Dann aber kam er zur Sache: »Nach unseren Unterlagen ist Herr Stefan Windheim nicht verheiratet«, erklärte er und musterte Julia mit einem süffisanten Lächeln.

Wortlos holte Julia ihren Pass aus der Handtasche und schlug die Seite auf, auf der das Standesamt Staufenfels die Personenstandsänderung und ihren neuen Namen eingetragen hatte.

Mr. Swan nahm diesen Umstand zur Kenntnis und nickte dann herablassend: »Gut. Das räumt die Bedenken des Datenschutzes aus. Und falls Ihre Vorsprache damit zu tun hat …«, sagte er und schob eine dünne grüne Mappe zu Julia hinüber, die inzwischen auf seinem Besucherstuhl Platz genommen hatte, »… dann kann ich Ihnen mitteilen, dass unser Personalchef eben heute Vormittag dem Ersuchen stattgegeben hat. Das oberste Blatt in der Akte ist die Antwort des Konzerns auf die Kündigung Ihres Mannes.« Mr. Swan hob etwas überheblich die Schultern, bevor er weitersprach: »Obwohl wir es, ehrlich gesagt, nicht als die feine Art empfinden, wenn man sich auf diese abrupte Weise aus vertraglich fixierten Verpflichtungen löst.« Seine Stimme klang maliziös, doch Julia hörte nur mit einem Ohr, was er sagte.

Fassungslos las sie das Schreiben, in dem der Backett-Konzern Mr. Stefan Windheim mitteilte, dass sein außerordentliches Ausscheiden mit dem Datum der heutigen Nachricht akzeptiert sei und gleichzeitig die Bezahlung der Bezüge eingestellt werde. Wenn Mr. Windheim es wünsche, werde man auch ein Zeugnis für ihn fertigen, in dem allerdings die vertragswidrige, vorzeitige Kündigung des Arbeitsverhältnisses nicht verschwiegen werden könne.

Julia überflog auch die wenigen anderen Seiten der Personalakte. Sie schluckte ein paar Mal trocken, dann bemerkte sie, dass Mr. Swan eine Reaktion von ihr erwartete. Sie nahm sich zusammen und beschränkte sich erst einmal auf ein unbestimmtes: »Ah ja …«

»War die Kündigung nicht mit Ihnen abgesprochen?«, fragte Mr. Swan nun direkt.

»Nicht zu diesem Zeitpunkt«, erklärte Julia und bemühte sich, ihre Beschämung zu verbergen, was offensichtlich nicht gelang, denn im Blick ihres Gegenübers konnte sie nun etwas wie blasiertes Mitleid erkennen.

»Leider sehen wir keine Möglichkeit, Ihnen in irgendeiner Weise behilflich zu sein, Mrs. Windheim. Unser Konzern schüttet nie an … *Dritte* … irgendwelche Gelder aus, wie plausibel die Gründe dafür auch sein mögen.«

Julia war inzwischen vollkommen klar, was der Mann dachte: dass sie versuchte, durch persönliche Vorsprache noch etwas Kasse zu machen, bevor keine Einkünfte ihres Ehemanns mehr zu erwarten waren.

Der Zorn über Stefan, der sie in den Augen dieses Mannes in die Lage einer verzweifelten Bittstellerin brachte, breitete sich mit eisiger Kälte in ihr aus. Dennoch gelang es ihr, mit fester Stimme zu sagen: »Das ist auch keineswegs erforderlich, Mr. Swan. Ich wüsste nicht, was ich hier bei Ihnen beanspruchen sollte. Ich bedanke mich für Ihre Zeit. Und machen Sie sich keine Mühe, ich finde ohne Probleme hinaus!«

Sie stand auf, lächelte schmallippig und nickte zum Abschied ein winziges bisschen, genau so, wie sie es bei Graf

Franz Anton beobachtet hatte, wenn er Distanz zu Leuten herstellen wollte, die ihm zu aufdringlich waren.

Diese Körpersprache schien Mr. Swan mehr zu verstehen als all ihre deutschen und englischen Worte. Er stand auf, kam hinter dem Schreibtisch hervor und öffnete ihr zuvorkommend die Tür.

Julia ging mit durchgedrücktem Kreuz bis zu den Aufzügen. Sie fuhr hinab ins Erdgeschoss und verließ so rasch wie möglich die Eingangshalle. Sie warf keinen Blick mehr zurück auf das Backett House, als sie in ein Taxi stieg und ins *Hilton* fuhr. Dort ging sie geradewegs in ihr Zimmer, packte ihre Sachen zusammen, checkte aus und ließ sich zum Flughafen fahren.

Als die Maschine einen Bogen über der Stadt beschrieb und der Kopilot die wunderbare, wolkenlose Aussicht pries, zog sie den Rollvorhang ihres Fensters nach unten und beschloss, Chicago ein für alle Mal von ihrer inneren Landkarte zu streichen.

Wie sie mit ihrem Mann verfahren würde, der sie offensichtlich in einer ganzen Reihe wichtiger Fragen belogen hatte, wusste sie noch nicht. Ihr Kopf dröhnte, und sie hatte unentwegt das Gefühl, sich übergeben zu müssen.

»Einen starken Mokka vielleicht?«, fragte die Stewardess, die ihr anzusehen schien, wie sie sich fühlte.

»Danke, das ist eine gute Idee.«

Julia trank drei starke Mokkas, danach wurde ihr wieder besser.

Als das Flugzeug auf der Rollbahn des New Yorker Inlandsflughafens La Guardia aufsetzte, fiel ihr auf, dass sie in den letzten vier Wochen mehr Flugkilometer zurückgelegt hatte als in den ganzen neununddreißig Jahren zuvor.

42

So frustrierend der Blitzbesuch in Chicago gewesen war, so angenehm verlief die New Yorker Visite.

Samuel Bernsberg war ein kleiner, weißhaariger Herr, dessen Lebensalter irgendwo zwischen fünfundsiebzig und achtzig liegen musste. Er hatte flinke, sehr hellblaue Augen, und Seriosität umgab ihn wie eine beinahe sichtbare Aura. »Willkommen im Land der unbegrenzten Möglichkeiten«, scherzte er und führte Julia in sein riesiges, mit Mahagoniholz getäfeltes Büro. »Ich sage das, weil es eine beliebte Redewendung Ihres Großonkels war, den ich im Übrigen meinen Freund nennen durfte, auch wenn er um etliche Jahre älter war als ich.«

»Ich habe leider erst über sein Testament von seiner Existenz erfahren«, bekannte Julia und versank in einem wuchtigen braunen Ledersessel.

Samuel Bernsberg spielte mit seinem Kugelschreiber und referierte dann über seinen ehemaligen Freund und seine Lebenseinstellungen: »Dannys Verhältnis zu Deutschland und seinen dortigen Verwandten war …« Er musterte die junge Frau, die vor ihm saß, eingehend und fand dann die passende Umschreibung: »… *ambivalent.*«

»Verstehe«, sagte Julia, und dachte, dass dies kein Wunder war, nach allem, was sie von Tante Marta erfahren hatte.

Der Anwalt stand auf und holte eine Thermoskanne, aus der er Julia ohne weitere Rückfrage einen Becher Kaffee eingroß. »Er selbst verstand sich als hundertprozentiger Amerikaner, aber die Hassliebe zu Deutschland und den Deutschen hat verhindert, dass er sich jemals wirklich integrierte. Er war einer der Einwanderer, die sich in der Fremde eine Art Insel aufbauen; eine, die mit der Wahlheimat im Grunde überhaupt nichts zu tun hat. Wirkliche Wurzeln hat er hier jedenfalls nie bekommen.« Bernsberg bediente nun auch sich selbst mit Kaffee, während er weitersprach: »Vermutlich war das auch der Grund, weshalb er sich erlaubt hat, enorme geschäftliche Risiken in Kauf zu nehmen.«

Julia verstand und nickte: »Er hatte nichts zu verlieren.«

»Genau. Und konsequent, wie er war, hat er dieses Prinzip auch auf sein Privatleben übertragen. Er wollte mit seinen Aktionen niemanden in Bedrängnis bringen – und hat deshalb auch nie eine eigene Familie gegründet.«

Eine Frage lag Julia auf der Zunge, die der Anwalt beantwortete, bevor die Großnichte seines Klienten Gelegenheit hatte, sie auszusprechen: »Natürlich hat es Frauen in seinem Leben gegeben. *Zwei*, präzise gesagt, mit denen er unterschiedlich lange zusammenlebte. Allerdings hat er es abgelehnt, sie zu heiraten, was letztlich auch der Grund für das Ende der Beziehungen war. Er hat sich aber sehr großzügig bei diesen Trennungen gezeigt. Inzwischen sind die Damen verstorben – kinderlos übrigens, beide. Sie brauchen also keinerlei Befürchtungen bezüglich einer Anfechtung des Testaments zu haben, Frau Doktor Windheim.«

»Solche Überlegungen sind mir bisher noch nicht gekommen«, musste Julia einräumen und nahm einen weiteren Schluck des Kaffees, der erfreulich unamerikanisch schmeckte: stark, aromatisch und süß.

»Nun ja, dafür haben Sie ja uns«, stellte der sympathische alte Herr fest und lachte ein wenig. »Unsere Kanzlei überprüft solche Dinge routinemäßig und sorgfältig, was auch hier geschehen ist, obwohl ich in diesem Fall ja mit persönlicher Kenntnis der Verhältnisse aufwarten konnte. Aber das sind die Dinge der Vergangenheit. Wie, liebe Frau Doktor Windheim, beabsichtigen Sie denn nun, mit dem Vermögen zu verfahren?«

Julia war auf diese Frage gefasst gewesen, allerdings hatte sie ihre Antwort davon abhängig gemacht, welchen Eindruck sie in einer persönlichen Begegnung von dieser Kanzlei gewinnen würde. Im Internet hatte sie natürlich längst alles recherchiert, was es dort über die Sozietät zu lesen gab. Noch einmal musterte sie Samuel Bernsberg aufmerksam. Ihr erstes Gefühl, in diesem Herrn einen Neigungsgroßvater gefunden zu haben, dem sie vertrauen konnte, verstärkte sich dabei noch weiter. Sie trank den letzten Schluck ihres Kaffees aus und sagte dann entschlossen: »Ich glaube, im Moment lassen wir alles so, wie es ist, Mr. Bernsberg. Ich brauche Zeit, um mir über diese neue Lebenssituation Gedanken zu machen, und wenn ich die Figuren neu setzen möchte …«, sie schaute mit einem kleinen Lächeln zu dem Schachtisch hinüber, auf dem eine unbeendete Partie Zeugnis davon gab, dass der Anwalt diesen Zeitvertreib liebte, »… dann werde ich Sie vorher konsultieren und um Ihren Rat bitten.«

Samuel Bernsberg schenkte ihr einen langen Blick. Dann beugte er sich vor, griff nach ihrer Hand und sagte: »Bitte, sagen Sie Sam zu mir, Julia. Ich glaube, das ist der Beginn einer wunderbaren Freundschaft.«

»*Casablanca*«, erwiderte Julia so prompt, als ob es ein Codewort zwischen ihnen wäre, und der alte Herr nickte erheitert.

»Ich sehe, wir lieben dieselben Dinge. Spielen Sie Schach?«, fragte er.

»Ja, aber ich bin etwas außer Übung. Ich hatte in den letzten Jahren keinen Partner mehr dafür, und allein zu spielen, macht mir keinen Spaß.« Sie stand auf, ging zu dem Schachtisch, und betrachtete die Stellung der Figuren. »Wer sind Sie bei der Partie?«, erkundigte sie sich, obwohl sie fast sicher war, mit welcher Farbe er sich identifizierte.

»Weiß natürlich.«

»Das war zu erwarten. Die mit den schwarzen Hüten sind immer die Bösen, das weiß jeder, der Hollywoodfilme kennt.«

»So ist es«, erwiderte Bernsberg und schmunzelte.

»Sie werden die Dame verlieren, wenn Sie den Zug machen, der allzu offensichtlich erscheint.«

»Ich werde mich hüten, in die Falle zu tappen, die mein Partner mir aufgestellt hat. Mein Grundsatz ist, immer alle Eventualitäten zu bedenken, bis ganz zum Schluss – und, wenn möglich, noch ein Stück darüber hinaus.«

»Das ist ein sehr guter Vorsatz«, stimmte ihm Julia zu, und ihre Laune, die in der letzten halben Stunde steil angestiegen war, sank wieder unter den Nullpunkt.

»Haben Sie irgendwelche Probleme, Julia?«, erkundigte sich der Anwalt behutsam. »Wenn ich Ihnen dabei helfen kann …?«

»Danke, aber … das muss ich alleine durchstehen!«

Bernsberg besaß nicht nur feine Sensoren, sondern auch Fingerspitzengefühl, denn er wechselte sofort das Thema: »Ich habe mir erlaubt, heute eine kleine Tour für Sie zu arrangieren. Ich finde, Sie sollten kennenlernen, was da … *auf Sie zugekommen* … ist.«

An diesem Punkt des Gesprächs öffnete seine Vorzimmerdame die Tür und verkündete, der Chauffeur habe sich eben gemeldet.

Mit jugendlichem Elan sprang Bernsberg auf und nötigte Julia zum Aufzug, mit dem sie ins Kellergeschoss fuhren.

Den Rest des Tages verbrachten sie damit, die Immobilien zu besichtigen, die auf der Vermögensaufstellung aufgeführt waren, sowie drei Museen zu besuchen, in denen sich als Leihgaben verschiedene Kunstwerke befanden, die zu Julias ererbtem Vermögen gehörten.

Es waren eine Picassozeichnung darunter und sogar ein kleiner Monet.

»Sie müssen mir die Freude machen, mit mir zu soupieren«, bat Sam, als er seine Mandantin zu einem kleinen, aber sehr feinen Hotel in Upper Manhattan gebracht hatte, doch Julia schüttelte den Kopf. »Wir holen es das nächste Mal nach, Sam, versprochen. Für heute habe ich wirklich genug. In meinem Kopf drehen sich ganze Windmühlenparks!«

Sam lachte. »Das kann ich sehr gut verstehen. Dann wünsche ich Ihnen eine angenehme Nachtruhe, Julia, und wir sehen uns morgen noch mal, in meinem Büro. Es gibt eine ganze Anzahl Papiere, die Sie unterschreiben sollten, bevor Sie wieder zurückreisen.«

Er brachte sie bis vor die Zimmertür und verabschiedete sich in Grandseigneur-Manier, die noch aus seiner Geburtsheimat Wien stammte, mit einem perfekten Handkuss.

Julia betrat ihre hübsche, geschmackvoll eingerichtete Suite, in der sie einen großen Strauß roter Rosen vorfand. Ihr Duft erfüllte den ganzen Wohnraum. Da niemand sonst von ihrem Aufenthalt in diesem Hotel wusste, nahm Julia an, dass es sich um eine Aufmerksamkeit der Anwaltskanzlei handelte.

Sie nahm ein heißes Bad, bestellte beim Zimmerservice ein Tellergericht und trank ein großes Glas schweren Rotwein dazu.

Dann legte sie sich ins Bett und verbot sich jeden Gedanken an ihren Ehemann und das unverständliche Lügengespinst, mit dem er sie und ihr Leben überzogen hatte. Erstaunlicherweise war sie schnell eingeschlafen und wachte erst wieder auf, als der von ihr bestellte Weckruf ertönte.

43

Der Morgen lag klar und hell über Manhattan, die Sonne strahlte, und ein wolkenloser Himmel ermöglichte eine herrliche Aussicht.

Nach der Dusche stellte sich Julia ans Fenster und sah hinab auf den Hudson-River, dessen silbernes Band träge in der Morgenluft glitzerte.

Ihre Blicke folgten den Schiffen, die Menschen oder Frachten an andere Plätze dieser riesigen Stadt beförderten, und schließlich musterte sie ihr eigenes Bild in dem großen Spiegel, der eine Wand des Schlafzimmers vollkommen ausfüllte.

Eigentlich sah sie völlig normal aus, so wie immer. Nichts an ihren Äußerlichkeiten hätte einem Betrachter verraten, dass sich ihr Leben grundlegend verändert hatte. Nur um ihren rechten Mundwinkel war eine kleine, bittere Falte entstanden, die sie den vergangenen beiden Tagen verdankte.

Sie konnte dem Nachdenken nicht länger aus dem Weg gehen.

Was sollte sie machen?

Sollte sie Stefan anrufen und ihn zur Rede stellen? Oder war es das Beste, sich einfach von ihm zu trennen, noch bevor sie sich weitere Lügengeschichten anhören musste?

Julia ging wieder zum Fenster zurück und beobachtete erneut die Schiffe auf dem Hudson. Von hier aus gesehen, bewegten sie sich unendlich langsam, aber das war natürlich eine Frage des Standpunkts und der Entfernung. Sie würden an das Ziel kommen, das sie anstrebten, und dies wohl zum erwarteten Zeitpunkt.

Vielleicht war das die Botschaft dieses neuen Tages: sich genau so zu verhalten, wie sie es eben tat: auf Abstand gehen. Beobachten, reflektieren und dann langsam, aber beharrlich das Richtige tun.

Nur, was war es, dieses *Richtige*?

Jenny fiel ihr ein, und dass diese ihr einmal gesagt hatte, sie habe als Historikerin zu viel mit verstorbenen Leuten zu tun, das verschiebe die Maßstäbe. Denn sofern die Verblichenen nicht gerade deswegen Geschichte gemacht hätten, würden die Fehler der Toten im Laufe der Zeit in Vergessenheit geraten. Die Schwächen der Lebenden aber kämen Julia gerade aus diesem Grund umso schwerwiegender vor. Dabei gebe es immer Begründungen, meist sogar nachvollziehbare, für die Taten und Unterlassungen der Menschen, sogar für solche von Jürgen Weber. Es komme nur auf die Perspektive an.

Genau, dachte Julia. Es ist wie bei den Schiffen. Von hier oben aus betrachtet, spielen Schwankungen und Kursabweichungen überhaupt keine Rolle, solange die Fahrt sich fortsetzt und das Ziel erreicht wird.

Ihr Großonkel zum Beispiel hatte beträchtliche Risiken in Kauf genommen, sogar hasardiert, um sein Vermögen zu erringen. Und sein ganzes amerikanisches Leben basierte, laut Tante Marta, auf einer in Deutschland begangenen Betrugsserie. Es gab eben immer welche, die Schwarz besser spielten als Weiß. Das Wesentliche war, dass man am Ende gewann. Und würden alle immer nur weiße Figuren wählen, wäre ein Spiel gänzlich unmöglich.

Mein Gott, du fängst bereits an, nach Entschuldigungen für sein Verhalten zu suchen, dachte sie dann, plötzlich erbittert. *Oder zumindest nach* Erklärungen*, und dies, bevor er sich wirklich erklärt. Ist das jetzt Liebe, die alles in milderem Licht sieht und schließlich verzeiht, oder sind es die Prinzipien meiner Eltern, die sie auch mir beigebracht haben:* dass eine Ehe ein heiliger Bund fürs ganze Leben ist, der zu Vergebung und Nachsicht verpflichtet, wenn man erst einmal Ja gesagt hatte?

Bevor sie weiter überlegen konnte, hörte sie das akustische Zeichen ihres Smartphones und fand dort eine Botschaft ihres Mannes, der fröhliche Grüße aus *Chicago* sandte.

Er berichtete, dass Mr. Deshman ihm einen Wohnungsmakler vorgestellt hatte, der nun für sie tätig werde, und im Übrigen habe er Gelegenheit gehabt, nicht nur Deshman, sondern auch Mr. Backett in einem weiteren Gespräch seine Vorstellungen über die künftige Expansion des Konzerns in Asien und Europa vorzutragen.

Seine Stimme hatte eine solche Überzeugungskraft, dass Julia einen Moment lang ernstlich überlegte, ob sie die Vorfälle in Chicago vielleicht geträumt hatte.

Ihr Blick streifte den Rosenstrauß. Alle Blüten hatten sich entfaltet und dufteten betörend. Julia verzog den Mund zu einem schrägen Lächeln, was die bittere Falte am Mundwinkel noch vertiefte, und löschte die Nachricht.

Dann begann sie sich anzukleiden, denn um zehn Uhr erwartete sie ihr neuer Freund Sam in seinem Büro.

44

Es war genau so gekommen, wie er es erwartet hatte.

Stefan las das Fax aus Chicago noch einmal durch und zerriss das Blatt dann in kleine Schnipsel.

Dieses Kapitel seines Lebens war abgeschlossen, er konnte sich anderen zuwenden.

»Was machst du da?«, fragte Sarala, die sich träge auf der gepolsterten Couch rekelte und dem Windspiel zusah, das sich im Strom des Ventilators drehte. Die Klimaanlage war schon wieder ausgefallen, und der große, an der Decke des Wohnraums befestigte Ventilator kämpfte mit seinen fächerartig angeordneten Messingrotoren vergeblich gegen die stickige Luft.

»Ich räume auf«, erwiderte Stefan und überlegte, ob er den *Fall Sarala* gleich mit erledigen sollte. Er betrachtete sie nachdenklich, und als ob sie seine Absicht spüren würde, nahm sie als unwillkürliche Abwehrmaßnahme eine laszive, einladende Haltung ein, wohl wissend, dass ihre Attraktivität stets gegen seine Skrupel gewann.

Er wandte sich von ihr ab, um dieser Versuchung zu widerstehen, aber er entschloss sich trotzdem, den endgültigen Abschied auf den allerletzten Moment zu verschieben. Immerhin war Sarala jetzt hier – und jede ihrer Vereinigungen verschaffte ihm beträchtliche Freuden. Was nicht verwunderlich war, wie er aus den Gesprächen der Baustellenarbeiter wusste. Noch vor drei Jahren, bevor Sarala seine Geliebte geworden war, hatte sie als Miet-Gespielin gearbeitet, was hierzulande voraussetzte, dass man das Geschäft mit der Liebe vorher gründlich erlernte. Er hatte sie praktischerweise von seinem Vorgänger übernommen. Diesem war es allerdings, im Gegensatz zu ihm selbst, gelungen, die Kokotte auf Abstand zu halten.

Er seufzte leise.

Ganz einfach würde es nicht werden, sie wieder abzulegen.

Um sich abzulenken, beschloss Stefan, wenigstens auf seinen anderen Feldern Ordnung zu schaffen. Er klappte den Computer auf und nahm sich die Damen vor, mit denen er sowohl Mail- als auch Realbeziehungen pflegte.

Drei dieser Geschichten liefen schon länger, die beiden anderen Frauen hatte er erst im vorletzten Urlaub persönlich kennengelernt. Es waren interessante Besuche, Tage und Nächte gewesen, aber damit musste es jetzt ein Ende haben. Er hatte schließlich gefunden, was er gesucht hatte.

Da er die Frauen inzwischen kannte – das konnte er wirklich behaupten –, beschloss er, jeder einen speziellen Abschiedsbrief zu schreiben. Einen, der todsicher bewirkte, dass der Abschied auch bestehen bliebe. Er hatte sich die notwendigen Gedanken darüber bereits gemacht. Denn natürlich war das totale Abschreckungsmoment für jede ein anderes.

Liebe Sibylle,
ich habe lange darüber nachgedacht, ob ich Dir dies-
bezüglich die Wahrheit sagen soll, aber ich denke,
wir sollten ehrlich zueinander sein. Vor zwei Wochen
hatte ich einen schrecklichen Zusammenbruch und
musste hier in der Nähe in ein Krankenhaus gebracht
werden. Der Arzt dort hat kein Blatt vor den Mund
genommen und mir mitgeteilt, dass ich mich einer
mehrmonatigen Entziehungskur unterziehen muss.
Ich habe mich bei meinem Besuch bei Dir wahnsin-
nig zusammengerissen, um zu verhindern, dass Du
meine Alkoholkrankheit erkennst. Ich habe mich, Dir
zuliebe, nach meiner Rückkehr auch bemüht, keinen
Whisky mehr zu trinken, aber die Sucht war nicht zu
beherrschen und hat letztlich zu meinem Kollaps ge-
führt. Ich werde nun tun, was der Arzt mir geraten
hat, und auch seiner Empfehlung folgen, nach dem
Entzug irgendwo anders ein ganz neues Leben zu be-
ginnen, in dem mich nichts an die Vergangenheit er-
innert. Ich bitte Dich von Herzen, meinen Entschluss
zu akzeptieren und keinen Kontakt mehr mit mir zu
suchen. Für all Deine Mails, die mir das Leben an
diesem elenden Platz hier erträglich gemacht haben,
für Deine Gastfreundschaft und Deine Gefühle, die
mir immer teuer sein werden, danke ich Dir von gan-
zem Herzen. Bitte, versteh mich.
Dein Stefan.

Der geschiedene Ehemann von Sibylle war chronischer Alkoholiker gewesen. Sie hatte Stefan in ihren Mails und bei seinen Besuchen beredt von dem eineinhalb Jahrzehnte andauernden Martyrium erzählt, das sie an dessen Seite durchgemacht hatte. Stefan war sich ganz sicher, dass sie keine Gelüste verspürte, etwas Derartiges ein zweites Mal zu erleben. Sie würde seiner Bitte entsprechen, auch wenn sie ihn mochte. Doch ihre Gefühle waren sicher nicht stärker als ihre Angst.

Der nächste Brief war schwieriger für ihn, vor allem, weil er der Wahrheit so nahe kam. Aber was sein musste, das musste sein. Und es war ihm, bei allem Nachdenken, keine Begründung eingefallen, die sie mehr treffen würde. Denn Beate war Richterin am Amtsgericht Erfurt. Er begann zu schreiben, und es ging ihm flotter von der Hand als vorher.

Liebe Beate,
diese Mail wird meine letzte an Dich sein. Ich habe lange damit gezögert, aber meine Gefühle für Dich sind so, wie ich sie Dir immer geschildert habe, und Du bist die wichtigste Person für mich geworden. Gerade deswegen aber muss ich mich von Dir trennen, und ich will Dir ganz offen die Gründe dafür schildern, obwohl ich weiß, dass ich mich in Deiner Erinnerung damit demontieren werde. Das Leben in diesem öden Landstrich ist grauenhaft, und mein ganzes Bestreben war es, so bald wie möglich wieder nach Deutschland zurückzukehren. Ich hatte vor, dort ein kleines Bauunternehmen zu gründen, doch dazu benötigt man Kapital. Dieses habe ich versucht, mir hier zu verschaffen. Ich habe einen illegalen Handel mit

Baumaterialien begonnen, die ich vom Brückenbau abgezweigt habe. Dabei wurde ich von einem der Arbeiter beobachtet und verraten. Dies hat zu einer tätlichen Auseinandersetzung geführt, bei dem ich den Arbeiter schwer verletzt habe. Ich habe ein Gerichtsverfahren vor mir, an dessen Ende ich mit einer empfindlichen Freiheitsstrafe rechnen muss, wie mein Anwalt mir prognostiziert. Außerdem wird meine Firma wohl Schadenersatzforderungen gegen mich stellen, was umso prekärer ist, als ich das abgezweigte Geld weitgehend nicht mehr besitze, denn ich habe einen großen Teil davon für Bestechungsgelder verwendet, um ebenjenen Strafprozess abzuwenden, was leider nicht gelungen ist. Ich liebe Dich, aber es wäre mir unerträglich, Dich mit meiner Straffälligkeit zu belasten und Dir dadurch indirekt auch beruflich zu schaden, denn ich glaube nicht, dass sich so etwas dauerhaft verheimlichen ließe, wenn wir, wie geplant, nach meiner Rückkehr heiraten würden …

Natürlich würde sich Beates Juristenhirn entschieden dagegen wehren, weiterhin mit einen Dieb, Betrüger, Schläger und Schuldner zu verkehren. Er würde nie wieder ein Wort von ihr hören, egal wie traurig sie sein mochte.

Nachdem er auch diese Mail zu Ende gebracht hatte, die ihm am schwersten gefallen war, denn Beate war wirklich eine Frau von Format, schrieben sich die drei anderen nahezu von selbst.

Die alleinerziehende Angelika hatte drei kleine Kinder, die sie aufrichtig liebte, und er formulierte überzeugend, dass er sich, bei aller Selbstprüfung, einfach nicht dazu bringen könnte, ihre Zuneigung oder gar ihre spätere ge-

meinsame Wohnung mit diesen *unruhigen und belasten-*
den Wesen zu teilen.

Auch sie würde ihn in Ruhe lassen und froh sein, nie
wieder von ihm zu hören.

Der krankhaft eifersüchtigen Sabine teilte er ganz einfach mit, dass er sich mit seiner – erfundenen – Exfrau
wieder versöhnt und eingesehen habe, dass sie die einzige Frau sei, die ihn wirklich glücklich machen könne. Sabine, die ein wildes Temperament besaß, würde auf den
Monitor spucken, wenn sie diese Nachricht las, und ihn
ein für alle Mal aus ihrem Gedächtnis streichen, dessen
war er gewiss.

Britta hingegen, die eine toughe und gut aussehende
Frau Anfang fünfzig war, Friseurin mit eigenem Salon,
teilte er mit, dass er nach reiflicher Überlegung und dem
persönlichen Augenschein während des letzten Urlaubs
doch finde, dass zu viele Lebensjahre sie trennten und er
hier in Indien inzwischen eine junge Architektin kennengelernt habe, mit der er viele kulturelle Interessen teile.
Außerdem habe diese Frau, ebenso wie er selbst, den
Wunsch, eine Familie mit vielen Kindern zu gründen.

Das würde Britta, die jede Situation hasste, in der sie
in der Defensive war, bewegen, einen entschiedenen
Schlussstrich unter diese Affäre zu ziehen.

Der letzten seiner Real- und Mail-Freundinnen aber,
einer siebenundvierzigjährigen Witwe, deren wesentlich
älterer Mann Staatssekretär im Wirtschaftsministerium
gewesen war, gestand er, dass es ihm aus religiösen Gründen unmöglich sei, weiterhin eine Beziehung zu pflegen,
in der eine Heirat ausdrücklich ausgeschlossen sei. Und
er war sich keine Sekunde darüber im Zweifel, dass die
Dame sich gegen ihn und für die stattliche Pension ihres

verstorbenen Mannes entscheiden würde. Diese nämlich würde sie im Falle einer neuen Eheschließung verlieren.

Gerade hatte er den letzten Satz beendet, als Sarala genug davon hatte, in das Windspiel zu starren und weiterzuträumen. Sie wand sich in der schlangengleichen Art hoch, in der sie aufzustehen pflegte, kam zu ihm und rieb ihre Wange an seiner Schulter. »Bist du jetzt endlich fertig, Stevie?«

»Ja«, sagte er und sandte die letzte der Aufräum-Botschaften ab. Dann drehte er sich um und setzte wahrheitsgemäß hinzu: »Nur noch nicht mit dir!«

»Das ist doch wunderbar«, flötete Sarala, die seine Bemerkung völlig anders interpretierte, als sie gemeint war. »Dann lass uns ins Schlafzimmer gehen. Dort ist es viel gemütlicher als hier auf der Couch!«

Sie sagte tatsächlich *gemütlich,* und natürlich war dies auch etwas, das sie von ihm gelernt hatte, wie so vieles andere, was er ihr beigebracht hatte.

Eigentlich, dachte er, während sie ihn in den Nebenraum zog, *hat die Zeit mit mir ihr doch nur Vorteile gebracht.*

45

»Bitte, erzähle«, sagte Tante Marta sofort, als sie den ersten Blick auf das blasse Gesicht ihrer Nichte warf, die gerade aus Amerika zurückgekehrt war. »Sag einfach alles, was dir durch den Kopf geht. Die Chronologie ist unwichtig. Ich krieg das schon auf die Reihe.«

Julia nickte, stellte den Koffer ab und zog ihre Jacke aus. Dann packte sie plötzlich mit entschlossenem Gesichtsausdruck ihren Lieblingssessel, ein Prachtstück aus der Biedermeierzeit, mit hohen, gepolsterten Ohrenbacken, und wuchtete ihn unter dem erstaunten Blick ihrer Tante vor den Kamin, sodass er diesen völlig verdeckte. »Ich kann das Ding nicht mehr sehen!«, stieß sie aus.

»Den Sessel?«, fragte Tante Marta erstaunt, denn sie wusste von der Vorliebe Julias für diese Sitzgelegenheit.

»Natürlich nicht den Sessel«, stellte Julia klar und setzte sich hinein. »Den blöden amerikanischen Kamin. Er war der Augenzeuge meiner … *idiotischen Blauäugigkeit*, und sein Anblick löst den Reflex aus, dass ich mich fortwährend ohrfeigen sollte.«

»So schlimm?«, erkundigte sich Tante Marta mitfühlend.

»Noch schlimmer«, erwiderte Julia düster.

Und danach sprudelte es aus ihr heraus.

Alles, was sie erlebt hatte.

Und ausgesprochen erschien es ihr noch viel unverständlicher. »Kannst du mir bitte mal sagen, weshalb er mich derart anlügen musste? Ich meine, wenn er irgendwelche Probleme mit seiner Arbeit hatte, darüber hätte man doch sprechen können! Aber mir vorzugaukeln, dass er in Chicago eine Führungsposition antritt und dort in seine neuen Funktionen eingewiesen wird, während er in Wirklichkeit kündigt und sich weiß Gott wo herumtreibt, das ergibt doch alles keinen Sinn … Oder hab ich da irgendeine *Kombinationshemmung*?«

»Das glaub ich weniger«, resümierte Tante Marta sachlich. »Irgendwie kommt mir das Ganze vor wie eine Gleichung, bei der man zu wenige Angaben besitzt, was ausschließt, dass man zu einem richtigen Ergebnis kommen kann.«

»Da mag was dran sein«, murmelte Julia und entschloss sich jetzt doch, eines der belegten Brötchen zu essen, die Tante Marta vorbereitet hatte. Sie war zwei Tage lang nicht in der Lage gewesen, etwas zu sich zu nehmen, weder an ihrem letzten Tag in New York noch im Flugzeug. Sie hatte von Wasser und Kaffee gelebt, was sie in einen überwachen, nervösen Zustand versetzt hatte, aber es half schließlich auch nicht weiter, wenn sie zusammenklappte.

»Entschuldige, wenn ich das sage, Julia, und dass ich es *jetzt* sage, aber ich mochte Stefan nie. Es war vom ersten Moment an etwas an ihm, das mich irritiert hat.«

Julia nickte. »Ich hab es gespürt, aber so etwas will man natürlich nicht wahrhaben, unmittelbar bevor man zum Standesamt geht.«

»Das ist es ja, was ich nicht verstanden habe. Die Hast, mit der diese Heirat … *durchgezogen wurde,* anders kann ich es wirklich nicht ausdrücken, das passt doch gar nicht zu dir!«

Julia zuckte mit den Schultern und verzog das Gesicht. »Ich dachte, ein Mal muss der Mensch auch über seinen Schatten springen können. Und er hat das ja auch plausibel erklärt, eben mit dieser beruflichen Chance in Chicago, die es gar nicht gab, wie sich jetzt herausgestellt hat.«

Julia stopfte sich das Schinkenbrötchen vollends in den Mund und erzählte, als sie es hinuntergewürgt hatte, von der dünnen grünen Akte Mr. Swans. »Und glaube mir, Tante Marta, ich hab mir nicht nur die Kündigung angesehen, sondern auch zurückgeblättert, nur da gab es nicht viel zu lesen. Er hat die Stelle vor etwa drei Jahren angetreten, so weit stimmt es, was er erzählt hat, und danach war er unentwegt auf dieser Baustelle in Ram Ibal. Es gab keine Belobigung, keine Abmahnung, nichts außer seinen Urlaubsanträgen ungefähr alle paar Monate, und den Anstellungsvertrag. Und eben die Kündigung. Alles andere war frei erfunden, jedenfalls waren keinerlei Unterlagen darüber in der Personalakte, und die Art und Weise, mit der dieser Swan von ihm sprach, deutete nicht darauf hin, dass irgendetwas dergleichen geplant war. Er hat sich das alles ausgedacht: die Offerte, die man ihm angeblich gemacht hat, den Wunsch von Mr. Backett, ihn persönlich kennenzulernen, und vermutlich ja auch dessen strenge religiöse Orientierung, die ihn angeblich veranlasst, nur verheiratete Führungskräfte zu beschäftigen.«

»Nun, das war der Köder für dich, das liegt ja inzwischen klar auf der Hand.«

»Aber, weshalb?«, rief Julia gequält. »Es gab doch überhaupt keine Veranlassung, mich zu *ködern*! Ich meine, wenn das alles *jetzt* geschehen wäre … nachdem ich geerbt habe, dann wäre es irgendwie noch verständlich …«

Plötzlich brach sie ab und starrte ihre Tante fassungslos an. »Das Kuvert«, stammelte sie und setzte sich ganz aufrecht hin. »Die Hasler … sie hatte also doch recht mit ihrem *optischen Gedächtnis* … Mein Gott … wenn es tatsächlich so war … Das wäre eine Erklärung!«

»Könntest du mich vielleicht an deinen Überlegungen teilhaben lassen?«, bat Tante Marta ein wenig spitz, denn sie hatte es nicht gerne, den Erkenntnissen hinterherzuhinken.

Doch Julia schien sie gar nicht zu hören. Sie war aufgesprungen und sprach halblaut mit sich selbst, während sie im Zimmer auf und ab ging: »Er muss den Brief gelesen und den Umschlag an sich genommen haben … und …

na klar! Das war die *erste Reise,* der behauptete Vorstellungstermin bei Mr. Backett. Vermutlich ist er gar nicht nach Chicago geflogen, sondern hat in New York … Irgendwie muss er an einen neuen Umschlag dieser Kanzlei gekommen sein … So etwas lässt sich ja einrichten. Da gibt's tausend Möglichkeiten … eine Putzfrau, die sich ein bisschen was dazuverdienen möchte … oder eine Sekretärin … oder jemand vom Sicherheitsdienst, der Schlüssel besitzt, jedenfalls hat er dafür gesorgt, dass der Umschlag ein zweites Mal in New York im Briefkasten landete … und hier zugestellt wurde, solange wir auf Hochzeitsreise waren.«

Tante Marta hatte inzwischen eins und eins zusammengezählt und war zu einem Ergebnis gekommen. »Er hat also *vor* dir gewusst, dass du die Millionen geerbt hast?!«

Julia war in ihren Sessel zurückgesunken und rieb sich die schmerzenden Schläfen. »Ja. Genau so muss es gewesen sein. Nur so ist das Ganze plausibel.«

»Und was wirst du jetzt machen?«, fragte Tante Marta nach einer langen Pause.

»Nichts«, erklärte Julia unverzüglich. Sie ersparte es sich, von den Hudson-Schiffen und ihren davon ausgelösten Betrachtungen zu erzählen. Das war nicht notwendig. Sie sah am Gesicht ihrer Tante, dass sie selten einmal so deckungsgleich einer Meinung gewesen waren wie in dieser offenen Frage.

Erneut schwiegen beide eine längere Zeit, dann fiel Marta Albers ein: »Es sind übrigens heute Morgen Blumen für dich gekommen, Julia.«

»Offenbar hat er die Funkstille registriert und versucht jetzt, vorsorglich gut Wetter zu machen.«

»Immerhin hat er keine Kosten dafür gescheut«, sagte

Tante Marta trocken und öffnete die Tür zum Schlafzimmer. »Ich hab mir erlaubt, den Strauß in einen Putzeimer zu stecken, nachdem nirgendwo eine Vase in dieser Größe zu finden war. Frau Hasler hat die Blumen dann während des Staubsaugens ins Schlafzimmer gestellt und hinterher vergessen, sie wieder hier ins Zimmer zu holen, und mir war der Eimer einfach zu schwer.«

Julia betrachtete nachdenklich die Fülle der roten Rosen. Als sie sich am Morgen ihrer Abreise bei Sam für den New Yorker Strauß bedankt hatte, war er erstaunt gewesen und hatte ihr versichert, er fände den Gedanken, ihr rote Rosen ins Hotel zu schicken, zwar vorzüglich, leider sei er aber nicht darauf verfallen – und er halte es für ausgeschlossen, dass jemand aus der Kanzlei dies selbsttätig veranlasst hätte.

Danach hatte Julia die Blumengabe wieder vergessen, zu viel war wegen des Vermögens noch zu besprechen gewesen. Und mitnehmen hätte sie die Rosen ohnehin nicht können, dazu waren es zu viele gewesen. Außerdem hätten sie die Reise wohl kaum überstanden.

»Eine Karte war nicht dabei«, bemerkte Tante Marta, noch ehe Julia sie danach fragen konnte.

Vermutlich hatte der alte Anwalt die Idee *so vorzüglich* gefunden, dass er sie nun doch noch umgesetzt hatte.

»Von Stefan sind die bestimmt nicht«, stellte Julia fest. »Er hat keine Ahnung davon, dass ich in Chicago war. Ergo hat er auch kein schlechtes Gewissen.«

»Tja, dann … Offenbar hast du noch einen Verehrer. Jürgen vielleicht?«, mutmaßte Tante Marta.

»Das kann ich mir kaum vorstellen. Was ist überhaupt mit ihm?«

»Er ist in einer Rehaklinik, hier ganz in der Nähe. Man

hat ihm geraten, die neue Einstellung seiner Medikamente dort überwachen zu lassen und parallel dazu etliche Kurse zu besuchen.«

»Was denn für Kurse?«

»Er lernt Ernährungstipps für Diabetiker. Außerdem soll er herausfinden, welche körperlichen Ertüchtigungen er regelmäßig in seinen Tagesablauf einbauen kann.«

»Und woher weißt du das alles?«, erkundigte sich Julia, jetzt doch etwas erstaunt.

»Ich hab ihn im Krankenhaus besucht, als du in den Staaten warst.«

»Du???«

»Ja. Ich. Er tat mir ganz einfach leid, der arme Kerl. Seine Schwester Hanna war auch da, aber nur ein einziges Mal. Sie muss ja arbeiten, und so hat er nicht mal jemanden gehabt, der ihm einen Pyjama waschen konnte. Also hab ich seine Wäsche mitgenommen und Frau Hasler gebeten, das zu übernehmen.«

»Ich muss sagen, du überraschst mich, Tante Marta. Ich dachte immer, du magst ihn nicht!«

»Ich mochte *den* nicht, zu dem er geworden war, nachdem er kein Jüngling mehr gewesen ist: ein aufgeblasenes Ego, das immer ganz genau wusste, wo's langging, und der dir kaum Luft zum Atmen gelassen hat. Aber er hat sich rückverändert, oder die Krankheit hat es getan. Auf jeden Fall ist das weg, was mich gestört hat, und im Moment hat er niemanden, der nach ihm schaut. Ich hab schon erwogen, seine Mutter in Artà anzurufen. Vermutlich ist der Frau gar nicht klar, wie angeschlagen ihr Junge ist.«

Während Tante Marta über die Krankheit Jürgens auf die Magengeschwüre des Hundes Benno zu sprechen kam, die sich als chronisch herausgestellt hatten, schob sich wieder einmal, ohne dass sie etwas dagegen unternehmen konnte, das Bild Andrews vor Julias inneres Auge. Andrews Profil im Halbdunkel des Hotelzimmers in Ranakpur, kurz bevor er sie mit unendlicher Zärtlichkeit geküsst hatte.

Ohne dass es ihr bewusst wurde, stöhnte sie.

»Ist dir nicht gut?«, fragte Tante Marta sofort. »Also, an der Wurst kann es nicht liegen. Ich hab sie heute Morgen ganz frisch in der Metzgerei neben dem Rathaus unten gekauft.«

Ich wünschte, es wäre die Wurst, dachte Julia und zwang sich danach, die Leidensgeschichte Bennos vollends zu würdigen.

46

Irgendetwas stimmte nicht. Ihre Verhaltensweise war völlig ungewöhnlich.

Er hatte bereits einige Male versucht, sie anzurufen, und auch auf ihren Anrufbeantworter gesprochen, aber sie hatte weder zurückgerufen noch sich auf eine andere Weise bei ihm gemeldet.

Er hatte es mit Mails und mit SMS versucht, aber weiter als bis zur Mailbox war er nicht vorgedrungen. Sogar sein SOS-Fax: **»Was ist mit Dir los, Julia, ich mache mir Sorgen!«,** war unbeantwortet geblieben.

Es gab nur drei Möglichkeiten: Entweder das gesamte Telekommunikationsnetz im Raum Staufenfels war zusammengebrochen, Julia hatte einen Unfall gehabt, oder aber …

Die dritte Möglichkeit war, ganz unzweifelhaft, die schlimmste für ihn. *Der Super-GAU.*

Allerdings erschien es ihm, bei präzisem Nachdenken, unmöglich, dass dieser Fall eingetreten war. Wie auch? Er hatte alles gründlich durchdacht und inszeniert. Auf jeden Fall aber machte Julias rätselhaftes Schweigen ihn derart nervös, dass er beschloss, seine Zelte in Indien eine Woche früher abzubrechen, als er vorgehabt hatte.

Denn eigentlich hatte er sich vorgenommen, jetzt mit Sarala zu sprechen … aber … vielleicht war es besser, er regelte dies erst, wenn er wieder in Deutschland war.

Als Sarala gegen elf Uhr an diesem Vormittag zu ihrer Mutter gegangen war, bei der sie sich hin und wieder sehen lassen musste, um nicht in Schwierigkeiten zu geraten, packte er seine Sachen. Er nahm nur das Notwendigste mit, für alles andere würde Sarala schon Verwendung finden, wenn sie erst einmal begriffen hatte, dass er nicht mehr zurückkommen würde.

Bereits um zwölf war er reisefertig.

Er schnappte die Reisetasche und machte sich zu Fuß auf den Weg zur Landstraße. Seit dem Fax aus Chicago besaß er kein Auto mehr. Der Pick-up, den er bisher gefahren hatte, war ein Dienstwagen gewesen. Die Leute von der Baustelle hatten ihn inzwischen abgeholt. Sarala hatte er gesagt, das Fahrzeug sei bei der Reparatur, aber lange hätte sie ihm dies nicht mehr geglaubt.

Ein Lastwagen nahm ihn mit bis zur nächsten Stadt, in der es einen Bahnhof gab. Er kaufte sich eine Fahrkarte nach Delhi und einige Wasser- und Essensvorräte.

Die Fahrt in dem überfüllten Zug war grauenhaft.

Stefan hatte während seines gesamten Aufenthalts in Indien noch nie eine Bahnfahrt unternommen, und er wünschte sich mehrmals, er hätte wenigstens die bessere Beförderungsklasse gewählt.

Das Abteil, in dem er mit einem Dutzend übel riechender Menschen eingesperrt war, war ein Brutkasten, in dem Bakterien sicher besser gediehen als in allen Labors, in denen man sie zu kultivieren versuchte.

Stefan wickelte sich einen Baumwollschal um Mund und Nase und hoffte darauf, dass diese Prophylaxe ausreichend war.

Doch auch die Zugfahrt ging vorbei, und als er endlich im Flugzeug nach Frankfurt saß, betete er zum Gott seiner Kindheit. Seit vielen Jahren tat er dies zum ersten Mal, und er betete darum, dass nicht gerade jetzt, wo er triumphiert hatte, das Ziel seines Lebens erreicht zu haben, etwas eingetreten war, das dieses noch einmal infrage stellen konnte.

47

Julia hatte völlig vergessen, dass sie Stefan vor ihrer Hochzeit Schlüssel gegeben hatte, die das Burgtor und den Eingang zum Turm öffneten.

Tante Marta war gerade zu einem ihrer Besuche bei Jürgen aufgebrochen, als Stefan den Wohnraum betrat.

Er wirkte übernächtigt und nervös und sprach ohne jede Begrüßung das Problem an: »Was ist eigentlich los, Julia?«

»Das frag ich dich«, erwiderte Julia kühl. Sie setzte sich in den Ohrensessel, der immer noch vor dem Kamin stand, und beschloss, die Sache ebenso direkt anzugehen. Es hatte keinen Sinn, lange um den heißen Brei herumzureden. »Ich war in Chicago«, verkündete sie deshalb und schaute ihm dabei in die Augen. »Ich wollte dich gerne besuchen. Und denk mal an, was ich dort erfahren habe.«

Schlagartig wurde Stefan übel.

Damit war nicht zu rechnen gewesen, dass sie sich allein nach Chicago aufmachte, nicht bei Julias weltfremdem, tagträumerischem Naturell!

Julia beobachtete sein Mienenspiel, aber der Mann hatte sich im Griff, das musste man ihm lassen. Von seinem Schrecken, und den musste er haben, war äußerlich nichts zu bemerken.

Stefan überlegte fieberhaft. Wie viel, verdammt noch mal, wusste sie? Nur von den Lügen bezüglich seiner beruflichen Laufbahn, oder hatte sie gar … aber … das war unmöglich! Wie sollte sie seine erste Reise nach Amerika mit ihrer Erbschaft in Verbindung bringen?

»Wie hast du das eigentlich gedreht, mit dem Brief von meinen Anwälten in New York?«, erkundigte sie sich just in diesem Moment. »Hast du dir einen neuen Umschlag besorgt, oder den alten einfach noch einmal auf den Postweg gebracht? Ich meine, nicht dass das etwas an der Sachlage verändern würde, aber es würde mich schon interessieren.«

Stefan lehnte sich an die Bücherwand und schaute starr auf die Muster des schwedischen Teppichs.

Mein Gott! Das war er, der Super-GAU. *Was zum Teufel mache ich jetzt?*

Sein Instinkt war schneller als jedes weitere Nachdenken. Er brachte es fertig, Tränen in seine Augen steigen zu lassen, die er – ohne sie abzuwischen – über die bartstoppeligen Wangen rollen ließ.

Nach einer Weile, in der er ihren forschenden, eisigen Blick auf sich fühlte wie eine Waffe, hob er den Kopf, rang ein tatsächlich aufsteigendes Schluchzen nieder und sagte dann mit gepresster Stimme: »Du kannst dir nicht vorstellen, Julia, wie sehr ich mich schäme, diesem … *Impuls* … nachgegeben zu haben!«

»Von Impuls kann ja wohl keine Rede sein. Impuls ist etwas Schnelles, Unreflektiertes. Du aber hattest hinreichend Zeit, solange ich in Freiburg war, dir alles gründlich zu überlegen.«

»Was denn überlegen?«, fragte er, nur um Zeit zu gewinnen.

Julia lächelte bitter. »Die Möglichkeit, dass ich nach dieser Erbschaft gar nicht weiter an dir interessiert sein könnte, zum Beispiel. Weil ich … was weiß ich … zu reisen beginnen würde … oder plötzlich zu ganz anderen gesellschaftlichen Kreisen Zutritt hätte, wo ich Partner anderen Kalibers kennenlernen könnte, *das* hat dich vermutlich beschäftigt. Vor allem aber die Befürchtung, dass dir dadurch das viele Geld entgehen könnte, das ich geerbt habe. Ich vermute, all das hat dich derart in Panik versetzt, dass du dir diese Storys ausgedacht hast. Zum Beispiel vom …«, ihre Stimme bekam jetzt einen ironischen, beinahe bösartigen Klang, »… *so sehr religiösen Mr. Backett, der nur verheiratete Führungskräfte ernennt* … und deinen untrennbar damit verbundenen beruflichen Aufstiegschancen.«

»Julia, ich versichere dir«, würgte er hervor, doch Julia fiel ihm sofort scharf ins Wort.

»Ich pfeife auf deine Versicherungen! Ich mag zwar ein bisschen naiv sein, aber ganz blöde bin ich dann auch wieder nicht. Und ich kann, nach allem, was ich jetzt weiß, sehr gut nachvollziehen, was dir durch den Kopf gegangen ist. Ein Heiratsantrag nämlich, den man einer plötzlich reich gewordenen Frau macht, der wäre ganz anderen Zweifeln und Prüfungen ausgesetzt, als wenn es sich bei der künftigen Partnerin *nur* um eine männerverprellte, vorwiegend in der Vergangenheit lebende Historikerin handelt, die froh sein kann, wenn sie noch einen abbekommt. *Das* hast du gedacht, und das hat dich dazu gebracht, mich in eine möglichst baldige Heirat zu drängen!«

Selbst so niedergeschlagen, wie er sich im Moment fühlte, musste Stefan zugeben, dass sie präzise die Überlegungen wiedergab, die ihm tatsächlich gekommen waren, nachdem er den Brief aus New York gelesen hatte. Die Frage war nur, woher sie überhaupt wusste, dass dieser Brief schon *vor* seinem Antrag und ihrer Hochzeit angekommen war. Es war doch höchst unwahrscheinlich, dass die New Yorker Anwälte die Dauer der Postzustellung überprüft hatten. Ob diese Tante, die ihn nicht mochte, das hatte er sofort gespürt, ihre Hände dabei im Spiel hatte? Aber wie denn, verdammt noch mal? Und wusste Julia nun von der Sache, oder war es nur eine Vermutung?

In einer Geste der Verzweiflung schlug er die Hände vors Gesicht und spähte vorsichtig zwischen den Fingern hindurch, um ihren Gesichtsausdruck zu erforschen. Er sah ihren offenen, lodernden Zorn und begriff, dass es mehr als ein Verdacht sein musste. Sie hatte Gewissheit, woher auch immer, aber er hatte genügend Erfahrung mit Frauen, um ihre Mimik deuten zu können.

Immerhin, besann er sich, war er ihr Ehemann und sowohl geschickt als auch geübt in der Bewältigung partnerschaftlicher Krisen.

Stefan legte die Hände auf den Tisch und schlang sie dort wie zum Gebet ineinander. Er musste den tief reuigen, voll geständigen Gatten spielen. Vor allem aber einen Gatten, der seine Frau aufs Innigste liebte. Und er musste alles tun, um sie festzuhalten, seine *goldene Gans*!

»Ich gebe zu, dass Gier mit im Spiel war«, sagte er und saugte sich mit seinem intensiven, magischen Blick an ihren zornfunkelnden Augen fest. »Und ich weiß, dass dies keine Entschuldigung ist, aber ich hab dir nicht alles von meiner Jugend erzählt.«

»Was hat denn deine Jugend damit zu tun?«, schnappte Julia, verblüfft von der Wendung, die das Gespräch plötzlich nahm.

»Ich hab dir verschwiegen, wie schwierig es für mich war, etwas Anständiges zu lernen. Und ich hab dir auch nie von der schweren, körperlichen Arbeit erzählt, zu der ich schon ab sechs Jahren gezwungen wurde. Auch nicht von den Auseinandersetzungen mit meinem Vater, der mir eine weiterführende Schulbildung und ein Studium verwehren wollte, und den Hieben, die dabei abfielen. Für Papa zählte nur, dass der Hof erhalten werden konnte. Dabei war es nie eine Überlegung, dass *ich* einmal der Bauer sein würde, dafür war von Anfang an mein älterer Bruder vorgesehen. Jedenfalls musste ich, schon während der Schulzeit, neben der Arbeit auf dem Hof noch Botendienste und Gott weiß was alles erledigen, um das Schulgeld bezahlen zu können. Auch mein Studium hab ich mir mühsam verdient, als Kellner und Hilfsmaurer in den Semesterferien.«

Julia verzog genervt die Mundwinkel. Sie hatte keine Lust, sich das weiter anzuhören, doch er war nicht zu bremsen.

»Meine Mutter hat mich beschworen, auf die Auszahlung meines Anteils zu verzichten, als mein Vater verstorben ist, schließlich war der Hof auch ihre Existenzgrundlage.« Er lächelte bitter, und dafür brauchte er nicht einmal sein Schauspieltalent zu bemühen. Es hatte sich genau so verhalten. »Damals, als ich auf der Großbaustelle in Kenia war, hat mein Bruder sie überredet zu verkaufen, und es war ein guter Verkauf, denn ein Teil der Felder war Bauland geworden.« Er drehte sich um und hob jetzt anklagend die Stimme: »Kurz zuvor aber haben sie eine Erbteilung vorgenommen und mir meinen Anteil überwiesen. *Zuvor*, verstehst du, Julia? Ich hab den mickrigen Anteil von einem gerade so dahinvegetierenden Bauernhof bekommen, und mein Bruder hat die satten Bauplatzerlöse eingestrichen. Vermutlich ist meiner Mutter ja nie klar geworden, was da wirklich ablief, aber egal. Als sie starb, war dann nichts mehr vorhanden, von ihrem Teil des Verkaufs. Weil mein Bruder das Kapital meiner Mutter sehr geschickt über Firmengründungen an seine Frau und seine Kinder verschoben hatte.« Er lehnte sich zurück und atmete tief ein. »Du wirst dich fragen, weshalb ich dir das alles erzähle …«

»Ich frag mich das keineswegs. Ich erkenne durchaus die Absicht.«

»Welche Absicht?«

»Du willst mir vermitteln, dass dein Verhalten nicht nur deiner Habgier entsprungen ist, sondern dass du darin auch eine … wie soll ich das ausdrücken … *Geste des*

Schicksals … oder etwas dergleichen … gesehen hast. Eine Wiedergutmachung für erlittenes Unrecht.«

Ihre rasche Auffassungsgabe beeindruckte ihn wider Willen. »Irgendwie so …«, murmelte er und musste seine Anspannung nicht spielen. »Ich weiß, dass das für dich alles eine große Enttäuschung sein muss …«

»Das halte ich, mit Verlaub, für eine ziemliche Untertreibung!«

»Das kann ich dir nicht verdenken.«

Er starrte lange auf die schön gemaserte Kirschholzplatte des Esstischs, dann hob er den Kopf und begann mit Phase zwei seines rasch gefassten Plans. »Bitte, Julia, erinnere dich an den Anfang unserer Beziehung«, bat er mit sonorer Stimme. »An unsere vielen Mails. An meinem ersten Besuch. Als ich … mein Gott, ich war so fasziniert von dir … so wahnsinnig verliebt. Und wirklich verletzt, als du mich dann abgewiesen hast.«

Julia erinnerte sich auch daran – und sie erinnerte sich nicht gerne. Ihr nachträgliches, quälendes Bedauern fiel ihr wieder ein. Wie sie es sich nicht hatte verzeihen können, einen Mann, der sie unbestreitbar beeindruckt hatte, einfach ziehen zu lassen, aus unverständlicher, dummer Anhänglichkeit an Jürgen, der sie betrogen hatte. So wütend war sie auf sich gewesen, dass sie darüber krank geworden war, denn … *die meisten Infektionskrankheiten finden das Tor in den Organismus über eine Schwäche der Psyche,* wie der alte Hausarzt in München ihr bei seiner Abschlussuntersuchung erklärt hatte, und sie dann aufforderte, *ihren Seelenmüll endlich zu entsorgen.*

Mit seinen feinen Sensoren spürte Stefan, dass ihre Blockade winzige Risse bekam, und fuhr fort, in diese Bresche zu schlagen: »Damals war noch kein Gedanke an diese Erbschaft, das musst du zugeben. Und warum, wenn uns nicht Liebe und Sehnsucht zueinander getrieben hätten, wären wir ein Paar geworden, und zwar *bevor* du nach Freiburg gefahren bist?« Er machte eine kleine Pause, um diese Hinweise, die ja durchaus zutreffend waren, wirken zu lassen, und sagte dann mit der gebotenen Demut: »Ich hab … in meiner Betrachtung … nichts anderes getan, als etwas zu beschleunigen, das ohnehin eingetreten wäre!«

Julia fühlte urplötzlich eine so wahnsinnige Müdigkeit, dass sie sich in den Ohrensessel zurücklehnen musste. Sie war jetzt ziemlich genau drei Wochen verheiratet – und was alles war inzwischen geschehen!

»Lass uns Schluss machen damit, Stefan«, sagte sie deshalb und konnte es nicht verhindern, dass ihr dabei Tränen in die Augen stiegen. »Ich bin ganz einfach zu keinem klaren Gedanken mehr fähig.«

Stefan warf ihr einen prüfenden Blick zu und nickte dann. »Ich werde mir unten in der Stadt ein Zimmer nehmen. Und bitte, Julia …« Er griff nach ihren Händen und drückte sie beschwörend, während sein Blick sich erneut in ihren versenkte. »Denk daran, dass es meine Liebe *vor* diesen idiotischen Lügen gab. Und wenn es dir möglich ist, dann verzeih mir. Ich habe unsere Heirat zwar … *forciert,* aber ich hab sie mir auch von Herzen gewünscht, genauso wie ich mir jetzt wünsche, dass wir die Kraft haben werden, diese ganze unglückliche Geschichte zu vergessen. Dass wir uns auf unsere Gefühle besinnen und unsere Ehe fortsetzen. Kannst du dir das vorstellen, Julia?«

Sein dunkler Blick war voller Reue, sein Händedruck fest und warm. Erneut sah Julia ihn vor sich, wie sie ihn gesehen hatte, als er am Bahnsteig von Staufenfels auf sie zugekommen war: ein sehr gut aussehender Mann mit großem Charme und einer Ausstrahlung von Verständnis und Güte. Und sie sah ihn vor sich als kleinen Jungen, der hart anpacken musste, um sich seine Bildungsträume zu erfüllen. Als ehrgeizigen, engagiert arbeitenden Studenten, als den Mann, der Enttäuschung und Verbitterung verspürt hatte, als er bemerken musste, dass er um sein Erbe betrogen worden war. Wie hätte sie wohl reagiert, wenn sie solche Prägungen erfahren hätte?

Er hatte es nicht gesagt, nein, das hatte er nicht, aber – konnte es sein, dass es sich nur um eine Art Notlüge gehandelt hatte, oder genauer gesagt, um eine *Angstlüge*?

Sie würde mit Tante Marta darüber sprechen müssen, aber das Ergebnis einer solchen Unterredung war eigentlich jetzt schon klar. Marta Albers kannte in solchen Fragen kein Pardon. Vermutlich hatte sie in ihrer Sternstundenehe nie Wahrheitskompromisse schließen müssen.

Ich sollte Andrew fragen können, was zu tun ist, dachte Julia reflexartig, um sich dann sofort beschämt zu sagen, dass Andrew ganz gewiss nicht der richtige Ansprechpartner für solche Konflikte wäre. Ganz abgesehen davon, dass es Andrew nicht gab, nicht geben durfte, in ihren Überlegungen. Denn Andrew hatte sie verlassen und lebte inzwischen wieder sein eigenes Leben. Und sie, sie hatte Stefan mit Andrew betrogen, nur wenige Tage nach ihrer Hochzeit.

Stefan sah den Schatten von Schuldbewusstsein, der über ihr Gesicht huschte, sofort. Er konnte ihn nicht erklären, aber er wusste, dass er ihn ausnutzen musste. So beugte sich rasch über sie, legte ganz zart den Mund auf ihre Stirn und sagte mit seiner tiefsten, zärtlichsten Stimme: »Lass uns darüber schlafen, Julia. Und bitte, denk nicht zu schlecht von mir! Ich … ich könnte damit nicht leben.«

48

Er war noch keine Viertelstunde verschwunden, als die Türglocke anschlug. Julia warf einen Blick aus dem Fenster, doch es stand kein Fahrzeug im Hof.

Also vermutlich Brigitte Hasler, mit einem neuen, spektakulären Kapitel aus Bennos Krankheitsgeschichte.

Doch es war Jürgen.

Er sah besser aus als beim letzten Mal, als Julia ihn gesehen hatte, braun gebrannt und irgendwie straffer.

»Hallo, Julia. Ich dachte, ich schau mal vorbei«, sagte er, als ob kurze Besuche Normalität zwischen ihnen wären.

»Tante Marta ist nicht zu Hause. Sie wollte zu dir.«

»Da war sie auch. Danach hatte sie noch einen Friseurtermin. Und hinterher wollte sie einkaufen gehen.«

»Ah ja«, murmelte Julia unbestimmt.

»Ich wollte zu dir«, stellte Jürgen klar, obwohl Julia dies inzwischen verstanden hatte.

»Marta sagte mir, du hast irgendwelche Probleme.«

Beinahe hätte Julia laut aufgelacht. So konnte man das auch ausdrücken. Dann aber besann sie sich und fragte, obwohl sie das nun wirklich kaum glauben mochte: »Hat sie dir auch erzählt, welche?«

»Nein. Hat sie nicht. Und, damit wir uns gleich richtig verstehen, ich werde dich nicht danach fragen.«

Was willst du dann hier?, hätte Julia beinahe gesagt, aber es war unfair, Jürgen die Bitterkeit spüren zu lassen, die sie Stefan verdankte.

»Soll ich dir einen Tee machen?«, fragte sie deshalb ersatzweise.

Jürgen grinste ein wenig und stellte dann klar: »So krank bin ich dann auch wieder nicht. Eine Tasse Kaffee wäre mir lieber.«

Er folgte Julia hinauf in den Wohnraum, schaute sich gründlich um und stellte dann fest: »Es ist hier auch bei Tag hübsch und gemütlich. Nur der Sessel dort steht am falschen Platz, wenn du gestattest, dass ich das mit meinem Designerauge bemerke.«

»Er steht ganz richtig und bleibt auch dort, wo er ist«, erwiderte Julia ungewollt apodiktisch.

Jürgen warf ihr einen langen Blick zu und sparte sich dann jede Erwiderung.

Ich muss aufpassen, er kennt mich zu gut, als dass ich ihm lange etwas vormachen könnte, dachte Julia, und steckte ein Pad in die Kaffeemaschine.

»Und wie war es in Indien?«, versuchte sich Jürgen im Small Talk.

»Ambivalent«, erwiderte Julia.

Jürgen verstand es genau so, wie sie es erhofft hatte. Er nickte und erzählte, während Julia Süßstoff und Milch holte, von einem Bekannten, der eine Reise mit einem Luxusliner gemacht hatte, die sämtliche indischen Hafenstädte mit einschloss. »Das Schiff fuhr in der Regel nachts, um dann, am frühen Morgen in die Häfen einzulaufen. Nun ist Hans ein extremer Frühaufsteher, was zur Folge hatte, dass er, wenn das Schiff anlandete, vom Panoramadeck aus zusehen konnte, wie sie an den Stränden und Molen die Leichen der in der Nacht Verhungerten einsammelten und zum Abtransport auf Lastwagen warfen. Alte, Junge, auch Kinder; der Mann war so fertig, als er von seiner Luxusreise wieder nach Hause kam, dass er ein volles Jahr Sitzungen beim Psychologen brauchte.«

Julia dachte an die zerlumpten Menschenbündel in den Gassen von Delhi und war nachträglich froh, dass sie den wirklichen Elendsgebieten ferngeblieben waren. Sie wusste inzwischen, dass es nur zwei Spontanreaktionen gab, auf solche Anblicke zu reagieren: nicht hinzusehen, wie es Stefan gemacht hatte – oder aber mit fliegenden Fahnen zu den Nachfolgerinnen von Schwester Teresa überzulaufen.

Sicher wären nach einigem Nachdenken auch andere Maßnahmen denkbar, vor allem von Leuten, die ein dickes Vermögen geerbt hatten, aber noch war nicht der Zeitpunkt für solche Überlegungen.

»Möchtest du auch ein Stück Tante-Marta-Kuchen?«, erkundigte sie sich, um sich gleich danach über ihre Offerte zu ärgern. Natürlich musste er dies ablehnen, als Mensch, der vor nicht allzu langer Zeit einen Zuckerschock erlitten hatte. Und sie wusste genau, wie schwer ihm das fallen würde, bei seiner Vorliebe für *Dolces,* wie er das immer bezeichnet hatte.

Zu ihrer Überraschung aber zog Jürgen ein gefaltetes Blatt Papier aus der Brusttasche seines Hemds, klappte es auf und überflog die handschriftlichen Aufzeichnungen. »Ja, gerne. Das kann ich mir heute noch leisten.«

Als er ihren überraschten Blick sah, klärte er sie auf: »Man hat mir beigebracht, meine tägliche Nahrungsaufnahme zu protokollieren. Und ich habe gelernt, die Broteinheiten auszurechnen, so Pi mal Daumen, aber große Fehler unterlaufen mir inzwischen nicht mehr. Und da ich mein Bewegungsprogramm heute schon fast absolviert habe, ist Tante-Marta-Kuchen noch drin, wenn ich beim Abendessen die Sättigungsbeilage weglasse.«

»Du bist ja ein echter Experte geworden«, staunte Julia. »Allein diese Terminologie: *Sättigungsbeilage*!«

Jürgen grinste ein wenig schräg. »Du warst ja dabei und hast gesehen, wohin das führt, wenn man sich gestattet, vorhandene Defekte einfach zu ignorieren.«

»Wie bist du überhaupt hierhergekommen? Mit dem Bus?«, versuchte Julia abzulenken, denn früher hatte es Jürgen gehasst, irgendeine Schwäche eingestehen zu müssen.

»Ich bin gelaufen.«

»Die ganze Strecke von Burgfeld bis Staufenfels?«, fragte Julia erstaunt. »Das sind doch sicher sechs Kilometer!«

»Siebeneinhalb«, korrigierte sie Jürgen. »Aber fast ohne Steigung, also, mit Ausnahme des Burgbergs. Ich werde auch wieder zurücklaufen.«

»Das ist ja … *wirklich beachtlich*«, stellte Julia fest und dachte, dass es mehr war als dies, für einen Mann, der früher einmal gesagt hatte, er laufe nur dorthin, wo er mit seinem Auto ganz sicher nicht hinkomme.

»Ich weiß, was du denkst«, sagte Jürgen und grinste diesmal ganz unverhohlen. »Das ist vermutlich der Zoll, den man für eine unvernünftige Lebensweise bezahlen muss!«

Und was ist der Zoll für eine unvernünftige Eheschließung oder für eine verbotene Nacht der totalen Glückseligkeit, dachte Julia und errötete dabei, obwohl Jürgen ihr mit Sicherheit nur ins Gesicht, nicht aber ins Herz sehen konnte.

»Irgendwas Gravierendes stimmt nicht mit dir«, bemerkte er und musterte sie prüfend.

Julia fuhr auf und erwiderte brüsker, als sie es wollte: »Mit mir hat zwei Jahre lang *etwas Gravierendes* nicht gestimmt, und es hat dich kein bisschen geniert!«

»Entschuldige«, sagte Jürgen sofort. »Aber ich sehe es eben ... und ich hab es auch an der Art und Weise bemerkt, wie Marta von dir gesprochen hat.«

»Duzt ihr euch jetzt, oder wie?«

»Ja. Oder ... hast du etwas dagegen?«

Es klang fragend, und nicht ironisch, und Julia wurde bewusst, wie albern sie sich benahm.

»Natürlich nicht. Ich frage mich nur ... über was unterhaltet ihr euch eigentlich?«

»So gut wie nie über dich, falls du das befürchtest.«

Julia errötete erneut. Er kannte sie tatsächlich sehr gut.

»Über meine Arbeit«, erklärte Jürgen. »Ich hab ihr die Entwürfe für die neue PR-Reihe gezeigt. Sie hat ein gutes Auge, deine Tante Marta, und wirklich Geschmack.«

Dagegen war nichts zu sagen. Dann aber stellte er die Frage, der Julia so gerne ausgewichen wäre: »Wo ist eigentlich dein Mann? Noch immer in Indien?«

»Er ist im Moment ... auf Reisen«, erwiderte Julia und holte ihm eine Flasche Mineralwasser.

Jürgen musterte sie, bevor er zögernd fragte: »Bist du eigentlich glücklich, Julia? Oder haben deine Probleme mit deiner Ehe zu tun?«

Julia überlegte nur kurz, dann stellte sie eine Gegenfrage: »Jürgen, wenn du geheiratet hättest und nicht ich, würdest du diese Frage dann beantworten, wenn ich sie dir stellte?«

»Nein. Natürlich nicht«, erklärte Jürgen wie aus der Pistole geschossen, und danach mussten sie beide ein wenig grinsen.

Er trank das Wasserglas aus, stellte das Kaffeegedeck auf den leeren Kuchenteller und trug beides hinüber zur Spüle. Als er ihr den Rücken zukehrte, sagte er so beiläufig, als ob es nicht die Botschaft wäre, deretwegen er insgesamt fünfzehn Kilometer auf sich genommen hatte: »Wenn irgendwas ist, Julia, und du mich brauchst, dann sollst du wissen, dass ich immer für dich da bin.«

Spontan ging sie zu ihm, ergriff ihn an den Armen und drehte ihn zu sich. »Danke, Jürgen«, flüsterte sie und küsste ihn behutsam auf den Mund.

Er legte die Arme um sie, und so standen sie eine ungebührlich lange Zeit aneinandergelehnt.

Dann machte sich Julia vorsichtig wieder frei und sagte, mit einem so offenen, herzlichen Lächeln, wie sie es schon ziemlich lange nicht mehr zuwege gebracht hatte: »Ich muss dir auch noch was sagen, und es ist nicht einfach so eine … *Replik* auf dein Angebot. Ich habe lange darüber nachgedacht. Ich hab dir verziehen, Jürgen, und zwar ganz und gar.«

Er nickte und er tat es mit Ernst. Überhaupt war das Flapsige und die Großspurigkeit von ihm abgefallen wie ein unpassender Mantel, und was darunter zum Vorschein gekommen war, darin musste Julia ihrer Tante zustimmen, war durchaus beachtlich.

»Ich muss wieder gehen«, stellte er mit einem Blick auf seine Armbanduhr fest. »Die nehmen das ziemlich genau mit den Essenszeiten.«

»Soll ich dich nicht doch mit dem Auto hinbringen?«

»Nein. Ich schaff das schon bis um sieben.«

Julia sah ihm hinterher, wie er durch den Burghof in Richtung Ausgang marschierte.

Benno tappte ihm nach und ließ sich noch etwas streicheln und kraulen, bevor er duldete, dass Jürgen durchs Burgtor verschwand.

Julia drehte sich um und füllte einen Porzellankrug, um den Wasserstand der Rosen wieder anzuheben. Vermutlich war dieser Strauß ein Geschenk von Jürgen. Sozusagen die Ouvertüre zu seinem Besuch.

Diese hier dufteten nicht so überwältigend wie die in New York, dafür aber waren sie von absolut perfekter Schönheit.

49

»Na, meine Kleine, was hast du denn gemacht, solange ich Staufenfels aufgemischt habe?«, erkundigte sich Tante Marta gut gelaunt, als sie mit einem edlen Platinschimmer im Haar und vielen Tüten gegen halb acht wieder zurückkam.

»Ich habe meine zwei Männer empfangen. Den vergangenen und den gegenwärtigen«, erwiderte Julia trocken.

Tante Marta bekam große Augen.

»Und was sagt er?«

»*Welcher*, Tante Marta?«

»Ach komm! Du weißt genau, wen ich meine.« Marta Albers hob die Schultern und wurde dann präzise: »Was Jürgen sagt und denkt, weiß ich ohnehin. Der würde, wenn es möglich wäre, am liebsten die Zeit zurückdrehen.«

»Stefan hat alles zugegeben, und zwar ohne großes Wenn und Aber.«

»Das würde ich auch, wenn ich an seiner Stelle wäre.«

»Und er hat mich an die Anfänge unserer Beziehung erinnert. Daran, dass seine Gefühle für mich schon vorhanden waren, als er wirklich noch nichts von der Erbschaft wusste.«

»Das mag sein, aber es entschuldigt sein Verhalten ja keineswegs.«

Julia sparte sich jede weitere Bemerkung. Sie hatte es gewusst. Tante Marta kannte keine Grauzonen. In solchen Dingen dachte sie digital: null oder eins. Schwarz oder weiß. Schuldig oder unschuldig. Es hatte keinen Sinn, mit ihr über Kommastellen oder Schattierungen zu diskutieren.

»Ich hab uns vom Chinesen etwas zum Essen mitgebracht«, verkündete Tante Marta jetzt.

Julia tat ihr den Gefallen und heuchelte Appetit, aber ihre Tante war nicht zu täuschen. Als sie ihren Teller leer gegessen hatte, wischte sie sich sorgfältig den Mund mit der Serviette und sagte: »Ich werde demnächst nach München zurückfahren. Alwin hat mich gebeten zu kommen. Der amerikanische Präsident wird in Botswana erwartet, und im Rahmen dieses Besuchs gibt die deutsche Botschaft eine große Gesellschaft, bei der Alwin einen Ersatz für die Dame des Hauses braucht. Ich hab das schon ein paar Mal gemacht, es ist recht unterhaltsam. Man lernt jede Menge interessante Leute aus Politik und Wirtschaft, der Hochfinanz und aus Kunstkreisen dabei kennen. Da wollt ich dich fragen, Julia: Hättest du Lust, mich zu begleiten? Alwin würde sich ganz sicher darüber freuen, und du, du kämst ein bisschen auf andere Gedanken. Ein Kulissenwechsel ist manchmal sehr nützlich.«

Julia schob die Unterlippe vor und dachte nach. Ein *Kulissenwechsel* fehlte ihr eigentlich nicht. Immerhin war sie im Verlauf von einem knappen Monat sowohl in Indien als auch in Amerika gewesen. Aber der Gedanke, mit Tante Marta zu reisen, war ausgesprochen reizvoll.

»Und sparen musst du ja schließlich nicht«, stellte Marta Albers in der ihr eigenen, ironischen Heiterkeit fest.

»Und was mach ich so lange mit Stefan?«

»Du verschaffst ihm die notwendige Zeit, in sich zu gehen. Und dir verschaffst du sie auch. Distanz ist ein guter Problemlöser.«

Je länger sie darüber nachdachte, desto mehr gefiel Julia der Gedanke.

Als Stefan sich am nächsten Tag telefonisch meldete, sagte ihm Julia, dass sie vielleicht für einige Zeit verreisen werde.

»Und … wohin?«

»Das ist meine Sache.«

»Was soll das heißen, Julia?«, fragte er, und sie hörte an seiner Stimme, wie alarmiert er war. »Du kannst doch nicht einfach … *verschwinden*?«

»Und weshalb nicht?«

»Entschuldige, aber wir sind verheiratet.«

»Eine Eheschließung bedeutet meines Wissens in unserem Kulturkreis nicht, dass man eine Reiseerlaubnis benötigt«, erwiderte Julia reserviert.

»Und wie stellst du dir unser weiteres Eheleben vor?«

»Darüber werde ich nachdenken.«

Obwohl sie ihn nicht sehen konnte, spürte sie sogar durchs Telefon seine Betroffenheit.

Nachdenklich hielt Julia noch eine Weile den Telefonhörer in der Hand, als er aufgelegt hatte. Sie fühlte den prüfenden Blick ihrer Tante und war deshalb nicht verwundert über die Frage, die sie ihr stellte: »Liebst du ihn eigentlich noch, Julia?«

»Ich weiß es nicht, Tante Marta.«

»Dann find es heraus. Die Liebe spürt man am stärksten, wenn der Abstand am größten ist«, sagte Tante Marta erstaunlicherweise, und als ob es ein Stichwort wäre, sah Julia Andrew vor sich, wie er an der Säule des Tempels gesessen hatte, summend und mit blicklos aufgerissenen Augen. Es war ihr vollkommen klar, dass ihre innere Entscheidung, Stefan eine Bewährungsfrist zuzubilligen, im Moment mehr mit ihrem eigenen, schweren Betrug zu tun hatte als mit der Liebe zu ihrem Ehemann. Die Gefühle für Stefan mochten zwar durchaus noch vorhanden sein, aber im Moment waren sie unter Frust, Enttäuschung und Zweifeln verschüttet.

Tante Martas Ratschlag war vernünftig, und eigentlich hatte sie selbst es schon am Fenster des Hotels in New York gespürt, als sie den Schiffen auf dem Hudson nachgeschaut hatte: Abstand war das, was sie jetzt am notwendigsten brauchte.

Sie fuhr ihren Computer hoch und bestellte sich ein Flugticket nach Gaborone, für denselben Flug wie Tante Marta. Den Rückreisetermin ließ sie offen.

50

Julia verschlief den größten Teil des Flugs nach Johannesburg.

Gegen zehn Uhr morgens landeten sie auf dem internationalen Flughafen und erreichten dank Tante Martas Erfahrungen mühelos ihren Anschlussflug nach Gaborone.

Am dortigen Airport holte sie Alwin persönlich ab. »Das bin ich dir schuldig, Mama. Alles andere kann warten«, versicherte der Botschafter, drückte Mutter und Cousine an seine gut gepolsterte Brust und bat sie zu einer Limousine, in der ein Chauffeur sie erwartete.

Julia betrachtete ihn heimlich und fand, dass er seit ihrem letzten Zusammentreffen, das etwa fünf Jahre zurücklag, mindestens zehn weitere Kilos zugenommen hatte. Alwin war ein Koloss, aber er war unbestreitbar noch immer der nette Kerl, der er immer gewesen war.

Seine Residenz erwies sich als genauso komfortabel, wie Julia das immer vermutet hatte, und auch das Wetter an diesem *abgelegenen Platz*, wie ihre Tante die botswanische Hauptstadt umschrieben hatte, erwies sich mit dreiundzwanzig Grad als recht angenehm. Keine Rede von ungesundem Klima.

»Das Problem hier sind nicht in erster Linie die Temperaturen, die jetzt, im afrikanischen Frühling, schon mal Schwankungen von zwanzig Grad zwischen Tag und Nacht aufweisen können, sondern die starke Durchseuchung der Bevölkerung mit Aids. Die nämlich liegt noch immer bei zwanzig bis fünfundzwanzig Prozent«, erklärte Alwin sorgenvoll. »Obwohl die staatlichen Bemühungen um Aufklärung und Prophylaxe inzwischen sehr gute Ergebnisse erzielt haben. Noch vor ein paar Jahren war die Rate bei fünfunddreißig Prozent. Aber das sind die afrikanischen Unerfreulichkeiten. Lasst uns lieber von den Schönheiten des Landes sprechen, und davon gibt es eine ganze Menge. Du musst unbedingt eine Safari in den Chobe-Nationalpark machen, wenn du schon mal hier bist, Julia. Ich werde dir da etwas arrangieren.«

»Das wäre ganz toll«, sagte Julia, ehrlich begeistert. Wenn schon ihre Reise nach Indien zu einem sonderbaren Kurztrip geraten war, vielleicht würde sie jetzt ja entschädigt, zumindest was den Sightseeingfaktor betraf.

Nachdem sie sich erfrischt hatten, nahmen sie den Tee auf der ausladenden Terrasse des Botschaftsgebäudes, eines Anwesens im Stil der ehemaligen britischen Protektoren.

Und praktisch, wie sie veranlagt war, kam Tante Marta ziemlich rasch auf den Punkt: »Dann sei doch bitte so gut, Alwin, und erkläre mir, was es diesmal mit den Repräsentationspflichten auf sich hat, die du mir zugedacht hast.«

Alwin verzog das Gesicht und hob etwas die Schultern: »Nur das Übliche, Mama. Und beim Empfang stellst du dich neben mich und spielst die nicht vorhandene Dame des Hauses.«

»Das könnte doch auch Julia machen, oder?«

Alwin lachte erheitert auf und schüttelte den Kopf: »Lieber nicht. Julia ist eindeutig zu jung und zu hübsch dazu. Da hätte ich mit den Erklärungen, dass es sich wirklich und wahrhaftig um eine *Cousine* handelt, noch zu tun, wenn ihr längst wieder in Deutschland wärt. Denn Gaborone ist, gesellschaftlich betrachtet, ein Dorf, und zwar ein ziemlich in sich geschlossenes. Man achtet hier aufeinander, und ein Gerücht ist so schnell entstanden, wie man's nicht glauben möchte. Und was mich betrifft, so hab ich durch meine drei Ehen und zwei Lebensabschnittsgefährtinnen schon genügend für Unterhaltungsstoff gesorgt. Ich bin wirklich nicht scharf darauf, erneut ins Gerede zu kommen.«

»Das wird auch besser sein«, bemerkte Tante Marta spitz. Sie schaffte es nicht, sich damit zu versöhnen, dass ihr Sohn in partnerschaftlichen Angelegenheiten so grundsätzlich anders war als ihr verstorbener Mann.

»Ich hoffe, ihr seid entsprechend gerüstet«, brachte Alwin das Gespräch rasch auf ein ungefährlicheres Terrain. »Es handelt sich bei der Veranstaltung übermorgen nämlich um eine hoch angesiedelte Party, mit Abendkleidung, Uniformen, Schärpen, Orden, und alles, was sonst noch aufgeboten werden kann. Schließlich wollen wir den amerikanischen Präsidenten beeindrucken.«

»Mit Schärpen und Orden kann ich nicht antreten, aber ich werde zur Ehre der Familie Albers mein nachtblaues Abendkleid und vor allem meine Saphirgarnitur einsetzen. Damit bin ich schon bei Julias Hochzeit für eine Gräfin gehalten worden«, verkündete Tante Marta ironisch.

»Wenn das so ist, und damit du dich meinetwegen nicht schämen musst, dann werd ich in Gaborone mein erstes Abendkleid kaufen, sofern so etwas hier erhältlich ist«, versprach Julia vergnügt.

»Da wirst du ganz sicher fündig«, versicherte Alwin eilfertig. »Ich werde dir meine Sekretärin mitschicken, die weiß Bescheid, wohin du dich wenden musst.«

Da der Empfang und die Party bereits am übernächsten Tag stattfinden sollten, beschloss Julia auf Drängen ihrer Tante, die Einkäufe gleich am nächsten Morgen zu erledigen.

»Man weiß ja nie, ob noch etwas geändert werden muss, und auf die letzte Sekunde solltest du es nicht ankommen lassen«, argumentierte die lebenserfahrene *Ersatzdame* des Hauses.

Die Botschaft stellte Julia zu diesem Zweck nicht nur eine Begleiterin, sondern sogar ein Fahrzeug, das sie zu einer riesigen Einkaufsmeile brachte.

»Hier finden Sie bestimmt etwas Passendes«, versicherte die junge schwarze Schönheit, die Julia begleitete. Sie war, wie sie betonte, eine Khoikhoi, die Angehörige einer Minderheit in Botswana. »Die Hauptbevölkerungsgruppe stellen die Sotho-Tswana«, berichtete die junge Frau, die Eliza hieß, und ihr etwas herablassender Ton ließ erahnen, dass sie sich als etwas Besseres fühlte.

Julia kam nicht mehr dazu, die unterschiedlichen Merkmale der verschiedenen ethnischen Gruppen des Landes zu ergründen, denn die schwarze Verkäuferin zeigte ihnen eine solche Fülle von Abendroben, dass nur noch Kleiderfragen besprochen wurden.

Am Ende hatte Julia die Wahl zwischen drei Modellen, von denen jedes so eindrucksvoll war, dass die Entscheidung ihr wirklich schwerfiel.

»Nehmen Sie doch einfach alle drei«, schlug die tüchtige Verkäuferin vor, doch Julia schüttelte den Kopf und lachte. »Dafür müsste ich gleich auch drei weitere Koffer kaufen, und in Deutschland komme ich kaum in die Situation, mit solchen Prachtgewändern auftreten zu müssen.«

Schließlich nahm sie ein Traumgebilde aus blutroter Seide, das einen raffiniert einfachen Schnitt, aber eine frappierende Wirkung hatte. Es passte ihr wie auf den Leib geschneidert.

Zurückgekehrt in die Botschaft kamen Julia aber Bedenken: »Ist der Ausschnitt nicht zu gewagt für so einen offiziellen Anlass?«, fragte sie ihre Tante, der sie das Kleid vorführte.

»Natürlich nicht. Wenn *frau* etwas Erbauliches vorzuzeigen hat, ist jeder Ausschnitt in Ordnung. Du wirst Furore damit machen, und Alwin wird stolz auf dich sein«, urteilte Marta Albers, und damit war die Kleiderfrage endgültig vom Tisch.

Die Party warf ihre Schatten voraus, und wo immer sich Marta Albers und ihre Nichte hinbegaben, standen sie jemandem im Wege.

Im Garten hantierte eine Heerschar schwarzer Arbeiter, die eine Bühne für die Musikkapelle und die geplanten Vorführungen aufbauten.

Ganze Truppen von Gärtnern waren damit beschäftigt, üppige Blumendekorationen und Pflanzenkübel herbeizuschleppen.

Im *Tearoom,* einer Art Wintergarten, wurden von drei Hausangestellten lange Tische mit weißem Damast eingedeckt, andere zogen weiße Baumwollhussen über die Polsterstühle.

Alwin war, zusammen mit seiner Büroleiterin und dem Chef des Sicherheitsdienstes, den ganzen Tag damit beschäftigt, die Sitzordnung der Gesellschaft zu verändern. Diese nämlich war im letzten Moment noch einmal durcheinandergeraten, weil die First Lady sich beim Willkommensfest des Staatspräsidenten vor zwei Tagen stark erkältet hatte und die Teilnahme am Empfang in der deutschen Botschaft deswegen hatte absagen müssen.

»Hoffentlich klappt alles«, war beinahe der einzige Satz, den Julia und ihre Tante an diesem Tag von Alwin zu hören bekamen.

Der dickliche, rosige Vetter, den sonst kaum etwas erschütterte, war in eine Zappelphilipp-Nervosität verfallen, die sich unter dem Personal ausbreitete wie eine ansteckende Krankheit.

Nur seiner Mutter gelang es schließlich, ihn davon zu überzeugen, dass es schon gut gehen würde. »Du und deine Leute hier, ihr habt versucht, euer Bestes zu geben«, stellte Marta Albers energisch fest. »Und mehr als dies ist wirklich nicht möglich!«

Alwin sank in einen der dunkelgrünen Ledersessel im Salon, wischte sich die Schweißperlen von der Stirn und nickte ergeben. »Vermutlich hast du recht, Mutter«, räumte er ein.

»Ich habe meistens recht, Alwin«, konstatierte Tante Marta ohne jede Eitelkeit und empfahl ihrem Sohn, seinen abendlichen Rotwein einzunehmen und danach schlafen zu gehen.

Alwin folgte dem Ratschlag seiner Mutter gehorsam, und auch Julia und ihre Tante begaben sich bald in ihre Räume.

Als Julia das Licht anknipste, sah sie auf dem Schreibtisch ein flaches, in Geschenkpapier eingewickeltes Päckchen, das am Nachmittag, als sie das Zimmer verlassen hatte, noch nicht da gewesen war. Neugierig trat sie näher und las die Karte, die unter dem Verpackungsband steckte. Es standen nur zwei – in Druckbuchstaben geschriebene – Worte darauf: *Für Julia.*

Julia knüpfte das Band auf und entfernte das Papier.

Darunter befand sich ein schwarzes Lederetui, das auf weißem Samtgrund einen blutroten, etwa daumennagelgroßen Rubin enthielt, der an einem hauchzarten Geflecht goldener Kettchen hing.

Es war ein kostbares Präsent.

Du bist ja verrückt, Tante Marta, dachte Julia gerührt, denn wer anders konnte wissen, dass dies genau das i-Tüpfelchen war, das den Eindruck ihres neuen Kleides perfekt abrunden würde.

Julia nahm das Schmuckstück aus dem Etui und legte es probeweise um den Hals. Der Rubin schmiegte sich bereitwillig an ihre Haut und strahlte unter dem Licht der Deckenbeleuchtung rötliche Blitze ab.

Okay, dachte Julia, und fühlte sich plötzlich beschwingt und voller Vorfreude, *auch ich hab keine Schärpen und Orden vorzuweisen, aber mit diesem Ding hier werde ich mich in der illustren Gesellschaft morgen bestimmt sicherer fühlen.*

Als sie kurz vor dem Einschlafen bemerkte, dass sie den ganzen Tag über keine Zeit gefunden hatte, an ihre seltsame Ehe zu denken, konnte sie Tante Martas Idee, sie mit nach Botswana zu nehmen, erst wirklich würdigen.

Danke, Tante Marta. Für alles. Du bist einfach die Beste.

51

Am Morgen der Party brachte die kühle Außentemperatur Alwin beträchtlich in Rage, denn der offizielle Teil der Veranstaltung war im Garten geplant. »Wir müssen alles nach innen verlegen!«, schrie er und rang die Hände.

»Jetzt schütt doch nicht gleich das Kind mit dem Bade aus«, widersprach Tante Marta, die mehr Nerven zeigte als ihr Sohn. »Es ist sieben Uhr am Morgen, da kann bis zum Abend noch viel passieren.«

»Ja, eben!«, rief Alwin theatralisch, entschied sich dann aber doch dafür, sich erst einmal gehörig Eier mit Speck, ein paar dänische Gebäckstücke und eine halbe Kanne Kaffee einzuverleiben. Als er damit fertig war, zeigte das Thermometer bereits achtzehn Grad, und Seine Exzellenz begann sich zu beruhigen.

Gegen elf brachte der Schneider Alwins Smoking, den man hatte erweitern müssen, und danach inspizierte der Botschafter an der Seite seiner Mutter, und begleitet vom Sicherheitschef, das gesamte Areal.

Julia dagegen drehte einige Runden im botschaftseigenen Pool.

Bei der Rückkehr fand sie einen Zettel ihrer Tante unter dem Türspalt vor, auf dem sich diese wegen ihrer Hausdamenpflichten bis zum Zeitpunkt des Empfangs bei ihr entschuldigte.

Julia nahm einen kleinen Brunch zu sich und erlaubte sich danach ein ausgedehntes Mittagsschläfchen, denn die Party würde sich bis weit in den Morgen hinziehen, hatte Alwin sie aufgeklärt.

Gegen vier – sie war eben wieder erwacht – klopfte jemand an ihre Zimmertür. Julia erhob sich, zog ihren Bademantel über und öffnete.

Draußen stand die hübsche schwarze Botschaftssekretärin, begleitet von einem groß gewachsenen, sonderbar reserviert wirkenden Schwarzen, der eine Art Pilotentasche in der Hand hielt.

»Hallo, Miss Windheim«, rief Eliza strahlend. »Ich hab Ihnen *Joseph* besorgt!« Sie sprach den Namen ihres Begleiters so ehrfurchtsvoll aus, als ob es sich um den Papst handeln würde.

Julia zog fragend die Augenbrauen in die Höhe, doch bevor sie sich erkundigen konnte, hatte Eliza es schon erklärt.

»Joseph ist ein Verwandter von mir. Er ist Coiffeur und Visagist, ein Meister seines Fachs, und meistens in Hollywood tätig. Er ist nur zufällig hier, und er tut es mir zu Gefallen, aber er hat sich bereit erklärt, Sie für den Abend zu stylen.«

»Aber, ich …«, versuchte Julia zu widersprechen.

»Kein Aber. Das ist ein Muss, und eine Ehre«, erklärte die hübsche Eliza ernst. »Bitte, Miss Windheim, zeigen Sie Joseph Ihr Kleid, damit er sich eine Vorstellung machen kann.«

Julia sah, dass jeder weitere Widerstand zu einem Eklat führen würde. Sie klappte den Kleiderschrank auf und zog die Hülle von ihrem Abendkleid.

Joseph maß es mit einem langen Blick, dann nickte er.

Eliza winkte zum Abschied und verließ das Zimmer.

Joseph aber schnappte sich den Stuhl vor dem Schreibtisch, stellte ihn vor den großen Ankleidespiegel und machte eine einladende Geste. »Nehmen Sie Platz!«

Julia setzte sich.

»Bitte, lösen Sie jetzt Ihre Frisur.«

Julia zog den Gummi ab, mit dem sie sich zum Schwimmen einen Pferdeschwanz gebunden hatte.

Joseph lockerte die Haare vorsichtig, bat Julia, den Kopf zu schütteln und aufzustehen.

Danach nickte er noch einmal und stellte fest: »Sie haben das ideale Gesicht für eine Hochsteckfrisur. Hat Ihnen das noch nie jemand gesagt?«

»Ich habe noch nie jemanden gefragt«, erwiderte Julia amüsiert und beschloss, die Dienste des Coiffeurs zu genießen.

Joseph band ihr die Haare wieder hoch und holte drei Ampullen aus seiner Tasche, deren Inhalt er nacheinander mit einem Wattebausch sorgfältig auf Julias Gesicht und Dekolleté verteilte.

Danach machte er sich an die Herstellung der Hochsteckfrisur.

Julia schaute ihm interessiert dabei zu, während sie auf Gesicht, Schultern und am Dekolleté nadelstichartige Reaktionen spürte. Es tat nicht gerade weh, aber es war unangenehm.

Joseph sah, wie sie das Gesicht verzog. Als sie aber Anstalten machte, sich zu kratzen, rief er streng: »Keine Berührungen jetzt! Ich weiß, das ist nicht angenehm, aber Sie werden die Behandlung zu schätzen wissen, wenn Sie den Effekt sehen.«

Der Wandel, den er zuwege brachte, war erstaunlich. Julia sah, als er sie auch noch geschminkt hatte, etwa zehn Jahre jünger aus und so gut wie noch nie.

Joseph besprühte sie abschließend mit einer Wolke wundervoll duftenden Parfüms und packte dann, während seine Kundin sich noch immer im Spiegel bewunderte, mit versierten Griffen seine Sachen zurück in den Pilotenkoffer.

Als Julia ihn bezahlen wollte, winkte Joseph ab: »Ich hab das Eliza zuliebe gemacht. Sie würden mich beleidigen, wenn Sie mich bezahlten.«

Und ehe Julia noch etwas darauf erwidern konnte, war er wieder verschwunden.

Die altenglische Standuhr auf der Anrichte schlug halb sechs, und Julia erkannte, dass sie sich beeilen musste, wenn sie nicht zu spät kommen wollte. Sie schlüpfte in das rote Kleid und die dazu passenden Schuhe, die *included* gewesen waren, wie die Verkäuferin es bezeichnet hatte, ebenso wie die kleine Handtasche. Dann legte sie die Rubinkette um, wobei ihr einfiel, dass sie noch nicht einmal Gelegenheit gehabt hatte, sich bei Tante Marta für das kostbare Geschenk zu bedanken.

Mit zur Abendrobe gehörte auch ein Schal aus dem Kleiderstoff. Julia nahm ihn mit, denn sie erinnerte sich der Bemerkung Alwins, dass die Temperaturen zwischen Tag und Nacht hier beträchtlich differieren konnten.

Ihre Tante und ihr Cousin erwarteten sie bereits in der Halle.

Marta Albers trug, wie angekündigt, ihr nachtblaues Spitzenkleid und ihre Saphire, Alwin einen Smoking in derselben Farbe, der ihn um zwanzig Kilo leichter aussehen ließ. Seine Nervosität hatte sich gelegt. Er wirkte jetzt souverän und sehr gut gelaunt.

»Mein Gott, Julia«, rief er, als sie die Treppe herabkam. »Du siehst aus wie Grace Kelly in ihren besten Zeiten!«

»Da hat er ausnahmsweise mal recht«, stimmte Tante Marta ihm zu. Es sah aus, als wollte sie dem noch etwas hinzufügen, aber da trafen bereits die ersten Gäste ein.

Marta Albers stellte sich an die Seite ihres Sohnes, und Julia wollte sich etwas zurückziehen, doch Alwin zog sie an seine Rechte und befahl apodiktisch: »Du bleibst hier. Ich pfeif auf das Geschwätz. Eine Frau wie du kann mein Ansehen nur heben!«

Eine halbe Stunde später war die Halle dicht gefüllt, obwohl die zuerst angekommenen Gäste bereits in den Garten gegangen waren, wo angenehm milde Temperaturen und kühler Champagner die Laune ansteigen ließen.

Julia hatte zu diesem Zeitpunkt etwa dreihundert Hände gedrückt, immer begleitet von Alwins stereotyper Vorstellungsformel: »Meine Mutter, meine Cousine Julia Windheim«, die sie mit »… bin erfreut, Sie kennenzulernen« oder – je nach Sympathiepegel – einfach nur mit »sehr erfreut« beantwortete.

Als schließlich, umgeben von seinen Begleitern, der amerikanische Präsident erschien, bekam Julia ein nervöses Flattern im Magen. Doch Alwin, der es zu spüren schien, warf ihr einen aufmunternden Blick zu, und schon war es so weit. »Glad to meet you, Mr. President«, sagte Julia, ohne das leiseste Kratzen in der Stimme.

Der mächtigste Mann der Welt drückte kurz, aber fest ihre Rechte und schenkte ihr zudem ein warmes Lächeln. Er war, musste Julia feststellen, im wahren Leben noch charismatischer als in den Medien.

Als die überwiegende Anzahl der geladenen Gäste im Garten versammelt war und nur noch einzelne, verspätete Nachzügler eintrafen, winkte Tante Marta einen der Servierkellner herbei und nahm von seinem Tablett zwei Gläser Champagner. »Auf dein Wohl, Julia«, sagte sie und hob ihr Glas. »Ich finde, du hast das heute ganz bravou-rös gemacht.«

»Du aber auch«, erwiderte Julia, und dann stießen sie auf den hoffentlich schönen Abend an.

»Du siehst fantastisch aus, Kind!«

»Das war Joseph.«

»Müsste ich diesen Herrn kennen?«

»Müssen nicht, aber ich kann ihn dir wärmstens emp-fehlen. Er ist Coiffeur und Visagist, ein Vetter der hüb-schen Eliza.«

»Na, dann werden wir ja bald mit ihm verwandt sein«, bemerkte Tante Marta trocken, und ehe es bei Julia klick machte und sie verstand, dass Eliza die nächste Ehean-wärterin ihres Cousins Alwin war, schob Tante Marta ih-ren gepflegt manikürten Zeigefinger unter den Rubinan-hänger und sagte anerkennend: »Ein sehr schönes Stück. Dezent und trotzdem eindrucksvoll. Woher hast du das, Julia?«

Julia klappte erstaunt den Mund auf, doch in diesem Moment sah sie ihn, und es verschlug ihr die Sprache.

Er trug einen klassischen Smoking, was ihn noch län-ger und dünner erscheinen ließ, und sein rötlicher Haar-schopf hatte einen perfekten Schnitt, was in Indien nicht so gewesen war.

Er drückte Alwin, der jetzt allein den Empfangschef spielte, die Hand, wechselte ein paar Worte mit ihm und verschwand dann im Pulk der Gäste im Garten. Er hatte sie offenbar gar nicht bemerkt.

Julia spürte einen leisen Schwindel.

Tante Marta hatte ihre Reaktion bemerkt, konnte sich aber keinen Reim darauf machen. Doch bevor sie Julia fragen konnte, war Alwin bei ihnen.

»Es ist jetzt Viertel nach. Ich denke, wir sollten anfangen.« Damit marschierte er voraus in den Garten.

Julia und ihre Tante folgten ihm bis zu der gekennzeichneten Stelle, die er ihnen am Morgen als ihre Stehplätze zugewiesen hatte.

Alwin, als Hausherr, begann mit den Reden.

Er begrüßte den Präsidenten offiziell noch einmal vor allen Gästen und wünschte der erkrankten First Lady eine rasche und gute Genesung. Auch entbot er allen Begleitern des Präsidenten ein herzliches Willkommen und dies so souverän und mit freundlicher Würde, dass es Tante Marta ein befriedigtes Schmunzeln entlockte.

Danach spielte die Kapelle die amerikanische Nationalhymne.

Julia sah dabei starr auf den grünen Filzteppich, mit dem die Holzbretter der Tribüne belegt waren, denn wenn sie die Augen hob, schaute sie direkt in die Andrew Millers, der gegenüber dem Podium stand.

Wie um Gottes willen war es möglich, dass sie hier zusammentrafen? Es mochte zwar die erstaunlichsten Zufälle geben, doch Julia weigerte sich, an einen solchen zu glauben. Noch nicht einmal Stefan wusste, wo sie sich aufhielt. Tante Marta aber kannte Andrew nicht, und sie konnte auch nicht wissen, dass es eine Verbindung zwischen ihnen gab; schließlich hatte Julia die Begegnung in Indien niemandem gegenüber erwähnt. Es war ein Wunder, nur ob es ein *gutes* war, daran war wirklich zu zweifeln.

Der amerikanische Präsident bedankte sich für die Gastfreundschaft und das Fest, das die deutsche Botschaft zu seiner Ehre ausgerichtet hatte. Er betonte sowohl die wachsende Bedeutung des afrikanischen

Kontinents wie auch die guten Beziehungen zur Bundes-
republik Deutschland. Seine Worte wurden immer wieder durch freundlichen Beifall unterbrochen, doch an
Julia zogen sie vorüber wie die Wolken am Abendhim-
mel. Sie schreckte erst wieder aus ihren Gedanken auf, als
Alwin erneut ans Mikrofon trat und die Gäste zum Sou-
per ins Gartenzimmer bat.

Andrew saß nicht in ihrem Blickfeld, doch obwohl Julia
wusste, dass dies unmöglich war, spürte sie seine Blicke
auf ihrem Rücken.

Ihr Tischnachbar war ein alter Freund Alwins, ein Ara-
ber namens Hasan El-Mosakkib.

»Ich habe in den letzten Monaten ein Buch geschrieben, das demnächst auf den Markt kommen wird. Und
ich versichere Ihnen, Miss Windheim, es ist nicht nur
ein Buch, es handelt sich um eine *Bombe*. Eine Bombe, die explodieren und den ganzen Mittleren Osten neu
aufmischen wird«, erklärte der Herr aus Riad in guttura-
lem Englisch.

»Tatsächlich? Und worum geht es in diesem Buch?«

Die Frage löste eine temperamentvolle, leidenschaftliche Beschreibung der politischen Situation in den arabischen Ländern aus.

Julia, deren Gedanken ständig abschweiften, musste
zu ihrer Erleichterung nur immer wieder bemerken, wie
hochinteressant sie dies alles fand.

Unendlich langsam, von weiteren offiziellen Reden unterbrochen, zog sich das Essen dahin. Endlich war auch
das Dessert serviert und verspeist, und die Gesellschaft
lockerte sich auf.

Der größere Teil der Gäste begab sich noch einmal
in den inzwischen märchenhaft illuminierten Garten, an-

dere fanden sich im *Tearoom,* der Halle oder in den Salons zu immer wieder wechselnden Gesprächsgruppen zusammen.

Julia entwischte ihrem neuen arabischen Verehrer und machte sich auf die Suche. Sie war entschlossen, das Rätsel von Andrews Anwesenheit zu ergründen.

Sie fand ihn, mit dem amerikanischen Präsidenten, zwei Damen aus dessen Tross und dem botswanischen Außenminister plaudernd, im grünen Salon des Hauses. An seinem Gesichtsausdruck sah sie, wie sehr er sich amüsierte. Ganz offensichtlich genoss er seinen Überraschungsauftritt.

Julia zögerte. Sie konnte unmöglich in dieses Gespräch einbrechen, es mochte ja um hochpolitische Dinge gehen. Elegant machte sie eine Kurve und entdeckte in einer anderen Ecke des Raums ihren Cousin, der unverhüllt mit der hübschen Eliza flirtete. Sie ging zu den beiden und fragte: »Sag mal, Alwin, kennst du den Mann dort drüben, den großen, schlanken, der gerade mit dem Präsidenten spricht?«

Alwin wandte sich etwas unwillig von seiner Begleiterin ab und schaute hinüber zu der illustren Gruppe. Dann zuckte er mit den Schultern und schüttelte den Kopf: »Noch nie gesehen, Julia. Er muss zu den Amerikanern gehören. Weshalb?«

»Ich glaub, ich hab ihn verwechselt«, behauptete Julia rasch und bedankte sich dann ausführlich bei Eliza für die Vermittlung von Joseph.

Andrew war es inzwischen gelungen, sich aus der Gruppe zu lösen. Er warf Julia beim Hinausgehen einen auffordernden Blick zu, den der verliebte Alwin glücklicherweise übersah, nicht aber seine Angebetete.

Eliza zwinkerte Julia zu, als diese kurz nach dem groß gewachsenen Gentleman den Salon verließ, aber sie verkniff sich frauensolidarisch jede Bemerkung.

In der Halle blieb Julia unschlüssig stehen und schaute sich um. War er wieder in den Garten gegangen?

Sie wandte sich bereits den großen, offen stehenden Flügeltüren zu, als er einen Schritt nach vorn machte und sie ihn sah.

Er wartete in einer kleinen Diele, von der aus man die Räume des Bürotrakts erreichte. Dort brannte nur ein schwaches Nachtlicht; schließlich hatte hier heute Abend niemand etwas zu suchen.

»Was machst du hier, Andrew?«, fragte Julia, noch ehe sie ihn erreicht hatte.

»Ich hatte so wahnsinnige Sehnsucht nach dir«, sagte er, als ob dies eine Erklärung wäre.

»Aber …«, versuchte Julia einzuwenden, doch er legte seine Arme um sie, zog sie an sich und fand ihren Mund.

Und wieder war es, als ob die Welt um sie herum ausgelöscht wäre. Julias Herzschlag beschleunigte sich, als ob sie eine schwere Anstrengung hinter sich hätte, und mit großer Genugtuung fühlte sie am harten Pochen seines Herzens, dass es ihm ebenso erging.

»Hör auf damit«, sagte sie schließlich keuchend. »Es kann jeden Moment jemand vorbeikommen.«

»Das ist wahr«, sagte er, ohne sie loszulassen. »Dann lass uns irgendwo anders hingehen.«

»Das ist unmöglich, Andrew. Ich wohne hier, im Botschaftsgebäude.«

»Dann komm mit mir, in mein Hotel!«

»Das ist unmöglich«, wiederholte Julia verzweifelt. »Ich bin die Cousine des Botschafters, seine Mutter ist meine

Tante. Mein Gott, Andrew. In meinem Leben ist ohnehin alles ... *drunter und drüber* ... ich kann nicht einfach ...«

»Kannst du es nicht, oder *willst* du nicht, Julia?«, fragte er und gab sie noch immer nicht frei.

Julia starrte ihn hilflos an. »Ich weiß es nicht, Andrew. Ich weiß einfach nicht, wie es weitergehen soll«, murmelte sie dann und war plötzlich den Tränen nahe.

Er nickte und sagte todernst: »Ich kann dich sehr gut verstehen. Es geht mir genauso.«

Sie legte den Kopf an seine Schulter und wusste mit großer Gewissheit, dass sie noch nie in ihrem Leben so ratlos gewesen war. Dann aber fiel ihr etwas ein, und sie hob wieder den Kopf. »Warum bist du in Ranakpur einfach verschwunden?«

Er dachte darüber nach, und sie spürte dabei mit schmerzhafter Intensität seine Hand an ihrer Hüfte. »Ich dachte ... ich muss dir eine Chance lassen.«

»Was denn für eine Chance?«

»Das ist schlecht zu erklären, Julia. Über dein Leben nachzudenken zum Beispiel.«

In diesem Moment betrat Tante Marta die Halle. Sie sah sich um und rief: »Julia?«

»Du musst gehen. Dein rotes Kleid ... Sie hat dich gesehen«, flüsterte Andrew, schob sie nach vorn und trat einen Schritt zurück in den dunklen Flur.

Julia befolgte seine Aufforderung wie eine Marionette.

»Was machst du denn in den Büros?«, fragte ihre Tante verständnislos, als Julia bei ihr angelangt war.

»Ich dachte, es seien dort auch Toiletten«, erklärte Julia und wunderte sich, wie leicht ihr die Lüge über die Lippen kam.

Währenddessen kamen die Bodyguards aus dem Garten, um den Abgang des amerikanischen und des botswanischen Präsidenten zu sichern. Diese erschienen kurz danach, flankiert von Alwin und dem botswanischen Außenminister.

Nach einer auffordernden Kopfbewegung Alwins schlossen sich die beiden Damen der Abschiedsprozession an und begleiteten die Ehrengäste bis zum Eingang der Botschaft.

So fiel ein weiterer Händedruck gleich zweier Staatschefs für die deutschen Besucherinnen ab.

Der amerikanische Präsident hielt Julias Rechte ein klein wenig länger als notwendig und bemerkte dabei: »Wie ich von Ihrem Vetter gehört habe, stehen Sie ja mit einem Fuß«, er schmunzelte bei diesen Worten, »… respektive mit einigen Immobilien … auch auf dem Boden meines Landes. Wenn Sie wieder einmal dort sind, bitte melden Sie sich in meinem Büro, Mrs. Windheim. Schöne Frauen zieren auch amerikanische Partys!«

»Vielen Dank, Mr. President«, stammelte Julia, der es beinahe die Sprache verschlug.

Danach stiegen die Präsidenten in ihre jeweiligen, mit Stander geschmückten Fahrzeuge und fuhren das kurze Stück bis zur Straße, wo Motorradeskorten auf sie warteten.

»Na dann, lass uns in den Garten zurückgehen, Julia. Jetzt, wo die Super-VIPs weg sind, wird es erst richtig amüsant«, erklärte Marta und hakte sich bei ihrer Nichte unter.

Tatsächlich vergnügte sich die Gesellschaft vorzüglich. Die beiden engagierten Bands spielten zum Tanz, und eine bekannte deutsche Sängerin, die man eigens eingeflogen hatte, unterhielt die Gäste mit ihren Darbietungen.

Julia tanzte mehrmals mit ihrem arabischen Tisch-
herrn und mit Alwin, Andrew aber war nicht mehr zu
sehen.

52

Am nächsten Morgen erwachte Julia mit quälenden Kopfschmerzen. Sie musste wohl ein paar Gläser Champagner
zu viel erwischt haben, sagte sie sich, obwohl sie im Grunde ihres Herzens wusste, dass dies nicht die Ursache der
Unpässlichkeit war.

Alles, was sie ins Unbewusste verdrängt hatte, war wieder vorhanden. Die Nacht mit Andrew war präsent, in
jeder kleinsten Facette. Und diese Erinnerungen lösten
nicht nur Kopfschmerzen aus, sondern ein quälendes Verlangen, wie Julia sich schließlich eingestehen musste.

Sie frühstückte auf ihrem Zimmer und nahm das Telefon sogar mit ins Badezimmer, um seinen Anruf nicht
zu verpassen, doch er rief an diesem Vormittag nicht an.

Er meldete sich überhaupt nicht.

Julia ertrotzte sich einen Bummel durch die City von
Gaborone, obwohl Alwin ihr davon abriet und beinahe
nicht davon abzubringen war, ihr eine Begleitung zur Ver-
fügung zu stellen. Doch sie hoffte darauf, dass Andrew
eine Möglichkeit suchte, sie zu treffen – und vielleicht
keine Zeugen dafür haben wollte.

Sie kaufte ein paar Andenken, den Lippenstift in der
Farbe, die Joseph ihr empfohlen hatte, und setzte sich

zum Tee auf die Terrasse des angesagtesten Hotels, doch alle diese Aktionen führten zu keinem Ergebnis.

Andrew war und blieb verschwunden.

»Was ist mit dir los, Julia?«, fragte Tante Marta am Abend erstaunt. »Warum bist du denn so *hibbelig*?«

Hibbelig war Tante Martas Umschreibung für eine ganze Anzahl von Zuständen und bedeutete: nervös, ungeduldig, unduldsam, sprunghaft, gereizt.

Und leider traf all dies auch zu.

Es war unverständlich.

Warum tauchte er hier auf, versicherte ihr seine Sehnsucht, küsste sie bis zum Wahnsinnigwerden, um sich dann einfach wieder in Luft aufzulösen? Sie hatte tausend Fragen an ihn …

»Ich glaube, ich sollte Alwins Angebot annehmen und mir ein wenig das Land ansehen. Diesen Chobe-Nationalpark zum Beispiel, von dem er so schwärmt. Warst du schon dort, Tante Marta?«

»Beinahe bei jedem Aufenthalt hier.«

»Und?«

Tante Marta zuckte die Achseln. »Es ist sehr interessant dort. Obwohl ich mir, ehrlich gesagt, Elefanten und Büffel lieber im Zoo ansehe. Ich persönlich stehe nicht besonders auf Begegnungen mit solchen Tieren, ohne Wassergräben und Zäune dazwischen«, gestand sie. »Aber es ist ein Erlebnis. Du solltest es nicht versäumen, Julia!«

Genau, dachte Julia trotzig. *Soll er doch tun, was er will. Ich jedenfalls werde nicht mehr warten, ob er irgendwann doch noch geruht, sich an mich zu erinnern.*

»Das trifft sich ausgezeichnet«, fand Alwin, als ihn Julia am nächsten Tag an seine Safari-Einladung erinnerte. »Ich bin zwar verhindert, aber der botswanische Außenminister hat ohnehin einige der auswärtigen Partygäste eingeladen, da kannst du dich anschließen. Ihr fliegt morgen Nachmittag mit einem Privatflugzeug bis Maun, und dann geht's mit Autos bis zur Tswana-Lodge, wo ihr übernachtet. Ich glaube, er hat drei Tage dafür geplant. Dein Tischnachbar Hasan wird übrigens auch mit von der Partie sein. Er ist ganz begeistert von dir – und es ist wirklich zauberhaft dort, du wirst staunen, Julia!«

»Dann … wenn du so freundlich wärst, mir morgen früh noch einmal deine Sekretärin auszuleihen, ich müsste mich ein weiteres Mal einkleiden, diesmal safarimäßig.«

»Es ist mir ein Vergnügen, und Eliza ganz sicher auch. Sie hat dich ins Herz geschlossen, Julia.«

»Dich aber noch mehr«, stellte Julia fest und lächelte spitzbübisch.

Alwin grinste ebenfalls. »Du hast es also bemerkt!«

»Dazu braucht man kein Hellseher zu sein.«

»Ich möchte noch ein wenig warten, bevor ich es offiziell mache. Man erinnert sich hier noch zu sehr an meine vergangenen Heiratsabsichten, und ich möchte auf keinen Fall, dass Eliza darauf angesprochen wird.«

»Ich glaube nicht, dass sie das besonders bedrücken würde. Die Frau ist patent und vernünftig. Genau die Richtige für dich, das findet sogar deine Mutter.«

Ihr Cousin strahlte. »Ist das wahr, Julia?«

»Ja. Sie sagt, es sei das erste Mal, dass sie ein gutes Gefühl bei der Wahl deiner Partnerinnen habe.«

»Diesen Tag werde ich mit einem goldenen Stern im Kalender versehen«, rief Alwin vergnügt, um gleich darauf wieder ernst zu werden. »Ich liebe meine Mutter. Und ich weiß, dass ihr euch ganz besonders gut versteht, Julia. Für dich ist sie ja auch die beste Tante der Welt. Nur manchmal hab ich den Eindruck, *mir* verzeiht sie es nicht, dass ich nicht der Klon meines Vaters bin. Versteh mich nicht falsch, aber der Anspruch, der daraus resultiert, verfolgt mich mein ganzes Leben. Ich hab mich streckenweise deshalb sogar als Loser gefühlt, und vermutlich wäre ich das auch geworden, wenn ich nicht rechtzeitig die Reißleine gezogen und mich ins Ausland begeben hätte, weit weg von Mamas Einfluss und Kommentaren. Und trotzdem – ich vermisse sie unheimlich, wenn ich sie einige Zeit nicht gesehen habe, und vermutlich hab ich mich auch insgeheim, ohne dass mir das bewusst war, bei jeder Frau, die in meine Nähe kam, gefragt, ob sie Mama zusagen würde. Nur, über derartige Qualitätschecks hab ich offenbar vergessen, auf meine eigene Intuition zu hören.« Er lächelte selbstironisch, als er bekannte: »Nur bei Eliza nicht, da ging es schneller als ich denken konnte, was sich offenbar als nützlich erwiesen hat.«

Schlagartig dachte Julia wieder an Andrew Miller, während ihr Cousin resümierte: »Und jetzt stellt sich heraus, dass wir den selben Geschmack haben, Mama und ich. Das hätte ich nicht erwartet, ganz und gar nicht, Julia. Ich hab mir schon überlegt, wie ich ihr beibringen soll, dass unsere Kinder – und demnach ihre Enkel – farbig sein werden.«

»Hauptsache, sie sind gesund«, befand Julia und entschloss sich, nachdem die Gelegenheit günstig und ihr Vetter gut gelaunt war, zu der Frage, die ihr schon einige Zeit auf der Seele brannte. »Alwin, könntest du mir vielleicht einen Gefallen tun?«

»Heute nahezu jeden, Julia«, versicherte Alwin euphorisch.

»Es gibt doch bestimmt eine Gästeliste der Party?«

»Ja, ja. Sicher.«

»Könntest du bitte mal nachsehen, ob dort ein Andrew Miller vermerkt ist?«

»Andrew Miller? Sagt mir nichts, der Name. Vermutlich war er ein Mitglied der amerikanischen Delegation.«

»Das kann ich mir schwer vorstellen. Der Mann hat eine Firma in Indien, in Bangalore. Wo soll da ein Zusammenhang mit amerikanischen Diplomaten sein?«

»Na, ja, es waren auch Leute aus der Wirtschaft dabei und Journalisten. Aber das ist überhaupt kein Problem. Wenn er anwesend war, dann werden wir das demnächst wissen, denn es gab nur gebetene Gäste, und die Einladungen waren nicht übertragbar. Moment, ich frag gleich mal nach.«

Julia nippte an ihrer Teetasse, während Alwin ein kurzes Telefonat führte. Als er sich wieder zu ihr umwandte, war die gute Laune aus seinem Gesicht verschwunden.

»Es gab keinen Gast namens Andrew Miller. Zumindest keinen, den wir eingeladen hätten. Was leider ein größeres Problem aufwirft.«

»Was denn für ein Problem?«

»Bei einer Veranstaltung, an der der amerikanische Präsident teilnimmt, gibt es natürlich Sicherheitsvorkehrungen, strengste, in diesem Fall. Du kennst ja die momentane weltpolitische Lage. Du hast das zwar nicht mitbekommen, weil du innerhalb der Botschaft wohnst, aber wir haben nicht nur die Einladungen kontrolliert, sondern jeden Gast einzeln, und außer bei den Ehrengästen prinzipiell auch die Personalpapiere. Die Ausweise wurden sogar kopiert. Und die Kopien stimmen zahlenmäßig exakt mit den Namen der Eingeladenen überein. Außer der First Lady war niemand erkrankt oder verhindert, was selten genug vorkommt, bei einer derartigen Anzahl von Gästen.«

Julias Eingeweide zogen sich schmerzhaft zusammen, während Alwin bereits weitersprach.

»Wenn es also tatsächlich so gewesen sein sollte und dieser Mann da war …« Er brach ab und runzelte sorgenvoll die Stirn. »Dann hat er ein beträchtliches Risiko auf sich genommen und keine Mühe gescheut, ins Botschaftsgelände zu kommen, zumal die botswanische Regierung uns für die Party sogar Sicherheitsleute der Armee überlassen hatte, um Grundstück und Straße zu überwachen.« Er hob den Kopf und musterte Julia, bevor er sich, jetzt im Verhörton und ohne verwandtschaftliche Freundlichkeit, noch einmal vergewisserte: »Und du hast keinen Zweifel daran, dass es dieser Mann aus Indien war?«

Julia hatte das heftige Bedürfnis zu behaupten, dass sie sich geirrt hätte, aber die Gene, die sie mit Tante Marta verbanden, verboten es ihr.

»Kennst du den Mann denn näher … und … was weißt du von ihm?«, bohrte Alwin nach, jetzt ganz und gar misstrauischer Amtsträger.

Julia schob die Teetasse hin und her und überlegte. Was wusste sie wirklich von Andrew Miller? Genau genommen nur das, was er ihr selbst von sich erzählte hatte: dass er Amerikaner irischer Abstammung sei, in Salem die Schule besucht und schon einige Male Urlaub im Palasthotel in Udaipur gemacht habe, was allerdings der dortige Generalmanager bestätigt hatte. Dass er eine kleine Firma in Bangalore besitze und Headhunter sei.

Headhunter, dachte Julia alarmiert.

Kopfjäger.

Vor dem Hintergrund der Ausführungen ihres Vetters bekam diese Berufsbezeichnung plötzlich eine andere, eine bedrohliche Bedeutung. Wer nur war der Mann, den sie noch vorgestern voller Hingabe geküsst hatte?

»Ich werde der Sache nachgehen«, verkündete Alwin inzwischen, ohne weitere Erklärungen Julias abzuwarten, und verließ im Sturmschritt den kleinen Salon, in dem sie Tee getrunken hatten, während Tante Marta auf Vermittlung Elizas in ihrem Zimmer von Joseph behandelt wurde.

Julia beschloss, dasselbe zu tun wie ihr Cousin. Sie machte das, was sie sich bisher versagt hatte – eingedenk ihres Vorsatzes, Andrew Miller als Traumgespinst zu betrachten.

Sie ging auf ihr Zimmer, klappte ihren Laptop auf und überflog die Beschwerde-Mail Jennys, die reklamierte, dass sie sich kaum noch bei ihr melde. Dann aber tippte sie »Andrew Miller, Bangalore« in das Fenster der Suchmaschine.

Es gab keinen Eintrag.

Noch während Julia ratlos auf die Adressen der vielen in *Amerika* registrierten Andrew Millers starrte, die Google ihr präsentierte, rief Alwin an und teilte ihr mit einem grimmigen Unterton in der Stimme mit, dass sich, nach den Angaben der botswanischen Einreisebehörden, ein Herr namens Andrew Miller weder in den vergangenen Tagen noch in den letzten drei Jahren in Botswana aufgehalten habe. Was aber nur bedeute, dass es darüber hinaus keine Aufzeichnungen mehr gebe.

Julias Kopfschmerzen wurden so stark, dass sie das

Abendessen ausfallen ließ. Als am Morgen die Migräne-attacke noch immer andauerte, musste sie die Safarireise absagen.

Bei verdunkeltem Zimmer döste sie vor sich hin. Auch die Tabletten, die Tante Marta für sie besorgt hatte, brachten keine Erleichterung.

Irgendetwas stimmt nicht mit mir, sagte sie sich ge-quält: Drei Männer gab es in ihrem Leben, und keiner von ihnen war ihr offen begegnet.

Jürgen hatte schon immer seine kleinen Geheimnisse vor ihr gehabt, sie hatte davon gewusst – oder sie zumin-dest erahnt: Tage, an denen er alle möglichen Ausreden erfand, um allein sein zu können, und *nur* allein. Freun-de, die ausschließlich die seinen bleiben sollten, die er ihr nicht vorstellen wollte. Herrenpartien, von denen sie ausgeschlossen war. Sie hatte dies alles, manchmal sogar ein wenig amüsiert, unter der Rubrik *schrulliger Künstler* verbucht, so lange, bis eines der Geheimnisse dann weib-lich und eine Affäre gewesen war.

Bei Stefan wog der Mangel an Aufrichtigkeit mindes-tens ebenso schwer, denn letztlich hatten seine Behaup-tungen sie in eine Ehe getrieben, die ohne diese Lügen nicht zustande gekommen wäre; jedenfalls nicht zu die-sem Zeitpunkt.

Und Andrew, der Mann, den sie unbedingt vergessen wollte, war plötzlich wieder erschienen und quälend ge-genwärtig, obwohl er gar nicht mehr anwesend war. Auch er hatte die Unwahrheit gesagt, und nicht nur dies: Seine Person umgab plötzlich ein undurchdringlicher Nebel ge-fährlicher Möglichkeiten. Jedenfalls war er nicht der, der er behauptet hatte zu sein.

Lag es womöglich an ihr? Zog sie solche Typen an wie

die Motten das Licht? Und *weshalb*, wenn es tatsächlich so war? Was machte sie falsch?

Julia vergrub den Kopf in die Kissen und stöhnte. Sie wünschte sich zurück in ihren Turm, an ihren Schreibtisch, zu den verblichenen Fränzen von Staufenfels und ihren Damen und zu all den anderen Toten, deren schlechte Eigenschaften vom Lauf der Geschichte überdeckt oder gemildert worden waren.

Die lebendigen Männer, die sie derzeit beschäftigten, wünschte sie, zumindest in diesem Moment, auf den Mond.

53

Eine ganze Woche war Julia bereits verreist.

Stefan hatte ihr zwei SMS geschickt und eine längere Mail auf ihren Laptop, doch sie hatte auf keine seiner Nachrichten reagiert.

Er hatte sich entschlossen, nicht in Staufenfels auf ihre Rückkehr zu warten, sondern in Bad Waldungen, einer kleinen, fünf Kilometer entfernten Kurstadt.

Im überschaubaren Staufenfels wäre seine Anwesenheit registriert und besprochen worden, was er vermeiden wollte.

In der Kurstadt hingegen waren unbekannte Männer, die einige Tage oder Wochen blieben und dann wieder verschwanden, an der Tagesordnung. Niemand würde ihn hier mit Julia oder gar der Grafenfamilie in Verbindung bringen.

Die Tage in der bieder-popeligen Pension, in die er gezogen war, wurden Stefan nahezu unerträglich lang. Außerdem kostete ihn der Aufenthalt eine ganze Stange Geld, zumal er sich ein Mietauto hatte nehmen müssen, um einigermaßen mobil zu bleiben.

Die Hochzeitsreise hatte sein Konto beträchtlich strapaziert, und kein regelmäßiges Gehalt stockte den Bestand wieder auf.

Er musste etwas unternehmen.

Er erwog, sich um eine Arbeit zu bemühen, doch dann verwarf er den Gedanken wieder. Wenn er noch irgendetwas retten wollte, dann musste er jetzt in der Nähe bleiben, um zur Stelle zu sein, wenn seine Frau wieder zurückkam.

Er flüchtete vor der brütenden Sommerhitze, die sich erst jetzt im September eingestellt hatte und wie eine Käseglocke über der gesamten Region lag, in die schattigen Wälder.

Während langer Spaziergänge überlegte er, wie er sich weiter verhalten sollte, wenn sein reuevolles Geständnis und seine Liebesbeteuerungen vor Julias Abreise nicht ausreichend gewesen sein sollten, sie von endgültigen Schritten abzuhalten. Denn ob dies nun der Versuch einer Annullierung ihrer Ehe wäre oder sie die Scheidung anstreben würde, er machte sich keine Illusionen darüber, dass er bei jedem dieser juristischen Prozesse finanziell leer ausgehen würde.

Er musste also unbedingt darauf hinarbeiten, Julia zu einer Fortsetzung ihrer Ehe zu bewegen. Eigentlich hätte er dies, bei der Persönlichkeitsstruktur seiner Ehefrau, grundsätzlich für ausgeschlossen gehalten. Irgendetwas aber schien ihr ein schlechtes Gewissen zu verursachen, denn ohne den Einfluss dieser unbekannten Sache hätte eine Frau wie Julia ihm nach den vorhandenen Erkenntnissen bereits den Laufpass gegeben – und zwar, ohne erst eine *Nachdenkensreise* zu machen …

Er kletterte auf einen Hochsitz, den sich ein örtlicher Jäger gebaut hatte, starrte über die vor ihm liegende Lichtung und erwog systematisch alle Möglichkeiten, aus denen Julias Schuldbewusstsein resultieren könnte, doch es blieb am Ende nur eine einzige übrig: Konnte es sein, dass sie ihn betrogen hatte, während sie allein in Udaipur geblieben war?

Beinahe hätte er aufgelacht bei diesem Gedanken, so unwahrscheinlich erschien er ihm. Ausgerechnet Julia, mit ihren antiquierten Vorstellungen von Vertrauen und Treue, die sich in einen Burgturm verkrochen und in der Historie eines Adelshauses herumgewühlt hatte, um eine banale Liebesenttäuschung zu überwinden, sollte sich in ein Abenteuer gestürzt haben, und dies auf ihrer Hochzeitsreise! Also wirklich, darum konnte es sich nicht handeln, bei diesem Widerschein von Schuld, den er auf ihrem Gesicht ausgemacht hatte.

Darum bestimmt nicht.

Was aber war dann geschehen?

Schließlich gab er es auf, darüber nachzugrübeln. Er war Realist, und er musste eine realistische Lösung finden, eine, die todsicher klappen und ihn vor Trennung und Scheidung bewahren würde. Nur, was konnte das sein?

Streng dich an!, sagte er sich. *Du hast noch immer einen Ausweg gefunden, und dies ist nicht das erste Schlamassel, in dem du dich befindest.*

»Ich muss leider so schnell wie möglich nach München zurück«, eröffnete Tante Marta ihrer Nichte, die sich wieder erholt hatte und damit beschäftigt war, wenigstens die unmittelbare Umgebung der botswanischen Hauptstadt zu erkunden, wobei Eliza ihr Gesellschaft leistete. »Ein alter Freund ist verstorben, und ich möchte auf keinen Fall seine Beerdigung verpassen. Du kannst aber gerne noch eine Weile hierbleiben, Alwin würde sich freuen, hat er mir gesagt.«

Doch Julia schüttelte entschieden den Kopf. »Ich fliege mit dir zurück, Tante Marta. Meine Probleme lösen sich nicht dadurch, dass ich hier auf Safari gehe oder dergleichen.«

Marta Albers nickte, obwohl sie Julias Entschluss für falsch hielt. Ihre Nichte sah nicht aus, als ob sie bereits eine Entscheidung getroffen hätte. Doch Marta Albers war achtundsechzig und klug. Sie wusste genau, dass jedes Gespräch, jede Stellungnahme ihrerseits, die Nichte unter Umständen in die falsche Richtung beeinflussen könnte. Außerdem war es Julias Leben und ihre Zukunft. Sie würde sich vollkommen aus der Geschichte heraushalten, nahm Marta Albers sich vor, obwohl sie, wenn sie etwas zu sagen hätte, diesen charmanten Lügner und Betrüger Stefan so schnell wie möglich zum Teufel geschickt hätte. »Dann werde ich Alwin bitten, unseren Rückflug zu regeln«, erklärte sie stattdessen.

Julia erklärte sich einverstanden. Danach ging sie in den Garten und stellte sich an die Stelle, wo vor einer

Woche noch das Podest gewesen war. Sie hob den Kopf und sah, so präzise wie bei einer Filmaufzeichnung, noch einmal Andrew, der sie unverfroren anstarrte und kaum in der Lage war, sein diabolisches Lächeln zu unterdrücken.

Es war und blieb unverständlich, unbegreiflich und völlig absurd, dass er bei dieser Party aufgetaucht war.

Und nicht nur dies.

Julia hatte inzwischen vorsichtige Erkundigungen eingezogen, wer das Päckchen mit dem Rubinschmuck abgegeben hatte, doch niemand vom Personal erinnerte sich daran.

War es Andrew, der ihr dieses Geschenk gemacht hatte? Aber wie, um Himmels willen, war er ins streng bewachte Botschaftsgebäude gelangt und wie – wenn es so war – in ihr Zimmer?

Julia traute sich nicht, die Sache weiter zu verfolgen, um Alwin nicht noch mehr aufzubringen, der nicht aufhören konnte, sich über die unerklärliche Anwesenheit eines nicht eingeladenen, nicht identifizierbaren Gastes Gedanken zu machen.

Schließlich ließ sich Julia auf einer Holzbank nieder, die unter einem großen Trompetenbaum stand. Die riesigen, hellgelben Blüten schaukelten in einer sanften Brise wie lautlose Glocken, und ein winziges, königsblaues Vögelchen mit einem leuchtend gelben Schnabel setzte sich neben sie auf die Bank. Es schien noch keine schlechten Erfahrungen mit Menschen gemacht zu haben, denn es trippelte zutraulich näher und ließ es sogar zu, dass Julia mit ihrem Zeigefinger ganz vorsichtig den kleinen Kopf berührte.

So arglos möchte ich auch wieder sein, dachte Julia wehmütig, doch sie wusste genau, dass dies unmöglich war.

In der zwölften Nacht ihrer Abwesenheit erwachte Stefan Windheim aus seinem Halbschlaf, und die Lösung seines Dilemmas lag so glasklar vor ihm wie selten etwas zuvor.

Beschämung, hieß die Devise.

Beschämung und Mitleid.

Er dachte noch einmal genau darüber nach und machte sich bewusst, dass er keinen Fehler begehen durfte.

Nach dem Frühstück ging er in die örtliche Apotheke und kaufte zwei Einwegspritzen.

»Ich arbeite in Indien, und ich misstraue der Sorgfalt des einheimischen medizinischen Personals. Deshalb hab ich es gern, gerüstet zu sein, falls ich mir eine Verletzung zuziehe – oder von einer Schlange gebissen werde, was leider passieren kann. Damit …«, er deutete auf die eingeschweißten Spritzensets, »… bin ich auf der sicheren Seite und kann mich darauf verlassen, dass ich mir nicht sonst etwas einfange. Die indischen Ärzte verwenden noch häufig Mehrfachnadeln – und auf deren zuverlässige Sterilisierung möchte ich mich lieber nicht verlassen.«

»Da kann ich Sie sehr gut verstehen«, stimmte ihm die ältliche Apothekerin zu.

Die Kurpension war, wie er gleich nach seinem Einzug bemerkt hatte, ziemlich altmodisch, was sich für sein Vorhaben aber als Vorteil erwies. Jedem Gast wurde beim Einzug ein Schlüssel ausgehändigt, der an einem Schlüsselring hing, den ein schwerer, bronzener Anhänger zierte. Der Schlüssel öffnete ebenso das Gastzimmer wie die rückwärtige Haustür.

Es fiel demnach niemandem auf, als Stefan in der nächsten Nacht, gegen halb zwei Uhr, auf leisen Sohlen das Pensionsgebäude verließ.

Er fuhr mit seinem Mietwagen bis zu einem Wanderparkplatz unterhalb des Burgbergs.

Erwartungsgemäß traf er auf keinen Menschen, als er den steilen Weg zur Burg erklomm, den ein fast voller Mond freundlich beleuchtete.

Obwohl Stefan sicher war, dass das Verwalterehepaar um diese Nachtzeit schlief, was auch die geschlossenen Holzfensterläden der Verwalterwohnung vermuten ließen, hielt er sich streng im Schatten der hohen Bäume, welche die Burg umstanden. Er öffnete das eiserne Eingangstor mit Julias Schlüssel und näherte sich dann, immer an der Burgmauer entlanggehend, dem Zwinger, in dem auch Hund Benno schlief, wie sein lautes Schnarchen bewies.

Stefan holte die Hundepfeife hervor, die er in einer Tierhandlung erstanden hatte, setzte sie an den Mund und blies kräftig hinein. Der Hochfrequenzton, der nicht von Menschen, sondern nur von Hunden wahrgenommen werden konnte, weckte Benno sofort. Er sprang hoch, nahm Witterung auf und erkannte seinen alten Rivalen. Mit einem drohenden Knurren warnte er den Eindringling ein letztes Mal. Dann aber sprang er gegen den Maschendrahtzaun des Zwingers, wobei er ein raues, kehliges Bellen von sich gab.

Auf diesen Moment hatte Stefan gewartet.

Er hielt die Einwegspritzen bereits in der Hand und stieß sie jetzt, mit einer einzigen, schnellen Handbewegung, durch die Drahtmaschen in die empfindlichen Lefzen des Hundes und drückte die Nadeln nach unten, bevor er sie wieder herauszog.

Benno antwortete mit einem schmerzerfüllten Jaulen und verfiel gleich darauf in rasendes Bellen, wobei er immer wieder gegen den Maschendraht sprang.

Sein Peiniger aber war bereits weggerannt und längst wieder verschwunden, als Walter Hasler die Holzläden aufstieß, den Fensterflügel aufriss und schrie: »Was ist denn los, Benno? Jetzt gib doch Ruhe!«

Doch der Hund beruhigte sich nicht.

Als Walter Hasler sich eine Jacke angezogen hatte und in den Zwinger kam, war Benno noch immer unruhig und völlig nass geschwitzt.

»Was hast du denn, Alter? Wieder Magenschmerzen, oder war ein Fuchs hier?«

Schließlich nahm Hasler den Hund mit ins Haus, wo Benno sich auf die alte Wolldecke legte, auf der er seinen Mittagsschlaf abzuhalten pflegte. Unentwegt strich er sich dabei mit der Zunge über die Lefzen.

Als dem Burgverwalter dies auffiel und er das Tier untersuchen wollte – vielleicht hatte es ja einen Zahnabszess oder dergleichen –, schnappte Benno nach ihm.

»Also, das ist ja wirklich das Allerletzte«, rief Walter Hasler entrüstet, ergriff das Tier am Halsband und zog es wieder zurück in den Zwinger. »Und hier kannst du die nächsten Tage auch bleiben. Dir werd ich zeigen, wer der Herr ist!«

Danach ging er zurück ins Haus und ins Badezimmer. Er besah sich die malträtierte Stelle gründlich, doch sie blutete nicht. Allerdings hatte sich eine Schwellung gebildet, die sich wohl zu einem Bluterguss ausweiten würde. Der Burgverwalter drehte den Wasserhahn auf und hielt die Hand unter das kalte Wasser. »Unberechenbares, hysterisches Vieh«, brummte er dabei und nahm sich vor, mit dem Tierarzt zu sprechen. Womöglich waren es ja die Medikamente gegen die Magengeschwüre, die den sonst gutmütigen Bruno so aggressiv machten.

Kurz nach vier war Stefan wieder in seinem Pensionszimmer.

Die Aktion auf dem Burgberg hatte wohl einen Adrenalinschub ausgelöst, denn er fühlte sich überwach und wusste, dass er kein Auge zutun könnte, würde er sich jetzt ins Bett legen.

Also beschloss er, den nächsten Akt seiner Planung in Angriff zu nehmen.

Er holte einen Schreibblock hervor, setzte sich an den Holztisch neben dem Fenster und knipste die Schreibtischlampe an, die sich darauf befand.

Danach verfasste er den notwendigen Brief an seine Ehefrau. Er schrieb zügig und flüssig, denn über den Inhalt des Schreibens hatte er lange und scharf nachgedacht.

Aufmerksam las er alles noch einmal durch und stellte fest, dass der Text genau so klang, wie er es sich vorgestellt hatte. Er faltete das Blatt zusammen, schob es in einen Umschlag und schrieb Julias Namen darauf.

Dann griff er zu der Weinflasche, die er vor einigen Tagen gekauft hatte. Er schüttete den Rest, der sich noch darin befand, in sein Zahnputzglas und trank den schmackhaften Rebensaft in kleinen, genüsslichen Schlucken. Der Trick würde klappen. Er hatte ein Feeling für so etwas, das hatte sich oft schon bewiesen, und zwar ein Feeling, das nichts Übersinnliches an sich hatte, sondern zutiefst *sinnlich* war: Es handelte sich dabei um die Summe der Erfahrungen, die er mit vielen Frauen gemacht hatte.

Julia war unbestreitbar intelligent, und ihre Gutgläubigkeit dürfte sie in der Zwischenzeit wohl verloren haben, aber auch sie würde diesem Plan erliegen.

Der unangenehmste Teil davon lag zwar noch vor ihm, aber hohe Ziele erforderten Opfer. Und für den Rest seines Lebens an vierundvierzig Millionen teilhaben zu können, war unbestreitbar ein lohnendes Vorhaben.

Er zog sich aus und legte sich doch noch ins Bett, obwohl die Vögel bereits zwitscherten und eine pfirsichfarbene Helligkeit im Osten den baldigen Aufgang der Sonne anzeigte.

An diesem Morgen schlief er bis gegen halb neun und nahm, zum ersten Mal seit seinem Einzug in die Pension, sein Frühstück optimistisch und gut gelaunt zu sich.

Anschließend bummelte er durch das Zentrum des Kurstädtchens und kaufte verschiedene Kleinigkeiten, die er benötigte. Danach fuhr er erneut die Strecke nach Staufenfels, doch diesmal stoppte er nicht am Wanderparkplatz, sondern nahm die Fahrstraße hinauf zur Burg. Er hatte Glück, denn das Burgtor stand offen und von den Haslers war niemand zu sehen.

Er parkte den Mietwagen vor dem Turmeingang und öffnete mit dem Schlüssel, den Julia ihm gegeben hatte, die Tür.

In der Wohnung platzierte er den Brief auf dem Esstisch, wo er nicht zu übersehen war, und machte dann auf dem Sofa einen späten Mittagsschlaf, denn er brauchte für die kommende Nacht sowohl Nerven als auch Reaktionsfähigkeit.

Gegen halb sieben erwachte er wieder.

Er suchte sich aus Julias Vorräten einen Imbiss zusammen und trank eine Flasche alkoholfreies Bier dazu, die er im Kühlschrank fand.

Gegen halb acht meldete sich, wie er es längst erwartet hatte, Brigitte Hasler über das Haustelefon.

»Nein, meine Frau ist noch nicht zurück, sie wird erst in ein paar Tagen kommen, und ich übernachte nur heute hier, morgen muss ich geschäftlich verreisen.«

»Soll ich Ihnen denn was zum Essen machen, Herr Windheim, oder brauchen Sie sonst irgendwas?«

»Danke, Frau Hasler, aber ich hab schon gegessen und komm hier tadellos klar. Bitte, grüßen Sie Ihren Mann, und schönen Abend zusammen!«

Mit einem befriedigten Lächeln legte Stefan auf. Es lief genau so, wie er es geplant hatte.

Er schaltete den Fernsehapparat ein und sah sich einen Spielfilm an, der von einer jungen, hübschen Rechtsanwältin handelte, die vor der berauschend schönen Kulisse Cornwalls auf der Suche nach ihrem leiblichen Vater war. Hinterher kamen die Nachrichten und danach ein Krimi aus Schweden, der gegen ein Uhr zu Ende war.

Er ging in den Vorratsraum, holte eine der Weinflaschen, die sich dort befanden, und öffnete sie. Den größten Teil des Inhalts goss er in den Abfluss und spülte gründlich hinterher. Einen winzigen Rest füllte er in ein Weinglas, dann stellte er Flasche und Glas auf den Tisch.

Dann öffnete er das Fenster und sah hinüber zum Verwalterhaus, das in tiefem Dunkel lag. Es war zwar noch etwas früh, aber er beschloss trotzdem, dass es jetzt an der Zeit war, den letzten, schwierigsten Akt in Angriff zu nehmen.

Noch einmal atmete er tief durch, dann ging er es an.

Der Hund Benno schlief, leise röchelnd, in seinem Zwinger, als Stefan sich vorsichtig näherte.

Der Zwinger war ein solide gebautes Behältnis. Die

Zwingertür war primitiv, aber wirksam mit einem schweren Edelstahlriegel versehen, der auf einer Laufschiene aus dem gleichen Material in eine Edelstahllasche geschoben wurde.

Stefan zog ein Taschentuch heraus und wickelte es um die Hand, um keine Fingerabdrücke zu hinterlassen. Dann drückte er den Riegel nach links, worauf die Tür sich mühelos öffnen ließ. Er steckte das Taschentuch wieder ein, zog daraufhin erneut die Hundepfeife aus der Tasche und blies hinein. Unmittelbar danach warf er sie in weitem Bogen über die Burgmauer, wo sie den Abhang hinab und wohl fast bis zum Fluss rollen würde.

Er mochte alles Mögliche sein, feige in Gefahrensituationen aber war er noch nie gewesen, das hatten sie ihm sogar nach seiner österreichischen Militärzeit ausdrücklich bescheinigt. Trotzdem stellten sich ihm alle Haare auf, als der große Hund aufsprang, sofort seinen Feind und Quäler erkannte, Kampfhaltung annahm und nach einem einzigen, wütenden Bellen zum Sprung ansetzte.

Stefan, der natürlich darauf gefasst war, hob den rechten Arm, um sich zu schützen. Er hatte damit gerechnet, dass der Hund sich dort festbeißen würde, doch er hatte bei dieser Rechnung nicht die Gene des Tiers in Erwägung gezogen: Generationen von Rhodesian Ridgebacks in Bennos Ahnenreihe waren, noch im fernen Afrika, als Jagdhunde eingesetzt worden. Ihre Aufgabe war es, das Wild zur Strecke zu bringen. Und genau so verhielt sich Benno beim ersten Angriff in seinem Hundeleben: Er versuchte, den größten Schwachpunkt, den Hals seines Gegners, zu erreichen – was ihm auch gelang.

Der Bereich, in den er seine starken Zähne schlug, lag

direkt neben Stefans Hauptarterie. Benno biss das Blut-
gefäß zwar nicht durch, doch er beschädigte es.

Der Biss schmerzte teuflisch. Nerven, Sehnen und
Muskeln waren verletzt.

Die strenge Ausdünstung des großen Hundes, der Widerschein des Monds in dessen vor Erregung vergrößer-
ten Pupillen sowie der Geruch seines eigenen Bluts ließen
Stefan vor Ekel beinahe ohnmächtig werden, doch sein
Überlebenstrieb behielt die Übermacht. Er packte Benno mit aller Kraft an seinem Halsband, das – wie Stefan
wusste – bei starkem Zug winzige Spikes ausfuhr, die dem
Hund Schmerzen zufügten, und versuchte, ihn von sich
zu reißen. Gleichzeitig begann er, um Hilfe zu rufen, so
laut es ihm möglich war.

Aus der Wunde quoll unentwegt warmes Blut, und Stefan war klar, dass er sich den rasenden Hund nicht lange
vom Leib halten konnte.

Glücklicherweise war der Schlaf von Brigitte Hasler
nur leicht. Fensterladen und Fenster wurden aufgestoßen,
und danach hallte Brigittes entsetzter Schrei durch den
Burghof: »Benno, aus, *aus* … Bist du verrückt geworden?«

Inzwischen war auch ihr Ehemann wach geworden und
rannte, nach einem Blick aus dem Fenster, im Pyjama
hinaus auf den Hof. Es gelang ihm, durch energisches,
bestimmtes Zureden, den Hund leidlich zu beruhigen.
Schließlich packte er Benno am Halsband und brachte
ihn, einer Eingebung folgend, in den Keller des Verwalterhauses.

Brigitte Hasler hatte dem Verletzten, der sich blutend
und stöhnend auf dem Pflaster des Burghofs wälzte, nur
einen kurzen Blick zugeworfen und war dann zurück in
die Wohnung gerannt, um die Notrufnummer zu wählen.

Dann ging sie zum Wäscheschrank und holte ein frisch gewaschenes und geplättetes weißes Leinentischtuch heraus. Sie faltete es zu einer großen Kompresse zusammen, ging wieder nach draußen und drückte das Stoffpäckchen gegen die Wunde am Hals Stefan Windheims, um die Blutung einzudämmen.

Walter Hasler hatte inzwischen das Burgtor aufgeschlossen und machte sich dann daran, den Zwinger zu inspizieren.

Die Tür stand weit offen, und der Verriegelungsmechanismus war unbeschädigt.

Hasler, der ein bedächtiger, sorgfältiger Mann war, dachte kurz nach, aber er war vollkommen sicher, dass er am Abend den Zwinger ordnungsgemäß verschlossen hatte, schon wegen des Vorfalls in der vergangenen Nacht, über den er sich inzwischen seine Gedanken gemacht hatte.

Der Hund gehörte streng genommen dem Grafen; der jedenfalls hatte ihn damals gekauft und ihnen als Wachhund überlassen. »Die Burg ist abgelegen, und obwohl das landläufig kaum bekannt ist, befinden sich hier eine ganze Anzahl von Kostbarkeiten: Gemälde, Skulpturen, Kunstgegenstände aller Art, die Mitglieder unserer Familie irgendwann einmal gekauft oder geschenkt bekommen haben; teures Geschirr, Bestecke, Tafelaufsätze und anderes mehr. Jedenfalls Dinge, an denen Diebe bestimmt interessiert sein dürften. Es gibt zwar, wie wir beide wissen, Herr Hasler, eine moderne Sicherheitsanlage, aber ich halte es da mit meinen Vorvorderen: Ein Wächter auf vier Beinen ist immer der erste und daher meist auch der beste Alarm. Ich weiß, Sie mögen Hunde, und für Sie wird dieser Ridgeback eine Bereicherung sein, zumal er, wie man mir versichert hat, der sensibelste und gutmütigste aller Wachhunde ist. Allerdings zeigt er diese positiven Eigenschaften nur bei vertrauten Personen. Fremden gegenüber ist er in aller Regel misstrauisch und reagiert aggressiv, was wir uns – in diesem Fall – ja auch wünschen«, hatte der Graf zu ihm gesagt.

Benno aber war nicht nur ein guter Wächter, die Rhodesian Ridgebacks waren in den letzten Jahren zu begehrten Modehunden avanciert. Für ein gesundes Tier dieser Rasse zahlten Interessenten gut und gerne mehrere tausend Euro, wie Walter Hasler wusste.

So war dem Burgverwalter nach dem Vorfall in der vergangenen Nacht der Verdacht gekommen, es könne durchaus jemand *des Hundes* und nicht der Burgschätze wegen auf dem Hof umhergestrichen sein. Walter Hasler hielt dies für umso wahrscheinlicher, als er vor einiger Zeit erst von Tierdieben im Südwesten Deutschlands gelesen hatte, die sich auf Rassehunde spezialisiert hatten.

Genau so konnte er sich den heutigen Vorfall auch vorstellen: Der Dieb war gestern verscheucht worden und hatte heute ein weiteres Mal versucht, Benno zu stehlen.

Der Burgverwalter schob das Zwingertor mit der Fußspitze zu und beschloss, am Morgen die Polizei anzurufen und seinen Verdacht zu berichten.

Der Notarzt hatte inzwischen einen Hubschrauber angefordert. »Der Mann braucht einen Gefäßchirurgen, und zwar so schnell wie möglich. Den aber gibt's bei uns auf dem Land nur in Rufbereitschaft, und bis dahin kann wer weiß was passieren«, erklärte er. Er überprüfte noch einmal den Druckverband, den er dem Verletzten angelegt hatte, und lobte Brigitte Hasler wegen ihrer umsichtigen Erste-Hilfe-Maßnahme.

Kurz danach schwebte bereits der Helikopter im Burghof ein. Der Verletzte wurde umgeladen, und schon bald danach stieg der Hubschrauber wieder auf, um den Patienten in die Freiburger Universitätsklinik zu bringen.

Nachdem auch der Sanka mit dem Notarzt wieder verschwunden war, ging der Burgverwalter zurück ins Haus und verbot seiner Frau ausdrücklich, zum Zwinger zu gehen. »Wenn ein Fremder sich an dem Riegel zu schaffen gemacht hat, dann sind dort vielleicht noch seine Fingerabdrücke.«

»Sofern der Kerl sie nicht abgewischt hat.«

»Das ist richtig, aber überprüfen kann man's ja mal.«

»Das klingt ziemlich plausibel, was du dir da zusammenreimst«, fand seine Frau, nachdem Walter Hasler ihr seine Vermutungen mitgeteilt hatte. »Nur was der Mann von unserer Frau Doktor mit der ganzen Sache zu tun hat, ist mir ein Rätsel.«

Für Walter Hasler war es dies nicht: »Vermutlich hat er Geräusche gehört und ist nach unten gegangen, um nachzusehen. Der Dieb ist daraufhin abgehauen, und der Hund hat den Windheim angegriffen. War ja schon gestern ganz durchgedreht, der arme Benno.«

Brigitte hielt auch das für wahrscheinlich. Stefan Windheim hasste der eifersüchtige Benno ja ohnehin.

»Er wird's uns ja sagen, wie es war, wenn er wieder in der Lage dazu ist«, beendete Walter Hasler die nächtliche Erörterung, und kroch zurück in sein Bett.

Ja, wenn …, dachte Brigitte Hasler besorgt. *Wenn er dazu noch kommt. Die arme Frau Doktor! So kurz verheiratet, und demnächst vielleicht schon eine Witwe!* Denn die Frau des Verwalters hatte sich das ehemals weiße

Tischtuch genau angesehen, bevor sie es in der Waschküche zum Einweichen in einen Bottich mit kaltem Wasser gelegt hatte.

Stefan Windheim hatte sehr viel Blut verloren, und der
Notarzt hatte dem Sanitäter gegenüber Zweifel geäußert,
ob der Mann den Flug bis Freiburg überhaupt durchstehen würde. Doch Brigitte Hasler behielt diese Befürchtungen ausnahmsweise für sich. Ihr Walter hatte sich über
alle Maßen aufgeregt, was ganz und gar nicht gut war, bei
seinem überhöhten Blutdruck. Und tun konnten sie mo-
mentan ohnehin nichts mehr, nachdem sie Julia auch über
Handy nicht erreicht hatten. Sie würden es im Laufe des
kommenden Tages erneut versuchen.

56

Als Stefan erwachte, spürte er zuallererst den unangenehmen Druck an seinem Hals, und irgendetwas verschloss
ihm den Mund. Er hob die Hand, um es wegzureißen,
doch die aufmerksame Krankenschwester war schneller.

»Sie sind hier auf der Intensivstation der Freiburger
Universitätsklinik, Herr Windheim. Sie wurden bei einer Hundeattacke schwer verletzt. Wir mussten Sie not-
operieren.«

Stefan versuchte, etwas zu sagen, doch er brachte nur
ein dumpfes Gurgeln hervor, was die Krankenschwester
ebenfalls zu stören schien, denn sie machte sofort eine
abwehrende Handbewegung und legte dann den Finger
auf ihren Mund.

»Es ist besser, wenn Sie noch etwas schlafen«, verkündete sie, während sie bereits den Inhalt einer Ampulle in die Infusionslösung spritzte, die in seinen Arm tröpfelte.

Bevor Stefan wieder das Bewusstsein verlor, dachte er, dass der Plan besser funktioniert hatte, als ihm lieb sein konnte.

Er hatte hoch gepokert, aber später würde er sich sagen können, dass es sich gelohnt hatte. Der Gedanke erfreute ihn, und ohne sich innerlich dagegen zu wehren, ließ er es zu, dass die barmherzigen Drogen ihn aus der unerfreulichen Wirklichkeit davontrugen.

57

Je näher Staufenfels kam, desto bedächtiger fuhr Julia.

Es war ihr vollkommen klar, dass Stefan sie erwartete.

Wie sie aus seinen Mails wusste, hatte er sich ein Hotelzimmer genommen und sah hin und wieder nach, ob sie schon zurück war.

Sie scheute die Auseinandersetzung, doch sie war entschlossen, sie durchzustehen.

Brigitte Hasler rannte ihr bereits entgegen, als sie noch nicht einmal ganz am Tor angelangt war. »Ja, Gott sei Dank, dass Sie kommen, Frau Doktor!«, rief sie atemlos. »Ich hab schon ein paar Mal versucht, Sie zu erreichen … Sie haben ja keine Ahnung!«

»Wovon?«, erkundigte sich Julia ein wenig pikiert und griff gleichzeitig nach ihrem Handy. Der Akku war leer. Doch als sie das bekümmerte, treuherzige Gesicht Brigittes sah, wusste sie, dass etwas wirklich Schlimmes geschehen sein musste.

»Ihr Mann! Es war *schrecklich,* Frau Doktor. Ich hab nichts anderes erwartet, als dass er … aber … glücklicherweise … er hat eine wahre Rossnatur …«

»Moment, Frau Hasler. Jetzt mal ganz langsam. Was ist mit meinem Mann?«

»Der Benno hat ihn angefallen und um ein Haar totgebissen. Hier … hier am Hals hat er ihn erwischt, und er hat geblutet, der arme Herr Windheim, ich kann Ihnen gar nicht sagen, wie sehr. Mein Mann musste drei Mal den ganzen Burghof abspritzen … Aber jetzt kommen Sie doch erst mal herein!«

Da Brigitte Hasler unentwegt weiterredete, hatte Julia Zeit, sich einigermaßen zu fassen. Erst als die Frau des Verwalters erschöpft in den Sessel vor dem Kamin gesunken war, kam Julia dazu, die näheren Umstände zu ergründen.

»Mein Mann ist der Überzeugung, dass irgendwelche Tierdiebe den Benno stehlen wollten, weil der Hund schon am Vortag Theater gemacht hatte. Am Dienstag aber, das war der Tag, an dem es passiert ist, das heißt, nein, eigentlich war es der Mittwoch, weil, es war ja mitten in der Nacht, da müssen die Strolche es noch einmal versucht haben. Sie hatten schon die Zwingertür aufgemacht, und vermutlich ist der Benno darüber aufgewacht. Jedenfalls, Ihr Mann hat wohl etwas gehört und ist runter in den Hof gekommen. Wir nehmen an, der – oder die – Diebe sind weggerannt, und der Hund ist dann auf Ihren Mann losgegangen. Der hat geschrien wie ein Verrückter, wodurch ich aufgewacht bin, und als ich zum Fenster rausgeschaut habe, da hab ich die Bescherung dann gesehen. Der Notarzt hat sogar den Hubschrauber rufen müssen, so schlimm war es, und am Schluss haben ihn dann die Freiburger operiert …« Unvermittelt brach Brigitte Hasler ihren Bericht ab.

Julia war ehrlich schockiert. Was hatte Stefan hier zu suchen gehabt? Sie hätte zumindest so viel Takt von ihm erwartet, nicht in die Wohnung zu kommen, solange sie verreist war! Kaum hatte sie dies zu Ende gedacht, begann sie, sich zu schämen. Wie immer es gewesen sein mochte, der Vorfall war entsetzlich und Stefan offensichtlich gerade noch einmal dem Tod von der Schippe gesprungen, wenn sie die Ausführungen von Brigitte Hasler richtig deutete.

»Ich würde jetzt gerne allein sein, Frau Hasler«, sagte Julia nach einer Weile des Schweigens.

Brigitte Hasler warf ihr einen prüfenden Blick zu, doch dann nickte sie und machte auch keinerlei Anstalten, weitere Details zu berichten.

Als sie gegangen war, riss Julia den Fensterflügel auf und atmete tief die frische Luft ein. Sie drehte sich wieder um, und erst jetzt nahm sie die leere Weinflasche wahr, das Glas mit den angetrockneten Weinresten, und den Brief, der auf dem Esstisch lag.

Sie griff nach dem Kuvert und riss es auf.

Liebe Julia,
ich wollte eigentlich nur nachsehen, ob Du bereits
wieder von Deiner Reise zurückgekommen bist. Da
dies nicht der Fall ist, habe ich mich entschlossen,
in die Wohnung zu gehen und Dir diesen Brief zu
schreiben. Ich habe heute, wie beinahe jeden Tag,
seitdem Du weg warst, die Wanderungen noch ein-
mal nachvollzogen, die wir bei meinem ersten Aufent-

halt zusammen gemacht haben. Dabei habe ich viel
an die Fröhlichkeit und Unbeschwertheit dieser Tage
gedacht und daran, dass ich mich an dem Abend vor
meiner Abreise hätte besser beherrschen sollen. Ich
habe Dich mit meiner Verliebtheit, aus der damals
schon Liebe geworden war, überrumpelt und über-
fordert. Dies will ich nicht ein zweites Mal tun, zumal
ich mich unverzeihlich benommen habe. Du kannst
mir, wie ich fürchte, nicht verzeihen, und mehr als be-
reits geschehen, möchte ich nicht darum bitten, ob-
wohl ich bis jetzt verzweifelt gehofft habe, dass Dein
Herz und Deine Erinnerungen meine Fürsprecher
sein werden. Wenn dem aber so wäre, dann hättest
Du Dich inzwischen längst bei mir gemeldet. Doch,
egal. Ich war es selbst, der unsere Beziehung zerstört
hat. Deshalb möchte ich Dir mitteilen, dass ich in eine
Scheidung einwillige, und zwar, ohne irgendwelche
Forderungen zu stellen. Ich wollte zu jeder Zeit nur
Dich, Dein Geld ist mir nicht wichtig. Das aber wirst
du mir nach allem, was geschehen ist, nicht mehr
glauben. Wenn ich Arbeit gefunden habe, werde ich
mich bei Dir melden und meine Adresse mitteilen.
Ich werde Dich immer lieben,
Dein Sefan

Julia behielt den Brief in der Hand und setzte sich in den
Sessel, den Brigitte Hasler vor wenigen Minuten verlassen hatte. Sie fühlte sich tief beschämt, und eine Woge
von Mitleid stieg in ihr auf. Sie war darauf gefasst gewesen, dass er – ungeachtet seiner unwahren Behauptungen – dreiste Forderungen stellen würde und es zu einem zähen, bösen Rosenkrieg käme. Zu Prozessen, mit

denen sie sich monate- oder gar jahrelang herumschlagen müsste.

Stattdessen aber hatte er bedingungslos in eine Scheidung eingewilligt, noch bevor sie dazu gekommen war, ihm diese vorzuschlagen. Und er hatte darauf beharrt, sie aus Liebe geheiratet zu haben. Was bedeutete, dass er dabei blieb, nur deshalb gelogen zu haben, um sie nicht, ihrer Erbschaft wegen, zu verlieren.

War es möglich, dass es sich tatsächlich so verhalten hatte?

Julia las den Brief ein weiteres Mal und legte ihn dann zurück auf den Tisch, während sie eine unruhige Wanderung durchs Zimmer begann.

Ich bin nicht unschuldig an Bennos Attacke, dachte sie und spürte Unbehagen und Schuldbewusstsein dabei. Benno war eifersüchtig auf Stefan, von Anfang an, erinnerte sie sich. Sie hatte dies amüsiert und vielleicht sogar ein wenig geschmeichelt zur Kenntnis genommen, ohne je den Versuch zu machen, zwischen ihrem Mann und dem Hund zu vermitteln. Hätte sie dies getan, so hätte sich Bennos Antipathie vielleicht gelegt und es wäre nicht zu diesem Angriff gekommen. Dabei hatte Stefan Benno wohl beistehen und den Diebstahl verhindern wollen.

Umso tragischer war es, dass der Rettungsversuch den Retter beinahe das Leben gekostet hatte.

Julia duschte und legte sich dann ins Bett, doch sie konnte keinen Schlaf finden. Ihre Gedanken waren diffus, doch sowohl ihr Schuldbewusstsein wie auch ihr Mitleid mit Stefan wuchsen in der Dunkelheit der Nacht ins Unermessliche.

Schließlich stand sie wieder auf und setzte sich, ohne

das Licht anzuschalten, erneut in den Sessel vor dem Kamin.

Nach einer Weile wurde ihr Blick von etwas eingefangen, das auf dem Bücherregal stand und im schwachen Licht des Mondes glitzerte. Sie stand auf und griff danach. Es war die kleine, geschnitzte Göttin Jaghai, die sie vom Management des Palasthotels in Udaipur geschenkt bekommen hatte.

Unvermittelt hörte sie die Stimme der schönen Aruna in ihrem Kopf, als sie ihr die metaphysischen Fähigkeiten dieser Göttin geschildert hatte: »Sie kann die große Harmonie herstellen, und dies nur am heutigen Feiertag.«

»Was denn für eine Harmonie?«, hatte Julia sie gefragt.

»Die Übereinstimmung der Absichten Gottes und des jeweiligen menschlichen Handelns«, hatte Aruna geantwortet.

Julia lächelte ein schräges, bitteres Lächeln.

Was für eine Fehleinschätzung! Ihr Leben war meilenweit von jeder Harmonie entfernt, und sie hatte aufrichtige Zweifel daran, ob Gott – respektive diese Göttin – auch nur das Geringste mit diesem Chaos zu tun hatten, in dem sie sich derzeit befand. Sie war zwar reich geworden, fiel ihr dann ein, aber gleich darauf musste sie sich eingestehen, dass sie nach diesem ererbten Geldsegen größere Probleme hatte als jemals zuvor.

Noch während Julia über diese überraschende Erkenntnis nachdachte, hörte sie deutlich die Musik und das Summen im Tempel der kleinen Göttin. Sie sah die dicke Russin, und sie sah Andrew mit seinen weit aufgerissenen Augen.

Andrew, dessen Züge ihr so vertraut waren, als ob sie jemand mit einem heißen Eisen in ihr Herz gebrannt hätte. Als ob sie ein halbes Leben miteinander verbracht hätten. Andrew, der behauptet hatte, dass er den Zwang verspüre, *Verantwortung* für sie zu übernehmen.

Andrew, nach dessen Gegenwart sie sich immer noch sehnte, ungeachtet dessen, dass er vermutlich der schlimmste ihrer *Lügenmänner* war. Sie sollte, nein, sie musste ihn jetzt wirklich aus ihrem Leben streichen!

Julia umklammerte die kleine Holzfigur, deren Berührung sie zu beruhigen schien, trotz der widersprüchlichen Empfindungen, die dabei in ihr aufstiegen.

Als der helle Morgen durch die verglasten Schießscharten und Fenster fiel, hielt sie noch immer die Holzfigur in den Händen.

Milde entrückt, und doch irgendwie tröstlich, lächelte die Göttin ihr zu, als Julia sie zurück auf das Regal stellte.

Und wieder einmal, wie schon öfter in der *Nach-Erbschaftszeit*, konnte sie ihren Koffer nicht wirklich aus-, sondern nur umpacken.

Als Julia die Treppe hinunterstieg, fuhr ein inzwischen bekannter Caravan in den Burghof.

»Marta hat angerufen und mir alles erzählt«, rief Jürgen, nachdem er aus dem Wagen ausgestiegen war.

»Und woher weiß Marta Bescheid?«

»Von Frau Hasler natürlich«, erklärte er, was Julia sich eigentlich selbst hätte zusammenreimen können. Er nahm ihr den Autoschlüssel aus der Hand und verkündete: »Ich werde dich nach Freiburg fahren. Du kannst unmöglich gut drauf sein: erst der lange Flug gestern, und dann der Schock über den Unfall. Besser, du setzt dich auf den Beifahrersitz, und besser, du hast im Zweifelsfall jemand an deiner Seite.«

»Ach, weißt du, die Schocks werden mir zur Gewohnheit, und ich bin inzwischen eine Weltmeisterin im Verdrängen«, stellte Julia so sarkastisch fest, dass Jürgen ihr einen erstaunten Blick zuwarf. »Aber ich nehme dein Angebot dankend an«, fügte sie begütigend hinzu, stellte die Reisetasche auf den Rücksitz und setzte sich auf den zugewiesenen Platz.

»Du hast mich neulich gefragt, was mit mir los ist«, sagte sie nach einiger Zeit.

»Und was *ist* mit dir los?«

»Ich weiß es nicht, Jürgen. Ich hab keine Ahnung. Ich stolpere von einer Katastrophe in die nächste und sehe nirgends ein Ende.«

»Das ist mir auch so ergangen, damals, als du plötzlich weg warst, und die Firma … aber das hab ich dir ja schon erzählt.«

Julia nickte und drehte sich dann zu ihm. »Wir sprechen nur von mir und meinen Dingen. Wie geht es *dir*, Jürgen?«

»Ganz gut. Meine Zuckerwerte sind seit der Reha erfreulich stabil. Und ich versuche, mein Leben neu auszurichten: Ich werde einen Job in einem Kreativteam annehmen, wodurch die Last sich auf viele Schultern verteilt. Zudem werde ich mehr Aufmerksamkeit auf das verwenden, was ich in mich reinstopfe, und mich mehr bewegen. Eigentlich …«, er grinste auf die sympathische, jungenhafte Weise, die Julia beinahe vergessen hatte, »… eigentlich hätte ich das alles schon sehr viel früher haben können. Aber offenbar muss immer erst etwas passieren, bevor der Mensch sich verändert.«

»Vermutlich«, murmelte Julia.

»Ist dein Mann eigentlich … entschuldige, wenn ich das so direkt frage … *wohlhabend*?«

»Wie kommst du darauf?«

»Na ja. Nach allem, was mir Marta erzählt, reist du wie angesengt über den Globus, alle paar Tage in einen anderen Erdteil.«

Julia wollte schon antworten, doch dann überlegte sie es sich anders. Anscheinend hatte ihm Tante Marta alles Mögliche erzählt, nicht aber von ihrer Erbschaft.

Sonderbarerweise erleichterte sie der Gedanke, dass Jürgen nichts davon wusste. Anlügen aber mochte sie ihn nicht; gegen Lügen war sie inzwischen allergisch. So schluckte sie die Mitteilung hinunter, die sie ihm hatte machen wollen, und erklärte so unspektakulär wie möglich: »Stefan ist nicht *wohlhabend,* aber ich hab ein bisschen was von einem verstorbenen Großonkel geerbt, weshalb ich nach der Hochzeitsreise nach Amerika fliegen musste. Und meinen Cousin Alwin in Botswana wollte ich längst schon besuchen, was sich jetzt angeboten hat, nachdem Tante Marta wieder mal als Ersatz-Hausfrau einspringen musste.«

»Davon hat sie mir erzählt«, sagte Jürgen und grinste. »Auch von deinem Sensationsauftritt mit dem roten Kleid, was sogar den amerikanischen Präsidenten beeindruckt hat.«

Danach unterhielten sie sich über Jürgens neues Arbeitsteam und das von Tante Marta abgesegnete Projekt, das er als Morgengabe in seine neue berufliche Verbindung einbringen würde.

In Freiburg parkte er Julias Golf auf dem Parkplatz der chirurgischen Unfallklinik.

»Und wie kommst du jetzt nach Staufenfels zurück, wo dein eigenes Auto steht?«

»Mit dem Zug. Es dauert ein wenig, aber es geht.«

»Ich weiß gar nicht, wie ich dir danken soll, Jürgen!«

»Überhaupt nicht. Du hast dich ja schließlich auch um mich gekümmert, als es notwendig war.«

»Das war selbstverständlich.«

»Das war es nicht, und wir wissen es beide.« Er küsste sie leicht auf die Wange. »Und jetzt mach es gut. Hoffentlich kommt alles wieder in Ordnung.«

»Ja, hoffentlich«, erwiderte Julia.

Nur wie, dachte sie, als sie auf den Eingang der Klinik zuging. Es erschien ihr sehr unwahrscheinlich, dass sich demnächst die *große Harmonie* einstellen würde, und im Fall des Falles blieb immer noch die Frage: *Mit wem eigentlich?*

58

Die Gegend um den Lake Louis hatte Andrew schon mehrmals aufgesucht und dabei festgestellt, dass die endlosen kanadischen Wälder, das Eisblau des Sees und die majestätische Gebirgslandschaft seine Nerven beruhigten und eine innere Gelassenheit herbeiführten.

Allerdings hatte er sich noch nie in einer Lage befunden, wie es derzeit der Fall war.

Andrew trat ans Fenster des Hotels und beobachtete, wie eine Gruppe von Japanern auf einer eigens dafür eingerichteten Fototribüne Aufstellung nahm.

Auf ein Nicken des Fremdenführers hin wuchteten zwei Hilfskräfte ein Alphorn herbei, um es in die dafür vorgesehene Halterung zu drücken. Danach forderte der

Guide die Japaner auf zu lächeln, was sie auch bereitwillig taten, und ein Beauftragter knipste die Erinnerungsfotos.

Normalerweise hätte ihn diese Szene erheitert, doch Heiterkeit kam in seiner derzeitigen Gefühlspalette nicht vor.

Er wusste nicht, wie er seiner Ohnmacht in Bezug auf Julia begegnen sollte.

Das Wiedersehen in Gaborone hatte seine Sehnsucht nicht gestillt, sondern nur weiter angeheizt. Er konnte, was immer geschehen würde, diese Frau nie mehr vergessen, dessen war er sich schmerzhaft bewusst. Alles in ihm drängte danach, zum nächsten Flughafen zu rasen, eine Flugkarte nach Deutschland zu buchen und zu ihr zu fahren. Unwillkürlich ballte er die Hände zu Fäusten bei dem Gedanken, dass er dazu verdammt war, tatenlos zusehen zu müssen, wie sie aus seinem Leben verschwand. Allerdings hatte er jedes Recht darauf verwirkt, sie für sich zu beanspruchen. Es war zweifellos das Beste, er ließ ihr jetzt die Chance, ihn zu vergessen.

Es sei denn, er ergriff die Flucht nach vorn und beendete selbst die Jagd, die sie auf ihn machten. Noch war er ein Phantom ohne Identität für sie. Sein Fehler war es gewesen, dass sie diesen »Geist« überhaupt wahrgenommen hatten, auch wenn es kaum eine Möglichkeit für sie gab, ihn zu orten.

Er starrte hinaus auf die Wasseroberfläche, die im Licht der höher stehenden Sonne jetzt königsblau leuchtete, und zog eine geistige Bilanz. Er addierte seine Taten und deren Auswirkungen und stellte sie gegen die gewonnenen Erkenntnisse über die Fehler, illegale Aktionen und gegenläufige öffentliche Aussagen seiner Widersacher. Und es schien ihm, dass die Rechnung einen kleinen Saldo zu seinen Gunsten ergab.

Sofern er sich nicht irrte.

Während draußen nun eine Gruppe Chinesen das Fotopodest erklomm und neue Fotos, diesmal ohne das Alphorn, gemacht wurden, überlegte er, wem er sich anvertrauen konnte. Es musste jemand sein, der in der Lage war, die Fakten realistisch einschätzen zu können.

Und plötzlich fiel es ihm ein. Dass er nicht gleich daran gedacht hatte! Es wäre ein überaus dreistes Hasard – aber womöglich das vielversprechendste von allen!

59

Es war der vierte Tag nach der Operation, und man hatte Stefan bereits gestern auf die normale Krankenstation verlegt. Er hatte, wie man ihm mitteilte, sechs Bluttransfusionen benötigt.

Aus der Wunde an seinem Hals ragte immer noch ein durchsichtiger Schlauch, doch das rötliche Sekret, das sich daraus absonderte und in einen Beutel neben dem Krankenbett lief, wurde zusehends weniger.

»Morgen werden wir das Ding herausziehen können«, hatte der Professor bei der heutigen Visite prognostiziert. »Die Wundheilung verläuft bestens. Sie haben sehr viel Glück im Unglück gehabt, Herr Windheim.«

Stefan hatte gedacht, dass genau dies, nach allen Erfahrungen seines Lebens, sein Vorzug war, und er vertraute darauf, auch was die Sache mit seiner Ehe betraf. Nun hoffte er inständig, dass seine Schätzungen richtig gewesen waren und sie nicht länger ausbleiben würde, denn der größte Effekt seiner Aktion war dann zu erwarten, wenn sie ihn leidend im Bett liegen sah.

Offenbar waren seine diesbezüglichen Wünsche von einem freundlichen Engel erhört worden, denn Brigitte Hasler hatte angerufen und ihm mitgeteilt, dass seine Frau zurückgekehrt war und ihn demnächst besuchen werde.

Er war demnach vorbereitet, als es an der Tür seines Krankenzimmers klopfte. »Herein«, rief er, mit einem heiseren, schwachen Stimmchen, das er nicht einmal vorgeben musste.

Julia öffnete die Tür und trat in das Krankenzimmer, in dem er als Privatpatient alleine lag. »Mein Gott, das tut mir so leid, Stefan«, sagte sie, und ihr Gesichtsausdruck zeigte, dass es genau so war.

»Ich wollte …«, krächzte er, doch sie schüttelte den Kopf und bat: »Bitte, du sollst dich nicht anstrengen, hat mir die Schwester gesagt.«

»Es war ein Unglück«, flüsterte er und drückte den Kopf in die Kissen, während sie sich einen Stuhl holte und sich neben sein Bett setzte.

»Alles … *alles* war ein Unglück«, flüsterte er und spürte, dass ihm dabei die Tränen über die Wangen rollten. »Ich wollte, ich könnte die Zeit zurückdrehen.«

Julia erwiderte nichts darauf, aber sie widersprach ihm auch nicht, was er als Punktsieg betrachtete.

»Ich war in Botswana«, sagte sie schließlich, als er sich mit einem der Fließtücher, die auf seinem Nachttisch lagen, die Tränen abgewischt hatte. »Mit Tante Marta. Mein Cousin ist dort Botschafter.«

»War es schön?«, fragte er leise, um dann vorsichtig zu husten.

»Was heißt schön? Es war interessant, und ich hab den amerikanischen Präsidenten kennengelernt.«

»Das ist es, was ich befürchtet habe, als ich … dass du in anderen Kreisen verkehren wirst und ich dann keine Bedeutung mehr für dich haben würde.«

»Das ist doch albern!«, fuhr Julia auf.

»Das ist es nicht. Es ist genau so, wie deine Reise ja beweist. Oder glaubst du, du hättest, auch ohne diese Erbschaft … aber lassen wir das. Es ist, wie es ist. Am besten wäre es für mich gewesen, wenn Benno mit seiner Attacke … *mehr Erfolg* gehabt hätte.«

»So etwas darfst du nicht sagen, Stefan!«

Er lächelte, und auch die Bitterkeit, die dabei zum Vorschein kam, musste er ihr nicht vorspielen. »Jedenfalls wird wohl eine Bewegungsbeeinträchtigung bleiben«, ließ er sie wissen. Das war übertrieben, der Professor hatte ihm diese Möglichkeit zwar genannt, aber als unwahrscheinlich eingestuft.

Er sah, wie betroffen Julia auf diese Mitteilung reagierte.

»Mit einer solchen Prognose würde ich mich aber nicht einfach abfinden, Stefan«, sagte sie. »Es gibt da doch sicher Spezialisten, die wir konsultieren könnten.«

Er drehte sich zur Seite und hustete erneut, damit sie sein triumphierendes Lächeln nicht sehen konnte.

Wir hatte sie gesagt.

Als er sich wieder zu ihr wandte, sah er in ihrem Gesicht das, was er zu sehen gehofft hatte: Mitleid. Mitleid und Schuldbewusstsein. Schließlich wusste sie, dass Benno ihn *ihretwegen* so hasste. Und dass er nur deshalb mit dem Tier aneinandergeraten war, weil er geblieben war, um ihr einen Brief zu schreiben.

Einen Brief, in dem er sie und alle Ansprüche an ihr Vermögen aufgegeben und kampflos in eine Scheidung eingewilligt hatte.

Außerdem hatte die ganze Geschichte durch die Diebstahlshypothese von Walter Hasler noch eine weitere, ihm zuspielende Deutung gewonnen: Stefan Windheim, der edle Held, der den Diebstahl des Hundes, der ihn hasste, verhindern wollte und gerade deswegen beinahe totgebissen worden war.

Es war perfekt, und es würde klappen. Er musste nur vorsichtig und sehr behutsam sein.

»Bitte, lass uns nicht von der Zukunft sprechen!«, bat er, mit so schwacher Stimme, dass er gerade noch zu verstehen war. »Ich … ich fühl mich noch nicht so besonders … und wenn ich wieder anfange, mich damit auseinanderzusetzen …«

»Das ist nicht notwendig. Das hier ist weder der Ort noch der Zeitpunkt dafür«, erklärte sie, genau so, wie er es erwartet hatte.

»Wenn es dir nichts ausmacht, Julia … ich fühl mich so unendlich beschissen … könntest du vielleicht … ich werd ohnehin bald einschlafen, länger als eine Stunde kann ich noch nicht wach sein … Bitte, wenn du noch eine Weile hierbleiben könntest?«

Das Mitleid überwältigte Julia wie eine unaufhaltsame Woge. Sie griff nach der Hand, an der sich keine Zugänge und Schläuche befanden, und hielt sie zwischen ihren eigenen beiden Händen.

Es gelang ihm, bevor er tatsächlich einschlief, mit der sehnsuchtsvollen Stimme eines Kindes, das nach der Mutter verlangt, noch einmal *Julia* zu flüstern, dann war nur noch gnädiges Dunkel um ihn.

60

Die Stationsschwester nannte Julia die Adresse einer kleinen Frühstückspension. »Wir schicken öfter Angehörige
unserer Patienten dort hin. Es liegt ruhig, und Sie sind zu
Fuß in wenigen Minuten hier.«

Julia bedankte sich und machte sich auf den Weg.

Sie benötigte wirklich nur sechs Minuten bis zum Hoteleingang, checkte ein und schickte Jürgen eine Nachricht über ihr Smartphone: **»Mein Mann ist ziemlich
schwer verletzt. Bleibe noch unbestimmte Zeit hier. Melde mich wieder. Nochmals vielen Dank, Julia.«**

Danach räumte sie Kleidungsstücke und Wäsche in
den Schrank und machte sich anschließend auf den Weg,
um all die Dinge einzukaufen, die Stefan benötigte, wenn
demnächst seine medizinischen Versorgungsschläuche
entfernt werden würden.

Sie kaufte Toilettenartikel und einen Rasierapparat,
Pyjamas, einen Bademantel, einen Trainingsanzug, den
ihr der Verkäufer besonders empfahl, Socken, Unterwäsche und Hausschuhe und kam sich ein wenig sonderbar
dabei vor. Doch energisch schob sie ihre diffusen Gefühle beiseite und sagte sich, dass sie nur das tat, was notwendig war. Immerhin war er noch immer ihr Ehemann.

»Es sind Blumen für Sie abgegeben worden«, teilte ihr
die nette, ältere Frau am Empfang mit, als sie, mit voll-
gestopften Einkaufstaschen beladen, von ihrem Bummel
zurückkehrte.

Erstaunt betrachtete Julia den ausladenden Strauß roter Rosen. *Demnach ist doch Jürgen der Rosenkavalier,*

dachte sie, doch dann fiel ihr ein, dass Jürgen nicht wissen konnte, dass sie hier abgestiegen war.

Sie trug zuerst die Einkäufe in ihr Zimmer, danach holte sie die Vase mit den Blumen.

»Da muss Sie jemand aber sehr lieben«, stellte die Empfangsdame fest und widmete den Rosen einen letzten, bewundernden Blick. »Es sind übrigens vierundvierzig. Ich hatte in den letzten beiden Stunden nicht sehr viel zu tun, da hab ich mir erlaubt, sie zu zählen.«

Die Doppelvier, dachte Julia. *Die Schicksalszahl von Großonkel Daniel.*

War dies schon bei den beiden anderen Blumengrüßen so gewesen? Julia konnte sich nicht mehr daran erinnern, nur dass es sehr viele Rosen gewesen waren.

Von der Doppelvier aber wusste nur Tante Marta. Diese war es ja auch gewesen, die ihr von der denkwürdigen Anhäufung der Zahl vier in Daniel Baders Leben erzählt hatte. Und sie hatte erst neulich, als sie Julia eine E-Mail geschickt hatte, darauf angespielt und die Doppelvier auch zu Julias Glückszahl erklärt.

Damit war die Sache wohl klar: Tante Marta hatte bei Frau Hasler angerufen, die Hasler hatte sie an die Freiburger Klinik verwiesen, und die Stationsschwester wiederum hatte ihr erzählt, dass die Nichte in die von ihr empfohlene Pension gezogen war.

Die meisten Rätsel im Leben lösen sich durch eine Kette logischer Überlegungen, dachte Julia und stellte die Rosen auf die Frisierkommode.

Nur das Rätsel Andrew blieb ein ungelöstes, und vielleicht war dies auch besser so. Andrew war ein Mann mit Geheimnissen, gefährlichen Geheimnissen womöglich. Und es war nicht zu erwarten, dass ein weiterer Zufall,

oder was immer es gewesen sein mochte, sie zusammen-
führte.

Julia klappte ihren Laptop auf und schrieb Jenny, deren letzte Botschaft ziemlich verschnupft geklungen hatte, eine lange Mail.

Sie erzählte von ihrem Besuch in Botswana, von der
aufregenden Begegnung mit dem amerikanischen und
dem botswanischen Präsidenten, von der erstaunlichen
Behandlung durch Joseph, vom blutroten Abendkleid
und von der hochinteressanten Botschaftsparty. Sie berichtete von den neuen Heiratsabsichten ihres Cousins
Alwin, und schließlich schilderte sie sogar die dramati-
sche Hundeattacke, der ihr Ehemann zum Opfer gefallen war. Sie schrieb von Stefans Operation und seinem
Krankenhausaufenthalt in Freiburg. Andrew erwähnte sie mit keinem Wort, schließlich hatte Jenny keine
Ahnung von diesem Mann. Vorsichtshalber schrieb sie
auch nichts von Jürgen, der wieder in ihrem Leben aufgetaucht war, denn sie wusste bereits jetzt, dass es end-
lose Diskussionen deswegen geben würde. Jenny wusste
von dem Abend im November. Sie würde es nicht verstehen, dass sich im Lauf der vergangenen Wochen eine
Art freundlicher Waffenstillstand zwischen ihnen eingestellt hatte. Stattdessen erkundigte sie sich nach dem
Stand von Jennys fortgeschrittener Schwangerschaft und
schrieb ausführliche Kommentare zu den von Jenny und
ihrem Mann in Erwägung gezogenen Vornamen für ihren Nachwuchs, der, wie bereits feststand, ein Junge sein
würde.

Als sie die Nachricht abgeschickt hatte, legte sich Julia
aufs Bett und überlegte, dass verheimlichte Fakten nichts
anderes waren als passive Lügen. *Ich werde meinen Lü-*

genmännern immer ähnlicher, dachte sie bedrückt. *Womöglich war die Lügerei ebenso ansteckend wie die Masern, und resistent dagegen wurde man nur, wenn man die Infektion durchgemacht und überwunden hatte.*

Die Rosen dufteten überwältigend süß, und schließlich schlief sie, voll bekleidet, gegen neun Uhr abends auf der Tagesdecke ihres Betts ein.

61

»Jetzt bin ich schon fast zwei Wochen hier«, stellte Stefan fest. Er saß in dem neuen Trainingsanzug auf der Kante seines Krankenbetts und aß den Schokoladenpudding, der vom Mittagessen übrig geblieben war. »Der Professor hat bei der Visite angedeutet, dass ich demnächst entlassen werden kann, sofern ...« Er brach ab und löffelte angelegentlich weiter.

»Sofern *was*?«, hakte Julia nach.

»Sofern eine Versorgung gewährleistet ist. Ich darf mich nicht bücken, nichts Schweres tragen und sollte nicht allein sein, falls doch noch Komplikationen auftreten.«

Julia erwiderte erst einmal nichts. Sie stand am Fenster und schaute über die Wipfel der alten Bäume, deren Blätter sich herbstlich zu färben begannen. Der Oktobertag war milde, der Himmel blau und mit vielen zarten Schäfchenwolken geschmückt.

Die letzte Woche war wie im Flug vergangen. Die Tage hatten einen festgelegten, beinahe schematischen Ablauf:

Frühstück im Hotel, danach kleine Einkäufe in der Stadt. Es gab immer etwas zu besorgen: Zahnseide, Deoroller, Shirts mit großem Ausschnitt, die Stefans Halsverband genügend Platz ließen. Ein Necessaire, einen Briefblock und Schreibgerät, ein paar Krimis für die Nachtstunden, in denen er nicht schlafen konnte, frisches Obst, einen speziellen Saft, den zu trinken die Oberschwester des großen Blutverlusts wegen geraten hatte, und dergleichen mehr.

Nicht, dass Stefan sie um diese Einkäufe gebeten hätte. Er erwähnte den Bedarf nur irgendwann im Verlauf ihrer Unterhaltungen, und sie war gern bereit, diese Dinge für ihn zu besorgen.

Die Nachmittagsstunden verbrachte sie dann in der Klinik.

Julia hatte Gespräche mit den diensthabenden Ärzten und dem Professor geführt. Sie hatte Kontakt mit der gräflichen Familie aufgenommen, die Bennos Attacke ihrer Haftpflichtversicherung gemeldet hatte. An Stefans Stelle, der sich noch zu schwach dazu fühlte, hatte sie den Fragebogen dieser Versicherung ausgefüllt, sodass er ihn nur noch unterschreiben musste. Sie hatte mit seiner Krankenversicherung verhandelt und auch deren Anfragen geklärt.

Sie hatte alles getan, was zu tun war, doch sie – wie auch Stefan – hatten es tunlichst vermieden, darüber zu sprechen, wie es mit ihnen weitergehen sollte.

Am frühen Abend, wenn sie die Klinik verließ, machte sie lange Spaziergänge und suchte vergeblich die Stadt ihrer Kindheit. Nur in der historischen Altstadt Freiburgs fand sie immer wieder Gebäude und Ecken, die noch ungefähr so aussahen wie früher.

Das Leben bestand aus ständiger Veränderung, wie diese Touren bewiesen.

Auch in ihr hatte sich etwas verändert.

So entschlossen sie gewesen war, sich scheiden zu lassen, als sie aus Botswana zurückgekommen war, so verunsichert war sie inzwischen.

Der Unfall und die Zeit nach seiner schwierigen Operation hatten ihr einen anderen Stefan gezeigt. Einen, der – obwohl er zum Opfer geworden war – Schmerzen und Beeinträchtigungen ertrug, und zwar ohne sich zu beklagen oder andere deswegen mit schlechter Laune zu drangsalieren.

Einen Stefan, der Geduld und Größe im Leiden bewies.

In den vergangenen Tagen hatte sie manchmal beobachtet, wie er sich auf dem Flur mit anderen Patienten unterhielt, deren Krankheitsgeschichten lauschte oder kleine Besorgungen in der Cafeteria der Klinik für diejenigen erledigte, die nicht gehfähig waren. Er war höflich, mitfühlend und hilfsbereit, und er war ganz ohne Zweifel der Lieblingspatient des Pflegepersonals. Die jüngeren Schwestern umschwärmten ihn.

Was seine Frau betraf, so machte er keine Versuche, sie zu umwerben, direkt oder mittelbar eine Fortsetzung ihrer Ehe vorzuschlagen. Er erklärte ihr dagegen häufig seine Dankbarkeit darüber, dass sie ihn in dieser üblen Situation nicht einfach sich selbst überlassen habe, und freute sich erkennbar über jeden ihrer Besuche.

In ihren Gesprächen wichen sie der Gegenwart aus, indem sie viel von der Vergangenheit sprachen.

Julia erzählte vom Unfalltod ihrer Eltern, von ihrer Zeit im Internat in Oberbayern, und ihrer Studienzeit. Sie sprach offen von der langen Beziehung mit Jürgen und erzählte Stefan sogar von den neuen, vorsichtig-freund-schaftlichen Begegnungen mit dem ehemaligen Partner.

Stefan sprach von seiner Kindheit, vom Terror seines Vaters, der den älteren Bruder favorisierte, und immer wieder von seinen Anstrengungen, durch Bildung und Studien aus der engen, kleinbäuerlichen Atmosphäre aus-zubrechen. Er zeigte Julia sogar ein altes Foto, das er of-fenbar ständig in seinem Geldbeutel mitführte. Er war darauf auf dem Schoß seiner Mutter abgebildet, als etwa dreijähriger Junge, mit dunklen Lockenhaaren, erstaun-lich dichten Augenbrauen und einem ängstlich-aufmerk-samen Gesichtsausdruck.

Es war unbestreitbar, und Julia musste es vor sich selbst zugeben: Der Unfall hatte es geschafft, dass sie sich wie-der nähergekommen waren. Die Zeit vor Bennos Attacke schien sehr lange zurückzuliegen, und sie empfand Ste-fans Verhalten vor und zu Beginn ihrer Ehe nicht mehr als empörend berechnend, sondern irgendwie sogar ver-ständlich.

Stefan ließ ihr Zeit und beobachtete sie beim Nachden-ken. Er sah die verschiedensten Empfindungen über ihr Gesicht huschen und begriff, dass ihm das große Wun-der schon beinahe gelungen war: Er hatte sie durch ihre Beschämung und ihr Mitleid, seine Demut, seinen vor-gespielten Verzicht und die vorgegebene Reue so weit gebracht, dass sie milde gestimmt war. Dass sie sein Ver-halten nicht mehr in derselben Schärfe sah wie vor Ben-nos Angriff.

Jetzt musste er es wagen, zum zweiten Akt seines Selbstrettungsversuchs anzusetzen, und dieser stand un-ter dem Motto: *Der geläuterte Gatte erwirbt Verzeihung und Gnade.*

»Der Arzt hat mir übrigens zu einer Erholungskur geraten. Am besten irgendwo, wo es zu dieser Jahreszeit noch freundlich und warm ist. Madeira wäre sein Vorschlag, dort sei das Klima besonders bekömmlich. Und ich könnte mir das auch leisten. Die Hundeversicherung hat mir inzwischen eine ganz nette Schadenersatzsumme angeboten.«

»Ja, dann mach das doch, Stefan!«

»Ich wollte das schon ... nur ... wie der Professor schon sagte ... *allein* kann ich das kaum wagen.«

Er vermied es, sie anzusehen, und wartete gespannt ab, wie sie reagieren würde. Wenn sie jetzt Nein sagte, war alles verloren. Jeder Tag, an dem sie nicht mehr seinem Einfluss ausgesetzt wäre, würde einen Schritt rückwärts bedeuten.

Ihr Schweigen dauerte lange – *zu* lange.

Seine Hände überzogen sich mit einer Schweißschicht und wurden eiskalt vor Anspannung.

Sie kriegt die Kurve nicht, dachte er panisch. *Sie ist und bleibt eine intellektuelle, kopfgesteuerte Zicke ohne jede Spontaneität, die Gefühle nicht wirklich zulässt und deshalb auch nicht nachhaltig zu beeinflussen ist. Sie wird zu ihrer Tante fahren, sich dort ausheulen, und die alte Ziege, die aus dem gleichen Holz geschnitzt ist, wird sie darin bestärken, sich scheiden zu lassen. Zum Teufel noch mal: Ich hab die Sache falsch eingeschätzt und mein Leben vergebens riskiert.*

»Ich werde darüber nachdenken, Stefan«, sagte sie in diesem Moment.

Er legte die Hände auf die Bettdecke und rieb unauffällig den Schweißfilm ab, während er, mit dem demütigsten Tonfall, den er zuwege bringen konnte, erwiderte: »Tu das, Julia. Und wie immer du dich entscheidest, lass mich dir noch mal versichern, wie dankbar ich dir für alles bin, was du bisher für mich getan hast.«

62

»Das ist das Sanatorium, das ich Ihrem Mann empfohlen habe«, erklärte der Professor und überreichte Julia einen Prospekt. »Es ist ein sehr gutes Haus, mit Hotelatmosphäre. Und falls doch noch eine medizinische Behandlung erforderlich sein sollte, dann befinden sich dort hervorragende und deutschsprachige Fachleute. Außerdem hätten sie Ende Oktober noch Zimmer frei, ich hab mich erkundigt. Der medizinische Leiter war mein Studienkollege.«

»Vielen Dank, Herr Professor. Dann werd ich mal mögliche Flugverbindungen abfragen.«

Als Julia nach Verlassen des Krankenhauses ihr Smartphone wieder einschaltete, fand sie eine Nachricht ihrer Tante: **»Bitte, Julia, ruf mich so bald wie möglich an. Ich hab sensationelle Neuigkeiten!«**

Das klang, für Tante Martas Verhältnisse, derart dramatisch, dass Julia noch vor dem Abendessen zurückrief.

»Stell dir vor, Julia, ich werde Großmutter! Eliza erwartet ein Baby, und Alwin ist entschlossen, so schnell wie möglich zu heiraten.«

»Das ist ja großartig, Tante Marta. Ich gratuliere dir!«

»Das darfst du auch, in diesem Fall. Die Frau ist ein Segen für Alwin. Er braucht nun mal eine starke Hand und klare Ansagen, und dies alles wird Eliza ihm ganz sicher verschaffen. Ich sage dir, ich bin so was von erleichtert. Ich hatte schon befürchtet, irgendwann kommt der Kerl wieder auf mich zu, und ich werde auf meine alten Tage noch einmal zum Hotel Mama.«

Julia lachte erheitert auf. »Die Gefahr ist jetzt ja vorbei. Ich freu mich für Alwin.«

»Er freut sich auch. Er lässt dir übrigens ausrichten, dass er dich bittet, seine Trauzeugin zu sein. Dein Kompagnon wird Hasan El-Mosakkib sein, den du ja in Gaborone kennengelernt hast.«

»Ich erinnere mich. Der Dichter mit der Feuerzunge!«

»Genau der. Sein Buch ist inzwischen erschienen, gleichzeitig auf Arabisch und Englisch, und nach allem, was ich höre, empfindet man es in der islamischen Welt als grandiosen Skandal.«

Julia nickte. »Ich hab davon gelesen und mir gedacht, dass er nicht nur eine Feuerzunge hat, sondern auch ein mutiger Mann ist.«

»Das meint Alwin auch. Und da Hasan gerade eine Lesereise quer durch Europa macht und tags zuvor in Zürich ist, kann er es einrichten, zur Hochzeit zu kommen, was Alwin ungemein wichtig ist, denn der Mann ist einer seiner wenigen wirklichen Freunde.«

»Und wann soll die Hochzeit stattfinden?«

»Alwin möchte unbedingt am siebenundzwanzigsten Oktober heiraten, das ist an meinem eigenen Hochzeitstag, und gerade deswegen legt er größten Wert auf dieses Datum. Weil die Ehe seiner Eltern so ausgesprochen glücklich war, führt er als Begründung an, und da kann und will ich ihm natürlich nicht widersprechen.«

Julia setzte eben dazu an, der Tante mitzuteilen, dass

es ihr dann nicht möglich sein werde, Alwin den gewünschten Ehrendienst zu leisten, weil sie sich zu diesem Zeitpunkt bereits mit Stefan auf Madeira befinde. Dann aber fiel ihr ein, was diese Nachricht für Diskussionen auslösen würde: War schon ihr Freiburger Aufenthalt Anlass für eine bissige Kritik ihrer Tante gewesen, die ihr vorgeworfen hatte, ein völlig unangebrachtes Schuldbewusstsein entwickelt zu haben – weitere Samariterdienste würden mit Sicherheit noch harscher kommentiert werden.

Doch Marta Albers war mit ihren Nachrichten noch nicht am Ende und sprach bereits weiter: »Du müsstest auch nicht nach Botswana fliegen, Julia, denn Alwin möchte in Deutschland heiraten. In Dießen, am Ammersee, genau so, wie damals dein Onkel Erich und ich. Das Problem war nur, dass der siebenundzwanzigste Oktober in diesem Jahr auf einen Sonntag fällt. Ich hab zwar keine Ahnung, wie es meinem Sohn gelungen ist, den Dießener Standesbeamten dazu zu bringen, aber Tatsache ist, dass der sich bereit erklärt hat, die Trauung ausnahmsweise auch an einem Sonntag durchzuführen.«

Julia dachte fieberhaft nach: Wenn sie die Reise nach Madeira einfach um einige Tage verschob, dann musste sie Alwin keine Absage erteilen, was sie – schon ihrer Tante wegen – höchst ungern getan hätte.

»Alwin hat seinen Jahresurlaub genommen und kommt dann eben als verheirateter Mann nach Gaborone zurück. Du weißt ja, er hasst das Gerede um seine Person wie die Pest, und auf diese Weise denkt er, kann er dem meisten davon entgehen.«

Julia schmunzelte, was ihre Tante glücklicherweise nicht sehen konnte. Es war ihr vollkommen klar, dass – wo immer diese Hochzeit stattfand – in Gaborone wochenlang darüber geschwatzt werden würde. Um danach einfach zur Tagesordnung überzugehen, war Alwins Position zu ausgesetzt, und die Gesellschaft, in der er in der botswanischen Hauptstadt verkehrte, war eine übersichtliche Gruppe, in der jeder von jedem nachgerade alles wusste. Insbesondere aber waren dort Leute, die nach derartigen Neuigkeiten regelrecht gierten, waren sie doch das Salz in der Suppe ihrer gepflegten Langeweile.

Wenn Alwin aber an die Wirksamkeit seines Tricks glaubt, dann sollte man ihn, samt seiner Mutter, in diesem Glauben belassen, dachte Julia amüsiert. »Wenn es so ist, dann kann ich das einrichten, Tante Marta!«

»Das ist lieb von dir, Julia. Alwin und ich haben ja sonst keine Verwandten mehr, und deshalb denke ich, sollten wir solche Anlässe nutzen, um die Familie zusammenzuhalten.«

Jetzt wäre der passende Zeitpunkt, sich nach Stefans Ergehen zu erkundigen, dachte Julia, doch ihre sonst so großzügige Tante zeigte keine Neigung dazu. Stefan Windheim war für sie abgeschrieben, daran bestand kein Zweifel mehr.

Julia unterdrückte ein Seufzen.

Am besten, sie würde der Tante erst nach *Alwins Hochzeit sagen, dass sie Stefan nach Madeira begleitete. Das Fest wäre ihr sonst verdorben,* mutmaßte Julia und seufzte nun wirklich.

»Ist etwas passiert?«, erkundigte sich Marta Albers sofort.

»Nein, nein. Es ist alles in Ordnung, Tante Marta.«

»*Wirklich,* Julia?«

»Ja. So … rumseufzen … ist nur eine Masche, die ich

mir irgendwann einmal angewöhnt habe. Ich muss zusehen, dass ich sie wieder loswerde, bevor ich die Leute damit erschrecke.«

Sie wechselten noch ein paar Sätze, dann war das Gespräch beendet.

Doch obwohl Tante Marta keine weiteren Fragen gestellt hatte, überlegte sich Julia die Antworten, die sie ihr demnächst geben musste.

Missmutig stellte sie fest, dass sie nicht in der Lage dazu war. Alles, was sie hätte sagen können, klang irgendwie … *falsch.*

Ich werde Stefan helfen, wieder ganz gesund zu werden, sagte sie sich, bevor sie wegdämmerte. *Und* nach *Madeira, da werd ich mich wirklich entscheiden.*

63

»Ich hab in dem Sanatorium angerufen. Sie haben ab dem sechsundzwanzigsten Oktober zwei Zimmer für uns«, erklärte Stefan, als seine Frau am Nachmittag im Krankenzimmer erschien.

Julia hob bedauernd die Schultern. »Ich kann frühestens am achtundzwanzigsten, besser noch am neunundzwanzigsten fliegen.«

»Und warum?«

»Mein Cousin Alwin heiratet. Am siebenundzwanzigsten Oktober. In Dießen, am Ammersee. Und er möchte, dass ich seine Trauzeugin bin.«

Stefan presste die Lippen zusammen. Das passte ihm

nicht, es passte ihm ganz und gar nicht, dass Julia mit ihrer Tante zusammenkam. Von Marta Albers hatte er sich durchschaut gefühlt, und dies von Anfang an. Sie war eine der wenigen Frauen, die er mit seinem Charme und seinem guten Aussehen nicht für sich einnehmen konnte.

Julia aber würde während dieser Hochzeit nicht nur seinem Einfluss entzogen sein, sondern sich auch mit ihrer Tante auseinandersetzen müssen. Er konnte sich jeden Satz dieser alten Ziege bereits ausmalen.

Andererseits war es natürlich vollkommen verkehrt, seine Frau zurückhalten zu wollen, zu dieser Hochzeit zu fahren.

Er musste sich etwas überlegen.

Vielleicht konnte er eine der Schwestern mit einer erfundenen Story beschwatzen, sie auf seine Seite ziehen und Julia eine medizinische Komplikation vorgaukeln. Eine, die natürlich schnell wieder behoben sein würde. Jedenfalls musste es ihm gelingen, sie von dieser Hochzeit fernzuhalten.

»Ich müsste auch mal wieder in meine Wohnung und nach der Post sehen«, gab Julia zu bedenken.

Darauf war er vorbereitet. Er nickte zustimmend. »Dann könntest du gleich deine Sachen für den Madeiraaufenthalt zusammenpacken. Und vielleicht meinen Koffer aus der Pension in Bad Waldungen mitbringen, damit ich nachsehen kann, was ich mitnehmen möchte.«

»Ich werde das erledigen, obwohl ich denke, dass dir die Sachen kaum noch passen werden. Du hast während des Aufenthalts hier ziemlich abgenommen. Aber man soll auf Madeira ja sehr gut einkaufen können, dann machen wir das am besten dort.«

Gut, dass *du* das gesagt hast, dachte Stefan. Natürlich

würde er sich vollkommen neu einkleiden, ob das nun erforderlich war oder nicht, und er war sicher, dass seine Frau für diese Kosten aufkommen würde, schon um die Schuld abzutragen, die er ihr fortwährend suggerierte.

Und wenn ihr Schuldbewusstsein je abflauen würde, hätte er längst die Schlingen seiner *ungebrochenen Liebe* um sie gewickelt wie den Teufelszwirn.

Mitten in diesen Gedanken hinein erschien der Professor im Krankenzimmer. »Ich konnte jetzt einen Termin mit dem Neurologen vereinbaren, Herr Windheim. Sie werden deshalb zwei Tage in die neurologische Klinik verlegt.«

»Danke, Herr Professor.«

Nachdem der Arzt wieder gegangen war, schlug Julia vor: »Dann fahre ich am besten so lange nach Staufenfels.«

»Mach das, Julia«, stimmte ihr Stefan zu. Er hatte beschlossen, sie während der Zeit dieser Abwesenheit telefonisch eng *an der Leine zu führen* und vorgegebene Ängste wegen schlechter Untersuchungsergebnisse zu benutzen, um sie nicht zu sehr auf andere Gedanken kommen zu lassen.

Als sie sich verabschiedet hatte, ging er hinüber zum Aufenthaltsraum, in dem sich ein großer Fernsehapparat befand.

Er hätte sich natürlich auch ein eigenes Gerät in sein Zimmer bestellen können, doch zu Beginn seines Aufenthalts war an Fernsehen nicht zu denken gewesen, und später hatte er es vorgezogen zu lesen. Und in den wenigen Tagen, die er noch hier sein würde, machte er gern die paar Schritte bis zum Aufenthaltsraum, zumal sich hier manchmal nette Gespräche ergaben.

Heute allerdings war er allein in dem freundlich gestalteten Raum. Er schaltete das Gerät ein und zappte sich durch die Programme. Bei einem der Spartensender, in dem ein Kulturmagazin wiederholt wurde, blieb er hängen. Nicht, dass ihn das Interview mit dem dort vorgestellten Schriftsteller besonders interessiert hätte, nur der Name des Mannes, Hasan El-Mosakkib, kam ihm bekannt vor, auch wenn er nicht hätte sagen können, woher. Er sah eine Weile lang zu und lauschte dem Wortschwall des Arabers, bis ihm einfiel, dass dies der Dichter sein musste, den Julia in Botswana getroffen hatte und der ebenfalls Trauzeuge bei der Hochzeit ihres Vetters sein sollte.

Offenbar war Julias Einschätzung von der *Feuerzunge* dieses Herrn zutreffend, denn sein Buch hatte, wie aus den Bemerkungen des Interviewers erkennbar wurde, die gesamte islamische Welt in glühende Wut versetzt.

Als die Schwester den Rollwagen mit dem Abendessen an der Glasscheibe des Aufenthaltsraums vorüberschob, schaltete Stefan das Gerät wieder aus und ging zurück in sein Zimmer.

Es gab Elsässer Wurstsalat, und zum ersten Mal, seitdem er im Krankenhaus lag, hatte er Lust auf ein Bier, das die freundliche Schwester ihrem Lieblingspatienten auch gerne brachte.

64

Am Nachmittag des nächsten Tages fuhr Julia über die Landstraße, die auf verschlungenen Wegen nach Staufenfels führte.

Das Laub des Mischwalds stand in prächtigster, herbstlicher Färbung, und die tief stehende Sonne verstärkte die Rot- und Goldtöne bis beinahe ins Kitschige.

Sie stellte das Radio an und freute sich an der fetzigen Musik. Zum ersten Mal seit langer Zeit fühlte sie sich fröhlich und jung.

Sie öffnete die Autoscheibe, atmete die erstaunlich milde, würzige Luft ein, und sang den Refrain eines bekannten Schlagers mit.

Sie beschloss, bei Luigi eine Portion Muscheln zu essen, um Einkäufe zu vermeiden – das hatte morgen noch Zeit.

»Habe ich Sie lange nicht mehr gesehen«, konstatierte Luigi, als sie sich an *ihren* Tisch setzte.

»Ich war ein bisschen verreist«, erklärte Julia und bestellte sich einen Weißwein. Luigi warf ihr einen prüfenden Blick zu, aber er stellte keine Fragen. Der Mann hatte ein Gefühl für Stimmungen, das wusste Julia längst.

»Habe ich eine neue Rezept für die *vóngole*«, teilte er stattdessen mit. »Sie solle probiere. Ist, wie sagt man zu deutsch? Kostelisch?«

»Köstlich«, korrigierte Julia und musste lächeln. »Dann werd ich das mal versuchen.«

Die Muscheln schmeckten tatsächlich *kostelisch* – und der Wein versetzte sie in eine gelöste, optimistische Stimmung. Sie fühlte sich wie frisch aus dem Gefängnis entlassen. *Man sollte es nicht glauben, wie stimmungsverdunkelnd zwei Wochen Krankenhausatmosphäre wirken,* dachte sie, und trank den Rest des Soaves in ihrem Glas.

»Ich hätte gerne noch einen Wein«, rief sie zur Theke hinüber, und beschloss, ihren Golf auf Luigis Kundenparkplatz stehen zu lassen. Der kleine Spaziergang zum Burgberg hoch würde ihr guttun.

Eine halbe Stunde später nahm sie ihre kleine Reisetasche aus dem Kofferraum und stapfte den kurzen, steilen Weg zum Burgberg hinauf. Sie hatte eine Taschenlampe dabei, aber sie konnte darauf verzichten. Der Mond leuchtete hell und freundlich zwischen den Baumwipfeln hindurch.

Hinter den Fensterscheiben der Haslers brannten die Lampen, doch Bennos Zwinger war leer, als sie ihn passierte.

Niemand nahm sie zur Kenntnis, als sie die Turmtür aufschloss und in ihre Wohnung hochstieg.

Julia stellte die Reisetasche ab, ging in die Dusche und stellte sich lange unter den heißen Wasserstrahl.

Anschließend frottierte sie sich ab, schlüpfte in ihren mollig warmen Hausanzug und stellte ihren Lieblingssessel an seinen alten Platz zurück.

Sie warf den amerikanischen Kamin an, kuschelte sich in das schottische Plaid und war kurz danach eingeschlafen.

Um halb drei in der Nacht fuhr sie hoch und begriff, dass das Schrillen des Telefons nicht Bestandteil ihres Traums, sondern Wirklichkeit war.

Was um Gottes willen war jetzt wieder los?

Sie hastete zum Telefon und riss den Hörer an sich. »Windheim?«

»Julia?« Die Stimme war männlich und hatte einen unbekannten Akzent.

»Ja, am Apparat«, krächzte Julia.

»Hier spricht Richard. Richard Butcher. Ich bin der Ehemann von Jenny, you know?«

Mein Gott. Der Insektenforscher. Julia kannte ihn nur durch Jennys Erzählungen, mit ihm gesprochen hatte sie noch nie.

»Ist irgendetwas mit Jenny?«, erkundigte sie sich mit belegter Stimme und machte sich schreckliche Vorwürfe, die Freundin so vernachlässigt zu haben.

»Ja. *Ist etwas* mit Jenny. Ist sie Mama von einem gesunden, wunderschönen Boy seit ein paar Stunden. We are so happy, und Jenny will, dass du das weißt, Julia!«

»Aber das Kind sollte doch erst in zwei Wochen kommen?«, stammelte Julia und kam sich gleich darauf albern vor, was sie dazu brachte, entschieden lauter als notwendig zu erklären: »Was natürlich vollkommen egal ist. Wie geht es denn Jenny?«

»Es geht ihr gut, nur ist sie sehr müde. Sie hat mich gebeten, dir Nachricht zu geben.«

»Das ist ganz lieb von dir, Richard.«

»Das Kind soll denselben Namen haben wie mein verstorbener Vater: Andrew.«

Julia schluckte und sagte dann rasch: »Ein sehr schöner Name. Bitte, ganz liebe Grüße an Jenny, und ganz herzliche Gratulation. Ich werde mich morgen, nein, heute natürlich, bei ihr melden.«

»Mach das, Julia. Und du bist immer willkommen bei uns in Cairns, vergiss das nicht.«

»Nein. Und irgendwann demnächst werde ich auch kommen. Ganz bestimmt!«, versicherte sie und setzte sich wieder in den Sessel zurück. Jenny hatte einen Sohn, und dieser Sohn hieß Andrew. Ausgerechnet. Warum gab es nur solche Zufälle?

Und warum zum Teufel brachte die erfreuliche Neuigkeit sie derart zum Weinen?

Als sie in ihre Handtasche griff, um ihr Taschentuch zu holen, tappte sie an das kühle Metall ihres Smartphones. Sie sah auf das tote Display und begriff, dass sie wieder mal vergessen hatte, den Akku nachzuladen.

Sie suchte das Aufladekabel, steckte es in die Steckdose und konnte bald danach auf dem Monitor sehen, dass fünf versäumte Anrufe aufgelistet waren. Einer davon war, was sie tief beschämte, von Jenny. Die vier anderen waren von Stefan.

Julia legte das Handy angesteckt auf den Couchtisch, ging ins Schlafzimmer und schlüpfte unter die Bettdecke.

Ganz schnell war sie wieder eingeschlafen und träumte.

Sie träumte von ihrer ehemaligen Wohnung in Karlsruhe, in der sie wieder mit Jürgen zusammenwohnte. Sie hatten ein Baby, das Andrew hieß, und seine Wiege stand neben einem amerikanischen Kamin, wo es warm und gemütlich war. Auf dem Fellvorleger lag Benno. Er hob seinen schönen Kopf mit den bernsteinfarbenen Augen, schaute sie an und sagte mit menschlicher, tröstlicher Stimme: »Alles wird gut, Julia!«

Dann aber heulte er auf, doch als Julia versuchte, ihn zur Ruhe zu bringen, erwachte sie und stellte fest, dass es sich bei dem Heulen um das Arbeitsgerät von Brigitte Hasler handelte, die im Flur Staub saugte und noch nicht bemerkt hatte, dass die Wohnungsmieterin zurückgekehrt war.

65

Er war nervös.

Die neurologische Untersuchung hatte keine negativen Ergebnisse erbracht, was ihn eigentlich freuen konnte. Dennoch hatte er vor, diesen Aspekt seiner Verletzung noch ein wenig auszubauen, um Julia weiter mit Schuldgefühlen zu belasten.

»Ich verlange, dass niemandem gegenüber irgendwelche Auskünfte über diese Untersuchungen erteilt werden. Und wenn ich niemand sage, dann meine ich damit auch meine Angehörigen«, hatte er dem Neurologieprofessor gegenüber erklärt, und zwar bevor mit den Tests begonnen worden war. Er hatte mit eigenen Augen gesehen, wie der Mann mit rotem Filzstift einen entsprechenden Vermerk auf seiner Krankenakte angebracht hatte. Er konnte es sich also leisten, mit diesem Pfund zu wuchern, ohne dass seine falschen Behauptungen auffliegen würden.

Doch gestern, als er Julia hatte anrufen wollen, um eine nervenbedingte Bewegungseinschränkung nicht nur seines Arms, sondern auch seines Halses zu vermelden, war er nur bis zu ihrer Mailbox vorgedrungen. Bei den ersten beiden Versuchen hatte er sich noch nichts dabei gedacht, doch als Julia anhaltend nicht zu erreichen gewesen war, war er nervös geworden – und er war es noch immer. Er hatte nicht vergessen, was über ihn hereingebrochen war, als es zum letzten Kommunikationsstopp gekommen war: all das, worunter er jetzt noch zu leiden hatte.

Während er sein Infusionsgestell vor sich herschob,

ging er hinunter in die Krankenhaushalle. Von dort wollte er telefonieren, da er so besser vor möglichen neugierigen Ohren zufällig vorbeikommender Schwestern geschützt war. Immerhin war es möglich, dass sie die schriftlichen Ergebnisse der neurologischen Untersuchung gesehen hatten.

In einer Fensternische, von der aus er eine gute Übersicht über die gesamte Halle hatte, versuchte er ein weiteres Mal, seine Frau zu erreichen.

Es klingelte mehrmals, die Mailbox-Ansage sprang an, doch Julia meldete sich nicht. Schließlich legte er auf und war gerade dabei zu überlegen, wie er sich jetzt verhalten sollte, als er seinen Stationsarzt erkannte, der aus dem Aufzug trat und auf den Kiosk zusteuerte.

Sonderbarerweise sah der Mann sich einige Male prüfend um, bevor er an den Verkaufstresen trat.

Die Kioskbetreiberin, eine kesse, rothaarige Frau namens Jana Ottenbuch, mit der Stefan schon öfter geplaudert hatte, wandte sich dem Arzt zu, worauf sich ein rascher Wortwechsel entspann. Der Arzt schien aber nichts kaufen zu wollen, denn Frau Ottenbuch griff nicht nach einem der angebotenen Artikel. Der junge Weißkittel gestikulierte fahrig und redete unentwegt auf die Frau ein, während diese sonderbar trotzig und verstimmt wirkte.

Interessiert betrachtete Stefan die Szene, die er nur als Pantomime erlebte, und bald begriff er, worum es sich handelte: Die beiden waren ein Liebespaar und hatten eine Verabredung getroffen, aus der sich der Arzt jetzt wieder herauszuwinden versuchte.

Stefan lächelte mitfühlend. Der Mann war verheiratet und hatte zwei kleine Kinder, die er neulich einmal kennengelernt hatte, als die Ehefrau ihn abholen kam.

Tja, die Welt war voll von Lügengeschichten, und wenn man einen Blick dafür hatte, erkannte man die meisten sehr schnell. Der Arzt hatte ganz offensichtlich keine Erfahrung; vermutlich war es das erste Mal, dass er seine Frau betrog. *Das nächste Mal würde er sich cleverer benehmen,* vermutete Stefan ein wenig amüsiert.

Dann allerdings hatte er keine Gelegenheit mehr, die Sache weiter zu verfolgen, denn in seiner Hosentasche begann sein Handy zu ruckeln, und endlich meldete sich seine Frau.

»Hallo, Julia«, sagte er, mit einem wohldosiert depressiven Tonfall. »Ich hab leider keine guten Neuigkeiten. Anscheinend hat bei der Hundeattacke mein Nervensystem doch etwas abgekriegt. Jedenfalls werde ich eine Bewegungsbeeinträchtigung am rechten Arm und am Hals zurückbehalten, die man durch krankengymnastische Maßnahmen zwar lindern, aber nicht ganz beseitigen kann.«

Er lauschte gelangweilt auf Julias aufmunternde Worte und beobachtete dabei, dass das Paar im Kiosk sich wieder verständigt hatte, denn es trennte sich jetzt lächelnd und mit einem verstohlenen Winken.

»So eine Diagnose ist natürlich nichts, was einen fröhlich stimmt«, sagte er dann, als Julia ihren tröstlichen Zuspruch beendet hatte.

»Das tut mir leid, Stefan, wirklich, zumal ich den Eindruck hatte, dass du dich inzwischen nicht nur physisch, sondern auch psychisch wieder erholt hast.«

Aha. Wenn es so ist, dann hab ich offenbar einen Fehler gemacht, dachte er und beschloss, gleich nach ihrer Rückkehr stärker zu simulieren. *So* stark jedenfalls, dass Julias Bedrückung bis über diese dreimal verdammte Hochzeit hinweg anhalten würde.

»Wenn ich dich in dieser ganzen Sache nicht an meiner Seite gehabt hätte, ich glaube, ich hätte sie nicht überlebt. Und *überstanden* habe ich sie ja noch lange nicht, sagten mir die Ärzte in der Nervenklinik. Weil sich die posttraumatischen Störungen nach einem derartigen Angriff in der Regel erst erheblich später zeigen«, erklärte er.

»Reg dich nicht auf, Stefan. Ich werde heute erledigen, was zu erledigen ist, und morgen bin ich dann wieder bei dir«, versicherte Julia erwartungsgemäß, und er lächelte befriedigt.

Es hatte schon sein Gutes zu wissen, wie Frauen tickten und wie sie beschaffen waren.

Julia zum Beispiel war ausgesprochen pflichtbewusst. Sie war intelligent, ehrlich, gradlinig und sie hatte ein Helfersyndrom, das vermutlich aus den Zeiten ihres Lebens stammte, in denen sie selbst viel Hilfe erfahren hatte. Wahrscheinlich hatte sie gute Eltern gehabt, die sie geliebt und umsorgt hatten, was die eigene Empathie und das Verantwortungsbewusstsein besonders stärkte.

So betrachtet, war Julia ein ideales Opfer, wenn es darum ging, jemanden einen Schuldkomplex einzureden. Er wiederum hatte diesbezüglich alles unternommen, was getan werden konnte. Und wie man sah: Es funktionierte.

Beruhigt schob er sein Infusionsgestell zurück zu den Aufzügen, wo schon mehrere Leute warteten, die nach oben wollten.

Im letzten Moment drängte noch eine junge Frau herein, die zwei kleine Mädchen an der Hand hielt.

Stefan erkannte sie sofort als die Frau seines Stationsarztes. *Gerade noch einmal gut gegangen, Mr. Doc*, dachte Stefan und hätte beinahe laut aufgelacht über diesen dilettantischen Betrüger.

In seinem Zimmer angelangt, freute er sich über den Becher Schokoladenpudding, den ihm die hübsche junge Lernschwester auf den Nachttisch gestellt hatte. Ganz offensichtlich hatte sie sich seine Lieblingsnachspeise gemerkt, und es war ihr gelungen, eine Zusatzportion abzuzweigen.

Er würde schon dafür sorgen, dass Julia auch die Gefährdungen, die sich aus der Hochzeit ihres Cousins ergaben, so überstand, dass sie dennoch mit ihm nach Madeira fliegen würde: Er war ihr geläuterter, gereifter Ehemann. Sie aber war, zumindest indirekt, schuld an seinen Schmerzen und Beeinträchtigungen, und er liebte sie großzügigerweise dennoch. Das war die Gleichung, die sie vollends lernen musste, und wenn dies gelang – woran er keine Zweifel mehr hegte –, war er lebenslanger Teilhaber an ihren vierundvierzig wunderbaren Millionen.

Er beschloss, sie heute nicht mehr anzurufen.

Mit Sicherheit würde diese unerwartete Enthaltung sie noch sehr viel mehr beunruhigen, als wenn er sich noch einmal meldete und herumjammerte. Er hatte schließlich keinen Zweifel daran gelassen, wie labil seine Psyche noch war, und genau deswegen würde sie sich Sorgen machen.

Er kratzte den Schokopudding aus, bis sich nichts Braunes mehr in dem Becher befand, und legte sich dann aufs Ohr, um ein geruhsames Nachmittagsschläfchen zu machen.

66

Duschgel, Zahnpasta, Körperlotion, Gesichtscreme …

Julia kontrollierte ihren Notizzettel und verließ dann die Drogerieabteilung des Supermarkts.

Sie kaufte noch etwas Obst, Käse und Brot und schob dann ihren Einkaufswagen zur Kasse. Dort hatte sich eine Schlange gebildet. Julia schaute gelangweilt durch die Glasscheiben hinaus auf den Marktplatz von Staufenfels, während sie ihre Einkäufe auf das Förderband häufte.

Plötzlich stutzte sie. Sie drehte den Kopf und versuchte, an der jungen Mutter vorbeizusehen, die neben der Ausgangstür stand. Ausgerechnet jetzt musste die Frau ihr Kind aus dem Einkaufswagen heben, was Julias Sicht noch weiter eingrenzte. Trotzdem war sie ganz sicher, dass sie sich nicht geirrt hatte. »Moment bitte … ich muss … bin gleich wieder zurück«, rief sie und stürzte zum Ausgang.

»Also, was soll das?«, rief die Frau an der Kasse ihr hinterher. »Sie halten hier den ganzen Betrieb auf.«

Doch Julia achtete nicht auf diesen Protest. Sie rannte ein Stück in die Richtung, in die er gegangen war, und schrie dabei laut und mit überkippender Stimme: »Andrew? Andrew!«

Es klang, wie sie selbst hörte, hoffnungsvoll und verzweifelt zugleich, wie die Schreie eines Schiffbrüchigen, der auf dem offenen Meer schwimmt und weit über sich ein Flugzeug dahinziehen sieht.

Und genauso vergeblich war auch ihr Rufen.

Er war weg, wie vom Erdboden verschluckt.

Julia sah sich um. Sie musterte die parkenden Autos, die Passanten auf dem gegenüberliegenden Gehweg und schließlich die umliegenden Häuser. Es waren fast ausschließlich Bürogebäude, nur in einem davon befand sich im Erdgeschoss ein Bäckerei-Café.

Entschlossen steuerte Julia darauf zu und betrachtete durch die große Glasscheibe die anwesenden Gäste.

Er war nicht dabei.

Sie drehte sich noch einmal im Kreis, musste dann aber einsehen, dass sie sich entweder geirrt hatte oder er wieder einmal entwischt war. Also trottete sie zurück zum Supermarkt, wo die Frau an der Kasse sie ungnädig empfing.

»Hören Sie, so geht das nicht! Ich musste Ihren ganzen Kram wieder zurückräumen und sogar den Filialleiter holen, weil ich ein Storno nicht alleine ausbuchen darf.«

»Entschuldigung«, murmelte Julia.

»Ihr Wagen steht dort hinten, neben dem Obstregal.«

»Danke.«

Julia ersparte sich jede Erwiderung. Sie holte den Wagen und stellte sich wieder in die Reihe. Sie bezahlte die Einkäufe, verstaute sie in den gekauften Papiertaschen und verließ dann so schnell wie möglich den Supermarkt.

Sie fuhr aber nicht hoch zur Burg, nachdem sie alles in den Kofferraum geräumt hatte, sondern zum Wanderparkplatz, wo sie ihren Golf abstellte und zu einem großen Spaziergang aufbrach.

Es war Mittagszeit, und weit entfernt hörte sie das Läuten der Staufenfelser Kirchenglocken.

Das bereits abgefallene Laub raschelte unter ihren Füßen, und die noch an den Bäumen verbliebenen Blätter der Buchen und Eschen, aus denen der Laubwald hier weitgehend bestand, bewegten sich wie kleine gelbe Fächer im sanften Wind dieses Herbsttags.

Julia ging den vertrauten Weg entlang, und mit jedem Schritt schien ihr Kopf ein wenig klarer zu werden. Als sie an dem Aussichtspunkt angelangt war, den sie besonders liebte, erfreute sie eine ungewöhnliche Fernsicht. Über den goldenen und rostroten Baumwipfeln des Staufenfelser Lands waren, weit im Südosten, die dunklen Tannenwipfel des Schwarzwalds auszumachen, und in der Ferne, scheinbar über der Horizontlinie schwebend, konnte man sogar einen Zipfel des Staufsees erkennen, was nur bei seltenen Wetterlagen der Fall war.

Julia fühlte sich wie in einem Ballon, in großer Höhe und Ruhe, frei schwebend, und plötzlich gelang es ihr, das eigene Leben so klar und umfassend zu betrachten wie die vor ihr liegende Landschaft.

Ihre Ehe war nichts anderes als die Frucht einer Lüge.

Sie war gefrustet und enttäuscht gewesen, nach der Trennung von Jürgen, zuerst sehr einsam und danach vorsichtig hoffnungsvoll.

Hoffnung aber war nur die Eintrittskarte in den Saal der Gefühle. Doch der Raum, in den Stefan sie geführt hatte, war beinahe leer gewesen, wenn sie von der Selbstbestätigung einmal absah, die ein neuer, verlangender Mann jeder betrogenen Frau verschaffte. Sie war Stefans Charme, seinem guten Aussehen, seiner Beredsamkeit und seinen Nützlichkeitsappellen erlegen; das war die Grundlage der Entscheidung gewesen, zu der er sie genötigt hatte.

In Andrew aber hatte sie sich verliebt. Spontan, leidenschaftlich, ohne Skrupel oder Überlegung, so verliebt, wie sie es nicht für möglich gehalten hätte. Es war ein

Irrtum gewesen zu denken, dass es ihr gelingen könnte, diesen Mann zu vergessen. So banal der heutige Vorfall während des Einkaufs auch gewesen war, er hatte ihr gezeigt, dass irgendetwas in ihr, entgegen alle Vernunft, nur darauf wartete, ihn wiederzusehen, ganz egal, ob er ein Geheimagent, ein Betrüger oder gar ein Verbrecher war.

Diese eine, einzige Nacht mit ihm war das wichtigste Ereignis ihres bisherigen Lebens, und sie würde sich fortan erlauben, immer wieder daran zu denken, um sie aufs Neue nachzuempfinden. Ohne Zögern, dessen war sich Julia sicher, würde sie auf ihre gesamte Erbschaft verzichten, gäbe es dafür die Möglichkeit einer Zukunft mit Andrew. Und sie begriff, dass aus der Verliebtheit längst Liebe geworden war.

Diese plötzliche, klare Erkenntnis brachte allerdings auch die Einsicht, dass sie nicht länger nachdenken musste, weder auf Madeira noch sonst irgendwo.

Ihre Gefühle für Stefan bestanden nur noch aus Mitleid und einem diffusen Schuldbewusstsein. Beides aber waren keine Grundlagen für eine Fortsetzung ihrer Ehe.

Sie würde sich scheiden lassen, und was ihre Schuldgefühle betraf, so würde sie versuchen, mit Stefan ein Schmerzensgeld zu vereinbaren.

Dies alles würde sie ihm mitteilen, gleich nach ihrer Rückkehr von Alwins Hochzeit. *Vorher besser nicht,* dachte sie, denn ein plötzlich wiedererwachter Instinkt sagte ihr, dass Stefan kaum einverstanden sein würde, egal, was er ihr in dem Brief vor dem Hundeangriff geschrieben hatte.

67

»Ich hab mich schrecklich einsam gefühlt, als du weg
warst«, bekannte er klagend.

»Du hast bestimmt ganz unverschämt mit den Schwestern geflirtet«, konterte Julia unbeeindruckt und füllte das
mitgebrachte Obst in die leer gewordene Obstschale auf
dem Tisch des Krankenzimmers.

»Sie sind nett zu mir, und ich bin genauso nett zu ihnen, das ist alles.«

»Na ja, ich weiß nicht. Für andere Patienten klaut vermutlich nicht jede Pflegekraft Schokoladenpudding«,
stellte Julia fest, die die drei leeren Becher im Papier-
korb gesehen hatte.

Stefan musterte unauffällig seine Frau, die jetzt damit
beschäftigt war, eine Orange zu schälen. Etwas an ihr hatte sich verändert, er wusste nur noch nicht, was es war.
»Gibt es was Neues?«, erkundigte er sich versuchsweise.

»Jennys Baby ist da. Es ist ein Junge, und er heißt Andrew.«

»Ah ja. Dann sag ihr doch bitte viele Grüße und herzliche Glückwünsche, wenn du wieder mit ihr telefonierst.«

»Ich werde es ausrichten.«

Sie teilte die Orange in Spalten, die sie auf dem Teller auslegte.

Er erwartete, dass sie ihm diesen jetzt reichen würde,
doch sie behielt ihn in ihrer Hand und schob sich geistes-
abwesend einen der Obstschnitze in den Mund.

Sie ist immer noch weg. Weit weg von mir, dachte er
alarmiert.

Es war etwas geschehen, und es war nicht die Nachricht von der Geburt des Kinds ihrer Freundin, das diese Distanz zwischen sie gebracht hatte. Er musste ergründen, was passiert war, um richtig reagieren zu können.

»Wir könnten ja, wenn wir aus Madeira zurück sind und ich wieder einigermaßen in Ordnung bin, daran denken, deine Freundin und ihre Familie zu besuchen. Australien hat mich schon immer interessiert, und Cairns soll eine beeindruckende, aufstrebende Stadt sein, wirtschaftlich, aber auch kulturell.«

»Genau das sagt Jenny auch.«

»Dann könnten wir das doch ins Auge fassen, oder?«

»Mal sehen …«, erwiderte Julia unbestimmt, und plötzlich wusste er es.

Es war ein Mann, ganz unzweifelhaft. Ihre Nachdenklichkeit, ihr etwas verlorenes Lächeln, das er an Frauen beobachtet hatte, die einem fernen Geliebten hinterhertrauern, sprachen eine deutliche Sprache. Sie war ihm entglitten, und er machte sich keine Illusionen darüber, ob die Sache noch einmal umzudrehen wäre.

Er erinnerte sich jetzt an eine weiter zurückliegende Beobachtung und den Verdacht, den er gleich nach dieser idiotischen Hochzeitsreise gehabt hatte: Es hatte während der Zeit in Indien also doch einen anderen Mann gegeben, einen, den sie ihm verheimlicht hatte, was die Schuldgefühle erklärte, die er damals einen kurzen Moment lang auf ihrem Gesicht zu erkennen geglaubt hatte. Er hatte es für unmöglich gehalten, aber genau so musste es gewesen sein. Jetzt aber hatte sie diesen Mann wieder getroffen und offenbar liebte sie ihn, ja, genau diesen Eindruck vermittelte sie.

Von ihm aber würde sie sich scheiden lassen, und von

ihrer Bedrückung wegen Bennos Angriff würde sie versuchen, sich freizukaufen, falls sie nicht schon vorher begriff, dass es gar keine plausiblen Gründe für ein Schuldbewusstsein gab – nur die, die er ihr während seines Klinikaufenthalts geschickt und systematisch eingeredet hatte.

»Und wie geht es deiner Freundin Jenny? War es eine schwierige Geburt?«, erkundigte er sich mit gespieltem Interesse. Doch während Julia erzählte, was Jenny ihr beim gestrigen Telefonat mitgeteilt hatte, erwog er fieberhaft alle für ihn verbliebenen Optionen. Er war noch zu keinem Ergebnis gekommen, als sie sich verabschiedete.

»Ich hab mit Tante Marta ausgemacht, dass ich mich um halb vier bei ihr melde, damit wir in Ruhe alles besprechen können, was vor der Hochzeit noch erledigt werden muss.«

»Ja, mach das. Und grüße deine Tante von mir. Es tut mir ausgesprochen leid, dass ich bei dem Fest nicht mit dabei sein kann«, beteuerte er. Es wäre sogar die Wahrheit gewesen, wenn er es vor einigen Tagen gesagt hätte. Jetzt aber war nichts mehr zu retten, nicht einmal mehr, wenn ihm die Ärzte die Teilnahme an der Feier gestattet hätten.

Als sie das Zimmer verlassen hatte, setzte er sich in den Lehnstuhl am Fenster und ging in Gedanken alles noch einmal genau durch. Doch er konnte es drehen und wenden, wie er wollte, es kam immer dasselbe dabei heraus: Nur durch Julias Tod konnte er noch an die Millionen gelangen.

Sie musste sterben, und dies so bald wie möglich.

Er grübelte noch weiter darüber nach, denn die Sache war komplizierter, als sie im ersten Moment erschien. Natürlich traute er es sich zu, eine Methode zu finden, wie er sie beseitigen konnte, sodass es wie ein Unfall aussehen würde. Das Problem war, dass Julia Multimillionärin war und von diesem Umstand hier in Deutschland zumindest noch ihre Tante Kenntnis hatte, vielleicht ja auch dieser Vetter. Wenn aber eine junge, schwerreiche Frau verunglückte, die gerade einmal ein paar Monate verheiratet war, so würde die Polizei dies zu gründlichen Ermittlungen gegen den Witwer veranlassen. Und die Tante würde ihn natürlich sofort und lauthals verdächtigen.

»Ihr Essen, Herr Windheim«, verkündete die junge Hilfsschwester strahlend und stellte ihm das Tablett auf den Tisch, wobei sie sich weit vorbeugte und ihren prallen Brustansatz sehen ließ.

Stefan verspürte ein plötzliches, heftiges Verlangen, ihr den Gefallen zu tun, denn sie provozierte ihn schon seit Tagen.

Rasch aber schob er die Anwandlung wieder von sich. Auf gar keinen Fall konnte er es sich leisten, dass in seiner unmittelbaren Nähe jemand an seinem Eheglück zweifelte.

Er tat also, als ob er nichts bemerkt hätte, und hob die Plastikabdeckung von seinem Abendessen, das aus gemischtem Aufschnitt und Salaten bestand.

»Dann, gute Nacht. Aber … falls Sie doch noch etwas brauchen sollten, Herr Windheim, ich hab heute die Spätschicht …«

»Danke, aber ich denke, ich komme zurecht«, erklärte Stefan deutlich zurückhaltender als bisher, worauf die junge Frau enttäuscht aus dem Zimmer ging.

Er aß wenig und machte sich danach auf in den Aufenthaltsraum, um sich ein wenig abzulenken. Doch auch diesmal war kein anderer Patient anwesend.

Mit mäßigem Interesse schaute er sich einen Spielfilm an, der von einem Liebespaar im Bosnienkrieg erzählte. Der Film war schlecht inszeniert und mit mäßigen Schauspielern besetzt. Er setzte gerade dazu an weiterzuzappen, als ein Wort des Hauptdarstellers ihn förmlich aus dem Sessel riss: *Kollateralschaden.*

Genau das war die Lösung seines Problems!

Am nächsten Morgen machte er sich den Umstand zunutze, dass Patienten, deren Entlassungstermin bereits absehbar war, keine konzentrierte Aufmerksamkeit des Pflegepersonals mehr zuteilwurde. Vermutlich hatte man ihn ohnehin nur deshalb noch ein paar Tage behalten, weil von seiner privaten Krankenkasse, die bereits einen Anwalt damit beauftragt hatte, alle medizinischen Kosten auf die gräfliche Hundehaftpflichtversicherung abzuwälzen, keinerlei Druck auf eine zeitlich begrenzte stationäre Verbleibdauer zu erwarten war.

Er zog seinen Trainingsanzug an und entnahm seinem, von Julia mitgebrachten Koffer, eine Übergangsjacke. Er legte die Jacke zusammen und stopfte sie in eine Plastiktasche, die für seine gebrauchte Wäsche vorgesehen war. Dann versorgte er sich am Bankautomaten des Krankenhauses mit Bargeld.

Erst unmittelbar vor dem Ausgang zog er die Jacke über und nahm den Linienbus, der vom Krankenhausvorplatz in die Stadt und zurück pendelte. Am Bahnhof stieg er aus und wechselte in eines der wartenden Taxis.

»Zu einem Handwerkermarkt bitte!«

»Zu Obi oder wie?«

»Völlig egal. Wichtig ist, dass es ein breit gefächertes Sortiment gibt.«

»Alles klar«, brummte der Taxifahrer und stellte das Taxameter auf null.

Natürlich fuhr er, wie Stefan es erwartet hatte, so weit wie möglich. Das Einkaufszentrum, in das ihn der Mann schließlich brachte, lag mindestens fünf Kilometer vom Bahnhof entfernt. Es handelte sich eigentlich um eine kleine Einkaufsstadt: Supermärkte verschiedener Spezies hatten sich dort in der freien Landschaft angesiedelt und waren von riesigen Parkplätzen umgeben.

Stefan zahlte widerspruchslos und gab ein kleines, nicht auffälliges Trinkgeld.

Danach betrat er die Markthallen und arbeitete in aller Ruhe den Zettel ab, auf dem er notiert hatte, was er benötigte. Er bekam das Gewünschte ohne Probleme, aber er achtete darauf, nicht alles auf einmal zu nehmen, sondern die riesigen, ineinander übergehenden Verkaufsstätten immer wieder zu durchschlendern und an verschiedenen Kassen zu bezahlen. Und er vermied es, Kreditkarten einzusetzen, sondern bezahlte alles in bar.

Als er wieder in eines der in der Nähe des Haupteingangs wartenden Taxis steigen wollte, um zurück zur Klinik zu fahren, beschlich ihn plötzlich das Gefühl, beobachtet zu werden. Er drehte sich noch einmal um und musterte aufmerksam seine Umgebung, doch niemand schien sich für ihn zu interessieren.

Wer auch, dachte er, unwillig darüber, dass er jetzt doch Nerven zu zeigen begann. Schließlich kannte er niemanden in dieser Stadt, außer ein paar Ärzten und Krankenschwestern. Falls aber jemand von diesem Personenkreis seine *kleine Flucht* bemerkt hatte, so würde die Welt deswegen nicht untergehen. Seine Frau jedenfalls konnte es nicht sein, denn Julia saß zu diesem Zeitpunkt, wie er wusste, bei Freiburgs *angesagtem Coiffeur*, wie sie es ausgedrückt hatte, um sich einen hochzeitstauglichen Haarschnitt verpassen zu lassen.

68

Zufrieden verließ Julia den Friseursalon.

In einer kleinen, feinen Boutique kaufte sie sich ein schwarzes Kostüm und ein schlichtes cremefarbenes Seidentop, schließlich wollte sie die Braut nicht übertrumpfen.

Die Accessoires dazu waren allerdings todschicke schwarze Lackpumps und eine passende Tasche, und als Schmuckstück hatte sie den Rubinschmuck vorgesehen, den sie auch in Botswana getragen hatte.

Eigentlich hatte Julia befürchtet, Stefan würde bei seinem Professor Druck machen, ihn vorzeitig zu entlassen oder wenigstens zu beurlauben, damit er sie zu Alwins Hochzeit begleiten könne, doch zu ihrer großen Erleichterung hatte er nichts dergleichen versucht. Vermutlich fürchtete er die direkte Art und die scharfe Zunge von Tante Marta.

Als Julia den Eingangsbereich ihrer Pension betrat, kam die Rezeptionistin schon auf sie zu und rief euphorisiert: »Es sind wieder Blumen für Sie abgegeben worden, Frau Doktor Windheim. Und ein Geschenk. Ich hab mir erlaubt, alles nach oben auf Ihr Zimmer zu bringen.«

»Dankeschön«, murmelte Julia.

Sie war nicht verwundert, als sie den prächtigen Strauß

roter Rosen sah, der kaum in die Vase passte, und auch das Präsent erstaunte sie nicht wirklich. Es handelte sich um Rubinohrringe, die perfekt zu ihrer Kette aus Gaborone passten.

Bereits bei ihrer Fahrt nach Staufenfels, als sie endlich ihre Scheuklappen abgelegt und die Ereignisse einer scharfen, gedanklichen Prüfung unterzogen hatte, war ihr klar geworden, dass alle Rosensträuße und auch der Schmuck von Andrew sein mussten – ebenso wie die heutigen Gaben. Was nicht bedeuten musste, dass er aktuell in ihrer Nähe war. Solche Aufträge konnte man auch erteilen, wenn man sich an einem weit entfernten Ort befand.

Sie setzte sich an den kleinen Schreibtisch des Hotelzimmers und dachte angestrengt nach. Dann holte sie ihren Laptop aus der Reisetasche.

Sie rief das Mailprogramm auf und klickte auf »Neue Nachricht«. Als Adressat in die darauf erscheinende Maske schrieb sie ihre eigene Mailadresse und begann zu tippen:

Hallo, Andrew,
warum schickst du mir Blumen und Geschenke, läufst aber ständig vor mir weg? Julia

Sie zögerte noch einen Moment, dann drückte sie auf »Senden«.

Nach kurzer Zeit erschien die Nachricht in ihrer Rubrik »Posteingang«.

Sie wartete nicht auf eine Antwort, schließlich war diese Aktion nur ein Versuch. Obwohl der Verdacht bereits seit geraumer Zeit in ihr nistete, dass Andrew, oder wie

349

er in Wahrheit auch heißen mochte, eine Möglichkeit gefunden hatte, ihren Schreibtischcomputer, ihren Laptop, und ihr Smartphone zu kontrollieren. Anders war es einfach nicht zu erklären, dass er offenbar über jede ihrer Reisen und Aufenthaltsorte unterrichtet war. Es mochte Zufälle geben, eine derartige Aneinanderreihung solcher aber war unwahrscheinlich. Er hatte Kenntnis davon gehabt, dass sie sich in einem bestimmten Hotel in New York aufgehalten hatte und wann sie aus Amerika nach Staufenfels zurückgekommen war. Es musste ihm auch bekannt gewesen sein, dass sie in Gaborone in der deutschen Botschaft untergebracht war und an einem bestimmten Empfang teilnehmen würde. Anders war die Begegnung dort nicht zu erklären. Sie sagte sich, dass sie über eine derartige Ausspäherei eigentlich empört sein müsste, aber vor sich selbst musste sie schließlich nach einigem Zögern doch zugeben, dass sein massives Interesse an ihren Lebensumständen ihr eher schmeichelte. Es war irgendwie schizophren, wie sie dachte, doch dass Andrew Miller nicht sein wirklicher Name sein konnte, stand außer Zweifel.

Alles, was er ihr erzählt hatte, mochte die Wahrheit oder erfunden sein – oder womöglich eine Mischung aus beidem.

Seufzend räumte sie ihren Laptop wieder weg.

Es waren drei Tage vergangen, drei Tage und Nächte, in denen sie darüber nachgegrübelt hatte, ob es sich bei der Gestalt vor dem Supermarkt in Staufenfels um eine Verwechslung, ein Wunschbild oder tatsächlich um Andrew gehandelt hatte. Sie neigte noch immer zu Letzterem, doch eigentlich war dies gar nicht bedeutend. Das Wesentliche war, dass sie über diese Konfrontation, ob sie nun real oder eingebildet gewesen war, Klarheit über sich selbst gewonnen hatte. Ebenso klar war allerdings, dass Andrew sie zwar mit seiner Aufmerksamkeit, mit Rosen und Schmuck beschenkte, aber keine Absicht hatte, sein Leben mit ihr zu teilen, sonst würde er sich anders verhalten.

Ihre Absicht, sich von Stefan zu trennen und sich von ihm scheiden zu lassen, war ungebrochen. Seitdem sie in Staufenfels gewesen war, erschien er ihr als ein anderer Mensch. Sie empfand seine Blicke und verbalen Schmeicheleien als aufdringlich, ja beinahe lästig. Es war, als ob ihr jemand eine Weichzeichnerbrille vom Kopf genommen hätte und sie alles plötzlich in den tatsächlichen Konturen wahrnehmen würde.

Sie beschloss, nicht länger zu zögern, und suchte im Branchentelefonbuch einen Rechtsanwalt für Familienrecht. Einer der Namen kam ihr bekannt vor: Es handelte sich um einen Schulkameraden aus der Grundschulzeit, Jens Prager, einen damals dicklichen, Brille tragenden Jungen, der blitzgescheit gewesen war. Sie lächelte, als sie sich daran erinnerte, dass er eine Vorliebe für Mohnschnecken gehabt und regelmäßig sein von der Mutter mitgegebenes Käsebrot verschenkt hatte, um sich die verbotene Süßigkeit in der Pause beim Imbissstand des Hausmeisters zu kaufen.

Nach dem dritten Klingelton meldete sich die Sekretärin der Kanzlei.

»Mein Name ist Julia Windheim, geborene Bader. Ich bin, das heißt, war eine Schulfreundin von Herrn Dr. Prager, und hätte gerne einen möglichst zeitnahen Termin.«

»Und um was bitte handelt es sich?«

»Ich möchte mich scheiden lassen«, erklärte Julia und

wunderte sich über sich selbst, denn sie sprach diese Ungeheuerlichkeit so gelassen aus, als ob sie sich eine Currywurst bestellt hätte.

»Kleinen Moment, wegen rascher Termine muss ich erst rückfragen«, sagte die Sekretärin, und Julia lauschte, während sie sich in der Warteschleife befand, den Klängen von Mozarts *Kleiner Nachtmusik*. Dann knackte es in der Leitung, und die Sekretärin meldete sich erneut: »Herr Dr. Prager freut sich, Sie zu sehen, und schlägt Ihnen Montag um sechzehn Uhr vor. Würde das passen?«

»Danke – das geht sehr gut. Bis Montag dann!«, erwiderte Julia, beendete das Gespräch und hatte das Gefühl, als ob ihr ein Felsbrocken von der Brust gefallen wäre.

Sie würde Stefan hier in der Pension ein Zimmer bestellen und ihn am Montagmorgen, an dem er entlassen werden sollte, auch noch abholen. Am Spätnachmittag dann, wenn sie die Vorsprache in der Anwaltskanzlei hinter sich gebracht hätte, würde sie ihm ihren Entschluss mitteilen.

Sie machte sich zurecht und ging dann zu ihrem Auto.

Auf der Fahrt zur Klinik hielt sie vor dem Reformhaus an, das den von der Oberschwester empfohlenen Vitamintrunk führte, und kaufte, wie üblich, zwei Flaschen davon, denn sie wollte auf keinen Fall vorzeitig Stefans Misstrauen erregen.

»Du denkst wirklich an alles, vielen Dank, Julia«, sagte er demnach auch prompt, als sie die Saftflaschen auf den Tisch des Krankenzimmers stellte.

»Ich versuch es«, erwiderte Julia und versuchte zu verbergen, wie sehr seine ständig bezeugte Dankbarkeit sie quälte. Sie kam sich ausgesprochen schlecht dabei vor, ihm ihre Absichten zu verheimlichen, doch ihr Instinkt sagte ihr beharrlich, dass es das Richtige war: Er würde sich sonst aufregen, Szenen veranstalten und alles versuchen, sie von der Hochzeit fern- und hier in Freiburg festzuhalten. Sie würde den Ärzten und dem Pflegepersonal gegenüber in Argumentationsnot geraten und sich rechtfertigen müssen. Nein, es war besser, sich erst nach seiner Entlassung zu erklären.

Er beobachtete sie und sagte sich, dass sein Eindruck richtig gewesen war. Sie wirkte verkrampft, wie eben ein Mensch, der etwas verbergen wollte – und keine Übung darin besaß. Irgendwie tat sie ihm sogar leid, und er beschloss, ihr zu helfen.

»Entschuldige, Julia, wenn ich deinen Besuch heute abkürzen muss. Ich hab ausnahmsweise eine Behandlung am Nachmittag. Der Physiotherapeut möchte irgendetwas mit Stromimpulsen versuchen, das sich positiv auf meine lädierten Halsnerven auswirken soll. Allerdings wird das dauern, hat er mich vorgewarnt, denn das Gerät muss speziell auf jeden einzelnen Patienten eingestellt werden, und die Anwendung selbst ist ebenfalls zeitaufwendig.« Er hob entschuldigend die Hände, während er fortfuhr: »Leider hat mir das der Mann erst vor einer halben Stunde gesagt … und da warst du schon unterwegs. Ich kann den Termin aber auch verschieben, wenn du das möchtest.«

»Nein, nein. Mach das nur«, rief sie so rasch und erleichtert, dass er ein Grinsen nicht unterdrücken konnte und den Kopf wegdrehen musste, damit sie es nicht sah. Er fasste sie sanft an der Schulter und drückte einen leichten Kuss auf ihre Wange. »Wir sehen uns am Montag wieder, wenn du von der Hochzeit zurück bist.«

»Alles klar, Stefan.«

»Dann bestell doch bitte dem Brautpaar meine guten Wünsche und vergiss nicht, Tante Marta von mir zu grüßen!«

»Wird erledigt.«

»Ich begleite dich noch. Der Physiotherapieabteilung ist im Untergeschoss.«

Sie gingen nebeneinander den Flur entlang bis zum Aufzug, und Stefan drückte den Knopf für das Erdgeschoss und danach den ins erste Untergeschoss.

»Bis dann«, sagte Julia beim ersten Stopp und hob noch einmal die Hand zum Abschied.

»Ja, bis dann«, erwiderte er und schaute ihr hinterher, bis die Aufzugtür sich wieder geschlossen hatte.

Julia tappte zu einer der Sitzbänke aus Stahlgeflecht, die längs der Hallenfenster aufgestellt waren. Sie fühlte sich beinahe ohnmächtig vor Erleichterung. Zu Schauspielereien hatte sie wenig Talent. Es war ein Wunder, dass er sie nicht längst schon durchschaut hatte.

Eine Aussprache wie die, die am Montag, dem Tag seiner Entlassung, vor ihr lag, war sicher kein Zuckerschlecken, aber ein Ende mit Schrecken war eindeutig besser als dieses unwürdige Theater der letzten Tage.

Und vielleicht war er so ahnungslos ja doch nicht, wie er sich gegeben hatte. Vielleicht spielte auch er eine Rolle. Sein Gesichtsausdruck vorhin im Aufzug war jedenfalls sonderbar wehmütig gewesen. Aber es konnte natürlich auch sein, dass sie sich das nur einbildete und ihre eigenen Empfindungen über ihn stülpte.

Denn ein wenig Wehmut verspürte sie tatsächlich, schließlich hatten sie auch gute und unbeschwerte Stunden zusammen erlebt.

69

Julia hatte erwogen, bereits am Samstagnachmittag nach Dießen aufzubrechen, doch die Aussicht auf ein Verhör durch Tante Marta, das unweigerlich stattfinden würde, wenn sie am Abend alleine zusammensäßen, brachte sie rasch wieder von diesem Gedanken ab.

Alwin, Eliza und Hasan würden, wie sie wusste, erst am Hochzeitsmorgen anreisen, und Julia beschloss, es genauso zu machen.

Sie musste dann zwar sehr früh aufstehen, doch das war das kleinere Übel. Wenigstens dies war sie ihrem Ehemann schuldig: dass er der Erste war, der von ihrer Scheidungsabsicht erfuhr. Denn am Sonntagnachmittag, nach dem Kaffee, würde die Gesellschaft sich wieder auflösen. Das Brautpaar hatte vor, zu ein paar Flittertagen ins Tessiner Haus der Albers' zu fahren, während Tante Marta Hasan mit nach München nehmen würde, wo er in der kommenden Woche zwei Lesungen und ein paar Interviewtermine hatte.

Die Fahrt an den Ammersee verlief entspannt, und da es Sonntag war, waren auch kaum Lastwagen unterwegs.

Gegen elf erreichte Julia das Hotel.

»Da bist du ja endlich«, rief Tante Marta und eilte der Nichte entgegen. »Das ist die Jugend! Ich hätte mich das nicht getraut, nicht als Trauzeugin, und schon gar nicht als Hochzeitspaar. Es kann auf den Straßen ja immer zu Stauungen kommen oder zu irgendwelchen Unfällen, aber das schert weder meinen Sohn noch offenbar dich, und dich hätte ich für vernünftiger gehalten, Julia.«

»Es ist ja alles gut gegangen, Tante Marta«, konterte Julia mit einem belustigten Lächeln und umarmte ihre sonst so gelassene Tante, die heute vor Nervosität zappelte.

Noch bevor irgendwelche Fragen nach Stefan oder ihrer Ehe gestellt werden konnten, kam der Hoteldiener zum Auto und half Julia dabei, den kleinen Koffer und ihren Kleidersack auszuladen.

»Bis nachher dann, Tante Marta. Ich geh mich jetzt schön machen.«

»Tu das. Wir treffen uns um halb zwölf in der Halle.«

Julia stieg hinter dem Hausdiener die Treppe hinauf, denn das schöne, alte Fachwerkhaus besaß keinen Aufzug. Der Mann hievte den Koffer auf einen Gepäckständer und verschwand danach wieder.

Julia ging ins Badezimmer, wusch sich Gesicht und Hände und schminkte sich sorgfältig, so wie Joseph es ihr gezeigt hatte. Dann fuhr sie sich mit einer Spezialbürste aus dem Freiburger Friseursalon durch die Haare. Der badische Figaro hatte ihre üppige, schulterlange Haarpracht um ein paar Zentimeter gekürzt und bis zum Kinn in sanft fallende Fransen geschnitten, die ihr Gesicht nun auf eine aparte Weise umrahmten. Früher hatte sich Julia kaum Gedanken über ihr Aussehen gemacht. Es war eben so, wie es war, und sie war damit zufrieden gewesen. Jetzt aber verwendete sie allerlei Mühe darauf, gut auszusehen.

Ist es etwa das Geld, *das diese Veränderung bewirkt hat?*, überlegte sie sich, ein wenig beschämt. Dann aber wies sie diesen Gedanken rasch wieder von sich, denn schließlich hatte sie auch vor ihrer Erbschaft kein finanzielles Problem gehabt, sich schick zu kleiden und attraktiv zurechtzumachen. Doch während sie sich die Lippen nachzog, wurde ihr plötzlich klar, worum es sich bei diesem neuen Interesse für Äußerlichkeiten handelte: Seit Gaborone präparierte sie sich unbewusst und jeden Tag aufs Neue für eine weitere Begegnung mit Andrew, selbst wenn diese nicht sehr wahrscheinlich war. Solche Aktionen waren nichts anderes als ein in Handlung umgewandeltes Sehnen.

Julia lehnte sich gegen die Badezimmerwand, schloss die Augen und seufzte. Sie fühlte Andrews Arme, roch seinen Körperduft und spürte seine Lippen auf den ihren. Tränen stiegen ihr in die Augen, sodass sie schließlich ihr kunstvolles Make-up noch einmal erneuern musste.

»Mein Gott, ich dachte schon, ich muss nach dir schicken. Es ist allerhöchste Zeit, Julia!«, rief Tante Marta, als ihre Nichte endlich die Treppe herabkam.

»Es ist elf Uhr fünfunddreißig, und das Rathaus ist auf der anderen Straßenseite. Sind die anderen denn schon vorausgegangen?«

»Nein, die sind noch beim Umziehen!« Tante Marta schnaubte entnervt und sank in einen der Polstersessel.

»Lass dich von meiner Mutter nicht verrückt machen, Julia«, ertönte da Alwins Stimme. Er stand auf dem Treppenpodest und half seiner Braut, die mit dem Reifrock ihres weißen Taftkleids zu kämpfen hatte.

»Du siehst wunderbar aus, Eliza«, rief Julia spontan.

»Das ist eine Untertreibung«, fiel ihr Hasan, der arabische Dichter, ins Wort. »Eliza ist die schönste Braut, die es jemals gegeben hat!«

»Ich bin nicht in allen Dingen, die er sagt und schreibt, mit ihm einig, aber – wo er recht hat, da hat er recht«, scherzte Alwin und küsste Eliza vorsichtig auf ihren pinkfarben glänzenden Mund. Alle lachten, und danach gingen sie zum Rathaus hinüber.

Julias Aufmerksamkeit war nicht die, die von einer Trauzeugin erwartet werden durfte. Während der kurzen Ansprache des Standesbeamten, eines rundlichen, rotbackigen Manns mit stark bayerischer Sprachfärbung, wanderte ihr Blick zum Fenster hinaus zum weiß-blauen bayerischen Himmel. Sie versuchte, mit allen Mitteln die Erinnerung an den kleinen Staufenfelser Barocksaal abzuwehren.

Sie spürte den Blick ihrer Tante auf sich, die jetzt nicht mehr nervös, sondern tiefernst wirkte. Vermutlich dachte Marta Albers an ihre eigene Eheschließung vor fünfzig Jahren, die am selben Ort und am gleichen Tag stattgefunden hatte. Vielleicht dachte sie aber auch an die drei vorherigen Eheschließungen ihres Sohns und daran, welche Perspektive diese vierte wohl hatte.

»Dann erkläre ich Sie jetzt vor dem Gesetz als verheiratet. Ich darf die Trauzeugen bitten, nach vorn zu kommen, um die Heiratsurkunde zu unterzeichnen.«

»Das gilt uns«, raunte Hasan El-Mosakkib, umfasste Julias Ellbogen und zog sie mit sich.

Dr. Julia Windheim, schrieb sie auf das Dokument und entschloss sich dabei, nach der Scheidung ihren alten Namen wieder anzunehmen.

»Ich gratuliere dir, Eliza, und ich verspreche, dir eine gute und verständnisvolle Schwiegermutter zu sein«, erklärte Tante Marta mit fester Stimme. »Und dir gratuliere ich auch, Alwin. Ich erwarte allerdings, dass du jetzt, wo du ein künftiger Familienvater bist, zur Ruhe kommen und mehr und mehr deinem Vater ähnlich werden wirst!«

»Amen«, erwiderte Alwin ironisch, schaute zu Julia hinüber und zuckte leicht mit den Schultern. *So ist sie halt, meine Mutter. Sie hält mit nichts hinterm Berg, von dem sie denkt, dass es gesagt werden muss, noch nicht einmal in einem solchen Moment,* bedeutete diese Geste.

»Alles Glück der Welt für euch, Eliza und Alwin«, wünschte Julia schnell, um die allzu direkte Bemerkung ihrer Tante zu überspielen. Sie küsste die Braut auf ihre straffe, ebenholzfarbene und den Bräutigam auf seine weiche, rosarote Wange, bevor sie in Aussicht stellte: »Und wenn ihr eine Patin für euer Kind braucht, dann steh ich natürlich dafür bereit.«

»Danke, Julia. Auf dieses Angebot kommen wir gerne zurück.«

»Dürfte ich Sie denn um eine kleine Widmung bitten?«, erkundigte sich der Standesbeamte inzwischen beim Dichter mit der Feuerzunge und zauberte aus der Schublade seines Schreibtischs eine deutsche Übersetzung des umstrittenen Buchs hervor, das passenderweise den Titel *Der arabische Schwelbrand* hatte, wie Julia jetzt sah.

»Natürlich«, erwiderte Hassan freundlich, während Alwin dem Standesbeamten einen indignierten Blick zuwarf und sich misstrauisch erkundigte: »Aber, die Diskretion, um die ich Sie gebeten habe, ist doch hoffentlich gewährleistet?«

»Von mir aus mit Sicherheit, Herr Doktor Albers. Wobei ich natürlich nicht ausschließen kann, dass irgendwer … Sie wissen ja, wie das so ist, auf einer Behörde: Da arbeiten die verschiedensten Menschen, und …«

»Schon gut«, fiel ihm Alwin ins Wort, und sein Gesichtsausdruck zeigte deutlich, dass er sowohl verstimmt als auch besorgt war. »Ich hätte Hasan doch stärker zureden sollen, den Personenschutz anzunehmen, den ihm die deutschen Behörden angeboten haben«, sagte er so laut, dass es der Standesbeamte nicht überhören konnte, und warf dem Mann einen verärgerten Blick zu.

»Ach was, es wird schon gut gehen«, erwiderte Eliza mit afrikanischem Optimismus und hakte sich bei ihrem Ehemann unter. »In der Schweiz hat Hasan seine Lesungen in öffentlichen Sälen und Bibliotheken abgehalten, und es ist auch nichts passiert. Es gab noch nicht einmal aggressive Diskussionsbeiträge, nur die organisierten Demos draußen auf der Straße, hat er erzählt.«

»In der Schweiz war ich nicht für ihn verantwortlich. Aber zu unserer Hochzeit hab *ich* ihn gebeten zu kommen, Eliza.«

»Dein Job hat dich überängstlich gemacht, Darling. Es stand schließlich nirgendwo etwas in der Zeitung, wohin er nach den Schweizer Veranstaltungen fahren wird. Und nur, weil im Rathaus ein paar Leute mitbekommen haben, dass er unser Trauzeuge ist, also, deswegen steht nicht zu befürchten, dass ihn hier jemand zu killen versucht.«

»Das sehe ich genauso«, mischte sich der Betroffene ein, der so fröhlich wie immer erschien. Er grinste breit und erklärte unbeeindruckt: »Man darf so eine Fatwa auch nicht automatisch als Todesurteil verstehen. Erinnert euch mal an Salman Rushdie. Der lebt munter weiter, und das trotz des Kopfgelds, das noch immer für seine Tötung ausgesetzt ist.«

»Schon, schon. Aber das damals mit Rushdie, das waren noch andere Zeiten, Hasan.«

»Ich kenne meine Landsleute und Glaubensgenossen. Sei ganz ruhig, Alwin. Mir wird nichts zustoßen!«

»Das wäre das Beste«, brummte Alwin, und dann waren sie auch schon wieder im Hotel angelangt.

»Und wie geht es jetzt weiter?«, erkundigte sich Hasan.

»Das Essen ist auf ein Uhr bestellt, und vorher gibt es in der Halle noch ein Gläschen Schampus. Ah ja, da kommt er ja schon«, bemerkte Tante Marta, die sich als Zeremonienmeisterin verstand, und winkte den Servierkellner herbei, der ein Tablett mit bereits gefüllten Gläsern in den Händen hielt.

Hasan El-Mosakkib, der das islamische Alkoholverbot für sich nicht akzeptierte, griff nach einem der Kelche, hielt ihn hoch und rief bewegt: »Einen Toast auf das Brautpaar, und alles Glück der Welt für die neue, kleine Familie!«

Alle taten es ihm nach und tranken von dem köstlichen Champagner, den Alwin, der Genussmensch, persönlich ausgesucht hatte.

Bald danach erschien der Chefkoch, gratulierte dem Brautpaar und bat die Gesellschaft in den Gastraum, in dem die prächtig dekorierte Hochzeitstafel aufgebaut war.

70

Andrew saß im Büro seiner Firma in Bangalore und las die letzte Mail des Freiburger Detektivbüros, dem er den Auftrag erteilt hatte, Julias Ehemann zu überwachen.

Natürlich hatte er dies nicht unter seinem eigenen Namen getan, sondern – nach kurzem Überlegen – den der Kanzlei Bernsberg und Kollegen in New York verwendet.

Über diesen elektronischen Umweg hatte er eine stattliche Anzahlung an die Freiburger Detektive geleistet und empfing seit Stefans Einlieferung in die Freiburger Klinik regelmäßig die Berichte dieser Auskunftei – natürlich ohne dass die New Yorker Anwaltskanzlei davon irgendetwas bemerkte. Solche Aktionen waren für einen Star-Hacker, wie er sich ohne Übertreibung bezeichnen durfte, eine nichtswürdige Kleinigkeit.

Andrew hatte inzwischen auch den gesamten Mailverkehr Stefan Windheims mit seinem Arbeitgeber sowie mit all seinen weiblichen Internetbekanntschaften gelesen, ebenso die spärlichen, aber aussagekräftigen elektronischen Botschaften an und von dessen Bruder Günther in Graz – was ihm ein ziemlich umfassendes Bild von Julias Ehemann vermittelte.

»Wer lügt, wird auch stehlen, wenn er es für notwendig erachtet«, hatte seine Mutter ihm beigebracht, und er konnte, nachdem er jahrelang die Undercoveraktivitäten seines Heimatlands und dessen angeblichen Freunden verfolgt hatte, die Lebensweisheit seiner Mutter um eigene Erkenntnisse bereichern: »Wer betrügt und manipuliert, schreckt auch vor Mord nicht zurück, wenn er es für opportun erachtet.«

Die Politiker machten sich natürlich nicht persönlich die Hände schmutzig; dafür gab es Befehlsumschreibungen und Organisationen, die dies erledigten – oder wiederum selbst in Auftrag gaben, wenn es allzu brenzlig erschien.

Julia war gewillt, sich scheiden zu lassen, wie er wusste, seitdem er die Gesprächsnotiz der Sekretärin des Freiburger Anwalts Dr. Jens Prager gelesen hatte, denn er bekam alles aufgelistet, was in der Welt unter den Namen Julia Bader oder Windheim oder ihres Ehemanns irgendwo elektronisch festgehalten worden war.

Wenn Stefan Windheim ebenfalls Kenntnis – oder auch nur einen entsprechenden Verdacht – hatte, war Julias Leben gefährdet. Dieser Windheim war kein Mensch, dessen moralische Skrupel stärker waren als seine Habgier; daran hatte Andrew keinerlei Zweifel mehr.

Er hatte erwogen, Julia anzurufen und sie zu warnen, doch es war ihm klar, dass sie ihm nicht glauben würde, solange er keine Beweise für eine solche – aus ihrer Sicht unglaubliche – Beschuldigung vorlegen konnte.

Aufmerksam las er die Aufzählung der von Stefan Windheim in einem Supermarkt erstandenen Artikel; allesamt harmlose Gebrauchsgegenstände, wie der Freiburger Detektiv anmerkte.

Andrew las die Liste ein zweites und ein drittes Mal, dann begann er, laut zu fluchen, und verwünschte die naiven deutschen Ermittler.

Er war kein Chemiker, aber diese Einkäufe waren in höchstem Maße verdächtig.

Rasch tippte er die Liste der Waren ab und schickte sie an einen Experten. In weniger als zehn Minuten hatte er die Bestätigung seiner bösen Ahnungen.

Heiße Angst erfasste ihn. Er griff nach einem seiner sicheren Mobiltelefone und rief Julia an, doch es meldete sich nur ihre Mailbox. Er sprach seine Warnung darauf und schickte sie ihr zusätzlich noch per SMS.

Danach überlegte er, was er noch tun konnte, um das Unglück, das er befürchtete, zu verhindern.

71

Es war für Stefan keine große Mühe gewesen, die Bombe zu bauen. Immerhin, es rentiert sich, zu lernen, zu studieren und zu experimentieren, dachte er, und lächelte zynisch, als ihm die Kantinenbaracke in Thailand einfiel, die er einfach in die Luft gejagt hatte, als die Ratten zu zahlreich wurden. Oder die nützlichen, kleinen Sprengstoffpakete, die ihnen in Kenia das mühsame Fischen erspart hatten.

Er hatte zwei Nächte lang Zeit gehabt, den notwendigen Tod seiner Frau vorzubereiten, und er hatte ungestört arbeiten können. Heutzutage brauchte man in einem Krankenhauszimmer keine nächtlichen Kontrollen zu fürchten: Die überforderten Pflegekräfte erschienen nur, wenn man sie per Notfallknopf rief – und selbst dann nicht sofort, wie er selbst hatte feststellen können.

Das tödliche Paket, das die gesamte Hochzeitsgesellschaft auslöschen würde, befand sich nun, in silbernes Glitzerpapier verpackt, auf dem Rücksitz seines Mietwagens. Er hatte es in die neue, große Reisetasche gesteckt, die er, wie alle anderen erforderlichen Dinge auch, in dem Freiburger Großmarkt besorgt hatte.

Im Internet hatte er sich die Lage des kleinen Hotels, in dem die Hochzeitsfeier stattfinden würde, genau ansehen können. Es handelte sich um ein schmales, altes Fachwerkhaus, das genau gegenüber dem Rathaus lag.

Er war auch, dank der Website des Lokals, über die Innenräume im Bilde. Das Haus war, obwohl niemand dies hatte ahnen können, der Idealfall für sein Vorhaben: Die

Gästezimmer befanden sich im ersten Stock, das Restaurant im Erdgeschoss. Es war klein, aber überaus fein, und vermutlich würde es an diesem Sonntag auch keine anderen Gäste geben, dafür hatte Alwin sicher gesorgt, schon um seinen illustren und brisanten Trauzeugen nicht zu gefährden.

Stefan hatte alles genau bedacht und berechnet: Er würde dann im Hotel auftauchen, wenn Brautpaar und Gäste sich bei der Trauung im Rathaus befänden. Er würde sich als ein verspäteter Hochzeitsgast vorstellen, wegen der langen, anstrengenden Fahrt zuallererst eine Tasse Kaffee verlangen, um dann irgendwie sein *Geschenk* zu platzieren. Er hatte auf den Fotos der Website gesehen, dass es im Restaurant eine lange, an der Stirnseite des Raums und an einer Innenwand verlaufende Eckbank gab. Vermutlich würden sie die Hochzeitstafel dort aufdecken, dann wäre es einfach, das Paket unter diese Bank zu schieben, aber es war am besten, er entschied dies in der Situation.

Er stellte sich das Gesicht Julias vor, wenn sie ihn sah, und malte sich aus, wie die alte Ziege wohl reagieren würde.

O ja, er würde sich einen Auftritt verschaffen und ihn genießen. Und während Julia zusammen mit ihrer arroganten Sippe weiterhin das Hochzeitsmahl einnehmen würde, würde er sich kurz entschuldigen, um zur Toilette zu gehen, wohin ihn seine Frau bestimmt nicht begleiten wollte, wie viele Fragen sie auch an ihn haben mochte. Denn sie würde natürlich versuchen, nachgerade alles zu vermeiden, was Aufsehen erregen oder Peinlichkeiten erzeugen könnte. Ergo würde es erstaunte Vorhaltungen wegen seiner vorzeitigen Krankenhausentlassung oder Auseinandersetzungen wegen seines Hinterherfahrens nicht geben, solange ihre Verwandtschaft in Hörweite war.

Falls aber alle Stricke reißen und seine Vorstellungen vom Ablauf der Hochzeitsfeier sich als falsch erweisen sollten, konnte er unter irgendeinem Vorwand immer noch die Tasche wieder an sich nehmen, zum Auto gehen und die Zeitschaltuhr, welche die Bombe auslösen sollte, deaktivieren, wodurch gar nichts passieren und niemand etwas bemerken würde.

Mit hoher Wahrscheinlichkeit aber würde alles so ablaufen, wie er es vermutete, und in etwas mehr als einer guten Stunde würde er ein trauernder Witwer sein. Ein Hinterbliebener allerdings, der ein Erbe von vierundvierzig Millionen erwarten durfte, was außer der alten Ziege, ihrem Sohn und seiner Frau niemand in Deutschland wusste. Da aber keine dieser Personen die Explosion überleben würde, würde ihm dies kein Problem verursachen.

Die Polizei würde sehr schnell ergründet haben, wer neben Julia der Trauzeuge des bedauerlicherweise am Hochzeitstag verstorbenen Paares gewesen war. Die Aufmerksamkeit der Ermittler würde sich sofort auf die Fatwa richten, die gegen diesen arabischen Maulhelden verhängt worden war; schließlich war diese Nachricht mehrmals durch alle Medien gegangen.

Man würde, leider vergebens, nach einem islamistischen Täter oder einer entsprechenden Gruppe suchen, und der Tod der restlichen Hochzeitsgesellschaft würde als *Kollateralschaden* bezeichnet werden, genau so, wie er sich das ausgedacht hatte. Käme aber dennoch einer auf die Idee, ihn als einzig Überlebenden zu verdächtigen, so hatte er hinreichend dafür gesorgt, dass seine Aussagen überzeugend erschienen: Immerhin hatte er seinen behandelnden Professor im Krankenhaus zu einer vorzeitigen Entlassung gedrängt, weil seine Frau sonst allein zu einer Hochzeit fahren würde, auf der sich ein besonders aufdringlicher, leider aber auch besonders charmanter Mann befinde, ein arabischer Dichter, der seiner Gattin Julia bereits bei einem Besuch am Amtssitz ihres Vetters in Botswana heftige Avancen gemacht habe. Ebendieses Arabers wegen sei es während der Hochzeitsfeier zu einer Auseinandersetzung zwischen seiner Frau und ihm gekommen, was der Grund dafür gewesen sei, dass er zornig und verärgert die Hochzeitsfeier vorzeitig verlassen habe, um wieder zurück nach Freiburg zu fahren. Das klang glaubwürdig und war nicht zu widerlegen. Denn es würde kein Stein mehr auf dem anderen stehen – und niemand, der sich um zwei Uhr des heutigen Sonntags in dem kleinen Hotel befand, würde die Explosion überleben.

Selbst dann aber, wenn die Polizei gründlich war und seinen Arzt und die Pflegekräfte befragen würde: Sie würden nichts anderes hören, als dass Julia während seines Klinikaufenthalts täglich an seinem Krankenbett gesessen hatte und im Begriff gewesen war, ihn auch zu seinem Genesungsaufenthalt nach Madeira zu begleiten, was durch die Buchungen des Flugs und des Sanatoriums klar zu belegen war. Die Hinterlassenschaften des Bombenbaus hatte er, so gut dies möglich war, zerkleinert und in sämtliche Abfallkörbe der Abteilung verteilt. Diese waren bereits heute früh entleert worden, wie er aus seinem mehrwöchigen Aufenthalt wusste, und dürften bereits in der krankenhauseigenen Müllverbrennungsanlage eliminiert worden sein.

Nein, er hatte keinen Fehler gemacht, und Skrupel wegen Julia, ihrer hochnäsigen Verwandtschaft, diesem Dichter und der Hotelangestellten hatte er ebenfalls nicht: In Indien verhungerten täglich unzählige Menschen, ohne dass viel Aufsehens darum gemacht wurde, und in kriegerischen Auseinandersetzungen starben Millionen unschuldiger Leute, die zur falschen Zeit am falschen Platz waren. Es gab immer außerordentliches Pech und außerordentliches Glück, so war es eben im Leben. Er aber hatte dafür gesorgt, dass er sich künftig auf der Seite des außerordentlichen Glücks befand.

Er schaute auf seine Armbanduhr und sah, dass es kurz vor ein Uhr war. Auf zwei hatte er den Timer eingestellt, der die Explosion auslösen würde; das würde noch während des Hochzeitsessens sein, sechs, sieben Minuten, nachdem er *zur Toilette* gegangen war. Es war knapp, aber es würde reichen, um sich aus der Gefahrenzone zu bringen. Der Parkplatz, der zum Hotel gehörte, war zu weit entfernt, als dass ihm etwas geschehen könnte. Er würde sich in sein Auto setzen, nach Freiburg zurückfahren und in dem Hotel, in dem Julia abgestiegen war, ein Doppelzimmer für zwei Nächte buchen; bis zu dem Termin, an dem der gemeinsame Abflug nach Funchal geplant war. Der netten Frau an der Rezeption, von der ihm Julia schon mehrmals erzählt hatte, würde er sagen, seine Frau werde ihr Einzelzimmer wohl aufgeben, aber er wolle, dass sie das selbst entscheide, wenn sie am Abend von der Hochzeit ihres Vetters zurückkäme.

Er hatte nur noch wenige Kilometer bis Dießen, was bedeutete, dass sein Timing perfekt war. Kurz nach halb eins war die Hochzeitsgesellschaft vermutlich zurückgekommen, hatte ein Glas Champagner getrunken, und danach würde das Essen serviert werden, das sich, so war wohl die Planung, mindestens eineinhalb Stunden hinziehen würde. Um zwei aber wäre damit dann Schluss. Um zwei Uhr würde die Bombe hochgehen.

Er schaltete das Radio wieder ein, was er bisher vermieden hatte, da das Gedudel ihn beim konzentrierten Nachdenken störte, doch jetzt war er sicher, wirklich an alles gedacht zu haben.

Es lief eine Sendung, die sich mit tagesaktuellen Themen befasste. Er hörte nur mit halbem Ohr zu, doch plötzlich erschrak er so sehr, dass sich alle Haare, die sich an seinem Körper befanden, gleichzeitig aufstellten.

Heute sei Sonntag, der 27. Oktober, der Tag der heiligen Sabina von Avila, teilte der Rundfundmoderator mit, weshalb alle Sabinen, Sabinas und Sabrinen ihren Namenstag feiern könnten. Es sei aber auch der Tag der Umstellung von der bisherigen europäischen Sommerzeit auf Normalzeit, was bedeute, dass man in der Nacht eine Stunde eingespart und somit gewonnen habe. Was gestern noch zwei Uhr gewesen sei, sei heute demnach erst eins.

Die Bombe ist auf Sommerzeit programmiert, reklamierte sein entsetzter Verstand, du aber hast dich nach deiner Armbanduhr verhalten, und diese zeigt die jetzt gültige Normalzeit. Es ist eine Funkuhr, und die Zeitumstellung erfolgte heute Nacht automatisch. Der Wecker, der die Explosion auslösen soll, dürfte aber ein ganz normaler Wecker sein, was bedeutet …

Stefan Windheim hörte das akustische Signal des Senders, das die Ein-Uhr-Nachrichten ankündigte, und seine Gedanken überschlugen sich: *Ich muss sofort an den Straßenrand fahren und den Wecker aus…*

Doch ein bläulicher, gleißender Blitz stoppte alle hektischen Überlegungen. Das Letzte, was sein Gehirn noch erreichte, war ein entsetzlicher, mit nichts zu vergleichender Knall, mit dem seine persönliche Welt ein für alle Mal unterging.

72

»Grüßt das Tessin und auch Gaborone«, sagte Julia und küsste das Brautpaar ein letztes Mal, bevor sich die beiden in den Wagen schwangen, den Alwin für den Heimaturlaub gemietet hatte.

Tante Marta war, von Hasan assistiert, mit dem Verstauen der Blumen und Geschenke in ihren Mercedes beschäftigt, sodass Julia die Gunst der Minute nutzte, ihre Patin umarmte und zu einer kleinen Schwindelei Zuflucht suchte: »Ich fahre jetzt auch, und zwar ganz schnell. Ich hasse es, in der Dunkelheit lange Strecken zurücklegen zu müssen.«

»Du redest schon wie dein Vater, der mochte das auch nie«, erwiderte Tante Marta arglos und ließ sich umarmen und drücken. »Obwohl ich sehr gerne noch ein paar Worte mit dir gesprochen hätte.«

»Demnächst, Tante Marta«, blockte Julia ab, schlüpfte in ihre Jacke und deutete dabei mit den Augen beziehungsvoll auf Hasan, der sich den Blütenstaub vom Jackett klopfte. Tante Marta verstand und nickte, obwohl sie nicht besonders zufrieden dabei wirkte.

Julia winkte noch einmal und lief dann auf ihren Wagen zu, den sie auf dem Hotelparkplatz abgestellt hatte.

Im Rückspiegel sah sie, dass Tante Marta eines der Tafelgestecke in der Hand hielt und damit wedelte, offenbar wollte sie, dass die Nichte es mitnehmen sollte, doch Julia zog es vor, die freundliche Geste nicht mehr bemerkt zu haben, und gab Gas.

Sie wollte weg, nichts wie weg. Und sie wünschte sich sehnlich, das Unangenehme, das vor ihr lag, möglichst unverzüglich zu erledigen, was natürlich nicht ging. Sie hatte noch eine stundenlange Fahrt vor sich, und nach ihrer Ankunft in Freiburg wäre es zu spät, um noch ins Krankenhaus zu gehen. Doch morgen, unmittelbar nach Stefans Entlassung, würde sie die Sache in Angriff nehmen.

Der Verkehr hatte sich jetzt, am frühen Sonntagabend, deutlich verstärkt, und gleich hinter der Ortsausfahrt begann eine Serie von Umleitungsschildern, die weit ins Umland hineinführten. Den Verkehrsnachrichten entnahm Julia, dass es auf der Landstraße, kurz vor Dießen, einen schweren Unfall gegeben hatte, weshalb immer noch beide Fahrtrichtungen gesperrt waren.

Kurz vor Memmingen geriet sie in einen Stau, der sich zweieinhalb Stunden lang nicht auflösen wollte. Das ständige Stop-and-go zehrte an ihren ohnehin angespannten Nerven, und einer spontanen Eingebung folgend, fuhr sie an der nächsten Ausfahrt ab und nahm sich in einem ländlichen Gasthaus ein Zimmer.

Sie aß noch eine Kleinigkeit und trank ein Glas Rotwein, was dazu führte, dass sie einschlief, sobald sie sich aufs Bett gelegt hatte.

Als Julia am Morgen erwachte, war es bereits zwanzig Minuten vor neun, was ausschloss, dass sie um zehn in der Freiburger Universitätsklinik sein konnte, um Stefan dort abzuholen.

Sie griff nach ihrem Smartphone, um ihm Bescheid zu sagen, doch sie musste feststellen, dass sie – über all den Ereignissen – schon wieder vergessen hatte, es aufzuladen.

Auch egal, dachte sie. Würde er eben ein Taxi nehmen und in das Hotel fahren müssen. Vielleicht war es sogar gut so; denn somit war bereits das Fundament für das Scheidungsgespräch geschaffen.

Als sie zur Mittagszeit in ihrem Freiburger Hotel ankam, erwartete sie die Rezeptionistin nicht mit Rosen und Geschenken, sondern mit bedrückter Miene. »Sie sollen sich bitte gleich nach Ihrer Rückkehr bei der Polizei melden, Frau Doktor Windheim!«

»Bei der Polizei?«, fragte Julia verständnislos.

»Ja. Die waren schon hier, zwei Beamte sogar, sind dann aber wieder weggegangen, als ich ihnen sagte, dass Sie bei einer Familienfeier sind. Sie haben eine Karte hinterlassen, auf der eine Kontaktnummer steht.«

»Danke. Ich werde das sofort erledigen«, versicherte Julia und zerbrach sich den Kopf darüber, ob sie womöglich unterwegs einen gravierenden Fahrfehler gemacht hatte – um sich dann aber sofort zu sagen, dass deshalb kaum zwei Polizisten hier aufkreuzen würden. Es musste sich um etwas anderes handeln.

Ihr Smartphone war immer noch unbrauchbar, weil sie das Verbindungskabel vergessen und den Akku deshalb nicht hatte im Auto aufladen können, weshalb sie sich des Hoteltelefons bediente: »Julia Windheim. Ich sollte mich bei Ihnen melden«, sagte sie befangen, als sich bei ihrem Anruf ein Mann meldete, der sich als Kriminalhauptkommissar Schneidlein vorstellte.

»Ich glaube, es ist besser, wir besprechen das persönlich, Frau Doktor Windheim«, erklärte der Mann. »Ich werde Sie abholen lassen.«

Es muss etwas Größeres sein, dachte Julia und fühlte die Panik aufsteigen, die sie das letzte Mal beim Unfall ihrer Eltern vor beinahe zwanzig Jahren verspürt hatte. Was war passiert – und vor allem, wer war betroffen?

Sofort fiel ihr Alwins verärgerte Reaktion ein, als er bemerkt hatte, dass der Standesbeamte wohl doch nicht ganz dichtgehalten hatte, was die Anwesenheit des umstrittenen arabischen Dichters in Dießen betraf. Und Hasan El-Mosakkib, der sorglos auf den Personenschutz verzichtete, den ihm die deutschen Behörden angeboten hatten.

Der nächste, besorgte Gedanke galt Tante Marta, die den von der Fatwa bedrohten Dichter in ihrem Mercedes befördert hatte.

Der Schweiß trat Julia auf die Stirn. Sie holte das Netzkabel und wartete angespannt, bis ihr Smartphone wieder funktionierte. Die erste Nachricht war eine SMS, die am gestrigen Sonntag, zweiundvierzig Minuten nach zwölf Uhr eingegangen war.

Die Message war **»Mayday«** übertitelt und lautete: **»Julia, ich bitte Dich verzweifelt: Vermeide jedes Zusammentreffen mit Deinem Ehemann und warne auch die anderen Mitglieder der Hochzeitsgesellschaft. Verlasst alle Dießen so schnell wie möglich. Nimm nichts an, was Stefan Dir gibt oder schickt, und meide alle Orte, an denen er Dich vermuten könnte. Er hat eine Bombe gebaut und möchte Dich umbringen. Verschwinde so schnell wie möglich an einen Ort, den er nicht kennt. Hör auf mich, Julia, oder Du wirst es mit dem Leben bezahlen. Andrew.«**

In diesem Moment klopfte es an der Tür. Ohne auf eine Antwort zu warten, trat ein uniformierter Polizeibeamter ein.

73

Im Dienstwagen des Polizisten überschlugen sich Julias Gedanken und erzeugten ein unentwirrbares Knäuel. Sie versuchte, die Nachricht des Mannes, dessen Name nicht Miller war, und ihre Vorladung zum Polizeirevier auf einen Nenner zu bringen, doch es wollte ihr nicht gelingen.

Was war passiert? Hatte Andrew – oder wie immer er heißen mochte – die Polizei über den von ihm vermuteten Bombenanschlag verständigt, und hatte man Stefan daraufhin etwa verhaftet? Und weshalb hatte Andrew Stefan in Dießen vermutet? Schließlich war ihr Mann am gestrigen Sonntag noch im Krankenhaus gewesen, er sollte erst heute entlassen werden.

Sie beschloss, vorerst überhaupt nichts zu sagen und abzuwarten, was dieser Kommissar ihr erzählen würde.

Sehr lange würde ihre Geduld nicht auf die Probe gestellt.

Kommissar Schneidlein, ein sympathischer, sportlicher Mann um die vierzig, der Julia an einen in ihrer Jugend berühmten Olympiasieger im Kraulen erinnerte, begrüßte sie, führte sie in sein Büro, nahm ihr die Jacke ab und rückte ihr den Stuhl vor seinem Schreibtisch zurecht. Er musterte sie einen Augenblick aufmerksam und sagte dann mit ruhiger und sachlicher Stimme: »Frau Doktor

Windheim, es tut mir leid, Ihnen mitteilen zu müssen, dass Ihr Ehemann gestern … *verstorben* ist.«

Julia riss ungläubig die Augen auf und starrte ihn an. Die Nachricht war so überraschend, dass es ihr vorübergehend die Sprache verschlug. Dennoch hatte ihr Verstand den sonderbaren Tonfall beim Wort *verstorben* registriert.

»Ich verstehe nicht … warum denn verstorben? Gab es irgendeine medizinische Komplikation?«

»Ihr Mann wurde auf eigenen Wunsch vorzeitig aus dem Krankenhaus entlassen. Nach Auskunft des Pflegepersonals wollte er zu einer Hochzeit am Ammersee, bei der Sie sich ja, wie wir inzwischen wissen, ebenfalls befanden. Er hatte sich vorgestern, also Samstag, ein Auto gemietet und muss damit, wohl am Sonntagmorgen, losgefahren sein. Der Vorfall hat sich jedenfalls in der Nähe der Ortschaft Dießen ereignet.«

»Es war ein Autounfall?«

»Nein. Das war es nicht. Es handelte sich um eine Explosion, die von einer Bombe ausgelöst wurde.«

»Eine Bombe?«, formten Julias Lippen, und ihre Gedanken rasten. Andrew hatte demnach recht gehabt mit seiner Warnung.

Der Kommissar musterte sie erneut, und in seinen Augen erkannte sie sowohl Mitleid als auch etwas anderes, das sie nicht hätte benennen können. »Es handelte sich um eine Bombe, die er selbst gebaut hatte, offenbar dilettantisch, denn es ist kaum vorstellbar, dass er die Absicht hatte, sich selbst damit in die Luft zu sprengen, wie es dann eingetreten ist.«

»Aber … *weshalb* … um Gottes willen …?«

»Das haben wir uns natürlich auch gefragt, vor allem,

nachdem gestern um zwölf Uhr fünfzig ein anonymes Fax hier eingetroffen ist, das uns von dem Sachverhalt unterrichtet hat, also noch *bevor* die Explosion eingetreten ist. In diesem Schreiben wurde auch darauf hingewiesen, dass Sie vor kurzer Zeit Erbin eines beträchtlichen Vermögens in Amerika geworden sein sollen, von … Moment …« Er griff nach einem Blatt, das auf seinem Schreibtisch lag, und vergewisserte sich mit einem kurzen Blick, bevor er weitersprach: »Von vierundvierzig Millionen Dollar ist hier die Rede, und dass Ihr Ehemann beabsichtige, Sie umzubringen, weil Sie die Absicht hätten, sich von ihm scheiden zu lassen, was für ihn den Verlust dieses Vermögens bedeuten würde.«

Woher konnte Andrew das wissen?, überlegte Julia fieberhaft, während Kommissar Schneidlein seine Ausführungen fortsetzte: »Ihr Mann habe sich die Eheschließung unter falschen Voraussetzungen erschlichen, hat uns dieser anonyme Informant geschrieben, um Teilhabe an diesem Millionenvermögen zu erlangen. Entspricht diese Behauptung nach Ihrer Kenntnis den Tatsachen, Frau Doktor Windheim?«

Die Wahrheit, ausgesprochen von diesem Beamten, in der sachlichen, nüchternen Kulisse seines Büros, klang plötzlich so real, so unerhört und so schäbig, dass Julia in Tränen ausbrach.

»Ja«, krächzte sie nach geraumer Zeit mit so dünner Stimme, dass der Mann sich vorbeugen musste, um sie zu verstehen. »Es entspricht den Tatsachen.«

Der Kommissar war erfahren und erstaunlich taktvoll. Er sagte kein Wort, machte keine Geste der Ungeduld, er wartete einfach ab, bis sie von selbst wieder redete.

»Ich wusste es schon geraume Zeit … bin aber nur durch einen blöden Zufall draufgekommen.« Sie dachte an den amerikanischen Brief und an das optische Gedächtnis der Brigitte Hasler, ohne die sie womöglich nie begriffen hätte, dass sie einem Heiratsschwindler der besonderen Art aufgesessen war. Ohne diese Einsicht hätte sie vielleicht sogar ein angenehmes Leben an einem angenehmen Ort geführt, so lange jedenfalls, bis Stefan ihrer vielleicht einmal überdrüssig geworden wäre und ihr *dann* etwas angetan hätte.

»Können Sie sich vorstellen, wer es war, der uns das genannte Fax geschickt hat?«

»Nein«, erklärte Julia so schnell und entschieden, dass ihre Antwort ein skeptisches Lächeln auf dem Gesicht des Kommissars erzeugte.

Julia sah es, doch es war ihr egal. Die Geschichte war schlimm genug, sie würde alles unternehmen, um wenigstens Andrew herauszuhalten.

»Wir haben versucht, den Absender ausfindig zu machen, aber dies war leider unmöglich«, bekannte der Kommissar und dachte dabei, dass es im Grunde auch unerheblich war. Der Fall war geklärt, und glücklicherweise war bei der Explosion niemand sonst verletzt oder getötet worden – was im Grunde ein Wunder war, denn die Landstraße vor Dießen war normalerweise gut befahren. Vermutlich lag es an der Mittagszeit, dass zum Zeitpunkt der Detonation keine weiteren Verkehrsteilnehmer in der Nähe gewesen waren.

»Die Feststellung der Personalien war insofern einfach, als Ihr Mann bei der Mietautofirma seinen Ausweis hinterlegen musste. Zudem hatte eine Überwachungskamera auf der Autobahn das Auto kurz vor der Explosion mit auf dem Bild. Dadurch konnte auch festgestellt werden, dass sich nur *eine* Person im Wagen befand.«

Julia nickte automatisch.

»Außerdem hat sich heute hier auf dem Kommissariat der Chef einer privaten Ermittlungsfirma gemeldet, ein Mann, der vor seiner Pensionierung beim Bundesnachrichtendienst gearbeitet hat und uns als seriös bekannt ist. Dieser nun hat von einem Auftraggeber aus New York berichtet, einer Anwaltskanzlei, die ihn schriftlich beauftragt habe, Ihren Ehemann zu überwachen, und zwar bereits von dem Zeitpunkt an, als Herr Windheim in die chirurgische Klinik eingeliefert worden war. Es handelte sich um eine Beobachtung rund um die Uhr, die abwechslungsweise von vier Mitarbeitern dieser Detektei durchgeführt wurde.«

Die Sache erschien Julia immer verworrener. Was spielte die Kanzlei von Samuel Bernsberg, und um die drehte es sich ja wohl, in diesem Drama für eine Rolle?

»Einer der Detektive beobachtete Ihren Ehemann zwei Tage vor der Explosion bei einer heimlichen Ausfahrt vom Krankenhaus in einen Großmarkt, wo er verschiedene Einkäufe tätigte. Da der Mann aber Anweisung hatte, die Observation diskret durchzuführen und zu vermeiden, dass der Beobachtete aufmerksam wird, konnte er erst nach geraumer Zeit das Kassenpersonal nach den Dingen befragen, die Ihr Ehemann erworben hatte. Natürlich konnten sich die Verkäufer nicht lückenlos erinnern, und insgesamt erschienen auch alle der genannten Artikel unspektakulär. Offenbar aber war dieser Ermittler nicht der Allerklügste, denn er hätte sich zumindest die Frage stellen müssen, was ein Krankenhauspatient mit Reinigungs- und Lösungsmitteln oder gar Gegenständen anfangen will, die beim Bau, bei Sanitär- oder Elektroinstallationen benötigt werden. Tatsache ist, dass erst am

Sonntagabend, als der Chef selbst noch einmal die letzten nach New York übermittelten Beobachtungsberichte las, anhand eines speziellen Produkts der Verdacht entstand, der Observierte könne den Bau einer Bombe planen. Unter diesem Aspekt betrachtet, erschienen dann verschiedene andere, vermeintlich harmlose Einkäufe in einem ganz anderen Licht. Der Chef der Firma selbst begab sich daraufhin ins Krankenhaus und sicherte dort zuallererst den Inhalt sämtlicher Abfalleimer in der gesamten Abteilung, die im Übrigen nur deswegen noch nicht in der krankenhausinternen Müllverbrennungsanlage gelandet waren, weil die zuständige Reinigungskraft an diesem Sonntag erkrankt war. Danach sprach er mit dem behandelnden Arzt und dem Pflegepersonal, die ihm jeweils von der vorzeitigen Entlassung Ihres Mannes auf eigenen Wunsch erzählten, der Professor zusätzlich noch von den Gründen dafür, die er mit Eifersucht benannte.«

»Eifersucht?«

»Eifersucht auf einen Schriftsteller, der sich, nach dem Eindruck Ihres Mannes, aufdringlich und unziemlich um Sie bemühte, und der ebenfalls zu dieser Hochzeit erwartet wurde.«

»Das ist ja so was von unglaublich albern!«

»Nun ja. Albern würde ich nicht sagen. Nach meiner ganz persönlichen Theorie wollte Ihr Mann nämlich den Eindruck erwecken, dass das geplante ... *Attentat* ... diesem arabischen Schriftsteller gelten sollte. Was, wenn es denn gelungen wäre, den Verdacht tatsächlich in die Richtung von islamistischen Gruppen oder einem entsprechenden Einzeltäter gelenkt hätte. Ihr Mann jedenfalls wäre dann kaum in den Fokus der Ermittlungen geraten, selbst dann nicht, wenn er unter einem Vorwand – einem

Streit beispielsweise – die Hochzeitsfeierlichkeiten vorzeitig verlassen hätte.«

Genau. Genau das musste sein Plan gewesen sein, und vermutlich hatte sie selbst Stefan durch ihre Erzählungen darauf gebracht. Und niemand hätte dieser These widersprechen können, denn alle infrage kommenden Personen wären ja tot gewesen. Außerdem … *außerdem,* wurde Julia jetzt bewusst, wären auch all die Personen vernichtet gewesen, die von ihrer amerikanischen Erbschaft Kenntnis gehabt hatten. Was für ein ausgefeimter, teuflischer Plan!

»Weshalb die Bombe dann vorzeitig explodiert ist und ihr Hersteller somit der einzige Betroffene war, bleibt allerdings ein Rätsel. Ich tippe, wie bereits erwähnt, auf Dilettantismus.«

Julia ersparte sich jeden Kommentar.

Sie fühlte sich uralt, kraftlos und krank.

»Die New Yorker Anwaltskanzlei hat sich inzwischen übrigens davon distanziert, irgendwelche Beobachtungsaufträge erteilt zu haben. Ein Herr namens Bernsberg schien aber so besorgt um Ihre Gesundheit und Ihr Wohlergehen, dass ich ihm eine Mail geschickt und in Aussicht gestellt habe, dass Sie sich bald bei ihm melden werden.«

»Vielen Dank.«

»Bitte. Gern geschehen.«

»Und … wie soll ich mich jetzt verhalten?«

»Für uns ist der Fall abgeschlossen. Wir werden Sie aber in einigen Tagen, wenn alle Unterlagen und Informationen zusammengetragen sind, noch einmal bitten müssen, hierherzukommen und einige Papiere zu unterschreiben. Alles andere liegt im privaten Bereich. Falls aber Ihre Frage auf eine Bestattung abzielt: Es gibt keine ... *zuzuordnenden physischen Reste* Ihres Mannes, um es ganz drastisch auszudrücken. Das zuständige Standesamt wird von den bayerischen Kollegen die Todesnachricht erhalten, und nach einer Gedenkfeier steht Ihnen, nehme ich nach den vorliegenden Umständen mal an, wohl kaum der Sinn.«

»Nein«, murmelte Julia und versuchte, eine Ohnmacht abzuwehren.

Der aufmerksame Kommissar sah es sofort. Er stand auf, ging zum Fenster und riss den Flügel weit auf. »Atmen Sie tief durch, dann wird Ihnen gleich wieder besser.« Er holte eine Flasche Wasser, goss ein Glas davon ein und reichte es Julia wortlos.

Sie kippte die kalte Flüssigkeit hinunter und spürte tatsächlich nach kurzer Zeit, wie sich ihr Kreislauf wieder erholte.

In der Zwischenzeit hatte Kommissar Schneidlein die eingehenden Mails auf seinem Rechner gecheckt und eine erstaunliche Entdeckung gemacht: »Hier finde ich eine Nachricht des Chefs der Detektei, dass er vor einer halben Stunde von der New Yorker Anwaltskanzlei, von der wir sprachen, einen Geldbetrag überwiesen bekommen habe, der ... ich zitiere: ›... unsere Aufwendungen im Fall des observierten Stefan Windheim absolut abdeckt. Dies zu Ihrer Information, mit freundlichen Grüßen ...‹«

Er warf Julia einen vielsagenden Blick über den Schreibtisch zu, doch diese übersah ihn und sagte, jetzt wieder mit festerer Stimme: »Das ist beruhigend zu wissen. Dann war Herr Bernsberg sicher nicht vollständig informiert.«

»Nehmen wir das einmal an«, erwiderte der Kommissar mit einem schmalen, mokanten Lächeln. »Oder aber, es gibt noch eine andere Person, der Ihr Leben und Ihre Gesundheit ein paar tausend Dollar wert sind.«

»Das wäre ein sehr netter Gedanke, aber doch eher unwahrscheinlich.«

Kommissar Schneidlein hob ungläubig die Augenbrauen, ließ sich aber auf keine weiteren Diskussionen mehr ein. Er ging zur Garderobe, nahm Julias Jacke vom Bügel und half ihr in das Kleidungsstück. »Wissen Sie, ich hab es nicht gern, Frau Doktor Windheim, wenn man mir keine Fantasie zutraut«, sagte er dabei. »Fantasie ist ein wichtiger Teil der Intelligenz.«

»Warum fragen Sie mich dann nicht, ob nicht *ich* es war, die diese Bombe gebastelt und dafür gesorgt hat, dass es meinen betrügerischen Ehemann jetzt nicht mehr gibt?«, erwiderte Julia, die plötzlich das idiotische Bedürfnis hatte, aufzumucken und diesen sachlich-freundlichen Herrn zu provozieren.

Der aber lächelte milde, bevor er ihr die Gründe dafür nannte: »Erstens, weil sowohl Instinkt als auch Erfahrung mir sagen, dass Sie zu einer solchen Tat nicht in der Lage wären. Weder technisch noch moralisch.«

»Und zweitens?«

»Zweitens – und hauptsächlich – deshalb, weil wir in verschiedenen Abfallkörben im Krankenhaus zahlreiche Reste der *Bombenbastelei* gefunden haben. Und sich auf all diesen Materialien ausschließlich die Fingerabdrücke Ihres Mannes befanden, die wir mit vielen anderen vergleichen konnten, die er in Krankenzimmer und Bad zurückgelassen hat.«

»Ah ja. Weil die Putzfrau erkrankt war.«

»Genau, obwohl ich nicht annehme, dass diese so gründlich gewesen wäre, dass wir kein Vergleichsmaterial mehr gehabt hätten. Ich wünsche Ihnen jedenfalls alles Gute, Frau Doktor Windheim. Und ich werde mich bei Ihnen melden. Sind Sie denn in den nächsten Tagen noch in dem Hotel zu erreichen, in dem Sie derzeit wohnen?«

Julia nickte.

»Bitte, setzen Sie sich noch einen Moment draußen auf die Bank. Ich werde den Beamten verständigen, der Sie zurückfahren wird.«

Julia setzte sich auf die bezeichnete Bank, doch sie hielt es nur kurze Zeit aus. Die Ereignisse des Tages stürzten jetzt, wo sie allein war, wie eine Lawine auf sie ein und erzeugten einen panikartigen Fluchttrieb. Sie lief den Flur entlang, nahm sich dann aber zusammen, machte kehrt und ging langsam zurück. Aus einer halb offen stehenden Tür vernahm sie die Stimme des Kommissars. Als sie ihn ihren Namen aussprechen hörte, verharrte und lauschte sie.

»Hast du ihr auch davon erzählt, was dieser Schwager in Graz dir gesagt hat, Sven?«

»Natürlich nicht. Über so viel Fingerspitzengefühl verfüge selbst ich! Wie soll ich einer Frau mitteilen, die grade Witwe geworden ist, dass ihr Mann, nach Aussage seines eigenen Bruders, ein Leben lang auf der Suche nach einer ›goldenen Gans‹ war – und sie dann begreifen muss, dass sie genau das für ihn war? Und dann diese Entführungsstory in Indien, wo der Grazer für seinen Bruder ein Lösegeld bezahlt haben will! Der jetzt so tragisch verblichene Windheim wird sich was ausgedacht haben, um einen verkappten Erbausgleich zu erzielen, denn ums Erbe ist der Streit zwischen den Brüdern ja wohl gegangen, wie ich dem ganzen Gerede entnommen habe. Ich hab mir sogar die Mühe gemacht, die Daten abzugleichen, und weißt du, auf was ich da gestoßen bin? Diese angebliche

Entführung, das müsste dann unmittelbar nach der Heirat mit Julia Bader gewesen sein. Während der Hochzeitsreise gewissermaßen. Das stinkt doch zum Himmel, die Story!«

»Vielleicht hat ihm ganz einfach das Reisebudget nicht gereicht, weil er an die goldenen Eier der goldenen Gans noch nicht rankommen konnte?!«

»Ich glaube, das ist die richtige Hypothese!«

Das zustimmende Lachen des Kommissars traf Julia mitten ins Herz.

Genau.

Eine goldene Gans, das bin ich für ihn gewesen, dachte sie, und eine heiße Schamröte stieg ihr ins Gesicht.

Hätte sie es ahnen, befürchten, wissen müssen? Doch woran hätte sie ein solches Motiv erkennen sollen, wo sie zu diesem Zeitpunkt ja selbst noch keine Ahnung von ihrem künftigen Reichtum hatte?

An diesem Punkt ihrer Überlegungen tippte der uniformierte Beamte, der sie hergebracht hatte, ihr auf die Schulter und sagte mit der gebotenen Freundlichkeit, die einer am Tag zuvor zur Witwe gewordenen Frau angemessen war: »Wir können jetzt zurückfahren, Frau Doktor Windheim.«

74

Die nächsten Tage erlebte Julia wie einen bösen Traum, aus dem es kein Erwachen gab.

Sie wandte sich an ein Freiburger Bestattungsinstitut,

obwohl es nichts zu bestatten gab, wie der Kriminalhauptkommissar Schneidlein ihr bereits mitgeteilt hatte, doch sie hatte keine Erfahrung mit der Bürokratie, die ein Todesfall mit sich brachte. Damals, bei ihren Eltern, waren es Tante Marta und Onkel Erich gewesen, die alles für sie geregelt hatten.

Man war sehr freundlich zu ihr, und nach kürzester Zeit war alles Notwendige abgewickelt.

Tante Marta meldete sich telefonisch.

Julia führte ein langes Gespräch mit ihr, danach war Marta Albers kaum davon abzubringen, auf der Stelle zu ihr zu kommen, und mit Alwin verhielt es sich ebenso.

»Das ist sehr lieb von euch, aber ich möchte bitte allein sein«, erwiderte Julia stereotyp auf deren Angebote, und es entsprach völlig der Wahrheit.

Daraufhin führte sie ein Telefongespräch mit Samuel Bernsberg, dessen Ruhe und Gelassenheit ihr mehr Halt gaben als alles andere.

Auch ihr gegenüber versicherte der alte Anwalt, weder ein Detektivbüro in Freiburg beauftragt noch ein solches bezahlt zu haben. Julia hatte keinerlei Zweifel daran, dass dem so war.

Der Chef der Detektei allerdings bestätigte das genaue Gegenteil; auch die Gutschrift der eingetroffenen Gelder auf seinem Geschäftskonto. Letzteres zumindest war ein Faktum, alles andere blieb ein ungelöstes Rätsel.

Mithilfe eines IT-Spezialisten versuchte Julia sogar, die Absenderadresse von Andrews SMS herauszubekommen, doch dies erwies sich als unmöglich.

Jenny schrieb sie eine sehr lange Mail, auf die sie nach kürzester Zeit die Antwort bekam, die dem lebhaften, entschlossenen Charakter der Freundin entsprach: **»Komm** so schnell wie möglich zu uns nach Cairns. Ich umarme Dich, in Liebe, Jenny.«

Obwohl es empfindlich kalt geworden war, machte Julia viele Spaziergänge. Die frische Luft tat ihr gut, und das rasche Laufen ermüdete sie. Am Abend ließ sie sich aus dem gegenüberliegenden Restaurant eine Mahlzeit kommen und zwang sich dazu, sie wenigstens halb aufzuessen.

Dankbar registrierte sie die vielen kleinen Aufmerksamkeiten des Hotelpersonals. Schließlich nahm sie die Todesurkunde Stefans entgegen und unterschrieb die Papiere, die Kommissar Schneidlein für sie bereitgelegt hatte.

Jeden Tag kontrollierte sie mehrmals Smartphone und Laptop, doch eine weitere Nachricht von Andrew traf nicht mehr ein, auch keine Blumen oder andere Dinge.

Er hat versucht, mir das Leben zu retten, aber in seiner Welt ist kein Platz für mich, dachte Julia, und die Trauer darüber war tiefer als über den Tod ihres Mannes.

Sie erhielt ein handgeschriebenes Fax des Grafen; ein Meisterstück an Takt und freundlichem Zuspruch. Und noch am selben Tag erwartete sie Besuch, als sie ins Hotel zurückkehrte.

»Mein armes Mädele«, rief Brigitte Hasler auf ihre unkomplizierte, herzliche Weise, legte die Arme um sie und drückte sie an sich, was Julia als ungemein tröstlich empfand. Sie weinte ein bisschen, das erste Mal seit Tagen, und es tat ausgesprochen gut.

»Wenn der Benno nur fester zugeschnappt hätte, dann wär Ihnen das erspart geblieben«, kommentierte Walter Hasler zornig und ohne falsche Pietät. »Der Hund war der Einzige, der den Mann von Anfang an richtig eingeschätzt hat!«

Dem war nicht zu widersprechen.

Und einen Vorschlag hatte der Burgverwalter auch gleich parat: »Am besten, Sie kommen bald wieder zurück in Ihren Turm und schreiben doch das Buch von den Staufenfelser Edelfrauen, Frau Doktor.«

Und seine Frau blies sofort ins gleiche Horn: »Das wär das Vernünftigste, Geld hin oder her.«

Ein Kommentar, aus welchem Julia schloss, dass Tante Marta den Haslers gegenüber ihre Erbschaft inzwischen erwähnt oder zumindest angedeutet hatte.

»Der Graf hat noch niemand Neues für die Arbeit im Staufenfelser Archiv, der jammert Ihnen immer noch hinterher, und Ihre Arbeit, die haben Sie doch gerne gemacht, die hat Sie auch immer abgelenkt. Ah, dabei fällt mir ein, dass der Herr Jürgen gestern angerufen hat.«

»Und woher weiß Jürgen von der Sache?«, erkundigte sich Julia, jetzt doch ein wenig pikiert.

»Der wusste überhaupt nichts, aber ich hab ihm natürlich sofort alles erzählt, was Ihre Tante uns mitgeteilt hat.«

»*Natürlich*«, murmelte Julia, ein winziges bisschen maliziös. Brigitte Hasler war eben Brigitte Hasler.

Doch die Frau des Verwalters hatte den Unterton mitbekommen und begann, sich zu rechtfertigen: »Ich mein, mit dem Herrn Jürgen waren Sie doch jahrelang liiert, Frau Doktor, da kann es ihm doch nicht gleichgültig sein, wenn sein Konkurrent, den Sie ihm auch noch vorgezogen haben, Ihnen nach dem Leben getrachtet hat und dann versehentlich selbst dabei umgekommen ist, der dumme Kerl!«

Nun musste Julia nach allem Drama und Frust der vergangenen Tage zum ersten Mal wieder lachen.

Brigitte Hasler zauberte eine Thermoskanne Kaffee

aus ihrer riesigen Tasche, samt Zuckerdose, Milchkännchen, Tassen und Tellern, Kaffeelöffeln und Kuchengabeln. »Und einen Stachelbeerkuchen hab ich auch mitgebracht, von meinen selbst eingefrorenen Beeren. Ich weiß doch, dass Sie den ganz besonders mögen, und essen und trinken hält Leib und Seele zusammen, hat meine Mutter immer gesagt. Sogar Sahne hab ich dabei, damit es nicht zu sauer schmeckt, obwohl sauer ja angeblich lustig macht«, sagte sie und holte noch eine Spraydose hervor.

Julia wischte die letzten Tränen ab und musste zugeben, dass sie bei diesem Kaffeestündchen in ihrem Hotelzimmer beinahe ein Familiengefühl entwickelte.

Als die beiden Haslers wieder in ihrem Caravan saßen und unter Winken und Hupen verschwanden, fühlte Julia sich zum ersten Mal, seitdem sie in Freiburg war, wirklich allein.

Sie ordnete ein wenig die vielen Papiere, die sich angesammelt hatten, und schaute dann wieder einmal in ihre Mailbox.

Sie hatte keine Nachricht bekommen.

Egal.

Ich lebe. Ich lebe. Ich lebe, dachte sie wie ein Mantra, *und ich will noch lange und gerne weiterleben. Und nichts wird mich daran hindern. Keine Enttäuschungen, keine bösen Erinnerungen, und kein Phantom. Ich werde mein Leben in die Hand nehmen und etwas daraus machen. Und wenn es sein muss, dann eben alleine.*

75

Benno war außer sich vor Freude, als Julia nach Staufenfels zurückkam.

Er riss sich von der Leine los, raste auf sie zu, legte die Vorderläufe auf ihre Schultern und leckte ihr begeistert die Wangen.

»Es ist ja gut, Benno! Du bist der Beste. Ich hab dir auch etwas mitgebracht, pass mal auf!«

»Erst mal benimm dich!«, forderte Walter Hasler und packte den Hund um den Brustkorb, denn von selbst hätte er sich nicht von der Heimkehrerin gelöst.

Julia lachte und kramte die Hundegoodies, die sie in Freiburg eingekauft hatte, aus ihrer Handtasche.

Benno jaulte genüsslich, aber er war gut erzogen und traute sich erst dann an die Leckerbissen, als Walter Hasler ihm aufmunternd zunickte.

»Meine Frau ist beim Augenarzt, aber sie war heute Morgen noch in der Stadt und hat schon Ihren Kühlschrank gefüllt.«

»Da bin ich aber froh«, gestand Julia, denn der Aufbruch aus Freiburg und die lange Strecke über die Landstraßen hatten sie ziemlich ermüdet. In der Nacht hatte ein früher Schneefall eingesetzt, sodass die Fahrt beschwerlich gewesen war. Und es schneite weiter, unentwegt und beharrlich, und ein eisiger Wind blies über den Burgberg.

Im Turm aber war es behaglich warm. Eine Kanne mit heißem Tee stand parat, und im übervollen Kühlschrank fand Julia die Reste des Hasler'schen Mittagessens, bereits in mikrowellenherdgeeignete Gefäße gefüllt.

Sie setzte den amerikanischen Kamin in Gang und fühlte dabei nicht die geringste Spur von Wehmut oder Trauer. Jeden Tag, seitdem Stefan *weg war*, wie sie in ihren Gedanken seinen Tod umschrieb, fühlte sie sich normaler und freier.

Sie erinnerte sich daran, dass sie dies ähnlich erlebt hatte, als sie hierhergekommen war, um seine und ihre Sachen für den Madeira-Aufenthalt zu holen.

Der Charme ihres verbrecherischen Ehemanns war ein beachtlicher gewesen; einer der selbst dann noch funktioniert hatte, als sie bereits von seinem Betrug wusste. Es war bitter, dies vor sich selbst zugeben zu müssen, aber sie war naiv gewesen und hatte sich von ihm einwickeln lassen. Und sie hatte vorwiegend deshalb Ja zu seinem Heiratsantrag gesagt, um sich selbst, vor allem aber Jürgen zu beweisen, dass sie zu eigenständigen, raschen Entscheidungen fähig war.

Doch all dies war Vergangenheit.

Julia schlief viel und machte in den folgenden Tagen ausgedehnte Wanderungen. Walter Hasler lieh ihr seine Schneeschuhe, und durch die Äste der Bäume, die unter der weißen Last ächzten, gleißte eine überhelle Sonne.

Benno begleitete sie bei ihren Touren. Als es wieder zu schneien begann, sprang er ständig in die Luft und schien beinahe den Verstand zu verlieren über dem Bemühen, die vielen Schneeflocken einzeln einzufangen.

Brigitte Hasler brachte Suppen, Braten und Gemüse, stellte Salate und leckere Desserts in den Kühlschrank.

»Wenn ich so weitermache, wird im Frühling eine Diät fällig sein«, fand Julia, doch sie genoss die mütterliche Fürsorge der Frau.

Selbstverständlich aber war die fabelhafte Idee Walter Haslers, einfach ihr ehemaliges Berufsleben wieder aufzunehmen, nicht wirklich der Weg in die Zukunft.

Der Graf war lebensklug und machte einen solchen Vorschlag erst gar nicht. »Geld ist nicht alles, aber es macht frei, sich den wirklichen Neigungen zu widmen«, erklärte er, als er bei einer seiner Kurzvisiten auf der Burg vorbeikam. »Sie werden Ihre Aufgabe finden, Julia, da bin ich mir sicher. Meine Familie und ich freuen uns aber, wenn Sie noch eine Weile Burgfrau bei uns bleiben, und wenn Sie dies dauerhaft sein möchten, so sind wir auch damit einverstanden.«

76

Andrew hatte das Taxi ein geraumes Stück vor dem Gebäudekomplex halten lassen, um das letzte Stück bis zum Eingang zu Fuß zurückzulegen.

Noch einmal ging er im Kopf seine Vorgehensweise durch, obwohl er darüber inzwischen unzählige Tage und Nächte nachgedacht hatte.

Am Lake Louise hatte er die Idee gehabt, ein College-Jahrgangstreffen einzuberufen, zu dem sein Freund John dann auch tatsächlich erschienen war. Sie waren drei Jahre lang Zimmergenossen in Stanford gewesen, hatten Jugendsünden und Jugendlieben miteinander geteilt und waren immer ehrlich zueinander gewesen.

Seit Johns Karriere bei der CIA hatte er sich, die wenigen Male, an denen sie noch zusammengetroffen waren, in der

Unterhaltung zwar weitgehend auf Allgemeinplätze und auf die gemeinsame Vergangenheit zurückgezogen, was wohl daran gelegen hatte, dass sie nie alleine gewesen waren.

Als sie sich aber bei diesem Jahrgangstreffen in die Augen geschaut hatten, war klar gewesen, dass das Vertrauen, das sie damals verbunden hatte, unzerstörbar war.

Die Reaktion Johns auf sein Geständnis hatte Andrew einen ersten Eindruck darüber verschafft, was ihm blühen würde – obwohl der Freund von seinen Aktionen nicht in der Weise entsetzt gewesen war, wie Andrew es erwartet hatte. Ganz im Gegenteil: John hatte ihm seine Bewunderung erklärt, sich selbst aber der opportunistischen Feigheit bezichtigt. Er war so deutlich geworden, dass Andrew verblüfft war. Offenbar kam man, wenn man dem System angehörte, zu ähnlichen Gedanken, wie dann, wenn man sich in kritischer Ferne befand.

Natürlich wollte John offiziell mit der ganzen Sache nichts zu tun haben, aber seine Verhaltenstipps waren überaus nützlich. Unterschwellig hoffte er natürlich darauf, dass Andrew ihm, als freundschaftliche Geste sozusagen, einen »Jagderfolg« zuschanzen würde.

»Sir?«, fragte einer der Uniformierten, die den Eingang bewachten.

Andrew zeigte ihm seine ID-Karte und gleich danach den Zettel, auf den er – in seiner eigenen Handschrift – den von John empfohlenen Ansprechpartner notiert hatte, der ihn erwartete.

Der Uniformierte nickte und wandte sich dann an seine Kollegen. »Er muss in die Sakristei«, erklärte er flapsig, was wohl eine Umschreibung vom Vorzimmer des Allerheiligsten war. Und dann, zu Andrew gewandt: »Ich werde Sie hinbringen, Sir!«

Er geleitete Andrew zuerst in einen Raum, in dem er aufgefordert wurde, seine Waffen abzugeben.

»Ich hab keine«, versicherte Andrew, was ihm allerdings nicht die Röntgenschranke und eine körperliche Visitation ersparte.

Spätestens als der Uniformierte ihn an eine Tür geleitete, die nur durch einen achtstelligen Code zu öffnen war, wurde ihm klar, dass eine Umkehr nun nicht mehr möglich war.

Sei's drum, dachte er entschlossen. Vielleicht führte der lange Flur, den er jetzt betrat, mit einigen Umwegen sogar zu Julia, die in seinem Blutkreislauf kursierte wie eine Droge, deren Halbwertszeit in der Unendlichkeit lag.

Vielleicht führte dieser Gang aber auch ohne großen Verzug an eine Stätte wie Guantanamo, denn ein ordentliches Gerichtsverfahren gegen ihn konnten sie sich wirklich nicht leisten.

77

Staufenfels erstrahlte inzwischen in vorweihnachtlichem Glanz, und am zweiten Advent meldete sich Tante Marta: »Ich schlage vor, du kommst Weihnachten wieder zu mir nach München. Wir machen es uns nett, und ich habe auch eine Überraschung für dich.«

»Was denn für eine Überraschung?«, wollte Julia wissen, doch Tante Marta ließ sich nicht erweichen: »Du wirst schon sehen. Ich denke, sie wird dir gefallen.«

Also packte Julia zwei Wochen später wieder einmal ihren Koffer und fuhr nach München. Der Christbaum war bereits geschmückt, und Tante Marta erwartete sie mit Punsch und ihren berühmten selbst gebackenen Plätzchen.

»Und wo ist die Überraschung?«

»Die kommt erst morgen.«

Am Mittag des Heiligen Abends klingelte es, und als Julia die Tür öffnete, stand ein zipfelbemützter, weißhaariger, weißbärtiger und in einen langen roten Mantel gehüllter Weihnachtsmann vor der Tür. Er trug einen Sack über der Schulter, in der anderen Hand hielt er eine Reisetasche und stieß ein kräftiges »Ho, ho, ho« aus.

Perücke und Bart machten den Mann vollkommen unkenntlich, doch die Reisetasche erkannte Julia sofort.

»Hallo, Jürgen«, sagte sie, und schon hatte der Weihnachtsmann sie umarmt und an sich gedrückt. Die künstlichen Barthaare kitzelten ihre Nase, sodass sie niesen musste.

»Du wirst doch nicht wieder krank werden?«, sorgte sich Tante Marta sofort, doch Julia lachte nur und wand sich aus den Armen des Nikolaus. Sie war erstaunt darüber, wie sehr sie sich freute, Jürgen zu sehen – und sagte dies auch.

»Dann ist mir die Überraschung ja gelungen«, befand Tante Marta befriedigt. »Und jetzt komm herein, Weihnachtsmann, sonst wird es eiskalt in der Diele.«

Sie setzten sich an den bereits gedeckten Kaffeetisch, auf den Tante Marta rasch noch ein weiteres Gedeck stellte, schob eine CD mit dem Weihnachtskonzert von Gabrieli in die Stereoanlage und zündete ein letztes Mal die Kerzen ihres Adventskranzes an.

Um fünf gingen sie zusammen in die nahe gelegene katholische Kirche, lauschten dem Krippenspiel der Kinder, sangen Weihnachtslieder und stapften dann, begleitet von den Klängen der Bläsergruppe, wieder zurück.

Am Vortag hatte es leicht geregnet, jetzt aber begann es wieder zu schneien. Unter den wenigen Zentimetern des Neuschnees hatte sich eine gefährliche Eisschicht gebildet. »Hak dich lieber bei mir unter, Marta«, empfahl Jürgen der älteren Frau und ergriff Julia zudem an der Hand. Sie beanspruchten die ganze Breite der kleinen Villenstraße und rutschten trotz aller Vorsicht immer wieder aus. Die beiden Damen fanden dies eher lustig als bedrohlich, aber sie klammerten sich doch an ihren Begleiter, der Mühe hatte, den Stand zu behalten.

»Gott sei Dank, dass du da bist, Jürgen«, stieß Tante Marta erleichtert aus, als sie den Hauseingang erreichten. »Du warst uns Stütze und Stab.«

»Dazu ist man verpflichtet, wenn man als Weihnachtsmann auftritt«, fand Jürgen, und dann waren sie endlich wieder in der warmen Wohnung.

Jürgen zündete die Wachskerzen an, denn Tante Marta verachtete eine elektrische Beleuchtung des Weihnachtsbaums.

Julia suchte die CD mit dem Weihnachtsoratorium heraus, und danach begann die Bescherung.

»Für dich, mein Kind. Mit herzlichen Grüßen von Joseph, der mir beim Aussuchen half«, sagte Tante Marta und drückte Julia ein Paket in die Hand. Als ihre Nichte das Papier entfernt hatte, sah sie, dass es sich um ein elegantes Suitcase handelte. »Prall gefüllt mit allem, was eine schöne Frau noch schöner macht«, kommentierte die Tante das umfangreiche Sortiment, das der Lederkoffer enthielt. »Und das ist für Jürgen«, erklärte sie und reichte ihrem Überraschungsgast einen länglichen Umschlag. »Mach ihn nur auf«, ermunterte sie ihn.

Das Kuvert enthielt ein Schreiben mit einem kurzen Text, den der Adressat rasch durchgelesen hatte. Danach starrte er Tante Marta ungläubig an. »Das ist nicht dein Ernst, Marta?!«

»Natürlich ist es das«, widersprach Marta Albers und erinnerte Julia dabei ein weiteres Mal an die Queen. »Ich sagte dir doch, deine letzten Arbeiten sind wirklich bemerkenswert, *so* bemerkenswert, dass ich finde, sie gehören einer größeren Öffentlichkeit vorgestellt. Da hab ich eben meine Beziehungen spielen lassen, und wie du siehst, ich habe ganz ausgezeichnete!«

»Das kann man sagen«, murmelte Jürgen überwältigt und reichte das Schreiben an Julia weiter. Es besagte, dass man vier Drucke Jürgens in eine geplante Ausstellung mit dem Titel »Kunst in der Werbung« aufnehmen wolle. Die Ausstellung werde im Frühjahr in der Pinakothek der Moderne in München stattfinden. Die wahre Sensation aber waren die Namen der anderen Aussteller: Sie lasen sich wie eine Hitliste international bekannter Designer und Grafiker.

»Das vergesse ich dir nie, Marta«, beteuerte Jürgen und küsste erstmals im Leben einer Dame die Hand.

Tante Marta lachte geschmeichelt. Julia musste sich richtig zwischen die beiden drängen, um ihr Präsent loszuwerden: »Und das ist mein Geschenk, Tante Marta. Eine Sonderausgabe meines Buchs über die Fränze von Staufenfels. Auf Bütten gedruckt, mit Goldschnitt, und in Saffianleder gebunden. Ein Unikat, ganz speziell für dich angefertigt.«

Marta Albers war sichtlich gerührt. »Das ist ja wunderschön, Julia. So etwas Hübsches hat mir noch nie jemand geschenkt.«

»Du hast es dir verdient!« Julia küsste die Tante liebevoll auf beide Wangen und wandte sich dann bedauernd an Jürgen: »Es tut mir leid, aber da du ein Überraschungsgast bist, hab ich für dich leider nichts.«

»Du irrst dich, Julia. *Du bist da,* und das ist mir das größte Weihnachtsgeschenk.« Er legte die Arme um sie, küsste sie ebenfalls auf die Wange, und dann, nach einem winzigen Zögern, zart auf den Mund. Einem alten, lang praktizierten Verhaltensmuster folgend, legte Julia danach ihren Kopf auf eine ganz bestimmte Stelle an seiner Brust und roch den vertrauten Duft, der noch immer der gleiche war.

Tante Marta sah es und lächelte befriedigt. Dann aber sagte sie sich, dass zu viel Nähe im Moment nicht förderlich sei, und rief betont umtriebig: »Jetzt müsst ihr mir aber in der Küche helfen. Ich bin eine alte Frau, ich kann das nicht mehr alles alleine machen!«

Es war eine Behauptung, bei der es sich um eine schamlose Lüge handelte, denn alles war vorbereitet – sie mussten lediglich noch die Schüsseln und Schälchen ins Esszimmer tragen.

Sie aßen Fondue, und es wurde eine lange, gemütliche Mahlzeit, mit viel Musik, Wein und so angeregten Gesprächen, dass sie es fast nicht bemerkten, als die Kerzen heruntergebrannt waren. Erst der intensive Geruch von verschmorten Tannennadeln machte sie darauf aufmerksam, und alle drei hatten sie damit zu tun, einen Zimmerbrand zu verhindern.

»Stil ist ja was Nettes, aber elektrische Kerzen haben

auch ihre Vorteile«, fand Julia, als sie alle in der Küche ihre schwarzen Finger mit Scheuermittel reinigten.

Als sie schließlich zum Dessert Tante Martas vorzügliche Schokoladenmousse verzehrt hatten, fasste sich Jürgen mit einer gewollt theatralischen Geste an den Kopf und verkündete: »O Gott, jetzt habe ich doch wirklich vergessen, dass ich auch noch ein Geschenk für dich habe, Julia!«

Julia riss das Papier von dem Präsent und klappte das dunkelbraune Behältnis auf. Es enthielt einen Ring, den sie sofort wiedererkannte. Sie hatte ihn, als sie etwa zwanzig gewesen war, bei einem Juwelier in Freiburg im Schaufenster bewundert. Es war ein vierblättriges Kleeblatt, das aus vielen winzigen Smaragden bestand, eingelegt in eine schlichte, breite Weißgoldfassung. Sie hatte den Ring damals immer und immer wieder angesehen. Natürlich war klar gewesen, dass Jürgen ihr dieses Schmuckstück nicht schenken konnte, denn das Preisschild hatte danebengestanden: unerschwinglich für einen Studenten.

»Es ist natürlich nicht derselbe Ring wie damals, aber der Juwelier konnte sich daran erinnern und hat eine Replik angefertigt. Ich hoffe, du hast auch heute noch Freude daran, Julia.«

»Er ist ein Traum. Ein Traum, dessen Erfüllung ich nie mehr erwartet hätte.«

»Darauf lasst uns trinken«, rief Tante Marta, die einen Sinn für den passenden Moment hatte. »Auf die Zukunft – und auf das Glück, das vierblättrige Kleeblätter ja bringen sollen!«

»Auf die Zukunft«, parierte Jürgen vorsichtig, und hob sein Glas.

»Glück darf schon auch mit dabei sein«, fand Julia

weinselig und schob den Ring über ihren rechten Mittelfinger. Er fand seinen Platz, als ob er schon immer dorthin gehört hätte.

78

Marta Albers ließ sich nicht lumpen: Das Weihnachtsme-
nü nahmen sie im Tantris ein, einem Gourmettempel, den
Julia bisher nur vom Hörensagen gekannt hatte.

Gegen vier Uhr am Nachmittag stiegen sie, wohlgesät-
tigt von den köstlichen Speisen und beschwingt von den
erlesenen Weinen, in ein Taxi, fuhren zurück und gönnten
sich einen späten Mittagsschlaf. Am Abend hatten sie vor,
im Gasteig den Münchner Philharmonikern zu lauschen.

»Tut mir leid, aber ich muss passen, Kinder«, erklärte Marta Albers, als sie sich gegen halb sieben wieder
vom Sofa erhob. »Ich glaube, ich hab mir gestern, nach
der Kirche, doch ein bisschen den Fuß verstaucht. Jedenfalls macht mir meine alte Kreuzbandverletzung wieder
zu schaffen, die ich mir mal beim Skifahren zugezogen
habe. Ich werde mir später noch mal einen Wickel mit
essigsaurer Tonerde machen, das hilft am besten – sofern
ich mich in meinen Sessel setze und den Fuß hochlege.«

Julia hatte den Verdacht, dass diese Blessur nichts anderes war als ein Vorwand, doch der Fuß ihrer Tante war
dick umwickelt, was die behauptete Schwellung – oder
auch ihr Fehlen – verbarg.

Jürgen, bereits im dunklen Anzug, rückte Sessel und
Hocker zurecht und drehte den Fernsehapparat in die

passende Stellung. »Kann ich sonst noch was für dich tun, Marta?«

»Hol mir doch bitte die Flasche mit dem Rest vom gestrigen Rotwein und ein Glas«, bat Tante Marta und wickelte sich in eine große Angoradecke. »Und grüßt mir den Beethoven!«

»Wird erledigt«, versprach Jürgen fröhlich.

Er half Julia in den Mantel, und vorsorglich untergehakt – es war noch immer ein wenig rutschig auf den Gehwegen – gingen sie das kurze Stück bis zur U-Bahn.

Das Konzert war fantastisch.

Der neue, junge Dirigent trieb das Orchester zu Höchstleistungen an. Der erste Teil des Konzerts war zeitgenössischen Stücken gewidmet, die eher aufwühlten als erbauten. Umso mehr genossen sie nach der Pause das Beethoven'sche Violinkonzert, das Julia ganz besonders mochte. Die sanfte Süße des zweiten Satzes war wie Balsam auf ihre Seele und löste die Schwere der vergangenen Wochen auf.

Jürgen suchte und fand ihre Hand mit dem Ring.

Julia schloss die Augen, und für einen Moment war alles wie früher. Wie *damals früher,* als sie noch jung, verliebt und begeisterungsfähig gewesen waren. Als Jürgens zunehmend narzisstische Art noch nicht ihre Tage bestimmt, ihre Liebesnächte verhindert und ihren Alltag kompliziert hatte.

Zur Heimfahrt nahmen sie ein Taxi, waren wortkarg und beide tief in Gedanken versunken.

Als sie sich in Tante Martas Diele trennten, denn Jürgen schlief in der Einliegerwohnung im Erdgeschoss, Julia im oberen Gästezimmer, nahm er sie in die Arme und küsste sie erneut, diesmal aber nicht so behutsam wie am Heiligen Abend, sondern wie ein Mann, der eine Frage stellt.

Julia ließ den Kuss zu, die Frage aber unbeantwortet.

Jürgen verstand sie sofort, trat einen Schritt zurück und küsste sie auf die Wange. »Gute Nacht, Julia!«

»Gute Nacht, Jürgen. Schlaf gut.«

»Du auch. Bis morgen.«

Sie sah ihm hinterher, als er die Treppe hinabstieg. Sein breiter, athletischer Rücken war unverändert, doch *in* ihm war tatsächlich etwas passiert; Tante Marta hatte das schon vor Monaten erkannt. Jürgen Weber hatte über seine Krankheit hinweg nicht nur Pfunde, sondern auch seinen Egoismus und seine Überheblichkeit verloren. Er war wieder der nette Kerl geworden, als den Julia ihn kennen- und liebengelernt hatte.

Die nächsten Tage nutzten sie, einige der vielen Museen Münchens zu besuchen, die zwischen den Jahren, in denen die Menschen Musestunden hatten, freundlich ihre Pforten für sie öffneten.

Sie gingen ins Deutsche Museum, in die Alte und die Neue Pinakothek, ins Bayerische Nationalmuseum und sogar ins Valentin-Musäum im Isartor.

Tante Marta konnte sie nicht dabei begleiten, sie hinkte zunehmend und gab lautstarke Versicherungen ab, gleich im neuen Jahr energisch die alte, vernachlässigte Kreuzbandgeschichte anzugehen. Als sie sich aber allein in der Küche wähnte, sah Julia durch die offen stehende Tür, dass das Hinken schlagartig aufhörte, wenn ihre Tante glaubte, dass keine Zuschauer dafür vorhanden seien.

Julia lächelte und tat, als ob sie das Spiel nicht durchschauen würde, obwohl die Absicht der Tante klar auf der Hand lag. Sie besichtigte weiter mit Jürgen zusammen Kunst jeder Art, Technik, altes Bekanntes und neues Überraschendes.

Sie kommentierten und diskutierten, und Julia stellte erstaunt fest, wie nahe ihre Beurteilungen beieinanderlagen. »Wir haben noch immer die gleichen Interessen und fast identische Einschätzungen«, stellte sie am Mittag des Silvestertags fest, als sie in einem kleinen Café ihre heiß gelaufenen Füße ausruhten und sich einen großen Milchkaffee gönnten.

»Gut, dass *du* es sagst. Ich habe es gedacht, aber ich hab mich nicht getraut, es auch auszusprechen. Ich fühle mich dir gegenüber … ich weiß nicht, wie ich das ausdrücken soll: wie jemand, der über einen verschneiten Fluss geht und nicht sicher weiß, an welcher Stelle das Eis tragfähig ist.«

Sie wechselten einen langen Blick, doch Julia zog es vor, nichts darauf zu erwidern.

Jürgen lächelte. Er legte seine Hand auf die Julias und schlug friedfertig vor: »Lass uns einfach diese geschenkten Tage genießen und uns darüber freuen, dass wir dank Martas listigem Arrangement zusammen sein können. Die Vergangenheit ist vergangen, die Zukunft ein unbeschriebenes Blatt, aber die Gegenwart ist hier und jetzt. Das genügt mir vollkommen.«

Julia schaute rasch auf den Tisch. Es war fast beschämend, ihn so sprechen zu hören; jedenfalls waren es Töne, die sie nicht kannte. Angenehme, einfühlsame Töne. »Er ist erst neun Wochen tot, Jürgen«, sagte sie schließlich.

»Das ist es, was ich meine«, erwiderte Jürgen und winkte der Bedienung.

»Es läuft uns ja nichts davon.«

»Danke für dein Verständnis«, murmelte Julia und ärgerte sich, weil ihr plötzlich die Tränen kamen.

Er sagte nichts, sondern streichelte mit großer Zärtlichkeit mit seinem Zeigefinger ihre Hand, die den Henkel der Kaffeetasse umklammert hielt. Er hörte erst damit auf, als die Bedienung kam und den Kassenzettel auf den Tisch legte.

Am Abend gab Tante Marta eine Silvesterparty.

Der Münchner Freundeskreis von Marta Albers bestand aus netten, gebildeten Menschen, die Julia allerdings allesamt unbekannt waren. Nur den weißhaarigen Hausarzt erkannte sie sofort wieder, obwohl er, als Referenz an den anstehenden Jahreswechsel, in einen Smoking gekleidet war und einen goldenen Zylinder trug.

»Ich habe jahrzehntelang in Hongkong gewohnt«, erklärte er Julia seinen glitzernden Kopfschmuck. »Dort trugen die Herren am Silvesterabend goldene oder silberne Hüte, die Damen entsprechende Kronen oder auch Diademe. Ich fand das toll, und habe, seitdem ich zurück in Deutschland bin, beharrlich versucht, diesen schönen Brauch bei uns auch einzuführen, was mir aber leider nicht gelungen ist. Die Deutschen sind ziemlich resistent gegen fremde Gebräuche, wenn auch nicht in *jedem* Fall, wie man sehen kann«, sagte er und schaute missbilligend auf die Bluejeans eines jungen Künstlers, die dieser zwar mit einem schwarzen Blazer kombiniert hatte, was dem Doktor aber dennoch nicht zu gefallen schien.

»Jeder, wie er will, Gottfried«, sagte Tante Marta begütigend und reichte dem Künstler, der überhaupt nicht verstand, was den alten Herrn störte, ein Glas Champagner.

»Genau. Das ist Anarchie, und Anarchie ist immer der Anfang vom Ende«, murrte der Doktor und wandte sich dann wieder Julia zu. »Und wie geht es Ihnen? Sie sehen verändert aus, wenn ich das feststellen darf.«

»Inwiefern?«, wollte Julia, ein wenig belustigt, wissen.

»Wie soll ich das ausdrücken? *Erwachsener* … würde ich sagen, wenn ich Ihnen damit nicht zu nahe trete.«

»Keineswegs«, versicherte Julia, die den Doktor mochte und schätzte.

»Die Masern haben Sie ja überwunden. Aber seien Sie vorsichtig, meine Schöne: Es gibt noch andere … *Infektionskrankheiten*.«

»Eine davon habe ich gerade hinter mir«, erwiderte Julia, die seinen Hinweis durchaus verstand. Sie lächelte ironisch, als sie noch hinzufügte: »Und das mit dem Seelenmüll weitgehend auch.«

Der alte Mediziner warf ihr einen scharfen Blick zu und nickte dann zufrieden. »Genau das ist meine Diagnose. Aber noch sind Sie in der Rekonvaleszenzphase. Am besten, Sie bleiben heute Abend in meiner Nähe.« Er hob die Stimme und sagte laut und provozierend: »Die ernst zu nehmenden Herren hier sind in festen Händen, und die anwesenden Jungspunde taugen allesamt nichts. Ergo halten Sie sich lieber an einen Solo-Grandseigneur wie mich, oder darf irgendjemand hier einen … *Exklusivanspruch* … auf Sie erheben?«

Die Damen lachten, die ernst zu nehmenden Herren grinsten, die Jungspunde protestierten entrüstet, und Jürgen stand neben der Anrichte und sagte kein Wort.

»Dann wäre das ja geklärt«, tönte der Doktor, hakte sich bei Julia unter und verwickelte sie in eine lange Diskussion über die guten und schlechten Folgen der Kolonisierungspolitik im neunzehnten und zwanzigsten Jahrhundert, speziell jener der Engländer. Nebenbei strich er an der gedeckten Tafel vorbei und vertauschte geschickt verschiedene Tischkarten, wonach das von Tante Marta sorgfältig ausgeklügelte Platzsystem völlig zusammenbrach. Julia saß neben dem Arzt und dem Bluejeans tragenden Künstler, Jürgen am anderen Ende des Tischs, neben einer pensionierten Landesministerin und Tante Marta.

Das Essen wurde von einem renommierten Feinkostgeschäft geliefert und war so gut wie der Ruf dieses Hauses. Als Dreingabe zum Mahl durfte jeder seine – mit kleinen Marienkäfern geschmückte – Kaffeetasse behalten, als Glückssymbol für das anstehende neue Jahr.

Der Doktor, der sich in Tante Martas Haushalt gut auszukennen schien, legte nach dem Kaffee Tanzmusik auf und schwenkte Julia derart übers Parkett, dass sie kaum noch zu Atem kam.

Auch der Künstler forderte sie auf, und Julia erfuhr erstaunt, dass der bescheidene, eher ein wenig gehemmt wirkende Herr ein bekannter Bildhauer war, über den sie erst neulich im *Focus* einen langen Artikel gelesen hatte.

Eine sehr gut aussehende Frau in den Vierzigern, die Julia ausgesprochen sympathisch war, erwies sich als berühmte Mezzosopranistin und erfreute die Gesellschaft mit einer Arie aus dem *Rosenkavalier*, sowie der bekannten »Habanera« aus der Oper *Carmen*.

Der Doktor begleitete die Sängerin auf dem Klavier, und Julia begann zu begreifen, dass dieser Mann noch andere Talente besaß als die, die sie bisher an ihm kennengelernt hatte. Und offenbar stand er Tante Marta ziemlich nahe, was die Hingabe, mit der er im vergangenen Jahr deren Nichte behandelt hatte, plötzlich in neuem Licht erscheinen ließ.

Später drehte er sich gekonnt mit der Gastgeberin in einem Walzer, bei dem übrigens Tante Martas Kreuzbänder keinerlei Probleme zu machen schienen.

Auch von Jürgen wurde Julia zum Tanzen aufgefordert, was sie höchst erstaunlich fand. »Ich wusste gar nicht, dass du tanzen kannst. Du hast das früher doch immer als *peinliche präsexuelle Artistik* bezeichnet.«

»Birgit hat darauf bestanden, dass ich es lerne«, erklärte er ohne falsche Scham und bog Julia in eine Tangofigur.

Es war ein sehr schöner, heiterer Abend mit vielen interessanten, kultivierten Leuten, und plötzlich bemerkte Julia, wie sehr ihr genau solche Geselligkeiten gefehlt hatten. Der Rückzug in den Staufenfelser Burgturm hatte sie nicht nur einsam gemacht, er hatte sie auch um jede Menge Lebensfreude gebracht. Sie sah das Lächeln ihrer Tante, als diese ihr zunickte, und sie hätte schwören können, dass Marta Albers in diesem Moment Ähnliches dachte.

Um Mitternacht begannen alle Münchner Kirchenglocken zu läuten. Böller detonierten, und unzählige Feuerwerkskörper malten bunte Muster an den Nachthimmel, als sie krachend und knallend zerplatzten.

Tante Marta stand am Telefon und sprach mit Alwin und Eliza, ihre Gäste prosteten sich zu und wünschten sich gegenseitig ein gutes neues Jahr.

Jürgen gelang es, sich aus den Tentakeln der Exministerin zu befreien und Julia in die Arme zu nehmen, bevor der Doktor ihm zuvorkam. »Alles Liebe und Gute, Julia. Ich freue mich, dieses neue Jahr mit dir beginnen zu dürfen, und hoffe, dass es uns wieder zusammenführen wird«, flüsterte er ihr ins Ohr, doch bevor er sie küssen konnte, war der Arzt zur Stelle und schob ihn zur Seite.

»Ich war in der Küche und hab Blei für Sie gegossen. Das ist dabei herausgekommen: eine zukunftsweisende Gabe für Sie, Julia!«, behauptete er und schob ihr ein Stückchen warmes, verformtes Blei in die Hand.

Julia kam nicht mehr dazu, es anzusehen, denn Tante Marta hatte ihr Telefonat beendet und es geschafft, sich bis zu ihrer Nichte vorzuarbeiten. »Alles Gute für dich, Julia. Dass es ein schöneres, besseres Jahr wird als das vergangene!«

»Das hoffe ich auch, Tante Marta. Und dir wünsche ich ein gesundes, begabtes und liebes Enkelkind!«

»So sei es«, sagte der Doktor, legte den Arm um die Hausfrau und küsste sie mit solcher Inbrunst, dass alle zu lachen anfingen, einen Kreis um sie bildeten, und zu zählen begannen.

Bei achtundvierzig schob Marta Albers den Freund von sich, holte keuchend Atem und sagte mit einer gespielt hilflosen Geste: »Das ist der Mann, der geschworen hat, Leben zu retten. Und mich küsst er beinahe zu Tode.«

»Darauf wollen wir noch ein Glas nehmen!«, schrie die pensionierte Ministerin, die sich im Laufe des Abends als außerordentlich trinkfest erwiesen hatte. Sie schnappte sich die Champagnerflasche und spielte so eifrig die Kellnerin, dass Tante Marta Jürgen ein Zeichen geben musste, noch einmal zum Kühlschrank zu gehen und Nachschub zu holen.

Als Julia am Neujahrsmorgen gegen halb elf erwachte, stellte sie fest, dass sie nicht etwa in Tante Martas Gästebett lag, sondern auf dem großen, geräumigen Sofa im Wohnzimmer. Das Kleid, das sie auf der Party getragen hatte, lag auf dem Boden, und sie trug lediglich ihre Unterwäsche. Auch war sie nicht allein: Jürgen lag neben ihr. Sein blond behaarter Arm ragte unter der großen Angoradecke hervor, in die sich noch vor wenigen Tagen Tante Marta eingemummelt hatte.

Als ob er ihren Blick gespürt hätte, drehte er sich um und richtete sich auf. »Du brauchst dir keine Gedanken zu machen, Julia«, sagte er dabei mit einem schrägen Grinsen. »Wir haben zwar zusammen geschlafen, aber nicht *miteinander*.« Es lag eine sonderbare Resignation in diesen Worten.

Während Julia noch versuchte, die Bruchstücke der vergangenen Nacht zusammenzusetzen, sammelte Jürgen Hose und Hemd ein, wobei er erklärte: »Ich denke, ich werde nach dem Frühstück nach Karlsruhe zurückfahren.«

»Aber du wolltest doch noch zwei Tage bleiben?«, widersprach Julia lahm.

»Das war so geplant, aber ich glaube, es ist besser so, Julia.«

Julia begriff, dass er verletzt war, doch sie hatte keine Ahnung, wodurch dies geschehen sein könnte.

79

Jenny hatte mitgeteilt, dass die Taufe ihres Sohnes am vierundzwanzigsten Juni stattfinden würde, und nach einigen Mails hatten sie sich darauf geeinigt, dass Julia zu diesem Fest nach Cairns kommen würde.

Jürgen meldete sich immer mal wieder, aber er machte keine Vorschläge für weitere Treffen oder gemeinsame Unternehmungen. Er schien nicht beleidigt zu sein, aber seit der Münchner Silvesternacht hatte sich sein Verhalten verändert. Julia hatte ihn, irgendwann Ende Januar, sogar direkt danach befragt, doch er war ihr ausgewichen. »Es ist nichts, Julia, wirklich. Ich werde dir immer ein Freund sein, genau so, wie ich es versprochen habe, und wenn du mich brauchst, bin ich für dich da.«

Das glaubte ihm Julia zwar, doch davon, dass er ihr *wieder mehr sein wolle,* war nicht mehr die Rede.

Das Buch über die Fränze von Staufenfels hatte sich inzwischen, vor allem in Adelskreisen, zu einem regelrechten Renner entwickelt.

Julia hatte, auf Bitten des Grafen, der die Veranstaltungen organisierte, in Stuttgart, München und Nürnberg Lesungen abgehalten, die sie sorgfältig vorbereiten musste, denn jedes Mal hatte sie bei den gut besuchten Veranstaltungen viele Fragen der meist geschichtskundigen Leser zu beantworten.

Auf diese Weise vergingen der Januar und beinahe auch der Februar.

»Sie sollten wieder mit mir auf die Weiberfasnet gehen, Frau Doktor«, fand Brigitte Hasler, als das Ereignis näher rückte, doch Julia schüttelte entschieden den Kopf.

»Dieses Jahr nicht, Frau Hasler. Es ist mir nicht danach, und ich finde, es wäre auch unpassend!«

»Es tät Ihnen aber gut«, beharrte die Frau des Verwalters, doch Julia war nicht umzustimmen. Ihre »Trauer« war zwar mehr Nachdenklichkeit und Kontemplation, aber die laute, derbe Fröhlichkeit der ländlichen Fastnachtsfeierlichkeiten stand dem entgegen.

Als Julia in diesen Tagen ihre Garderobe durchsah, um festzustellen, ob einiges davon in die Reinigung gegeben werden musste, fand sie in der Jackentasche des Kleids, das sie am Silvestertag getragen hatte, ein kleines, sonderbares Gebilde. Erst hielt sie es für einen vertrockneten Kaugummi, doch als sie es genauer besah, fiel ihr ein, worum es sich dabei handelte: um das Stückchen Blei, das der Freund ihrer Tante in der Silvesternacht für sie gegossen hatte.

Julia hielt das Bleistück gegen das Licht, und dabei erschien ihr, dass das Ding aussah wie eine Miniatur der Göttin Jaghai. Vermutlich war es aber nur eine selektive Wahrnehmung, in dem verformten Metall etwas erkennen zu wollen, das mit positiven Erlebnissen verbunden war, zumal sie sich im Moment eher mit den negativen Ereignissen der jüngeren Vergangenheit auseinandersetzte.

Sie hatte, auf Rat des Münchner Arztes übrigens, begonnen, die Geschichte ihrer sonderbaren Ehe aufzuschreiben, nicht etwa um sie zu veröffentlichen, sondern nur für sich selbst. Die Notwendigkeit, die Geschehnisse in Sätze zu fassen, Abläufe zu schildern, um schließlich zu einem Fazit zu kommen, löste die Gedankenknäuel in ihrem Kopf langsam, aber nachdrücklich auf.

In der Nacht des sechsundzwanzigsten Februar war Julia fertig mit diesem Manuskript. Sie druckte das Geschriebene aus, lochte die Blätter und heftete sie in einem Ordner ab. Dann ging sie todmüde, aber zufrieden, ins Bett.

Am nächsten Morgen las sie alles noch einmal sorgfältig durch. Anschließend legte sie den Ordner in eine flache Pappschachtel, die sie verschnürte und in die bemalte Holztruhe versenkte, in der sie alles aufbewahrte, was ihr erhaltenswert erschien.

Sie beschloss, mindestens zehn Jahre abzuwarten, bis sie die Schachtel wieder öffnen würde. Zehn Jahre waren eine lange Zeit, und in der Rückschau wäre diese Ehe vermutlich nichts anderes als eine kurze, böse Episode in ihrem Leben.

Immerhin spürte sie jetzt eine vorher nicht da gewesene innere Freiheit, sich ihrer Zukunft zuzuwenden.

»Was ich nicht verstehen kann, ist, warum Sie nicht mal tüchtig zum Shoppen gehen. Also, ich würde das machen, wenn ich so viel geerbt hätte wie Sie!«, sagte Brigitte Hasler zum wiederholten Mal, als sie auf die Trittleiter stieg, um die Vorhänge abzunehmen, die im Zuge des Vorfrühlingsputzes gewaschen werden mussten.

»Ich hab ganz einfach keine Lust dazu«, erklärte Julia wahrheitsgemäß. »Ich bin ja selbst darüber erstaunt, weil Träume, die normalerweise unerschwinglich sind, hat schließlich jeder. Nur … im Moment bin ich vollkommen wunschlos.«

»Vermutlich liegt das daran, weil Sie sich jetzt alles leisten könnten, wenn Sie das wollten. Und wahrscheinlich ist der Reiz das eigentlich Unerreichbare«, philosophierte Brigitte Hasler, klinkte den letzten Vorhangring aus, packte die weiße Wolke und kletterte wieder von der Leiter herab.

»Da mag etwas dran sein«, stimmte Julia zu. Sie stieg, ebenfalls einen der weißen Vorhänge über dem Arm, von dem Stuhl, den sie vor das andere Fenster geschoben hatte. »Und jetzt mach ich uns erst mal einen Cappuccino.«

»Aber ein bisschen raus sollten Sie schon«, blieb Brigitte Hasler am Ball. »Gehen Sie doch in ein Wellnesshotel. Sich mal kräftig durchwalken lassen, in … was weiß ich … Stutenmilch baden … und all das Zeug genießen, von dem man in den Illustrierten fortwährend liest. Oder gehen Sie auf eine Ayurveda-Farm, das soll ja was ganz Tolles sein.«

Sofort entstand in Julias Kopf das Bild der schönen Morgenröte Aruna, doch genau daran wollte sie nicht denken.

Von Andrew hatte sie nicht wieder gehört, und so würde es vermutlich auch bleiben. »Ich denk mal darüber nach, Frau Hasler«, versicherte sie, indem sie sich auf ihre Begabungen der taktischen Zustimmung und Ablenkung besann, die ihre Tante so rühmte. Denn die Frau des Verwalters war beharrlich, und wenn sie ihr widersprach, würde sie auf diesem Thema noch lange herumreiten.

Brigitte Hasler hatte inzwischen einen Blick durch das vorhanglose Fenster geworfen und den gelben Postwagen entdeckt, der eben in den Burghof einfuhr. »Da kommt die Post. Ich geh schon mal runter«, rief sie – und war bereits im Treppenhaus.

Sie ist ja unheimlich nett, aber ihre Neugierde kann manchmal schon nerven, dachte Julia und ging in die Küche, um sich ein Brot zu schmieren. Sie hatte vor, das Mittagessen ausfallen zu lassen und am Abend wieder einmal zu Luigi zu gehen.

»Nur ein kleines Päckchen«, verkündete Brigitte Hasler

etwas enttäuscht. Irgendwie schien sie ständig auf Spektakuläres zu warten. Vermutlich waren tägliche Attraktionen ihre Vorstellung vom Leben einer Multimillionärin, wie Julia es nun mal war. Das wahrhaft Erstaunliche war allerdings, dass die Verwalterfrau ihr Versprechen, diese Information für sich zu behalten, offenbar eingehalten hatte, denn niemand in Staufenfels hatte Julia bisher auf das amerikanische Erbe angesprochen, was sicher der Fall gewesen wäre, hätten die Haslers sich darüber ausgelassen.

»Das wird von Tante Marta sein«, vermutete Julia und entfernte die Pappe der Verpackung. Was darunter erschien, war aber eine Überraschung der besonderen Art – und keineswegs ein Präsent ihrer Tante. Es handelte sich um eine antiquarische, jedoch gut erhaltene Ausgabe des Kinderbuchs *Eine Reise nach Indien.*

»Das ist ja … *unglaublich!*«, rief Julia entzückt und klappte das Büchlein auf. »Das hab ich als Kind gelesen, unzählige Male, bis meine Mutter es mal für einen Kinderflohmarkt gespendet hat. Ich habe tagelang deswegen geweint, obwohl ich schon vierzehn … nein, sogar fünfzehn war.«

»Und wer schickt Ihnen das?«, erkundigte sich Brigitte Hasler mit ihrem unfehlbaren Sinn fürs Wesentliche. »Der Herr Jürgen?«

»Das glaub ich kaum. Das war noch vor dessen Zeit.«

»Dann wird es wohl Ihre Tante gewesen sein«, mutmaßte die Verwalterfrau und linste Julia über die Schulter.

Doch Julia schüttelte entschieden den Kopf. Sie wusste genau, wer ihr dieses Geschenk gemacht hatte. Und sie hatte auch eine Idee, was es bedeutete.

80

Wie sich herausstellte, gab es einen Anschlussflug nach Udaipur. Julia konnte sich dieses Mal also die lange, staubige Autostrecke sparen.

Sie flog am dritten März und teilte Tante Marta das Ziel ihrer Reise in einem kurzen Brief mit, den sie erst unmittelbar vor ihrem Abflug in den Briefkasten im Frankfurter Flughafen warf. Sie hatte keine Lust, sich Diskussionen über den Sinn oder Unsinn dieser Unternehmung zu stellen.

Samuel Bernsberg, mit dem Julia ein Mal in der Woche telefonierte, hatte auch diese Reise für sie organisiert.

In eine kuschelige Wolldecke gehüllt, verschlief sie die langen Flugstunden und wachte erfrischt auf, als vor der Landung in Delhi ein Frühstück serviert wurde.

Eine freundliche Stewardess begleitete sie zum Inlandsterminal, wo Julia in die gebuchte Maschine nach Udaipur umstieg.

Dieser Flug war allerdings nicht so komfortabel wie der vorherige.

In der voll besetzten Flugkabine waberten Gerüche verschiedenster Art, und einige davon waren ausgesprochen unangenehm. Die Sitzabstände waren sehr knapp bemessen, und es gab weder Getränke noch Snacks. Auch das Wetter zeigte sich unfreundlich; es kam zu so heftigen Turbulenzen, dass die Fächer fürs Handgepäck aufsprangen und Koffer und Taschen in den Mittelgang fielen.

Glücklicherweise dauerte der Flug nicht allzu lange.

Nachdem Julia ihren Koffer vom Band gehoben hatte, rollte sie ihn am Zollschalter vorbei und wurde in der Halle sofort von dem örtlichen Führer angesprochen, den Samuel Bernsberg für sie bestellt hatte.

»Frau Doktor Bader?«

Beinahe hätte Julia nicht reagiert, denn in den Monaten ihrer Ehe hatte sie sich daran gewöhnt, als Frau Doktor Windheim angesprochen zu werden, und die amtliche Erlaubnis, wieder ihren Geburtsnamen führen zu dürfen, war erst vor Tagen eingetroffen.

»Yes, that's me«, erwiderte sie deshalb mit Verzug.

»Wir können uns gerne auf Deutsch unterhalten«, schlug der Führer vor, der sich als Mr. Babu vorstellte. Er war etwa in Julias Alter, hatte dichte, dunkle Haare, ein freundliches, offenes Gesicht und machte insgesamt einen vertrauenerweckenden Eindruck.

Im Stillen dankte Julia ihrem amerikanischen Freund und Berater, während Mr. Babu erzählte, dass er in Udaipur ein Versicherungsbüro betrieb. »Sie sprechen ein sehr gutes Deutsch«, stellte sie fest, während er den Gepäckwagen übernahm und zum Ausgang schob.

Mr. Babu war erfreut über dieses Lob und lieferte auch gleich eine Erklärung dafür: »Ich habe acht Semester in Hamburg studiert und arbeite seit Jahren nebenbei auch als Dolmetscher für eine hiesige Firma, die ständige Geschäftsverbindungen zu Deutschland hat. Aber ich bin hier in Udaipur geboren und aufgewachsen und kenne mich deshalb in der Umgebung gut aus.«

»Das vereinfacht die Sache.«

»Ich habe, Ihre Einwilligung unterstellt, bereits mit den Mönchen gesprochen. Der Swami, das ist so eine Art … *Abt* … würde man in Ihrer Heimat wohl sagen, hat angeboten, Sie könnten, wenn Sie das möchten, im Gästehaus im Garten des Jaghai-Klosters wohnen. Wenn Sie es aber vorziehen, wieder im Palast-Hotel abzusteigen, dann ist auch das kein Problem. Man hat dort vorsorglich ein Zimmer für Sie reserviert.«

»Das war sehr aufmerksam von Ihnen, Mr. Babu, aber ich würde das Angebot des Swami sehr gerne annehmen.«

»Dann lassen Sie uns jetzt den Wagen holen. Die Fahrt dorthin ist nicht weit, kürzer sogar als zum Palast-Hotel. Hier entlang, bitte!«

Nicht weit erwies sich als ausgesprochen indische Aussage. Sie waren gut zweieinhalb Stunden unterwegs, und wie beim ersten Mal erreichte Julia auch heute die Klosteranlage bei Dunkelheit.

»Dies ist meine Karte, auf der sich meine Büroanschrift wie auch meine private Adresse befinden, einschließlich aller Kontaktdaten. Ich wohne ungefähr zwanzig Kilometer von hier entfernt. Sie können mich jederzeit erreichen, vierundzwanzig Stunden am Tag, falls Sie Auskünfte oder Hilfe benötigen.«

»Danke. Ich hoffe, das wird nicht der Fall sein«, erwiderte Julia und gab dem freundlichen Mann ein großzügig bemessenes Trinkgeld, das er beinahe erschrocken ablehnte: »Das ist nicht nötig, Frau Doktor Bader. Mr. Bernsberg hat mich bereits sehr gut entlohnt für den kleinen Dienst, den ich hier leiste.«

»Das ist nett von ihm, aber ich möchte mich trotzdem persönlich bei Ihnen bedanken«, sagte Julia, während sie ihm die Scheine in die Hand drückte.

Inzwischen war ein orangerot gekleideter Mönch erschienen, der eine Fackel trug und in gutem Englisch erklärte, dass er sie ins Gästehaus führen werde. Er ging voraus, Julia und Mr. Babu hinter ihm her, und ganz am Ende der kleinen Prozession schleppte ein noch sehr junger Mönch Julias Koffer.

Das Gästehaus stellte sich als moderner, einstöckiger Komplex heraus.

Julias Apartment war schlicht, aber geräumig.

»Die Mahlzeiten können wahlweise im Speisesaal oder auf dem Zimmer eingenommen werden«, unterrichtete sie der Mönch.

»Sind denn noch andere Gäste hier?«

Der Mönch nickte. »Elf im Moment. Sie sind Nummer zwölf, Miss Bader.«

Julias Hoffnung stieg steil an.

»Dann werde ich das Abendessen im Speisesaal einnehmen«, sagte sie und spürte, wie die Erwartung ihr Herz schneller schlagen ließ.

»Und ich werde mich jetzt verabschieden«, erklärte Mr. Babu. Er machte eine höfliche Verbeugung und wandte sich zur Tür, um sich dort noch einmal umzudrehen: »Und zögern Sie nicht, sich an mich zu wenden, wenn Sie Fragen oder Wünsche haben!«

Als Julia wieder allein war, sah sie sich um.

Die Einrichtung bestand aus einem großen Bett, einem eingebauten Schrank, einem Holztisch und einem ebenfalls hölzernen Stuhl. Die Wände waren mit einer hellen Basttapete verkleidet und vollkommen schmucklos: Es gab kein Bild, keine Skulptur, keine Regale, keine Bücher. Eigentlich hätte der Raum kahl wirken müssen, doch er strahlte Wärme und Ruhe aus.

Das Bad war blitzsauber, hell und zweckmäßig. Julia stellte sich unter die Dusche, wusch sich den Reisestaub ab und schlüpfte in den sonnengelben Baumwollmantel, der zusammengefaltet neben dem Waschbecken gelegen hatte.

Das Abendessen würde erst in einer Stunde stattfinden; sie hatte also noch Zeit, sich ein wenig auszuruhen. Sie legte sich aufs Bett, auf dem sich eine ebenfalls gelbe Tagesdecke befand, und schloss für einen Moment die Augen.

Eine wunderbare Gelassenheit stieg in ihr auf, bis sie ganz und gar davon erfüllt war. Ihr Atem wurde flach und gleichmäßig, und als sie wieder erwachte, begriff sie, dass sie das Abendessen verschlafen hatte und bereits der neue Tag sein perlmuttfarbenes Licht durch die Fensterscheiben schickte.

81

Der Speisesaal war ebenso karg und zweckmäßig eingerichtet wie Julias Apartment.

Unaufgefordert brachte ein junger, kahlköpfiger Mönch in einem gelben Gewand eine Kanne Tee, eine Tasse und eine Schale, in der sich Körner und klein geschnittenes Obst befanden.

An den drei langen, hölzernen Tischen saßen außer Julia vier weitere Menschen: ein älteres Paar in traditioneller, indischer Kleidung, ein düster blickender Herr um die fünfzig unbestimmbarer Nationalität, der eine dunkle Hose und ein weißes Halbarm-Hemd trug, und ein chinesischer, sehr blasser und sehr dünner junger Mann in einem dunkelgrauen Anzug mit hellgrauem Hemd und schwarzer Krawatte.

Sonst war niemand zu sehen.

Julia spürte die Enttäuschung wie einen galligen Klumpen in ihrem Magen und nahm rasch einen Schluck Tee.

Das Körner-Obst-Gemisch schmeckte fremd, aber erstaunlich gut, und das starke Getränk belebte Julias Lebensgeister und Laune.

Er würde schon noch auftauchen, sagte sie sich, und beschloss, nach dem Frühstück erst einmal das Areal zu erkunden.

Sie stellte fest, was sie bei keiner der beiden nächtlichen Anfahrten bemerkt hatte: Die weitläufige Klosteranlage war eine Art Oase in einer sandigen, nur mit wenigen Sträuchern bewachsenen Wüstenlandschaft.

Der Klostergarten dagegen war von üppiger Prächtigkeit. Es gab Mimosenbäume, Akazien, Euphorbien und Tamarisken, alles Gewächse, die auch unter diesen kargen Voraussetzungen gediehen. Allerdings waren da auch riesige Mango- und Khejrabäume, in deren Schatten tropische Gewächse gediehen, die unbekannte Blüten und Früchte hervorbrachten; sogar ein Rosenbeet war vorhanden. Die Erklärung für diese vielfältige Vegetation war ein Kanal, der unweit der Klosteranlage vorbeifloss und aus dem die Mönche ein weit verzweigtes Bewässerungssystem abgeleitet hatten.

Julia besuchte auch die Tempelanlage, die um diese Tageszeit vollkommen menschenleer war und bedeutend weniger romantisch wirkte als in der Nacht des Festes der Göttin Jaghai.

Nachdem sie alles erkundet hatte, was zu erkunden war, ging sie zurück in ihr Zimmer, fuhr ihren Laptop hoch und schaute auch auf das Display ihres Smartphones, doch es waren keinerlei Nachrichten eingegangen.

Zum Lunch, der aus einem Getreidebrei und Tee bestand, erschien eine Gruppe von sechs Amerikanern, fünf Männern und einer Frau, die – wie sich herausstellte – Religionswissenschaftler aus San Francisco waren. Sie erkundeten offenbar die Historie der Klosteranlage und unterhielten sich beim Essen so laut und angeregt, dass sie deswegen mehrfach missbilligende Blicke des indischen Paares ernteten.

Der dünne junge Mann schien wenig Appetit zu haben und fand sich erst wieder zum Abendessen ein, das aus Suppe, gebackenem Gemüse und Reis bestand.

Zu keiner dieser Mahlzeiten aber erschien der Mann, dessentwegen Julia die Reise hierher gemacht hatte.

Am späten Abend kontrollierte sie ihr elektronisches Postfach erneut, und siehe da: Es war eine Nachricht eingetroffen. Sie stammte von Jürgen.

Liebe Julia,
Du wirst Dich über meine Zurückhaltung in den letzten Wochen gewundert haben. Dafür gab es allerdings einen – für mich gewichtigen – Grund. In der Silvesternacht, die wir – leider nur unschuldig schlummernd – auf Tante Martas Sofa verbracht haben, hast Du mehrmals im Schlaf gesprochen und dabei immer wieder den Namen »Andrew« genannt. Ich habe deswegen gedacht, dass dieser Mann Dir etwas bedeuten muss und ich selbst Dein Verhalten in den Münchner Tagen wohl überbewertet und falsch interpretiert habe. Du wirst verstehen, dass ich erst einmal enttäuscht darüber war. In den letzten Wochen aber habe ich mir überlegt, dass Träume ja nicht die Wirklichkeit sind, und ich habe – bitte verzeih mir das – mit Marta darü-

ber gesprochen. Diese nun hat mir glaubhaft versichert, noch nie von einem Andrew gehört zu haben, der in Deinem Leben eine Rolle spielt, und so fasse ich jetzt den Mut, an die guten alten Zeiten sowie die schönen und hoffnungsvollen Tage in München anzuknüpfen und um Deine Hand zu bitten, wie ich es damals schon hätte tun sollen, als ich begriffen habe, dass die Sache mit Birgit nichts anderes als eine dumme Affäre war, und Du die einzige Frau warst und bist, die ich jemals geliebt habe. Zudem haben mir die Tage in München erneut bestätigt, wie gut wir zusammenpassen und wie identisch unsere Interessen sind. Ich wähle für meinen Antrag bewusst diesen Weg, um Dir die Möglichkeit zu geben, nicht direkt reagieren zu müssen, sondern Dir alles in Ruhe überlegen zu können. Was mich betrifft, so kann ich mir nichts Schöneres vorstellen, als dass wir wieder zusammen sind.

In hoffnungsvoller Erwartung,

Dein Jürgen

Julia klappte den Laptop wieder zu und legte sich auf ihr Bett.

In dieser Nacht fand sie keinen Schlaf.

82

Mehr als ein freundlicher Small Talk fand zwischen den Klostergästen nicht statt.

Die lauten Amerikaner waren bereits wieder abgereist,

der dünne Chinese erkrankt, wie der fürs Servieren zuständige Mönch Julias Frage beantwortete, und der grauhaarige Fünfziger, der sich als Italiener herausgestellt hatte, verbrachte die Tage stumm und in sich gekehrt im Inneren des Jaghai-Tempels.

Julia achtete sorgfältig darauf, dass ihre Kommunikationsgeräte ständig aufgeladen waren, aber sie zeigten keine neu angekommenen Nachrichten an.

Noch nicht einmal Jenny meldete sich.

Am sechsten Tag ihres Klosteraufenthalts befiel Julia eine kaum zu beherrschende, nervöse Unruhe. Sie erwog, erneut eine Mail an sich selbst zu schreiben, wie sie es in Freiburg gemacht hatte, in der Hoffnung, dass Andrew sie lesen und reagieren werde, doch der Stolz hielt sie davon ab.

Sie ging im Garten der Göttin spazieren, in dem sie inzwischen jeden Strauch, jeden Busch und Baum kannte, und konnte sich schließlich dem Gedanken nicht mehr entziehen, dass sie die Geste mit dem Buch falsch verstanden hatte.

Vermutlich hatte er ihr nur eine kleine, abschließende Freude machen wollen, die sie derart mit Hoffnung überhäuft hatte, dass sie deswegen sogar hierhergeflogen war.

Ich bin nicht nur eine goldene Gans, sondern auch eine ausgesprochen dumme, dachte Julia bitter. Zugänglich für schöne, aber verlogene Reden, wie die ihres *weggegangenen* Mannes, und alles was sie über Andrew, oder wie immer er heißen mochte, wusste, war schließlich genauso mit einem Fragezeichen zu versehen.

Es wurde Zeit, dass sie sich der Wirklichkeit stellte.

Als sie in ihr Zimmer zurückkam, suchte sie die Karte von Mr. Babu hervor und erreichte ihn in seinem Büro.

»Ich werde demnächst nach Delhi zurückfliegen, Mr. Babu, aber zuvor würde ich gerne noch ins Palast-Hotel fahren und dort eine der Spa-Damen besuchen, Miss Aruna. Denken Sie, das ließe sich arrangieren?«

»Aber natürlich. Ich werde das sofort in die Wege leiten und mich wieder bei Ihnen melden, wenn ich mit Aruna gesprochen habe, Frau Doktor Bader.«

Er rief bereits nach zehn Minuten zurück. »Aruna freut sich sehr, Sie wiederzusehen, und schlägt einen Termin morgen Nachmittag vor, vielleicht zur Teezeit, wenn Ihnen das passend wäre?«

»Das wäre mir sehr angenehm.«

»Dann werde ich Sie gegen drei Uhr im Kloster abholen.«

»Alles klar. Ich werde Sie am Tempeleingang erwarten, Mr. Babu.«

Nach dem Abendessen, das dieses Mal aus frittierten Teigfladen bestand, die mit Gemüse gefüllt waren und Paranthas hießen, ging sie auf ihr Zimmer und las noch einmal Jürgens Nachricht.

Eigentlich hatte sie sich mit der Antwort Zeit lassen wollen, bis sie wieder zu Hause war. Dann aber besann sie sich, dass dies eine vermeidbare Quälerei war.

Lieber Jürgen,
auch ich habe in den letzten Monaten, seit Stefans Tod, viel nachgedacht, und die neue Beziehung, die zwischen uns entstanden ist, ist mir sehr wertvoll. Aber es ist Freundschaft, Jürgen – und mehr wird auch in Zukunft nicht daraus werden können.
Zeit ist kein Faktor, der in der Liebe eine wirkliche Rol-

le spielt, ebenso wenig wie umfassende Kenntnis über Person, Herkunft oder Lebensumstände. Meine Ehe ist nicht deswegen schiefgegangen, sondern weil es sich nicht um Liebe gehandelt hat. Es war Kalkül und Bereicherungswillen bei Stefan, bei mir aber ein Gemisch aus Einsamkeit, Trotz und Hoffnung. Selbst wenn Stefan nicht opportunistisch und später sogar kriminell gewesen wäre, hätte eine solche Gleichung nicht für ein gelungenes gemeinsames Leben ausgereicht. Und ja, es gibt einen Andrew in meinem Leben, auch wenn Tante Marta davon nichts weiß. Ich möchte Dir nichts weiter von ihm erzählen als das, was Du wissen solltest, um zu verstehen, dass ich Deinen Antrag ablehnen muss. Ich liebe ihn, mehr als ich mir jemals vorstellen konnte, einen Menschen zu lieben, obwohl ich gerade heute erkannt habe, dass es keine gemeinsame Zukunft für uns geben wird. Im Moment bin ich noch auf Reisen, aber nach meiner Rückkehr werde ich mich bei Dir melden. An meiner Haltung aber wird sich nichts ändern. Bitte, versuche, mich zu verstehen – und verzeih mir, wenn ich Erwartungen in Dir erweckt habe, die ich nicht erfüllen kann.

Julia

83

Die Unruhe war, beinahe zeitgleich mit dem Absenden der Mail, von ihr gewichen.

Sie öffnete das Fenster und schaute hinüber zum Tempel der Göttin Jaghai, der sich wie ein Scherenschnitt gegen den hellen Nachthimmel abzeichnete.

Die Vergangenheit war endgültig vergangen, begriff sie in dieser späten Stunde. Sie lauschte noch ein wenig auf die Geräusche des nächtlichen Gartens, danach ging sie ins Bad, duschte, putzte sich die Zähne und legte sich ins Bett, wo sie das Sehnsuchtsbuch ihrer Kindheit noch einmal durchblätterte, verschiedene Texte las und die dazugehörigen Bilder betrachtete. All dies hatte nichts mit der indischen Wirklichkeit zu tun, die sie bisher kennengelernt hatte, auch wenn das Palast-Hotel, das sie morgen besuchen würde, aussah, als ob es ebenjenem Büchlein entsprungen wäre.

In der Nacht hatte sie einen wunderbaren Traum.

Andrews Arme umfassten sie so wie damals in Ranakpur. Sie spürte seine zärtlich flüsternden Lippen an ihrem Hals, seine drängende, leidenschaftliche Ungeduld und versank in einer Vereinigung, die so unbeschreibliche Seligkeit erzeugte, dass ihr Tränen über die Wangen liefen. Sie wischte sie fort, und erst die Feuchtigkeit an ihren Händen machte ihr klar, dass sie nicht träumte: Sein hagerer Arm umschlang sie tatsächlich, und im Schein der ersten Morgenhelligkeit sah sie sein unverschämtes Grinsen.

»Wie kommst du hierher?«, rief sie und setzte sich auf.

»Ein freundlicher Mönch hat mir dein Zimmer gezeigt. Und Türschlösser gibt es hier nicht, im Reich der gütigen Göttin Jaghai.«

Julia rutschte mit dem Rücken zur Wand, damit sie ihr Halt geben konnte, denn dieses Mal würde sie *alles* erfragen, bevor es ihm gelingen konnte, erneut zu verschwinden.

Er hatte sich ebenfalls aufgesetzt und rutschte dicht

neben sie. »Ich werde es nicht machen«, erklärte er und grinste erneut.

»Was wirst du nicht machen?«

»Davonlaufen. Diesmal werde ich bleiben. Und dieses Mal sprechen wir über alles. Nur, bitte …« Der Schalk stand in seinen funkelnden grauen Augen. »Wenn ich vielleicht vorher duschen dürfte?«

Julia musste lächeln. »Gut«, sagte sie im Ton einer gnädigen Gouvernante. »Aber ich werde dich begleiten. Sicher ist sicher!«

Nach ihren zärtlichen Wasserspielen trockneten sie sich ab, zogen sich an und gingen, angelockt von den Tönen der Morgenzeremonie der Mönche, hinüber zum Tempel der Göttin Jaghai.

Ohne dass es einer Absprache bedurfte, setzten sie sich genau an denselben Platz wie damals, in der Nacht des Jaghai-Festes.

Sie lauschten dem Singen und Beten der Mönche und hielten sich dabei an den Händen.

Als die Mönche den Tempel wieder verlassen hatten, drehte sich Andrew zu Julia und half ihr auf. Er wirkte jetzt nicht mehr so jungenhaft-übermütig wie in der Nacht, sondern angespannt und sehr ernst.

»Ich werde dir alles erzählen, und ich möchte es hier tun.«

Julia nickte. »Du denkst, an einem Platz wie diesem werde ich nicht vermuten, dass du mich belügst.«

Er lächelte kurz, dann nickte er ebenfalls.

»Ich nehme an, das bedeutet, dass es einigen Glauben braucht, um deine Story für die Wahrheit zu halten.«

»Das stimmt. Du kennst mich erstaunlich gut, für die kurze Zeit, die wir miteinander verbracht haben. Aber wie du ja richtig bemerkt hast, ist Zeit kein Faktor für wirkliche Liebe.«

In diesem Moment begriff sie: Er hatte ihre Freiheit abgewartet. Er hatte ihr das Buch geschickt, als er annehmen durfte, sie sei frei von Stefan, aber er hatte nicht mit Jürgen gerechnet. Jetzt aber wusste er, dass sie auch davon frei war, und erst dann war er gekommen.

Er hatte ihr Mienenspiel beobachtet und nickte: »Ja. Genau so war es. Es war mir schon in Ranakpur klar, dass das mit dir und mit mir etwas ganz Außerordentliches ist, etwas das mit keiner anderen Frau wiederholbar wäre.«

»Hast du denn eine?« Diese Frage, die Julia im vergangenen Jahr so oft und so quälend beschäftigt hatte, platzte schneller aus ihr heraus, als sie denken konnte. Sie war voreilig und unklug, und womöglich war damit ihre Aussprache auch schon beendet.

Doch er schüttelte nur den Kopf. »Nein. Das heißt: Ich hatte viele Frauen, aber es waren nur Affären. Für mehr war in meinem Leben kein Platz.«

»Bitte, Andrew, ich kann viel ertragen, nur keine weiteren Lügen.«

»Das ist mir klar, übrigens schon eine ganze Weile. Und ich habe alles unternommen, dass ich genau das auch tun kann: offen und ehrlich mit dir zu sprechen. Ich heiße übrigens tatsächlich Andrew. Allerdings ist dies mein Rufname, amtlich heiße ich Braden Godfrey Andrew McMillar, mit ›a‹, nicht mit ›e‹. Deshalb hat auch dein Vetter meine Einreisedaten nicht auffinden können.«

Julia erwiderte nichts, obwohl ihr eine Unzahl Fragen auf der Zunge brannte.

»Ich bin in Montpelier im US-Staat Vermont geboren

und aufgewachsen. Meine Familie hat dort in der Nähe eine Fabrik.«

In Julias Kopf erschien ein tannengrünes Label, auf dem mit geschwungenen, goldenen Buchstaben McMillar aufgedruckt war.

»Das Eis?«, fragte sie ungläubig.

»Das Eis, tausend Käsesorten und alles, was sonst aus Milch herstellbar ist«, räumte Andrew ein und brachte ein schräges Grinsen zuwege. »Und ich bin die ganze Hoffnung meines Vaters. Die einzige übrigens, ich hab keine Geschwister.«

Julia dachte an all das McMillar-Eis, das sie in ihrem Au-pair-Jahr in Boston verschlungen hatte, sie und alle Mitglieder ihrer Gastfamilie, während Andrew bereits weitererzählte.

»Ich hatte aber keine Lust auf den *Eis-Laden,* zu keiner Zeit meines Lebens, was man mir am Anfang noch verziehen hat, nur in dem Maß weniger, in dem mein Vater älter wurde und begonnen hat, von mir zu verlangen, dass ich mit meinen *Spielereien* aufhöre und endlich in die Firma eintrete. Zu dem Zeitpunkt habe ich dann begonnen, nicht mehr … *greifbar* … zu sein.«

»Du bist abgetaucht?«

»Ja. Vor ungefähr zehn Jahren. Was prompt damit bestraft wurde, dass man mir den Zugang zur McMillar-Knete abgeschnitten hat. Getreu nach dem Motto: Wenn er nichts mehr zu nagen und zu beißen hat, wird er schon wieder erscheinen.«

»Was du aber nicht getan hast.«

»Nein. Ich war zutiefst der Auffassung, dass ich lieber verhungern würde, als immerfort neues Eis, neuen Käse und neue Joghurtsorten zu produzieren.«

»Und was hast du stattdessen gemacht?«

»Ich habe meine Begabungen, meine Studien und mein einziges Hobby zu einem Job zusammengefasst. Erst hab ich Computerprogramme entwickelt, und ein paar Jahre später eine Softwarefirma gegründet. Die gibt es im Übrigen immer noch, in Bangalore, in Südindien. Es sind dort etwa hundert Spezialisten beschäftigt.«

»Ah ja«, murmelte Julia und entschuldigte sich im Geiste beim Generalmanager des Palast-Hotels, der offenbar doch recht gehabt hatte mit seinen Behauptungen.

»Ich war ziemlich erfolgreich, und mit der Zeit verdiente ich so viel, dass ich mich fühlte wie Dagobert Duck. Nur mit dem Unterschied, dass dieser wenigstens noch die Gelegenheit fand, sich in die Badewanne zu setzen und den Geldsegen auf sich herabregnen zu lassen. Ich dagegen hatte überhaupt keine Zeit mehr. Ich arbeitete achtzehn Stunden am Tag, lebte von Kaffee, Wasser und Fast Food, und mein Privatleben bestand aus zwei Urlaubswochen im Jahr, in denen ich beinahe durchdrehte, weil ich nicht arbeiten konnte, stattdessen aber dem Geplapper irgendwelcher Girls lauschen musste, die bereit waren, mit einem Irren wie mir zu verreisen.«

»Du Ärmster!«

»Spotte du nur. Aber ich schwöre dir, genau so war es. Bis ich eines Tages aufwachte und mich fragte, weshalb ich mich eigentlich systematisch ruiniere.«

»Und dann?«

»Dann hörte ich auf. Am selben Tag. Ich machte einen fähigen indischen Mitarbeiter zum Geschäftsführer und erschien danach nur noch ab und zu, um nachzusehen, ob alles gut lief – und ob man mich nicht etwa betrog. Das war zu dem Zeitpunkt, als ich zum ersten

Mal nach Udaipur ins Palast-Hotel kam. Allein übrigens. Dort hatte ich nichts anderes zu tun, als im Pool herumzustrampeln, den Park zu besichtigen, ein bisschen Golf zu spielen und Aruna meine verkrampften Nackenmuskeln bearbeiten zu lassen. Plötzlich gab es ein großes, unausgefülltes Loch, und ich begann, mich für das zu interessieren, wofür ich bisher weder Zeit noch die geringste Neigung gehabt hatte: den Zustand der Welt, in der ich lebte. Ich bestellte mir Zeitungen und Magazine und las wie verrückt. Ich schaute mir Talkshows und Politmagazine an, und als ich mir endlich einen Eindruck verschafft hatte, war ich zur Überzeugung gekommen, dass die Politik nicht alles ordentlich regelt und dass das Gute keineswegs immer siegt. Und ich beschloss, dort nachzuhelfen, wo es mir möglich war.«

»Als *Headhunter*?«

Er grinste schräg, offenbar erinnerte er sich auch an ihre damalige Unterhaltung.

»Heads and facts, präzise gesagt«, korrigierte er sie. »Wenn man in der Lage ist, über die höchsten und angeblich unüberwindbaren *walls* zu hüpfen, und zwar ohne in die dahinter liegenden Gräben zu fallen, kann man Menschen und Pläne abschießen, ohne zu einer anderen Waffe greifen zu müssen, als zu einer Computertastatur.«

Langsam begann Julia zu verstehen: »Ich nehme an, du willst mir mit alledem sagen, du bist so etwas wie ein kleiner Julian Assange geworden und hast irgendwelche *leaks* gebohrt, oder?«

Zum ersten Mal, seitdem sie sich wieder gesehen hatten, lachte er laut und herzlich. »Ein kleiner Assange ist ein netter Witz, Julia!«

»Inwiefern?«

Er war wieder ernst geworden, und er wog jedes Wort einzeln ab, ehe er antwortete: »Assange und auch Edward Snowden nach ihm haben Denkfehler begangen. Sie dachten, die größte aller Wirkungen sei es, die Öffentlichkeit zu interessieren und aufzuschrecken. Deshalb hat der eine die Wikileaks-Geschichte begründet und der andere sich, durch seine Enthüllungen, sogar mit Staatsgiganten angelegt. Die sogenannte öffentliche Meinung aber ist eine Hure, sie dient jedem, der es versteht, sie dienstbar zu machen. Die besten Ergebnisse erzielt man, indem man ganz einfach die Systeme gegeneinander ausspielt.«

»Und das hast du gemacht?«

Er grinste und klang nun doch etwas eitel, als er erklärte: »Ja, und ehrlich gesagt, ziemlich effektiv. Der Trick bestand darin, dass niemand den unvermuteten Dritten bemerkte, der Informationen umdeutete, vermeintliche Fakten in die Welt setzte und andere, wirkliche Tatsachen, unter den Tisch fallen ließ. Ich habe Protokolle manipuliert, Briefe, Pläne, Zahlen, Programme, Bestellungen, Befehle, Dienst- und Arbeitsanweisungen, sogar Presseverlautbarungen verändert und vieles andere mehr. Es war Wissen, Fingerspitzengefühl, vor allem aber ein sehr großes technisches Können dazu vonnöten, doch das hatte ich mir ja über die Jahre hinweg erworben. Ich brauchte keinen Beifall, keine öffentliche Aufmerksamkeit oder Bestätigung, aber meine Erfolge haben mir viel Spaß gemacht und Genugtuung verschafft, Julia. Ich konnte auf diese Weise wirklich an einigen wichtigen Rädern drehen, Entwicklungen beeinflussen oder auch stoppen. Allerdings …« Er brach ab und seine Miene wurde so düster, dass Julia es mit der Angst zu tun bekam.

»Allerdings?«, versuchte sie, seinen Redefluss wieder in Gang zu bringen.

»Allerdings bin ich am Ende dort gestolpert, wo ich auf keinen Fall ins Straucheln kommen wollte.«

»Und was war das?«

»Ich habe den Sensor für die Gefahr verloren«, gab er mit bestechender Offenheit zu. »Ich habe mich irgendwann mal zu sicher gefühlt und zu viel gewagt. Dadurch sind sie mir beinahe auf die Schliche gekommen. Und das nun …«, er hob etwas die Stimme und schaute ihr direkt in die Augen, »… war just an dem Tag, an dem wir zusammen in den Jaghai-Tempel gefahren sind.«

»Sonderbar«, murmelte Julia und dachte an sein bleiches, aufgeschreckt wirkendes Gesicht während der nächtlichen Zeremonie.

»Dabei hätte eigentlich das Gegenteil dieser Panne eintreten müssen«, konstatierte er ironisch und lehnte sich an die Säule, die damals der Rückhalt der russischen Dicken gewesen war. »Immerhin hat die Göttin mich ja *geküsst*. Ich habe es deutlich gespürt. Und natürlich hat sie mit ihrem Kuss etwas bewirkt, nämlich genau das, was das damit verbundene Versprechen ist.«

»Die Übereinstimmung der Absichten Gottes und des jeweiligen menschlichen Handelns«, sagte Julia so rasch, als ob dieser Satz seit langer Zeit darauf gewartet hätte, endlich ausgesprochen zu werden.

»Genau. Nur, was wirklich dabei herauskam, habe ich erst später begriffen. *Nach* Ranakpur.«

Sie schauten sich lange an, dann senkte Andrew die Augen und sagte: »Ich war an diesem Tag auf der Flucht, denn ich konnte noch nicht absehen, ob mein Leichtsinnsfehler zur Enttarnung meiner Identität führen würde – und dein Auto erschien mir als ein unverdächtiges Vehikel. Meine Befürchtungen erwiesen sich bald als unnötig, doch dass ich mich mit meiner kleinen List, dein Beifahrer zu werden, mit einem schwungvollen Kopfsprung in das größte Problem meines Lebens begeben hatte, wurde mir erst in der Folgezeit klar.«

»Du hast die Story von der *Verantwortung*, die du unbedingt für mich übernehmen wolltest, also ganz einfach erfunden?«

»Nein. Ich habe das zitiert, was der einheimische Führer uns im Omnibus erzählt hatte. Was angeblich zwischen den Leuten eintritt, die von der Göttin geküsst wurden. Du wirst es nicht glauben, aber ich hatte tatsächlich – ganz unabhängig von meinem Drang, möglichst rasch und möglichst unauffällig zu verschwinden – ein solches Gefühl der Verantwortung für dich, und mein ganzes Gerede darüber kam mir hinterher vor wie eine … wie will ich das ausdrücken … eine sich selbst erfüllende Prophezeiung.«

Julia erwiderte nichts darauf. Seine Erklärung entsprach genau dem damals von ihr beobachteten Mienenspiel. »Wohin bist du danach gegangen?«, fragte sie schließlich.

»Nach Kanada. Zum Nachdenken. Und ich schwöre dir, es waren die unangenehmsten Gedanken, die mich jemals befallen haben. Das Missionarische, das Fanatische, das mein bisheriges Handeln bestimmt hatte, war plötzlich weg. Mit schmerzhafter Deutlichkeit wurde mir klar, dass die meisten meiner Aktionen zwar moralisch und richtig, aber eben nicht durch ein Amt, durch Aufträge, Mehrheiten oder Parlamente legitimiert waren. Und dass sie dadurch, obwohl Leben rettend, gut und hilfreich, eben falsch wurden. Dass ich mir erlaubt hatte, mich nicht nur als Weltverbesserer aufzuspielen, sondern, wenn man es ganz zugespitzt ausdrücken möchte, in eine Art *Gottesrolle* geschlüpft war. Und dass niemandem dies zusteht, wie positiv die Auswirkungen auch sein mögen. Es war eine sehr qualvolle Zeit für mich, denn es wurde mir auch schmerzhaft bewusst, dass ich mir auf diese Weise eine Position geschaffen hatte, in der ich mein Leben mit niemandem teilen konnte. Dennoch hatte ich wahnsinnige Sehnsucht nach dir und beschloss, gegen jede Vernunft, ein Zusammentreffen während deiner Reise nach Botswana herbeizuführen. Bald danach aber wusste ich, was zu tun war. Ich flog nach Washington und habe mich freiwillig im Pentagon gemeldet, denn *sie* waren es, die mir auf den Fersen waren.«

»Und was hast du dort gemacht?«

Ein ironisches Lächeln zuckte um seine Lippen. »Ich habe ... *diplomatische Verhandlungen* ... bezüglich meiner Zukunft eingeleitet. Sie haben mich natürlich eingesperrt und verhört, aber schließlich sind wir dann doch zu einer Art ... *Vergleich* ... gekommen. Ich war ein bisschen mehr konsensbereit, als ich es normalerweise gewesen wäre, aber ich wollte dich unbedingt wiedersehen, Julia.«

Sie betrachtete ihn sprachlos. Natürlich hatte sie sich ihre Gedanken gemacht. Und natürlich wusste sie längst, dass er ein überaus begnadeter Hacker sein musste, bei all den Informationen, die er – ganz ohne ihr Zutun und offenbar aus den verschiedensten Quellen – über sie erlangt hatte. Diese Dimension der Geschichte aber hätte sie nicht erwartet.

»Als ich ihnen alle Informationen gegeben hatte, auf die sie scharf waren, und etliche andere, die ihnen unbekannt, aber sehr hilfreich waren, ließen sie mich wieder laufen. Natürlich nicht, ohne mir vorher – und dies ziemlich nachdrücklich – allerlei Angebote für eine künftige Mitarbeit gemacht zu haben.«

»Das kann ich mir vorstellen«, murmelte Julia, noch immer erschüttert. »Und sie haben dich einfach so gehen lassen?«

»Na ja, so ganz freiwillig dann doch nicht. Ich hatte ein paar Trümpfe im Ärmel zurückbehalten; solche, die in der Lage waren, die ... *Nötigungen* ... der Pentagon-Herren schließlich zu beenden und mir die Freiheit zurückzugeben.«

»Das ist erstaunlich!«

»Nicht wirklich. Schließlich musste ich immer damit rechnen, dass ich enttarnt werde ... und ich habe von Anfang an Vorsorge getroffen. Ich habe fleißig ... *gesammelt* ... *und* sorgfältig ... *konserviert,* um im passenden Moment damit den Kopf aus der Schlinge ziehen zu können, was dann glücklicherweise auch wirklich gelang.« Er grinste genüsslich, bevor er weitersprach: »Denn nichts fürchteten die Herren im Pentagon mehr als eine öffentliche Erörterung der Sache – oder gar ein Gerichtsverfahren, in dem ich womöglich weitere peinliche Details hätte preisgeben können. Jedenfalls, ich flog kurz danach zurück nach Indien, nach Bangalore, wo ich mich auf mein neues Projekt warf, das wichtigste meines Lebens: *Doktor Julia Windheim,* geborene Bader, die Frau, die ebenfalls von der Göttin Jaghai geküsst wurde, obwohl das ja nur wenigen Auserwählten zuteilwerden soll, wenn man Aruna Glauben schenken will.«

»Man muss es wohl tun, denn auch mein Leben stand ja bald darauf auf dem Kopf. Was übrigens nicht unbedingt so hätte sein müssen. Wenn Brigitte Hasler nicht mit ihrem optischen Gedächtnis … obwohl … vielleicht war das ja auch ein Teil des *göttlichen Plans* … aber … es führt zu weit, wenn ich dir das alles erklären wollte.«

»Das musst du nicht, Julia. Ich weiß nahezu alles über dich. Alles zumindest, was du nach deiner Rückkehr aus Indien jemals in ein Smartphone gesprochen, gemailt, gesimst, in einen Computer oder in ein Fax eingegeben hast. Alles, was in irgendeinem Rechner oder einem Telekommunikationsnetz auf der Welt in Verbindung mit deinem Namen steht. Anhand deines Handys und deiner Kreditkarten konnte ich deine Wege nachvollziehen und es deshalb auch schaffen, dich in Gaborone zu treffen. Ich konnte die nervösen Aktionen deines Vetters Alwin verfolgen, der mich für einen Agenten oder gar potenziellen Terroristen hielt, ich hatte Einblick in die Computernotizen des Rechtsanwalts Samuel Bernsberg, die dort gespeicherten Informationen über deinen Großonkel Daniel, und ich konnte auch die Schachzüge deines verstorbenen Mannes verfolgen. Sehr schnell bekam ich das Gefühl, dass er eine Bedrohung für dich werden könnte, und ich habe, Mr. Bernsberg mag mir das nachsehen, in seinem Namen ein Detektivbüro auf ihn angesetzt.«

»Du warst auch in Staufenfels, oder? Ich habe dich wenige Tage vor dem Unfall meines Mannes dort vor einem Supermarkt gesehen.«

»Nein, nach Deutschland konnte ich zu der Zeit nicht kommen, was beinahe unser Verhängnis geworden wäre. Denn leider gab es in der Freiburger Detektei nicht nur clevere Mitarbeiter, und als sich endlich jemand die Mühe machte, die heimlichen Einkäufe deines Mannes in einem Zusammenhang zu sehen, wäre es um ein Haar zu spät gewesen. Hattest du denn noch Gelegenheit, meine Warnung zu lesen, bevor ihr vom Standesamt in das Hochzeitslokal in Dießen zurückgegangen seid?«

»Nein. Hatte ich nicht. Es war ein idiotischer, wenn auch für uns glücklicher Umstand, dass die Bombe eine Stunde zu früh detoniert ist.«

»Ich glaube nicht an Zufälle. Weder an glückliche noch an unglückliche.«

Sie dachten beide an die kleine Göttin Jaghai, aber sie brauchten dies gar nicht auszusprechen. Es schien, als ob ihre Gedanken ohne ihr Zutun kommunizierten.

»Und was hast du seitdem gemacht? Ich meine: Es sind Monate vergangen, seit Stefans … *Unglück*.«

»Ich habe die Spuren aller Aktionen endgültig verwischt, von denen die Leute im Pentagon nichts wussten – oder auch nur etwas ahnen konnten. Und außerdem habe ich Fähigkeiten geübt, die ich verloren hatte. Ich habe *gewartet*. Gewartet und gehofft, dass du *das* bist, was ich in dieser Nacht in Ranakpur zu spüren geglaubt habe. Gebetet, dass du es schaffen wirst, dich von allem Vergangenen zu lösen, und schließlich dafür, dass du mein Zeichen richtig deuten würdest.«

»Eine Reise nach Indien.«

»Eine Reise nach Indien. Du hast die Geste verstanden, und ich war außer mir vor Glück darüber. Doch dann kam diese Mail mit dem Heiratsantrag, und ich wusste nicht, wie ich das bewerten sollte.«

»Beinahe wäre ich zurückgeflogen und hätte Jürgen die Antwort erst zu Hause gegeben.«

»Du bist aber da«, stellte er fest, und legte zärtlich seine Arme um sie.

Julia spürte seinen harten, knochigen Körper, und sie

war sicher, noch nie so glücklich gewesen zu sein, wie eben jetzt. Über seine Schulter hinweg sah sie die Figur der kleinen Göttin Jaghai, die auf einem Sockel ganz in ihrer Nähe stand. Sie sah elfenzart und willensstark zugleich aus, und sie lächelte, als ob ihr ein großartiger Streich gelungen sei. »Schau mal, da!«, rief Julia überrascht und eilte zu der Skulptur. »Sie war gestern noch nicht hier, da bin ich mir sicher.«

»Das bin ich auch«, erwiderte Andrew und grinste. »Aber dies nun ist wirklich kein Wunder, es ist ein ganz und gar weltliches Arrangement. Meine Bitte an den Swami, um es präzise zu sagen.«

Sie standen lange Zeit Hand in Hand vor der kleinen Göttin und dachten, was sie noch nicht aussprechen wollten.

Kurz bevor sie sich wieder umwandten, hatte Julia den Eindruck, dass das Lächeln der Göttin Jaghai sich vertieft hatte, aber das war natürlich ein Ding der Unmöglichkeit.

84

Die Sonne schickte freundliche Strahlen durch die bunten Fenster der Kathedrale, als der katholische Bischof von Montpelier nach dem schweren, silbernen Kännchen griff, welches das geweihte Wasser enthielt. Er kippte vorsichtig ein paar Tropfen davon auf das Köpfchen des Täuflings, das von einem Flaum rötlicher Haare bedeckt war.

Sofort begann das Baby, lautstark zu brüllen.

Seine Mutter, Julia McMillar, trat rasch neben die australische Patentante, schob dem Kind zuerst den Zeigefinger, und, als sie ihn in ihrer Handtasche gefunden hatte, einen rosaroten Schnuller in den Mund, wonach das Gebrüll wieder verstummte.

Der Bischof nutzte die Chance und sprach rasch die Taufformel: »Mary Kate Marta Jaghai McMillar, ich taufe dich im Namen des Vaters, des Sohnes, und des Heiligen Geistes!«

Mary Kate Sinclair McMillar, die Großmutter des Täuflings, verkniff sich einen erleichterten Seufzer, während der Bischof die Stirn ihrer Enkelin mit Chrisamöl salbte.

Die Diskussionen über den exotischen Namenswunsch der Eltern hatten nicht nur die Familie, sondern am Ende sogar halb Montpelier beschäftigt, nachdem der Bischof sich geweigert hatte, das Kind eines katholischen Gemeindemitglieds auf den Namen »Jaghai« zu taufen. Sogar Leserzuschriften in der *Montpelier-Times* hatte es deswegen gegeben, so lange, bis ihr, der Großmutter, endlich ein Kompromissvorschlag eingefallen war, dem sowohl die Eltern des Täuflings, als auch der Bischof zustimmen konnten.

Der Blick von Mary Kate wanderte zu ihrem großen, hageren, überaus eigensinnigen Sohn, dessen Idee dieser exotische Name wohl gewesen war, denn ihre Schwiegertochter war eine ausgesprochen patente, umgängliche Person, der sie einen solchen Unsinn nicht wirklich zutraute.

Obwohl, ein bisschen kapriziös war auch Julia hin und wieder. Wenn man nur an die Sache mit dem Brautkleid dachte, das sich am Hochzeitsmorgen als purpurroter Hosenanzug entpuppt hatte, und an den Schleier aus hauchdünner, gleichfarbener Seide, bestickt mit goldenen Lotosblumen, was beides wochenlang Gesprächsstoff in den Frauenklubs Montpeliers gewesen war.

»Da haben sich offenbar die Richtigen gefunden«, hatten die Freundinnen von Mary Kate diesen Bruch mit der Tradition kommentiert, aber so etwas geriet wieder in Vergessenheit, und auch das Enkelkind würde am Ende doch Kate und nicht Jaghai gerufen werden, da war Mrs. McMillar zuversichtlich. Schließlich nannte ihren Sohn auch jedermann Andrew – und kein Mensch Braden Godfrey.

Mary Kates Blick wanderte erneut zu ihrem Sprössling, der vor etwas mehr als eineinhalb Jahren endlich Vernunft gezeigt und die Firma seines Vaters übernommen hatte. Was an ein Wunder grenzte; eines, das niemand mehr ernstlich erwartet hatte.

Das zweite Wunder war gewesen, dass Andrew die Bekanntgabe dieses Entschlusses gleich mit der Vorstellung seiner künftigen Ehefrau Julia verbunden hatte. Diese war, wie der Sohn ihnen eröffnet hatte, bereits einmal verheiratet gewesen, befand sich nun aber im Witwenstand.

»Heirate, wen du willst, Junge, aber fahr mir die Firma nicht an die Wand«, waren die Worte seines Vaters nach der ersten Verblüffung gewesen, was Mary Kate heute noch die Schamröte ins Gesicht trieb, wenn sie daran dachte.

»Deine künftige Frau ist uns herzlich willkommen, Andrew«, hatte sie unverzüglich versucht, die Scharte ihres Ehemanns auszuwetzen, doch der blonden Deutschen hatte dessen Grobheit nicht mehr abgenötigt als ein erheitertes Lachen, was Braden Godfrey Paul McMillar mehr für sie eingenommen hatte als viele süße Worte dies hätten tun können.

Der Organist griff jetzt machtvoll in die Register, was

dem großen, cognacfarbenen Hund, den sie unter einer der Bänke versteckt hatten, nicht zu gefallen schien, denn er begann, sich unruhig zu bewegen. Ein kurzer Blick Julia McMillars aber genügte, um ihn wieder zu beruhigen.

Das war auch so etwas, dachte Mary Kate und verkniff sich ein Kopfschütteln. Andere Leute schenkten Blumenvasen oder Sektkühler zu einer Vermählung. Der adelige, ehemalige Arbeitgeber ihrer Schwiegertochter aber hatte einen magenkranken Hundewelpen angeschleppt und war den anderen Hochzeitsgästen sogar vorausgereist, um in einem Hotel den vorgeschriebenen Quarantäneaufenthalt des Tieres abzuwarten.

Immerhin, die Magenkrankheit, die offenbar eine Schwäche dieser sensiblen Hunderasse war, hatte sich rasch verloren, und alle Bewohner des weitläufigen Landsitzes der McMillars waren vernarrt in das schöne Tier, selbst sie ein wenig, wie Mary Kate zugeben musste. Auch wenn sie es wirklich nicht einsehen konnte, dass Bello jeden, sogar sie, die Großmutter, feindselig anknurrte, der sich der Wiege der kleinen Jaghai näherte, das heißt, der kleinen Kate natürlich. Sie musste sich wirklich angewöhnen, dem asiatischen Namensunsinn entgegenzutreten, denn wenn sie es nicht tat, wer sonst sollte das übernehmen?

»Mary Kate Marta Jaghai, ziehe hin in Frieden«, sagte der Bischof in diesem Moment, und kurz danach tat dies die ganze Taufgesellschaft.

Die Kaffeetafel in deutschem Stil, worauf die Tante Julias bestanden hatte, war im Garten aufgedeckt, und die Taufkerze steckte inmitten eines ausladenden Gestecks, das vorwiegend aus roten Rosen bestand.

Mary Kate McMillar betrachtete den üppigen Blumen-
schmuck und wandte sich dann an ihre Schwiegertochter:
»Ich weiß nicht, ob ihr das in Deutschland so haltet, aber
hier in Vermont hätte man pinkfarbene Blumen eher als
passend für eine Mädchen-Taufe gehalten. Rote Rosen
stehen doch mehr für erotische Liebe, oder siehst du das
anders, Julia?«

Überraschenderweise mischte sich da ihr Sohn Andrew
ein, obwohl dieses Problem doch eindeutig der weiblichen Zuständigkeit und Beurteilung oblag.

»Mutter«, sagte er mit dem Tonfall, der eigentlich in
eine frühere, bedenkliche Phase seines Lebens gehörte,
»Julia und ich sind uns ganz und gar einig, dass rote Rosen genau das Richtige für diese Taufe sind, ebenso wie
darüber, dass das Kind ›Jaghai‹ gerufen wird. Und ich verlange, dass du unsere Entscheidungen respektierst, und
zwar ohne Wenn und Aber!«

Bedrückt starrte Mary Kate zu ihrer Schwiegertochter,
die zwar beruhigend lächelte, aber keine Anstalten machte, ihrem Mann zu widersprechen.

»Wir hätten die Kleine überhaupt ›Twiggy‹ taufen sollen«, rief der Großvater des Täuflings mit seiner sonoren
Stimme so laut über den Tisch hinweg, dass alle es hören konnten. »Immerhin hat uns die neue Eissorte mit
diesem Namen einen Umsatzgewinn von zweiundvierzig Prozent eingebracht!« Er griff nach der Hand seiner Schwiegertochter und drückte einen schmatzenden
Kuss darauf, bevor er sagte, was ohnehin jeder an diesem
Tisch wusste: »Und es war Julias geniale Idee, ein Eis zu
entwickeln, das zwar sahnig schmeckt, aber eben nur einen Bruchteil der Kalorien vergleichbarer Konkurrenz-
produkte enthält!«

»Du bist unmöglich, Paul«, sagte Mary Kate und schnaubte, während alle anderen lachten, obwohl jedem klar war, dass die Bemerkung des Alten nur als halber Spaß betrachtet werden konnte. Denn wenn es um Umsatz, Gewinne, das Geschäft und die damit verbundene PR ging, war Paul McMillar nahezu alles zuzutrauen, sogar, sein erstes Enkelkind »Twiggy« taufen zu lassen. Oder vielmehr Mary Marta Twiggy, denn vermutlich hätte der Bischof es auch abgelehnt, das Kind eines katholischen Gemeindemitglieds auf den Namen einer Frau zu taufen, die durch extreme Schlankheit berühmt geworden war.

»Vielleicht sollten du und ich die junge Familie das nächste Mal begleiten, wenn sie zum Tempel dieser Göttin Jaghai fahren«, sagte Tante Marta zu Mary Kate, um das Gespräch in andere Bahnen zu lenken. Dann aber schnitt sie die Schwarzwälder-Kirsch-Torte an, die sie gestern höchstpersönlich in der Küche der McMillar-Villa hergestellt hatte, obwohl es eine wirkliche Kunst gewesen war, die verschiedenen Zutaten dazu in Montpelier zu besorgen. Immerhin hatte sie kein zweites Mal versucht, sie aus Deutschland mitzubringen, denn die von ihr selbst eingemachten Kirschen, das feine Weizenmehl, das Schwarzwälder Kirschwasser sowie die echte Schweizer Schokolade waren bei ihrem ersten Versuch vom amerikanischen Zoll beschlagnahmt worden, und nur ihre gespielte Naivität und ihr fortgeschrittenes Lebensalter hatten sie von einer empfindlichen Strafe wegen Verstoßes gegen die Einfuhrbestimmungen der USA verschont.

»Schade, dass Alwin und deine Schwiegertochter diesmal nicht kommen konnten«, bedauerte der alte McMillar, als Tante Marta ihm ein dickes Stück der Torte auf seinen Teller schob.

Paul zehrte noch immer von der Überraschung, die er auf der Hochzeitsfeier seines Sohnes hatte erleben dürfen. Zu dieser war nämlich nicht nur Martas Sohn als neuer deutscher Botschafter in Washington mit seiner bildhübschen, dunkelhäutigen Ehefrau erschienen, sondern auch der amerikanische Präsident, der sich, zusammen mit seiner Gattin, bei einem Kongress in Neuengland aufgehalten hatte. Offenbar waren die Ehepaare privat befreundet, und der Präsident hatte den McMillars wohl Alwin und Eliza Albers zuliebe diese Ehre zuteilwerden lassen.

Mit satter Genugtuung dachte Paul an die Gespräche in seinem Rotary-Klub, welche die Geste des Präsidenten ausgelöst hatte, und an das gesteigerte Ansehen, das den McMillars daraus erwachsen war, obwohl sie natürlich auch vorher schon zur gesellschaftlichen Elite des Bundesstaats Vermont zählten.

»Ich sehe, dir geht es rundherum gut«, konstatierte Jenny, während ihr Ehemann Richard rasch das von ihm heimlich eingefangene neuenglische Insekt, das ihm unbekannt erschien, unter seine Serviette schob. Er würde es später, auf seinem Zimmer, näher begutachten und zu bestimmen versuchen. Wenn es sich aber, wie er vermutete, tatsächlich um eine bisher nicht entdeckte Spezies handelte, rechtfertigte dies beide Reisen nach Montpelier, die er bisher nur als lästige, seiner Frau geschuldete Unterbrechungen seiner Arbeit betrachtet hatte.

»Ich bin so glücklich, wie ich es mir nie hätte vorstellen können«, erwiderte Julia inzwischen und sah hinüber zu ihrer kleinen Jaghai, die in ihrem nagelneuen Kinderwagen lag, an ihrem Schnuller nuckelte und mit ihren hellen grauen Augen, die sie vom Vater geerbt hatte, den Flug eines Vogels verfolgte.

»Wann kommt denn jetzt dein erstes amerikanisches Buch heraus?«, erkundigte sich Jenny interessiert.

»Nächsten Monat. Es war eine ziemlich anstrengende Puzzlearbeit, aber ich konnte anhand der diversen Familienchroniken eindeutig belegen, dass die ersten McMillars, auf welchen Zubringerwegen auch immer, tatsächlich mit der *Mayflower* nach Amerika gekommen sind, was bisher niemand definitiv wusste. Und da die Sippe sich weit verzweigt hat, auch außerhalb Vermonts, und über die Jahrhunderte hinweg bedeutende Persönlichkeiten hervorbrachte, wird das Interesse an der Publikation wohl ziemlich groß sein.«

»Dann darf man ja gratulieren, Julia. Und wann kommt ihr uns wieder in Cairns besuchen?«

»Im Anschluss daran, wenn wir das nächste Mal nach Indien fliegen.«

»Was macht denn die geplante Schule dort?«

»Sie wird im Herbst eingeweiht, aber das Haus für die Internatsschülerinnen ist bereits in Betrieb. Es wohnen achtundzwanzig Mädchen dort, allesamt Waisen, und am Unterricht in den vorübergehend aufgestellten Containern nehmen dreiundfünfzig Schülerinnen teil.«

»Ich denke, da habt ihr etwas wirklich Sinnvolles geschaffen, mit dieser Stiftung«, sagte Jenny anerkennend, doch Andrew, der es gehört hatte, schüttelte den Kopf, grinste und stellte klar: »Die Mädchenschule ist ganz allein Julias Sache. Ich hab genug zu tun mit all dem Käse und Eis …!«

Das aber waren die Stichworte für Paul McMillar: »Darauf lasst uns trinken«, rief er, um nach einem strafenden Blick seiner Frau rasch hinzuzufügen: »Und natürlich auf unsere kleine Jaghai!«

Alle taten ihm den Gefallen, denn er hatte selbstverständlich nicht versäumt, jedem nach dem deutschen Kaffee ein Glas seines importierten, original irischen Whiskeys einzugießen.

Als Julia ihr Glas zurückstellte, fiel ein Sonnenstrahl darauf und erzeugte einen winzigen, regenbogenfarbenen Reflex, der die kleine Figur aufleuchten ließ, die – halb verborgen – zwischen den vielen roten Rosen des Tischgestecks stand.

Unwillkürlich griff Julia zu dem goldenen Medaillon, das an einer Kette um ihren Hals hing und unter Acrylglas ein Blatt der Rose enthielt, die sie damals im Tempel der Göttin Jaghai gefunden und die Andrew in seine Hemdtasche gesteckt hatte. Er hatte ihr das Medaillon zur Hochzeit geschenkt. Julia legte das Schmuckstück nur ab, wenn es unbedingt sein musste, und hütete es wie ihren Augapfel.

Eines Tages würde sie es ihrer Tochter Jaghai schenken; vielleicht dann, wenn sie ihr die sonderbare Liebesgeschichte ihrer Eltern erzählte.

Danksagung

Ich danke meinen Agenten Peter Stertz und Joachim Jessen für die sachkundige Begleitung bei diesem, meinem dritten Roman. Ebenso bedanke ich mich bei der Programmleiterin des Blanvalet-Verlags, Eléonore Delair, die mir freundlich beratend zur Seite stand. Besonderer Dank gilt meinem Lektor Gerhard Seidl, der in bewährt einfühlsamer Weise den Text bearbeitet hat. Auch allen Mitarbeitern bei Blanvalet, die an der Herstellung des Buchs, den Marketing- und PR-Maßnahmen beteiligt waren und sind, gilt mein verbindlicher Dank.